LES YEUX D'AVA

Wendall Utroi est un auteur français de romans à suspense. Policier aux différentes facettes, officier de police judiciaire (OPJ), instructeur, Wendall Utroi est curieux de tout et attiré par les missions à l'étranger. Il a commencé à écrire son premier roman *Un genou à terre* alors qu'il était en mission en Afghanistan en 2009.

WENDALL UTROI

Les Yeux d'Ava

SLATKINE

AVERTISSEMENT

Une version antérieure de ce roman a été publiée à compte d'auteur sous le titre *La Tête du lapin bleu*.

ISBN : 978-2-253-18156-9 – 1re publication LGF

Le destin malmène et noircit parfois nos vies,
mais il n'est qu'un pantin face à nos réponses et nos choix.

Si vous lisez cette lettre, c'est que vous tenez mon manuscrit entre vos mains, qu'on me l'aura volé, ou que ma fin sera proche. Il ne me quitte jamais, collé à ma peau, dissimulé sous mon manteau ou dans mon cabas. Les premières pages, nées il y a des années, sont raturées et usées par les griffes du temps.

Il est très probable que nous ne nous connaissions pas. Vous pourriez aussi bien être un passant attendri, un pompier, une infirmière, allez savoir ! Peut-être le croque-mort que je guette depuis si longtemps. Vous ne me connaissez pas. En fait, je préfère ça, c'est même parfait. Vous aurez, je l'espère, ce sens de l'écoute, la curiosité qui manquent cruellement aujourd'hui.

Si vous avez trouvé ma lettre, c'est que brille encore, dans ce monde où beaucoup ferment les yeux sur les autres, une lueur d'espoir. Vous savez, l'espoir, cette lumière qui nous empêche parfois de sombrer, cette poussière d'étoiles qui fend la noirceur de l'âme et autorise un sursis lorsqu'on se sent perdu, au bout de tout. Je rêve que l'envie de découvrir mon histoire vous tenaille. Elle n'est pas banale, et vous pourriez y entrevoir la fragilité de nos vies.

Même ma famille n'en a pas connaissance. Il y a longtemps que je n'ai plus de nouvelles, et c'est un peu ma faute. Je me demande même si, depuis, elle ne m'a pas maudite.

Lisez et, ensuite, prévenez-les si vous vous en sentez la force, un numéro est noté derrière une carte de visite que j'ai agrafée à cette lettre.

Vous croyez que votre vie est paisible et que, bercée de quiétude et de monotonie, elle ne peut pas basculer ? Et si vous vous trompiez ?

Vous qui vous tenez de l'autre côté, tentez de me comprendre, et peut-être me pardonnerez-vous. Et si vous ne trouvez aucun intérêt à ce récit, je vous en conjure, ne le jetez pas. Donnez-le à une âme curieuse. Il faut que quelqu'un sache.

Je m'appelle Ava. Drôle de prénom me direz-vous. C'est vrai, un prénom court qui glisse sur la langue, en boucle, un palindrome sans queue ni tête, à la façon d'un cri ou d'une onomatopée, presque un éternuement. Mais je m'égare. Peu importe mon nom ou l'endroit de ma naissance, et peu importe le lieu. Ce qui embellit une existence, ce n'est pas la géographie ou la langue qu'on parle mais les êtres qu'on croise.

Je suis née en fin d'année. Peu importe la date exacte, le temps n'enrichit pas la vie, ou si peu. Il la vide et la dilapide, il la comptabilise en des milliards de futilités insignifiantes.

Ce qui sculpte et nourrit notre parcours, ce qui le rend unique, ce sont les autres, ceux qui s'installent et qui disparaissent, ceux qu'on aime ou qu'on maudit. La famille, les amis, les ennemis, nos chiens, nos chats, tous ceux qui nous façonnent et nous forgent ou nous mutilent, ceux qui nous aiment et nous grandissent, qui nous méprisent, nous détruisent ou nous réparent.

Aujourd'hui, j'en suis persuadée, je me suis construite

au travers de ces rencontres. Par des paroles douces, des morsures au cœur, des câlins, des baffes dans la gueule, des traîtrises et des coups de canif à l'âme. Et aussi les amours qui flinguent, les sourires qu'on offre, et ceux qu'on n'a jamais donnés. On se nourrit des autres, on leur tend l'oreille, on boit leurs mots, on s'en enivre ou on les vomit, mais on ne reste jamais indifférent. L'ultime cauchemar, c'est de vivre seul. D'ailleurs, y avez-vous déjà pensé ? La solitude, moi, je connais.

Notre existence est parsemée de décisions, de choix apparemment anodins, mais toujours cruciaux. Qui peut se vanter d'avoir toujours choisi la bonne route ? On hésite, on fonce, mais, en notre for intérieur, à chaque carrefour, on sait que notre vie ne sera plus jamais la même.

Mon histoire, la vraie, celle qui m'a conduite jusqu'à cette lettre, débute il y a quinze ans, lorsque tout a basculé.

1

Nous étions en 2002, j'avais vingt-neuf ans et quelques mois. J'étais mariée à un homme extraordinaire que j'aimais passionnément, Léo, diminutif de Léon, prénom qu'il détestait et tenait de feu son grand-père.

Nous nous étions rencontrés en 1991 sur les bancs du lycée. De regards furtifs en sourires timides, il m'avait séduite. Les mots tendres chuchotés à l'oreille, les tables gravées à nos initiales, nous nous étions rapprochés. Il était beau, bon, attentionné, patient et aimant, un prince charmant, tout droit venu des contes pour petites filles.

Il m'avait *courtisée*, comme on disait dans ma famille, et aussi montré un respect immense, malgré sa jeunesse. Je lui trouvais une douceur inégalée chez les autres garçons. Pendant plus d'un semestre, respectueux de mes craintes et de mes hésitations, il avait attendu. Quelques semaines avant le baccalauréat, j'avais fini dans ses bras lors d'une séance de révisions chez mes parents. Une histoire banale, mais les histoires d'amour s'écrivent parfois en lettres minuscules et ce ne sont pas toujours les moins belles. C'est ce que j'aimais croire.

Durant les mois qui suivirent, notre liaison éclaboussa nos proches et nos familles. Nous arborions un sourire outrancier, à toute heure. Le cri des oiseaux dans les oreilles, nos cœurs au diapason, nous flottions, ailés d'un amour tapageur. Notre relation chantait et dansait, exubérante, immodérée, irrespectueuse. Les gens se retournaient sur notre passage, nous rendions jaloux mes amis et les siens.

Après un an, sans hésitation ni bénédiction, au grand dam de tous, nous nous sommes mariés. Sûrs de notre bon droit, comme la jeunesse sait l'être, dans l'insouciance, et en dépit des mises en garde répétées, surtout que nous n'avions pas terminé nos études. Ce fut un moment simple, sans fioritures, scellé par deux anneaux achetés chez un revendeur, en petit comité, mais tellement émouvant et merveilleux. La mère de Léo, opposée à cette union, refusa d'assister à la cérémonie à la mairie, mais elle vint tout de même au banquet. Cela nous avait froissés, mais, submergés par notre bonheur, nous avions à peine relevé notre désappointement. Léo, pragmatique, voulait la ménager. L'important se résumait au mot *nous*, rien que nous et le plaisir de vivre ensemble. Nous logions dans la même chambre à la cité universitaire, nous bravions l'interdit. Les semaines défilaient, faites de soirées entre amis, de révisions, de concerts, de pique-niques improvisés et d'ébats instinctifs. Je m'endormais dans ses bras, j'aimais son odeur.

Un an plus tard, la nature m'offrait nos jumeaux, Rose et Thomas. Ce jour reste le plus beau moment de ma vie malgré ces heures interminables. Imaginez ! Notre amour débordant se concrétisait non pas en un, mais en deux enfants.

La situation impliqua des changements, il fallut que je tire un trait sur mes études, au grand désespoir de mes parents, surtout de mon père, médecin. J'avais déjà refusé de suivre un cursus dans son sillage, je m'étais rabattue sur les langues, ce qui l'avait rendu malade. Interrompre mes études était devenu pour lui un cauchemar. Ma mère m'avait déçue et surtout froissée par la véhémence de ses reproches. Il me restait un trimestre de deuxième année à valider, il était désormais impossible pour moi de le terminer. Hors de question de laisser mes petits à des inconnus, ni même à ma mère ou à ma belle-mère. Ces enfants étaient le fruit de notre amour, j'avais le besoin de les chérir, rien n'aurait pu m'en empêcher.

J'ai subi pendant des semaines et des mois les reproches de mes parents. Je fuyais leurs regards appuyés d'où suintaient déception et incompréhension. La bourgeoisie tient plus que tout aux apparences. Nous étions différents.

Léo trouva la force de terminer ses études de chimie à l'université. Grâce à de petits boulots, il remplissait le réfrigérateur. Sa grand-mère, en ces temps difficiles, se mua en bonne fée Bernadette. Joviale et ronde, elle nous avait confié souffrir d'un trop-plein d'amour. Les cadeaux qu'elle nous faisait lui permettaient de se soigner, fanfaronnait-elle. Nous avions emménagé à l'étage inoccupé de sa maison. Nous étions pauvres, mais riches de nos complicités. J'étais heureuse à en pleurer.

Son diplôme d'ingénieur plasturgiste en poche, Léo trouva rapidement un emploi à la hauteur de ses qualifications. Nous avons déménagé à cinq cents kilomètres de nos racines. Ce fut une nouvelle déception pour nos familles, mais il fallait bien penser à nous et aux enfants. Je vécus cette délocalisation comme une délivrance, mais aussi comme une déchirure, nous quittions notre bienfaitrice, qui donnait des signes de fatigue. Mes parents me blâmaient d'avoir saboté mes études, et de ne jamais les avoir reprises. Pour eux, c'était du gâchis et de l'immaturité. Quant à la mère de Léo, elle ne supportait pas d'imaginer son fils unique dans les bras d'une autre. Femme possessive, corse d'origine, très mère juive, elle m'accablait de reproches, toujours gratuits. Léo prenait ma défense. J'en étais fière, je souriais intérieurement de le voir tenir tête à sa mère, ce qui attisait chaque fois mon admiration pour lui.

Nous avons eu de magnifiques années, les jumeaux grandissaient, inséparables, bouillonnant de fraîcheur et d'enthousiasme. Très complices, jamais l'un sans l'autre, ils rayonnaient. L'amour de ma vie avait toute la confiance de son employeur et grimpait allègrement les échelons ; il m'offrait ainsi la possibilité de m'occuper exclusivement de lui et de nos chérubins.

Son supérieur hiérarchique, un certain Dominique, dont il me parlait souvent, lui prédisait un bel avenir. Nous vivions bien, sans nous soucier du lendemain, même si nous ne roulions pas sur l'or.

J'avais mis de côté ma vie professionnelle et sociale, nous n'avions pas d'amis, enfin pas de ceux qui viennent dîner à la maison ou partagent les confidences. J'étais alors persuadée qu'un couple avec des jumeaux faisait peur. Dans cette petite commune, se faire accepter si on n'était pas d'ici relevait de la gageure. Nous étions seuls, cela ne me pesait guère, à l'époque, le temps s'évaporait.

Quand les enfants ont été en âge d'être scolarisés, je me suis tournée vers une passion dévorante, la lecture. J'avais même repris l'équitation et les cours de cuisine, ainsi qu'un emploi de bénévole à la bibliothèque, une heure par semaine. C'était peu, mais j'y rencontrais des personnes charmantes à l'esprit ouvert. Léo me comblait de petits bonheurs quotidiens, une fleur, des mots d'amour aimantés sur le frigo, des cœurs sur le miroir, une sortie tous les deux, un baiser dans le cou par surprise. Sa passion était sincère, contagieuse, je le dévorais des yeux.

L'implication de Léo dans son travail, l'école, l'éducation des enfants, la vie de tous les jours… nous nous étions éloignés naturellement de nos familles, par manque de temps, par simple respect des priorités. Notre dernier périple en terre de sang remontait à quelques mois, pour un deuil particulièrement difficile, l'enterrement de la grand-mère de Léo. Il suivait de peu celui de son père malade et cela décuplait sa peine.

Ce fut une nouvelle épreuve douloureuse pour lui, ainsi que pour sa mère. Je ne sais toujours pas pourquoi, peut-être le cumul de la fatigue, du voyage, la tristesse, la lassitude, mais une grosse dispute éclata alors entre mes parents et moi. Ils me reprochaient de gâcher ma vie par manque d'ambition et de me reposer sur mon mari, de nous être éloignés, de les priver de leurs petits-enfants. Toujours la même rengaine, j'étais intelligente, j'avais tous les talents pour réussir et je me cantonnais dans ma cuisine à attendre le retour du chasseur, je vivais dans son ombre, dans une libre servitude, je méritais cent fois mieux… Cette fois, j'ai vidé mon sac, j'ai osé élever la voix sur eux : ils ne téléphonaient jamais, ne demandaient pas de nouvelles des jumeaux, ne venaient jamais nous voir et surtout ne respectaient pas mes choix de vie. Bref, nos différences creusaient le fossé naturel qui nous séparait et prenaient des proportions abyssales.

Depuis plusieurs semaines, chacun de son côté, nous ruminions nos griefs, sans oser les livrer, nous fourbissions nos armes. Mon père, qui s'était associé à un jeune médecin, préparait sa retraite et cela ne lui réussissait pas, je le trouvais plus fatigué. Lui si joyeux d'ordinaire manquait d'enthousiasme.

2

Je me souviens très précisément de la date, vendredi 19 avril 2002. Le printemps crânait et offrait une incroyable palette de couleurs. Léo, pour les neuf ans des jumeaux, avait pris quelques jours de vacances et nous avait organisé un week-end rien que pour nous. Absorbé par ses responsabilités, les séminaires et les stages de formation, il ne s'accordait que de rares coupures, souvent interrompues ou annulées à la dernière minute.

La veille, l'annonce avait fait l'effet d'une bombe, il avait loué pour trois jours un chalet, à deux heures de la maison, en bordure d'un paisible lac de montagne. Le programme était ficelé : feux de camp, promenades et pêche aux écrevisses… Il n'a pas été facile de coucher Rose et Thomas ce soir-là.

Les jumeaux exultaient sur la banquette arrière du monospace. L'excitation, les cadeaux et la joie de nous retrouver tous ensemble les électrisaient. Les bâtons de randonnée trônaient dans le coffre au milieu des sacs et des paquets, symboles de moments de partage à venir. Nous chantions en chœur sur la petite route qui serpentait entre roches et eau. Enfin, en ce qui me concerne, je mimais les paroles et m'intéressais plus au spectacle qui s'offrait à mes yeux. Le lac en contrebas brillait, les rayons du soleil printanier se reflétaient à sa surface et arrosaient les ombres frémissantes des pins.

Au loin, un îlot de terre se détachait de l'immensité calme, comme une pierre posée sur l'horizon bleu, où se prélassait une vieille maison au toit éventré. Mon regard se gavait de ce paysage de carte postale. La météo annonçait deux jours sans un nuage. J'avais un moral au beau fixe et le cœur papillon.

Les yeux mi-clos, je m'emplissais de ce moment de paix, de douceur, de beauté et de joie, lorsqu'un cri et le bras de Léo me plaquèrent contre le siège. *Attention !* D'instinct, j'ai regardé la route, il y avait un camion chargé de troncs d'arbres. Il sortait d'un virage à notre gauche en se déportant sur notre voie. La scène ne dura qu'une poignée de secondes, mais s'imprima à jamais, image par image. Un câble qui maintenait la cargaison de grumes se rompit, dans un bruit sec il fendit le ciel et lécha la cime d'un pin. Léo appuya un bras contre moi, s'agrippa de l'autre au volant. Les pneus du monospace gémirent sous l'effet puissant du freinage. L'arrière se déporta d'abord à droite, puis à gauche. Je ne pus contenir un hurlement, il couvrit ceux des enfants. La calandre du vieux poids lourd se précisait, je n'oublierai jamais le sigle en forme de losange qui brillait à une vingtaine de mètres. Les troncs, un à un, dans un mouvement d'horlogerie, décompte macabre, tombaient du plateau et s'étalaient sur la route comme un mur de bois.

Léo n'avait pas d'alternative, il donna un grand coup de volant vers la droite, et envoya notre monospace sur la pente qui dévalait vers l'étendue d'eau. Nous venions d'éviter une mort certaine. Nous nous élancions vers l'inconnu. Je hurlais au passage des arbres qui défilaient autour de nous, Léo ne parvenait plus à contrôler la voiture. Nos corps ballottés et malmenés par les sursauts, poupées désarticulées, résistaient puis cédaient sous les secousses du véhicule. *Maman !* Les cris stridents des enfants me crevaient les tympans. J'avais peur, pas pour moi, mais pour eux. J'aurais voulu arrêter le temps, le mettre sur pause ou rembobiner juste une heure pour tout recommencer. Léo pressa plus fort son bras sur moi et hurla *Tenez-vous !* L'avant du monospace heurta violemment un rocher qui nous dévia de notre trajectoire, sans pour autant nous ralentir. Je faillis perdre connaissance tant le choc fut violent. Un rapide coup d'œil à gauche, la tête de Léo pendait sur sa poitrine et ballottait en tous sens. J'aurais voulu hurler son nom, mais pas un cri ni même un son ne sortit de ma gorge, horrifiée. Dans un geste désespéré, j'ai essayé d'agripper le volant, ma main fut éjectée comme le caillou d'une fronde et heurta le plafond. Le parebrise s'étoila au contact d'une branche de belle taille, mais résista. Ma vie défilait sous mes yeux, je revis notre mariage, la naissance des enfants et, entre deux images, j'aperçus le lac derrière les arbres, impassible. Il nous attendait, à quelques dizaines de mètres, calme et limpide, innocent témoin d'une scène qui ne l'intéressait guère.

Un bruit d'explosion masqua celui du chaos des branches, sans doute un pneu qui venait d'éclater. Mes mains se crispèrent sur la ceinture de sécurité qui, en de puissants à-coups, s'enfonçait dans mes côtes, et me coupait le souffle. Nous allions mourir. L'idée me fouetta l'esprit et me transperça le cœur, mais pas question de laisser la faucheuse cueillir mes amours sans me battre, sans livrer mes dernières forces.

Les secousses nous malmenaient dans des froissements de tôles et des craquements de métal. Le moteur s'emballait, hurlait, agonisait. Je peinais à maintenir ma tête qui cognait contre la vitre. Et puis, je ne vis plus que lui, le lac était là, comme la fin d'un mauvais rêve ou le début d'un cauchemar. Nous avions échappé à un accident, à un mur de troncs, aux embûches, aux rochers, aux arbres, mais ce n'était pas fini. Un court instant, notre véhicule se refléta sur cette étendue sans vagues ni écume, image fugace d'un destin incertain. Et l'avant de la voiture heurta dans un fracas le miroir d'eau qui nous observait. Nous venions de tomber de deux bons mètres, le nez du capot en premier. Le choc fut terrible, et je frôlai pour la seconde fois l'évanouissement.

L'eau, si douce, si légère, innocente, dévoilait sa face cachée, surface indestructible, elle allait se refermer sur nous en ronds concentriques, qui bientôt disparaîtraient aussi. Le monospace, emporté par sa vitesse, avait basculé et flottait sur le toit.

Léo ne répondait pas. Je le secouai avec la force du désespoir, la hargne de l'instinct de survie, mais sans succès. Lui, toujours présent pour moi, m'abandonnait au moment où j'en avais le plus besoin. Je me voyais dans cette boîte de verre et de fer, enfermée avec mes peurs, seule comme je détestais l'être. L'eau s'engouffrait par sa vitre à peine entrouverte et par les aérations.

La tête en bas, un peu sonnée, je me démenais, toujours attachée par la ceinture de sécurité qui me compressait le torse. Je n'entendais plus les enfants, et je n'arrivais pas à me retourner. En penchant la tête, j'aperçus les sandales de Rose. Elles pendouillaient, inertes. La voiture se redressa, un peu à la manière du flotteur d'une ligne de pêche qui prendrait son aplomb. Elle piqua du nez vers le fond sans pour autant couler, puis se retrouva à la verticale. Le moteur s'arrêta, on n'entendait plus que le bruit de l'eau.

Elle se faufilait et glissait tel un serpent, chassait inexorablement l'air, en gros bouillons ou en chapelets de bulles.

J'étais paniquée mais je ne perdais pas espoir. Un mince filet de lumière guidait mes gestes, j'ai dessanglé mon mari qui, sous son poids, s'est affaissé sur le parebrise, le visage tourné vers moi, avec une énorme bosse et une tache de sang sur la tempe.

Dans un effort qui me parut surhumain, je suis parvenue à me détacher, ce qui m'envoya violemment contre le tableau de bord. Mon crâne cogna dans un bruit sourd, mais la peur m'épargna la douleur. À mes côtés, l'homme de ma vie, inanimé, écrasé sur lui-même, respirait à peine.

Ensuite, la scène que je découvris me fit frissonner d'effroi. Mes enfants, mes bébés, pendaient sur leurs sièges, jambes, tête et bras ballants, tous deux inconscients. Cette fois, on s'enfonçait, et la surface du lac clapotait sur les vitres arrière. L'eau emplissait notre monospace jusqu'à la boîte à gants. Il fallait que je me dépêche, que je réagisse, et que je retrouve ma lucidité. J'ai posé un pied sur le levier de vitesse, je me suis agrippée au repose-tête de Léo et, dans un sursaut, j'ai réussi à me hisser. Ma main a touché celle de Thomas. Mes idées s'emmêlaient, volcan de pensées en fusion prêtes à exploser, je ne savais pas que faire. Je hurlai leurs prénoms tour à tour, affolée. Des bulles d'air s'échappaient de l'habitacle. Elles s'accrochaient aux vitres, les léchaient, puis soudain s'enfuyaient, comme un sablier d'oxygène qui nous menait à notre fin.

La panique me saisit tout entière. À l'effroi s'ajoutait l'horreur. Je secouai Léo avec rage, je le frappai de colère dans une ultime tentative, en vain… Un filet de sang filait de sa tempe et glissait sur sa joue jusqu'à l'arête du menton pour goutter dans l'eau qui, inexorablement, envahissait l'habitacle.

Ma tête brûlait à la seule pensée de laisser quelqu'un ici. Pourrais-je déjà n'en extraire qu'un ? Survivre ? En tout cas, j'allais le tenter, mais je devais arrêter un choix. Léo, l'amour de ma vie ? Le père de mes enfants ? Il aurait refusé, j'en étais certaine, et je me résignai à sauver d'abord le fruit de notre union, la chair de ma chair.

L'impensable question me glaça le sang. Qui remonter en premier ? Impossible de choisir, je devais les sortir tous les deux, il ne pouvait en être autrement. J'allais devoir m'extraire de ce cercueil d'acier et profiter de la bulle d'air pour me hisser vers la surface. L'eau entourait désormais tout le véhicule qui descendait et s'enfonçait vers la nuit. Elle montait dans l'habitacle, mais il me fallait attendre encore un peu. Chaque seconde écoulée griffait mon âme de sa promesse de mort.

Je secouai de nouveau les jumeaux, tour à tour, sans qu'aucun réagisse. J'aurais voulu exploser, disparaître, tout déchirer, l'eau, le ciel, la terre, pour que ce moment n'existe pas. Mon corps tremblait, agité de spasmes de peur, de sursauts de vie. J'ai réussi à me hisser contre le dossier de mon siège, à portée de main des enfants.

D'un geste rapide, je détachai Thomas, qui, tel un poids mort, atterrit contre moi, la tête la première. Je le touchais et c'était déjà beaucoup. À neuf ans, il pesait presque trente kilos. Ma Rose était un peu plus crevette, mais à eux deux, j'allais me retrouver avec cinquante kilos à remonter. Mon âme se déchirait à l'idée d'abandonner Léo.

J'ai calé avec difficulté mon fils contre mon épaule, et de l'autre main j'ai débloqué la ceinture de sa sœur, elle a manqué heurter le siège de son père. Dans un effort surhumain, galvanisée par une hargne que je ne me connaissais pas, je l'ai saisie et serrée contre moi. Les muscles tétanisés, le cœur aux abois, j'ai tenu bon. Pas question de faiblir, de laisser la vie s'enfuir sans me battre. Rose bougeait la tête sans reprendre connaissance, cela me rassura un peu. Je devais être forte pour elle, pour eux, pour moi. Je l'avais décidé, il ne serait pas écrit qu'aujourd'hui serait la fin.

Le souvenir d'une scène similaire dans un film ou un téléfilm électrisa mes neurones. Surtout, ne tenter de sortir que lorsque l'eau se trouvait en quantité à l'intérieur, sinon, la pression exercée à l'extérieur empêchait d'ouvrir la portière. L'eau montait et la voiture plongeait. Les rayons fatigués du soleil s'effilochaient vers les profondeurs. Je ne pus retenir un cri de haine, d'effroi et d'impuissance. L'eau atteignait désormais la porte arrière et cela signifiait qu'elle submergeait Léo. Je vivais sa mort en direct, je ne distinguais plus que sa chevelure. Elle ondulait parmi les papiers et tout ce qui flottait. Un chapelet de bulles éclata près de moi.

J'hésitai une seconde. J'aurais voulu le soulever, le sauver, mais les enfants étaient ma priorité. Un frisson me parcourut. Je me sentis complice de sa mort, elle devait bien sourire cette garce, mais hors de question que je renonce. Il fallait que je réagisse, que je me lance, et le moment arriva. Je calais Thomas sur mon épaule, attrapai la poignée de la portière. La manipuler à l'envers se révéla compliqué, je dus m'y reprendre à deux fois. Les poumons gonflés à bloc, je poussai la portière comme une damnée. Elle ne bougeait pas ou si peu. La pression exercée à l'extérieur était telle que je dus multiplier les tentatives. J'attendis encore quelques secondes. Quand l'eau m'arriva à la poitrine, la porte céda d'un coup. J'agrippai Rose sous mon bras et profitai de ce que l'air s'échappait en gros bouillons pour m'élancer.

La voiture poursuivait sa descente et provoquait un courant dans son sillage. J'ai senti qu'elle nous aspirait. La lumière filtrait à peine à la surface. J'exhalais un peu de ma vie en quelques bulles, mes jambes fouettaient l'eau avec vigueur. Impossible de m'aider de mes bras. Les battements de mon cœur résonnaient en moi, comme un compte à rebours qui ne respecte pas les règles et qui s'affole. Je n'ai pas ménagé mes forces, mais au bout de quelques secondes j'ai compris… Ma cage thoracique se comprimait, l'air commençait à me manquer et je ne remontais pas.

La faible lueur qui filtrait de la surface, toujours la même, l'attestait, je ne bougeais pas ou si peu, dans un instant tout serait terminé. Je luttais, j'arrachais chaque battement de jambe dans la souffrance, mais sans progresser, j'étais en train de mourir avec mes enfants.

L'impensable s'est produit, comme le loup qui se mord la patte emprisonnée dans le piège et qui, poussé par on ne sait quelle furie, la sectionne à coups de dents. J'ai hésité une seconde et, le cœur en lambeaux, j'ai lâché la chair de ma chair, ma fille Rose. Je ne savais pas si je commandais mon geste, ou si l'instinct forçait ma main, mais j'ai commis l'irréparable. Mon cœur s'est arrêté de battre. La mâchoire serrée, les yeux inondés d'eau et de larmes, j'ai redoublé d'efforts et je suis enfin remontée.

L'envie d'inspirer était si forte que la glotte me blessait. Ma vue se troubla. Encore quelques mètres. Mon bras droit, doigts tendus, fendait l'immensité de cette masse invisible qui nous engloutissait. Une seule idée martelait mes pensées, retourner chercher ma fille. Je faisais tout pour ne pas avaler ce liquide assassin, mais, à un mètre de la surface, je suffoquai. J'ai cru mourir. Enfin, mon visage brisa cette fine limite qui me ramenait à la vie. Je sortis aussitôt la tête de Thomas. Il était toujours inconscient. Je toussais et vomissais ce poison. La rive était à dix mètres, il fallait faire vite. Je me sentais dans un état second, mais j'ai rejoint le bord et j'ai hissé mon enfant sur la plage de pierres. Il ne respirait plus. Je criais son prénom comme une supplique.

Prise de panique, j'ai frappé son torse frêle, je l'ai comprimé, une fois, dix fois, j'ai insufflé ma vie dans sa gorge, mon âme dans chaque souffle. Mon cœur hurlait. De la mousse est sortie de son nez, un peu, puis d'un coup par sa bouche avec de l'eau, et il a toussé en ouvrant les paupières. Il vivait. Mon fils naissait une deuxième fois.

Je l'allongeais sur le côté quand j'entendis un homme m'appeler. Le chauffeur, certainement, qui descendait en courant vers nous. Sans réfléchir, je suis retournée vers le lac et j'ai nagé jusqu'à l'endroit où j'avais abandonné l'autre pan de ma vie. L'homme hurlait, je n'ai pas compris ce qu'il disait. J'ai plongé.

Les yeux écarquillés, je fouillai les premiers mètres à la recherche d'une ombre, d'un signe. Je m'enfonçai plus profondément, je tournais sur moi-même dans ce monde en trois dimensions où les repères n'existaient plus. L'air me manqua, mais je devais poursuivre, encore un peu. Ma nage découpée, désordonnée, pompait tout mon oxygène.

Je regagnai rapidement la surface et j'inspirai à m'en écarteler la cage thoracique. Je m'engouffrai de plus belle dans l'antre froid de la mort. Pas une bulle, pas un remous, pas un reflet métallique pour m'indiquer où se trouvait la voiture. J'économisais mes gestes et je glissais vers le noir, déterminée. La lumière faiblissait et ne griffait plus l'eau qu'à quelques mètres en dessous de la surface.

Et je la vis. Sa robe blanche ondoyait, ses cheveux s'élançaient vers moi dans un appel au secours. J'ai redoublé d'efforts, j'ai relâché par à-coups un peu de cet air si précieux. Elle était là, si proche, et pourtant je ne réussissais pas à la rejoindre. Une douleur aux tympans m'alerta ; je coulais avec elle. Elle s'enfonçait et je la suivais, tout paraissait si noir, le froid pinçait mes chairs, j'avais si mal… je compris qu'il était trop tard. Ma vue se troubla, je ne parvenais plus à la distinguer. Était-ce vraiment elle ou mon cerveau qui la façonnait ? La fureur de vivre s'empara de moi, je devais retrouver la surface.

L'air me manquait, je luttai pour ne pas inspirer, l'estomac contracté, la peau glacée par cette eau morbide qui m'agrippait. La lumière était là, plus haut, bien plus haut. Une crampe me mordit le mollet droit. Cette fois, c'était la fin, pourtant il fallait que je remonte, Thomas m'attendait, je ne pouvais pas le laisser. La chaleur emprisonnait ma tête, la panique me guettait, mais, plus encore, la peur de ne plus revoir mon fils. Je pensai à lui de toutes mes forces et je tendis les bras vers la vie. Ma gorge se noua, je sentis mes forces décliner. Puis plus rien.

3

J'ai d'abord perçu le son d'un appareil à oxygène, souffle artificiel, mécanique imperturbable, et ensuite seulement des bribes de voix féminines.

— On dirait qu'elle se réveille !

— Tu as raison, elle est vite revenue à elle !

Je tentai d'ouvrir les yeux et m'y repris à plusieurs fois avant que la lumière me brûle la rétine. J'essayai d'articuler quelques syllabes, puis je m'interrompis, saisie par une vive douleur à la gorge. Une main se posa sur la mienne, douce et chaude.

— Bonjour, Ava, je vois que vous vous réveillez, tout va bien !

La blouse blanche se tenait à mes côtés. Une femme, la cinquantaine assurée, coiffée d'un chignon impeccable. À l'évidence, elle me surveillait. Elle devina à mon regard affolé que mille interrogations se bousculaient dans ma tête. La douleur qui embrasait ma gorge m'empêcha toute autre tentative. Elle glissa la main sur mon front, le caressa et remonta mes cheveux. Elle murmura :

— Tout va bien, ne vous inquiétez pas. Votre fils se porte bien également. Il est deux étages plus bas au service pédiatrique. Vos parents sont venus vous voir plusieurs fois déjà. Ils seront ravis que vous soyez sortie du coma.

Du coma… Je me trouvais donc ici depuis un moment,

mais depuis combien de temps ? Des images que je ne parvenais pas à assembler me brouillaient l'esprit, je me souvenais de la noyade, de Thomas, de Rose, de l'accident, tout semblait si confus. Et cette douleur dans la gorge et aux côtes. Je ne parvenais pas à cacher mon agitation, l'infirmière poursuivit d'une voix douce :

— Calmez-vous, nous vous enlèverons la sonde d'intubation sous peu. Nous avons déjà diminué le niveau d'oxygène. N'essayez pas de parler, sinon vous allez vous blesser. Si vous rencontrez le moindre problème, faites-moi signe, d'accord ?

J'acquiesçai d'un clignement d'yeux, elle me sourit, la panique ne me quittait pas. Les questions se heurtaient les unes aux autres. Je pleurais, mélange de soulagement et de peine, fracas d'émotions qui disloquaient mon cœur et embrumaient mon esprit. Je vivais et Thomas aussi, mais je devais savoir pour Léo et Rose. Je revoyais ses cheveux, sa robe blanche onduler dans l'eau… peut-être que quelqu'un l'avait sauvée ? Il fallait que je sache. D'un geste décidé, j'arrachai le tube de ma bouche. La nausée arriva aussitôt.

L'infirmière n'eut pas le temps de réagir. Elle vérifia que je respirais bien et, après quelques minutes, aidée d'une collègue, me releva un peu et ajusta mon oreiller. J'étais pressée de lâcher mes questions, les premières syllabes raclèrent ma gorge asséchée. Je ne reconnus pas ce son rauque qui sortait en sifflant de ma bouche. Ma tête tournait.

— Depuis quand ?

— Vous êtes ici depuis quelques jours. Vous êtes arrivée dans un sale état et les médecins vous ont plongée en coma artificiel. Vous avez eu beaucoup de chance !

Je ne relevai pas. La chance, ça ne ressemblait pas à cela. La mémoire m'était revenue, intacte, et je me souvenais de chaque seconde comme autant de coups de poignard. La chance ! Ma bonne fortune m'amputait de la moitié de mon sang et des êtres de ma vie. Je posai la question qui me brûlait les lèvres, le souffle court, même si je connaissais déjà la réponse.

— Ma fille Rose ? Mon mari ?

L'infirmière fit une grimace et jeta un regard gêné à sa collègue, qui se retourna et rangea les câbles d'un appareil qui jouxtait mon lit.

— Je suis désolée, tout a été tenté, les secours ne sont pas parvenus à les sauver. C'est déjà un miracle que votre fils et vous en ayez réchappé. Je vous présente toutes mes condoléances.

Elle grimaça, mais cette fois cela m'était destiné. Cette femme disait vrai, elle était abattue, ses yeux ne mentaient pas. Il y a des regards qui ne trompent pas.

Je ne saurais dire si cela me fit du bien ou si cela me toucha, mais ce regard déclencha en moi une crise de larmes, l'autre infirmière quitta la pièce. Et au même instant, la première s'approcha et me prit la main. Elle me caressa les doigts, moment fugace mais intense. Son silence me nourrissait bien plus que des mots ne l'auraient fait. Je réclamai un verre d'eau qu'elle me refusa, c'était hors de question pour l'instant.

Je restai là, anéantie, détruite au-dedans, mais vivante. Mon cœur s'était embrasé de douleur, et mon corps n'avait trouvé que les larmes pour éteindre ce feu dévastateur. Elles ne m'apaisaient pas, elles m'empêchaient de devenir folle.

Je ne parvenais pas à m'enlever de la tête les images de Rose qui sombrait dans l'immensité noire de cette eau glaciale. Je serrai les poings, comment avais-je pu la lâcher ? J'aurais voulu mourir à sa place, souffrir mille tortures plutôt que de me retrouver là, sans elle. Son regard, son odeur, ses sourires, ses cris de joie me hantaient. Je ne méritais pas d'exister, les larmes roulaient sur mes joues, je suffoquais de remords. Puis le visage de Thomas s'imposa. Il vivait.

L'envie de le voir m'obsédait, c'était ma priorité, ne pas l'abandonner comme sa sœur, le prendre dans mes bras. J'ai voulu descendre du lit, mais les cathéters fixés à mon poignet droit m'en empêchèrent. J'ai voulu m'asseoir, la tête m'a tourné, mes oreilles sifflaient. Quand je me suis réveillée, mes parents étaient assis au bord de mon lit, silencieux.

Je distinguai d'abord ma mère qui me souriait avec tendresse. Je la reconnus à peine, la mine pâle, les yeux rougis, les cheveux en bataille. Elle a posé la main sur mon bras.

— Ton père et moi avons eu si peur. Comment te sens-tu ?

Je renvoyai une moue affligée. J'éludai la question, comment pouvais-je aller, sinon mal ? Ma voix sonna râpeuse, celle d'une morte qu'on ranime :

— Il y a longtemps que vous attendez là ?

— Une petite heure, nous sommes passés embrasser Thomas juste avant. Rassure-toi, il se porte bien. Il a été placé, comme toi, en coma artificiel. Le médecin dit qu'il n'aura sans doute pas de séquelles. Afin d'éviter une inflammation pulmonaire et pour qu'il récupère plus vite, il doit rester endormi encore plusieurs jours. Il souffre d'une petite hypothermie, mais rien de grave. Tu ne dois surtout pas t'inquiéter.

— Tu me jures qu'il ne craint rien pour la suite ?

Elle hocha la tête avec un sourire de circonstance et me serra le bras.

Je jetai un rapide coup d'œil à mon père. Il m'observait sans me voir, le regard atone, ailleurs en pensée ou simplement perdu dans sa douleur.

— Tu ne travailles pas, papa ?

Il releva un peu le menton.

— Je me suis octroyé des vacances, la retraite approche, le jeune médecin qui va me succéder est déjà très professionnel… Il s'occupe très bien de mes patients.

— Tu as l'air fatigué.

Il grimaça et me gratifia d'un sourire, ce qui se faisait rare chez lui.

— Je ne sors pas d'anesthésie, moi, madame !

C'était toujours dans les moments où il perdait pied qu'il recourait à l'humour. Il dissimulait son désarroi et sa peine par l'ironie. En bon médecin qui se respecte, il ne put s'empêcher de poser quelques questions : si j'avais mal au dos ou aux côtes quand j'inspirais ou expirais… Il me fallut un certain temps pour le rassurer un peu. À son tour, il dissipa mes craintes sur l'état de santé de mon fils. Il avait parlé avec l'interne, je devais rester confiante.

Nous avons échangé des banalités, comme le font souvent les gens bien élevés ou ceux qui sont trop sensibles pour livrer leurs émotions. Il se passa peut-être dix minutes avant que mon père aborde le sujet de l'accident :

— Dans le journal, ils ne parlent pas de grand-chose, simplement que la gendarmerie a ouvert une enquête et d'un camion qui a perdu son chargement. Ils mentionnent aussi Léo et Rose, et que tu es parvenue à sauver Thomas. C'est horrible de voir que la mort se résume en dix lignes dans une rubrique locale. Ta mère et moi, on s'interroge. Comment votre voiture a-t-elle pu finir dans le lac ? C'est épouvantable cette histoire. Il devait rouler vite le camion, non ?

— Je ne sais plus, je ne crois pas.

Mon père se confondit en excuses :

— Je suis désolé, tu sors tout juste d'un grave accident et du coma, Rose et Léo ne sont pas encore enterrés et moi, je te bouscule avec mes questions stupides.

— Ne t'inquiète pas, papa ! J'aurais préféré te dire que je ne me souviens de rien, mais je me rappelle chaque seconde.

J'avais besoin de me livrer, de partager ces minutes de cauchemar, de les revivre par procuration pour peut-être me convaincre que tout était vraiment arrivé. J'ai raconté entre deux sanglots ce que nous avions subi. J'ai évité les détails macabres, je ne suis allé qu'à l'essentiel. Ils ne m'ont pas interrompue, ils pleuraient simplement en silence, en même temps que moi. Jamais je ne m'étais sentie si proche de mes parents. Nos relations avaient toujours été tendues, le chagrin nous rapprochait.

Quand j'eus raconté ma perte de connaissance, un silence s'installa. Ma mère, pour briser ce moment de gêne, se lança :

— Il paraît que c'est le chauffeur du camion qui t'a repêchée. Il a téléphoné aux secours et il a pris soin de Thomas, mais, quand il a vu que tu ne remontais pas à la surface, il a compris que tu te noyais et il a plongé pour te sauver. Ce garçon est un héros !

Je me gardai de répondre, mais la colère se lisait sur mon visage. Elle s'en aperçut et changea de sujet.

— Si tu dois rester sous surveillance et que Thomas sort avant toi, nous nous occuperons de lui à la maison. J'imagine que tu ne retourneras pas dans ton appartement après cette tragédie ? Nous avons beaucoup de place chez nous, tu sais, nous vous accueillerons avec plaisir.

Cette fois, ma réponse fusa.

— Si Thomas sort, je sors. Hors de question que je le laisse ! Merci pour ta proposition, mais pour l'instant je n'envisage pas de vivre chez vous. Que dit la mère de Léo ?

Ma mère se renfrogna, visiblement vexée, il en fallait peu pour que nos divergences ressurgissent. Son visage se crispa, elle ne me répondit pas. Mon père reprit la parole, mais il s'adressait à elle :

— Lison ! Tu ne vas pas recommencer !

Lorsqu'il la nommait ainsi, plutôt que par son diminutif « Lise », c'était le signe annonciateur de turbulences entre eux.

Elle ne répliqua pas, pinça les lèvres, signe qu'elle n'en pensait pas moins. Il poursuivit avec calme :

— Quand nous avons été informés de l'accident et du malheur qui s'abattait sur nous, j'ai appelé la mère de Léo. Elle est effondrée, comme nous. Elle a déjà perdu son mari, aujourd'hui son fils unique et sa petite-fille.

Il hésita, se passa la main sur les yeux, pour essuyer des larmes qu'il espérait cacher. Ma mère se saisit du flambeau.

— Elle s'interroge pour l'enterrement de son garçon… Elle aimerait qu'on l'ensevelisse avec son père, chez eux, dans le caveau familial. Je sais que c'est précipité, mais il va falloir songer aux obsèques.

Cette annonce me glaça d'effroi. Il fallait effectivement que je pense à ces choses-là. Je ne savais même pas où se trouvaient les dépouilles de mes amours.

— Où sont-ils ?

Mon père répondit :

— Rose repose à la chambre funéraire de la ville… Léo… le procureur a exigé une autopsie, mais nous ignorons ce qu'il en est.

Second séisme dans mes oreilles. Les larmes inondèrent de nouveau mon visage. Je bafouillai :

— Mais pourquoi ?

— Il paraît que dans ce type d'accident, c'est la règle. Pour vérifier si les conducteurs ont bu, ou s'ils ont pris des drogues ou des médicaments. Peut-être pour déterminer les causes de la mort, je ne sais pas, personne ne nous a rien dit.

La colère grondait en moi. L'envie de crier au monde entier que mon pauvre mari n'était pour rien dans ce drame s'étouffa dans ma gorge nouée par le chagrin. Je ressentais une douleur si intense, une peine si grande que mon poing se referma et que mes ongles se plantèrent dans ma chair. Je cherchais une souffrance physique, quelque chose de plus fort que le malheur. Je me sentais dévastée, coupable.

Mon père ajouta quelques mots, pour tenter de me rassurer.

— Il doit s'agir de la procédure ! J'imagine que les gendarmes t'auditionneront bientôt. Tu veux que je les appelle pour leur poser la question ?

— Non, ne t'embête pas avec ça, ils viendront bien assez vite. J'aimerais surtout voir Thomas. Vous croyez qu'ils me laisseraient descendre à son étage ? Je ne me sens pas en état de marcher, mais peut-être dans un fauteuil roulant ?

— Nous leur demanderons, mais tu dois d'abord te reposer, ordre de ton médecin de père ! Tu es bien trop affaiblie pour l'instant, surtout que l'anesthésique coule encore dans tes veines.

Ils se levèrent, m'embrassèrent et quittèrent la pièce, gênés, un peu gauches. Me reposer ! Quand je fermais les yeux, je n'avais qu'une image, la robe blanche de Rose et sa chevelure aux reflets rouges qui ondulait. Comment avais-je pu l'abandonner ? J'étais anéantie, submergée par la douleur, asphyxiée par la peur et les mille questions qui m'attendaient. Je me retrouvais seule, sans emploi, veuve, meurtrie dans ma chair à jamais. Comment allais-je protéger mon fils de cette vérité que je ne parvenais pas à supporter ? Aurais-je la force de lui avouer que j'avais abandonné sa sœur ? La seule idée de lui annoncer leur mort me donnait la nausée.

L'infirmière entra. Elle procéda à différents tests et m'indiqua qu'une psychologue me rencontrerait sous peu. Mes constantes étaient bonnes, je ne pourrais boire que ce soir, si tout allait bien. C'était vrai, j'avais soif, même si l'idée de voir un verre d'eau me répugnait.

On ne me permit pas de rendre visite à Thomas, mon état de santé restait précaire, il me fallait patienter. La journée fut longue, entrecoupée de sanglots et de cauchemars, mes pensées toujours tournées vers Léo, mais surtout vers Rose.

La nuit fut pire encore, elle me fit prendre conscience que, désormais, chaque heure passée sur Terre serait une heure passée en enfer.

4

Le personnel soignant était adorable avec moi, je me sentais mieux, mais tout le monde me traitait comme si j'agonisais, on susurrait les mots, on évitait les gestes brusques, on s'attachait à ce que chacun de mes désirs soit satisfait. À leurs regards furtifs, je voyais que les infirmières compatissaient à mon malheur plus qu'à mon état de santé. Elles avaient raison, l'enveloppe tenait, mais au-dedans mon cœur se nécrosait. Je cherchais à donner le change, c'était étrange, je me refusais à afficher ma peine et mon désarroi, je restais impassible entre les crises de larmes que j'étouffais. Je ne méritais pas qu'on s'apitoie sur moi, j'aurais préféré le fouet sur la place publique. Mais cela n'aurait pas suffi à calmer mon chagrin.

Je m'expliquais mieux les sourires pincés de cette vieille dame, toujours assise sur un des bancs vermoulus du parc. Elle ne parlait à personne, les yeux rougis, elle souriait de ce simple rictus qui vous transperçait la poitrine et vous mordillait l'âme. Je la comprenais comme jamais, car cette grimace avait pris possession de ma bouche. Je plissais les lèvres pour faire figure honorable et cacher mes souffrances. Oser sourire, pour éviter de pleurer, pour prouver que j'étais forte. Oser sourire pour que la pitié n'apparaisse plus sur les visages, pour se fondre dans la masse et ne pas effrayer les gens. Mes bosses et mes hématomes ne se voyaient pas sous l'étoffe, mais comment dissimuler les blessures de mon cœur, si ce n'était derrière une façade ? Je trouvais cela stupide, mais je devais rester fréquentable. La dignité constituait le dernier rempart qui m'éviterait de sombrer dans la folie. Je la sentais si proche.

Mes parents parlaient peu. Qu'auraient-ils pu dire à part des banalités ? Il existe des douleurs qu'on ne partage pas avec des mots. Ils souriaient parfois, et je lisais la pitié dans leurs mimiques et leurs regards. J'avais horreur de ces silences, je tournais la tête. Tout plutôt que de sentir leurs yeux gorgés de larmes se poser sur moi. Il arrive que les émotions soient si intenses que seul le regard peut les dire. J'avais connu cela avec Léo, tant mon amour pour lui me submergeait. Aujourd'hui, je ressentais la même chose à l'envers, mais à cause de la douleur et de l'enfer qui grondaient au-dedans.

Mon père s'occupait à des allers-retours entre Thomas et moi. Il paraissait s'en accommoder fort bien, rester sans bouger n'avait jamais été son fort. Ma mère se contentait de remplir ses mots fléchés et me surveillait du coin de l'œil de temps à autre. Elle se pensait investie d'une responsabilité, ou taraudée peut-être enfin par l'instinct maternel.

Elle était avare de démonstrations de sentiments et ne s'était jamais montrée très proche, mais elle avait toujours prêté une attention jalouse à la moindre toux ou au plus petit début de fièvre, qui l'intéressaient bien plus que mes états d'âme. Son amour, le vrai, comme elle aimait le claironner, elle le réservait à Dieu et à ses saints. On m'avait enrôlée au catéchisme comme on livre son enfant à une armée dans l'espoir qu'il devienne général. C'était une mauvaise idée et ma mère en gardait encore aujourd'hui un souvenir amer. Je traînais les pieds et détestais le manque de saveur de l'hostie. Contrainte et forcée, on m'avait poussée jusqu'à ma première communion. Mais le coup de téléphone du curé le dernier jour de la retraite, juste avant la messe solennelle, sonna tel le tocsin dans le salon de la grande maison. J'avais blasphémé et parodié une chanson à la gloire de l'Enfant-Roi. Les paroles grivoises, soufflées par mes camarades, étaient parvenues à faire rougir la tête chauve qui dépassait de la soutane. De colère ou de honte, il m'avait congédiée et obligée à une séance de repentir et de confession qui me valut finalement son pardon. Ma mère en avait perdu connaissance. Depuis, je fuyais les églises, tel un vampire le soleil.

Le médecin venait de repartir. À l'en croire, mon état était moins grave qu'il n'y paraissait, mes poumons avaient été préservés grâce aux massages cardiaques et au bouche-à-bouche prodigués par mon sauveteur. Une fois de plus, je n'avais pas relevé, mais le mot de sauveteur me déchirait les oreilles. Comment pouvait-on nommer ainsi celui qui avait tué mes proches ?

En fin de matinée, on m'annonça l'arrivée de deux gendarmes chargés de l'enquête sur l'accident. J'étais parfaitement disposée à les recevoir, j'avais de nombreuses questions à leur poser. Mes parents s'effacèrent sous un prétexte qui sonnait faux, la peur de gêner, peut-être, ou celle de l'uniforme. La visite inopinée des gendarmes décala celle de la psychologue, ce qui m'arrangeait, je n'avais aucune envie de discuter avec elle.

À ma grande surprise, les gendarmes étaient très jeunes, la trentaine pour l'un, le second paraissait tout juste sorti de l'adolescence. Le plus vieux des deux et le plus athlétique s'installa dans le fauteuil à côté du lit. Droit, le port audacieux de la vieille garde militaire, il se présenta. Sa voix traînait des sonorités d'une région que je ne parvenais pas à identifier, le Jura ou les Vosges.

— Je me présente, maréchal des logis Bernot, responsable de la brigade accidents. J'aimerais m'entretenir avec vous, mais avant, veuillez accepter mes condoléances pour votre époux et votre fille. Je suppose que vous étiez informée et que je ne vous apprends pas la triste nouvelle.

Je le remerciai du sourire crispé qui depuis mon réveil me déchirait le visage. Même les formules de politesse devenaient une épreuve. Il reprit sans attendre, pressé ou gêné :

— Je dois tout d'abord vous préciser que je noterai mes questions et vos réponses sur ce carnet. Nous retranscrirons l'ensemble à la gendarmerie sur un procès-verbal. Je vous rassure, vous n'aurez pas besoin de vous déplacer, il vous suffira de signer les feuillets de déclaration ici. Je suppose que vous vous demandez pourquoi nous souhaitons vous rencontrer ? Pour éviter de perdre du temps et de vous fatiguer, je vais vous résumer la situation et vous fournir les premiers résultats de nos investigations.

Je n'osai pas le remercier. Il poursuivit dans la foulée et s'adossa au fauteuil, le menton vaillant. Il se racla la gorge, avala sa salive dans un geste appuyé et se lança comme on récite une leçon :

— Le but de cette enquête est de faire la lumière sur les circonstances et les responsabilités de chacun. Le chauffeur du camion interpellé sur les lieux a été placé en garde à vue. Il est resté dans nos locaux pendant deux jours, puis a été présenté au magistrat qui voulait le rencontrer, il a été remis en liberté. Des examens toxicologiques ont été réalisés, à la suite de la prise de sang. Nous avons reçu les résultats dès le lendemain, le chauffeur du camion n'avait ni bu ni consommé de produits stupéfiants. D'après ses déclarations, un des câbles a cédé avant le virage, puis un second et enfin le dernier. Toujours selon ses déclarations, le poids des troncs qui se déversaient sur la route a entraîné son véhicule vers la gauche. Il ne semblait pas rouler à vive allure, mais un expert réquisitionné par le procureur a effectué des relevés. Nous attendons son rapport, notamment en ce qui concerne les distances de freinage, l'état du camion, et un éventuel dépassement des limites de charge. Nous savons que ce poids lourd était vieux et que les élingues auraient dû être changées. Le chauffeur avait d'ailleurs fait remonter l'information à son responsable. Il s'agit d'une petite entreprise familiale qui travaille à la coupe et à l'entretien des forêts du secteur. Nous les connaissons depuis longtemps, ce sont des gens bien qui jusque-là n'avaient jamais été mis en cause dans aucune affaire.

L'enquêteur marqua une pause. Je profitai de l'occasion pour l'interpeller sur un point qui m'avait heurtée et choquée :

— Vous parlez des responsabilités de chacun. Je suis désolée, mais je ne me sens coupable de rien. Rien ne serait arrivé sans ce camion devant nous. Vous rendez-vous compte de ce que vous avancez ? Il est en faute, lui et lui seul ! J'ai perdu mon mari et ma fille, et vous osez dire que nous endosserions une prétendue part de responsabilité ! Croyez-vous qu'apprendre que les patrons de cette entreprise sont des gens de bonne famille puisse adoucir ma peine et ma colère ? Je me fiche de savoir qui sont ces gens ! Ce que je veux, c'est qu'ils soient punis, eux et leur chauffeur. On ne conduit pas un véhicule lorsqu'on sait qu'il représente un danger !

Le gendarme passa son poignet sur sa bouche, comme si mes mots venaient de le gifler. Son ton se fit glacial.

— Madame, les choses ne sont pas aussi simples, mais je comprends votre attitude. Je vous en prie, laissez-moi terminer. Lorsque j'évoque les responsabilités, il s'agit d'une formule que l'on emploie dans ce type d'enquêtes, ne le prenez pas à la lettre. Le procureur, et ensuite les assurances auront besoin de statuer sur cet élément. Vous savez, pour parler franc avec vous, dans le cadre d'un accident mortel de la circulation, rien n'apparaît jamais tout blanc ou tout noir. J'y viendrai ultérieurement.

Je n'osai pas l'interrompre de nouveau, je sentais la rage monter en moi et préférais la contenir, j'étais prête à bondir. Le regard que je lui adressai était sans ambiguïté. Encore une remarque de ce genre et je lui sautais à la gorge. Pour la première fois depuis mon réveil, je ressentis un violent sentiment de colère. La douleur ne pouvait se contenter de couver, il fallait qu'elle mugisse, qu'elle s'exprime, qu'elle blesse. Pourquoi devrais-je être la seule à souffrir ? Le gendarme s'en rendit compte, le ton de sa voix s'adoucit, moins formel, plus humain.

— Je vais devoir vous livrer des détails délicats, je vous prie de m'en excuser. Mais je suis persuadé qu'il y a des éléments que vous voudriez connaître.

Il s'arrêta et me dévisagea. Devant mon absence de réaction, il enchaîna :

— À la minute où le chauffeur du camion a informé les secours, ils se sont rendus sur place. Leur priorité était de vous sauver, vous et votre garçon, mais pas uniquement. L'équipe de plongeurs des pompiers, avisée en amont, est intervenue aussitôt que possible. Mais ils n'ont rien pu faire. Vous devez savoir que ce lac est l'un des plus profonds de la région, les berges tombent à pic et la visibilité diminue très vite. Il a fallu deux heures aux hommes-grenouilles pour repérer votre voiture. Votre époux se trouvait à bord, sur le siège conducteur. Nous pensions au départ que vous n'étiez que trois dans le monospace.

— À quel endroit avez-vous retrouvé ma fille ?

— J'y viens, madame… Il nous a fallu rester sur place plusieurs heures pour parvenir à sortir le monospace du lac. Un engin équipé d'un treuil suffisamment puissant était nécessaire. Un seul professionnel possède ce type de remorqueur, heureusement, il ne se trouvait qu'à quelques kilomètres. Votre véhicule a été extrait de l'eau et il fait également l'objet d'une expertise. Nous vous fournirons les coordonnées du garage où il est remisé ; il y a sans doute des effets que vous souhaiterez récupérer. Lorsque nous avons pu lire le numéro de la plaque d'immatriculation, par recoupements, nous avons établi que vous étiez une famille avec deux enfants. Après quelques recherches dans la voiture, nous avons constaté qu'il s'y trouvait quatre paires de bâtons de randonnée dont deux plus courtes, et des vêtements de petite fille dans un sac… Les plongeurs ont repris aussitôt leur exploration et ont fini par découvrir la dépouille de votre petite avant que le soleil se couche… elle se trouvait à une vingtaine de mètres de votre véhicule. C'est sa robe blanche qui a permis de la retrouver, ainsi que les puissantes torches… à cette profondeur, la visibilité est nulle. Je suis désolé, croyez-le, elle était sans vie depuis plusieurs heures… rien n'a été possible.

— Je pourrais la voir ? Et Léo aussi ? demandai-je, la voix implorante.

Il hésita un instant, grimaça et me répondit :

— Sur décision du parquet… le corps de votre époux a été transporté au centre médico-légal pour une autopsie. Cet élément d'enquête est obligatoire lors d'accidents où des victimes sont décédées. Votre petite fille se trouve à la maison funéraire de la ville… Je vous laisserai une carte de l'établissement. Quand vous vous sentirez mieux, appelez-les, ils vous donneront la marche à suivre.

Il se tut, tourna la page de son carnet puis reprit sur le même ton :

— Mais avant d'aller plus loin dans mes explications, pourriez-vous nous raconter ce que vous avez vu ce jour-là ?

Entendre cet homme m'exposer les éléments de l'enquête de façon ciselée et presque dénuée d'émotion m'avait déconcertée. C'était comme écouter un fait divers à la radio, celui qui nous arrachait juste un *oh non quelle tristesse,* avant de passer à une autre information. Une boule me noua l'estomac comme une envie de vomir mon malheur, mais une question me brûlait.

— Quand pourrai-je voir mon mari ?

— Il faut attendre la fin des examens et que le parquet nous délivre l'autorisation de rendre le corps à la famille. Nous avons reçu déjà quelques résultats. Nous devrions collecter les derniers demain matin, ainsi que le rapport du légiste.

Il avala sa salive avec peine et m'invita à commencer ma déclaration, sans omettre un seul détail, précisa-t-il.

Le gendarme écrivait et ne m'interrompait pas. J'insistai sur les points qui me semblaient cruciaux, la vitesse à laquelle nous roulions, notre position sur la voie, l'arrivée brutale du camion, l'impossibilité d'éviter le choc avec les troncs. Je poursuivis jusqu'à la chute dans le lac et ma tentative désespérée pour remonter mes deux enfants. Les deux gendarmes se refusaient à croiser mon regard. Silencieux, ils étaient visiblement touchés par mon récit, ou au moins gênés.

Le gendarme termina de prendre des notes, puis, sans lever les yeux sur moi, il demanda, murmurant presque :

— Votre mari fumait-il ?

Je fus surprise et fronçai les sourcils dans un geste de recul.

— Non, pourquoi cette question ?

— Cela ne lui arrivait jamais ?

J'étais interloquée et lui renvoyai une moue qui marquait mon incompréhension. Il insista.

— Jamais ? Même pour une soirée entre amis, vous savez, juste une taffe ou deux ?

— Je ne vois vraiment pas où est le rapport… Il fumait quand nous nous sommes rencontrés, mais il a arrêté avant la naissance des jumeaux. Je ne l'ai plus jamais vu toucher une cigarette, même en soirée, de toute façon, nous ne sortions pour ainsi dire jamais. Où voulez-vous en venir ?

Je le sentis embarrassé.

— Je vous pose la question, car… l'analyse toxicologique du sang de votre mari indique un taux de THC important… et…

Je l'interrompis.

— THC ? Mais qu'est-ce que vous me racontez ? Je ne comprends rien !

— Je suis désolé. Le THC est le cannabinoïde qu'on retrouve chez les usagers de cannabis.

J'étais effarée.

— Mais vous dites n'importe quoi ! Ce n'est pas possible, ça doit être une erreur, Léo ne touchait pas à cette saleté ! Même jeune, il n'a jamais fumé de pétards, il était contre ! Vous vous trompez !

Je sentais la colère monter, j'ai perdu le contrôle.

— Mais j'y crois pas, vous venez ici la fleur au fusil, et d'un seul coup vous me lancez vos cochonneries d'histoires de joints, comme quoi mon mari se droguait ! Sortez ! Je vous en prie, sortez !

J'étais abasourdie, incrédule, le gendarme me dévisageait sans sourciller.

— Je suis désolé, madame, mais les examens révèlent un taux qui correspond à celui d'un usager régulier. Des traces ont été retrouvées dans les glandes salivaires, preuve qu'il avait fumé dans les douze heures précédentes. Il en a été découvert également dans les urines prélevées dans la vessie ainsi que dans les cheveux, il ne peut pas y avoir d'erreur. Vous ne pouvez pas l'ignorer. Votre mari fumait, comment serait-il parvenu à vous cacher une chose pareille ? Peut-être votre coma aura-t-il altéré votre mémoire ?

Les bras m'en tombaient, cette fois il me traitait presque de menteuse ou alors il insinuait que je n'avais plus toute ma tête ! J'élevai la voix.

— Mais vous racontez n'importe quoi ! Je vous dis que c'est impossible, et je ne suis pas folle !

La situation devenait insupportable. Le gendarme ne bougeait pas du fauteuil, il poursuivit à mi-voix :

— Peut-être vous le cachait-il ? Je suis désolé, les prélèvements sont analysés par un laboratoire certifié et approuvé par la justice. Vous pourrez demander une contre-expertise si vous voulez. Vous savez, ce composant a été détecté dans un de ses cheveux. Il faut sept jours pour que le cannabis se fixe au niveau capillaire, cela indique que votre mari aurait fumé au moins la semaine précédente, et cette trace est décelable jusque quatre-vingt-dix jours plus tard.

Il semblait mal à l'aise, comme pour se dédouaner, il ajouta :

— Les prélèvements restent à disposition au centre

d'analyses pendant un an pour toute contestation ou complément. Cela fait partie de vos droits, vous pouvez exiger une contre-expertise.

J'étais désarmée, anéantie. Je ne savais quoi répondre, cela ne pouvait être qu'une méprise. J'ai insisté, un peu moins sûre de moi :

— Le laboratoire s'est sans doute trompé de fiole ! Léo aimait le sport, il allait à la salle régulièrement, courir aussi. Peut-être que vous faites erreur ?

Le gendarme resta muet. Son acolyte intervint. Je l'entendais pour la première fois. Sa voix grave tranchait avec son corps filiforme et délicat.

— Madame, tous les prélèvements sont effectués sous la surveillance d'un officier de police judiciaire, par le médecin légiste et une personne du service scientifique. L'erreur est impossible à ce stade comme aux suivants. Une fois au laboratoire, le scellé est brisé, puis reconstitué. De plus, les analyses, alors qu'elles sont de quatre natures différentes, sang, cheveux, urine et salive, donnent toutes le même résultat… Il ne peut pas y avoir d'erreur, nous comprenons que vous soyez surprise, mais c'est un fait.

La jeune recrue anéantissait toute forme de contestation. Je restais assise, hébétée, muette. Je tentais de retrouver un brin de lucidité. Je cherchais un point d'ancrage, une idée où m'amarrer pour reprendre un peu d'air, mais rien ne vint. Je me refusais à abdiquer, on insinuait que mon mari se droguait, c'était plus que je ne pouvais supporter. Ma voix tremblait, elle implorait :

— Je ne parviens pas à croire ce que vous me racontez, mais si vous avez raison, cela change quoi ? Rien ? C'est toujours le camion qui est responsable, vous dites que le chauffeur reconnaît s'être déporté sur notre voie et avoir perdu son chargement, vous vouliez que mon mari fasse quoi ? Qu'il vole au-dessus ? Qu'il fasse disparaître les arbres d'un coup de baguette magique ?

Le plus gradé soufflait et commençait à bouger sur le fauteuil, signe d'agacement.

— Madame, je pardonne vos sarcasmes par respect pour votre douleur, mais sachez que cela ne change en rien les circonstances de l'accident, cependant, pour les assurances, c'est une autre paire de manches.

J'étais complètement dépassée par ses propos. Je n'entendais rien à ces problèmes, Léo avait pris pour habitude de s'occuper de tout cela. D'une voix désabusée et agacée, je fulminai :

— Je ne saisis pas le rapport, quel lien entre la justice et les assurances ?

— Je vois que vous n'êtes pas au fait de certaines clauses. Si votre mari conduisait sous l'effet de produits stupéfiants, cela signifie que les assurances ne marcheront pas, aucun remboursement, aucun frais, c'est un cas d'exclusion totale. Vous savez, les assureurs ne font pas de sentiment.

Je comprenais maintenant ce qu'il cherchait à me dire, mais cela ne m'importait que peu, après tout, rien ne pouvait être pire que la disparition des deux êtres que je chérissais le plus au monde. Je m'en foutais de leur pognon aux assurances ! Les deux gendarmes poursuivirent un instant, je signai les trois pages manuscrites et les saluai du bout des lèvres, les yeux au bord des larmes. J'espérai en secret ne plus jamais les revoir.

La vie ne tenait donc qu'à un fil. C'est fou comme cette phrase si souvent rabâchée, vide de sens, prenait brusquement toute sa mesure. La mort avait installé ses quartiers dans mon monde, elle réduisait à néant mon insouciance et déchiquetait mon bonheur. Je venais de l'apprendre à mes dépens, sur une route de montagne surplombant un lac magnifique. Désormais, tout ce qui tournait autour de moi prenait une dimension bien futile, insignifiant. Je survivais, avec cette impression de vide et la sensation de devenir cinglée.

Il avait fallu que la vie me piétine pour que j'en saisisse toutes les saveurs passées. L'amour et le bonheur savent se faire discrets. Au début, ils vous donnent le sentiment de voler, de côtoyer les sommets. Puis, au bout d'un certain temps, marcher sur l'arc-en-ciel devient presque banal, les sourires béats s'estompent, on se sent heureux, mais c'est normal, presque logique, une évidence. Le bonheur et l'amour savent se faire oublier. Si l'on n'y prête attention, ils se diluent et perdent de leurs couleurs, s'effacent. Moi, j'avais gardé les yeux grands ouverts, écarquillés, pour apprécier chaque teinte, chaque nuance et chaque reflet. Je les avais toujours gardés au premier plan, sans jamais me lasser.

Et un jour, le destin revêt ses habits de faucheuse, il tranche et découpe, il élimine. Il dépèce tout et abandonne les carcasses vides derrière lui. Les carcasses et moi toute seule avec des souvenirs. Et on tombe, et on plonge dans un précipice de regrets, d'effroi et d'incompréhension, le cœur en lambeaux. Et une fois tout en bas, dans les abysses de l'enfer, on réalise combien on était heureux. Le bonheur possède tous les pouvoirs, même celui de disparaître en un claquement de doigts. Désormais, j'allais traîner avec moi la douleur, la culpabilité, les remords et la peur. Le malheur et la souffrance ne vous lâchent pas, ils se rappellent à vous sans cesse. Ils sont dans chaque mot, chaque parfum, chaque souvenir de la vie passée.

Il me restait Thomas, il matérialisait le seul lien avec une réalité évanouie, celle de Léo, celle de Rose. S'il fallait vivre encore, ce serait pour lui, pour eux, mais surtout pour elle. Pour que sa mort ne soit pas inutile. J'avais sauvé mon fils, j'étais sauve, mais j'en payais le prix fort. La tempête soufflerait longtemps sur nous et il me faudrait du temps pour reconstruire une digue qui résiste. En serais-je seulement capable ?

J'allais devoir me battre pour le fils qu'il me restait, et d'abord le protéger. Lui révéler le décès de sa sœur et de son père constituerait une épreuve terrible pour lui, mais aussi pour nous deux. Serais-je assez forte pour lui et pour moi ? J'en doutais. Comment annoncer une telle horreur à un si jeune enfant ?

5

En deux jours, mon état de santé s'était vite amélioré. La fatigue pesait sur mes épaules, mais les dernières radiographies et mon taux d'oxygénation me permettaient d'espérer une sortie rapide.

Thomas était toujours dans un sommeil profond et, malgré les recommandations des infirmières de ne pas bouger, j'étais descendue le voir à plusieurs reprises. Une fois les visiteurs repartis et les plateaux-repas desservis, je profitais du calme relatif pour m'éclipser et me glisser dans sa chambre. Assise à ses côtés, je contenais mes larmes. Je ne pouvais m'empêcher de penser à sa sœur. Je caressais du bout des doigts le front de son visage torturé. Le voir ainsi, intubé, la peau diaphane, les yeux clos, inerte ou presque, me déchirait le cœur. Je guettais les mouvements de sa cage thoracique, elle se soulevait au son de la machinerie, c'était peu, mais je m'en contentais. Il vivait, et ce miracle me soulageait.

Parfois, je lui parlais, de l'école, de projets de vacances, de ses copains, du cadeau que je lui offrirais quand il reviendrait à lui, de la météo. Pas une seule fois je n'ai mentionné la disparition de son père et de Rose, cela m'était impossible. Et ce n'était pas le moment, pas encore. Serait-ce d'ailleurs un jour le moment ?

J'avais souvent lu que les gens dans le coma entendent ce qui se passe autour d'eux, cela n'avait pas été mon cas, mais y croire me motivait à poursuivre mes monologues. Je lui murmurais sans fin mon amour, persuadée qu'à lui seul, il le guérirait. Ce petit garçon fragile, allongé là, était tout ce qu'il me restait. Comme mon unique espoir de rédemption, ma seule raison d'entrevoir qu'un jour, peut-être, je me pardonnerais d'avoir abandonné et sacrifié sa sœur pour le sauver lui… et me sauver moi. C'était le plus difficile à accepter, s'amputer de sa chair, la laisser couler dans les profondeurs pour survivre. Je ressentais la honte à chaque battement de cœur.

L'état de santé de mon fils restait stationnaire, je m'inquiétais. L'interne, très gentil, m'avait précisé qu'avec les enfants, la prudence était de mise : leurs poumons plus petits nécessitaient un coma artificiel d'une durée supérieure à la moyenne. Tout paraissait en bonne voie, il me fallait patienter encore, son taux d'oxygénation grimpait doucement, mais pas assez pour lancer la procédure de réveil et surtout risquer une infection pulmonaire.

Patienter. Ce verbe ne figurait pas dans mon vocabulaire. J'avais toujours piétiné et pesté contre la montre, même pour des futilités. Je m'étais pourtant frottée à l'attente, la vraie, lors de la grossesse des jumeaux, ou quand je m'inquiétais, guettant le retour de Léo, ou lorsque j'espérais que la fièvre d'un de mes enfants chute. Mais, rien ne m'avait préparée à ce que je vivais désormais au quotidien. Mon regard se posait sans cesse sur l'horloge du clocher que j'apercevais par la fenêtre. Tel un doigt accusateur, pointé vers un ciel qui ne m'entendait pas. Chaque seconde, lourde, se traînait, s'éternisait, me tourmentait. Je craignais le pire, car il pouvait encore y avoir pire, je pouvais perdre mon garçon. Cette idée me rendait folle d'inquiétude.

Arc-boutée à mon athéisme viscéral, je m'en remettais désormais à Dieu. J'aurais pu tout aussi bien vendre mon âme au diable si c'était la promesse de sauver Thomas. J'étais prête à tout pour qu'il guérisse. La peine et le désespoir ne faisaient pas bon ménage.

Vers quinze heures, un appel de la gendarmerie m'informa que le parquet avait autorisé la restitution du corps de Léo à la famille. Il serait transporté au funérarium où Rose reposait déjà. J'en avais frémi d'horreur et de soulagement.

Ma sortie se confirma vers seize heures. En accord avec le service de pédiatrie, et avec l'appui de la psychologue, on m'installa un lit dans la chambre de mon fils. Je m'étais de toute façon résolue à dormir dans le fauteuil en cas de refus. On m'invita à remplir quelques documents et l'affaire fut entendue.

Mes parents, qui commençaient à montrer des signes de fatigue, s'étaient rendus la veille au centre commercial. Ils m'avaient acheté quelques effets pour parer au plus urgent ; une trousse de toilette, des sous-vêtements et quelques vêtements, dont certains n'étaient pas à ma taille, mais je les en remerciai. J'avais mille choses à régler, et aucune idée de par où débuter. Malgré la peine et le chagrin, je n'avais d'autre choix que de faire face, au moins mon esprit serait occupé à quelque chose plutôt que de ressasser des remords.

Mon père, qui comprenait ma situation, me prêta son téléphone portable et précisa que sa voiture était si besoin à ma disposition. J'en profitai et m'éloignai dans le couloir pour appeler la chambre funéraire. Par chance, quelqu'un me répondit. En quelques minutes, d'une voix calme, la dame à l'autre bout du fil m'expliqua que Léo venait d'arriver. Je ne pourrais le voir que le lendemain, en fin de matinée ; il fallait préparer le corps. Les pompes funèbres de l'établissement pouvaient se charger de tout, mais je devais leur préciser en premier lieu l'endroit de l'enterrement, puis le type de cérémonie que j'envisageais.

Le monde s'écroulait sous mes pieds ; ce court entretien me figea, et je m'effondrai en pleurs sur un siège de la salle d'attente déserte. Je me sentais si seule, désarmée.

Avant, la vie me berçait de sa douceur, jamais je n'aurais pensé à ces questions ; crémation ou non, quel cercueil, quand et où ? J'aurais aimé avoir un frère, une sœur ou une amie sur qui me reposer, quelqu'un pour me conseiller. Mais à part mes parents, je n'avais personne.

Je ne suis pas arrivée à leur demander un tel service. Touchés par le chagrin, ils n'en auraient probablement pas été capables non plus.

J'ai pris mon courage à deux mains et j'ai appelé ma belle-mère. Elle m'accueillit d'une voix glaciale et me lâcha du bout des lèvres quelques politesses exhumées d'un reste de civilité. J'y répondis par un silence. Elle se reprit bien vite, sans me laisser le temps de lui donner la raison de mon appel. Sa méchanceté et sa haine s'en donnaient à cœur joie. Pour résumer, la mort de son fils était ma faute. Ce mariage précipité n'aurait jamais dû avoir lieu. J'avais envoûté la chair de sa chair, elle se doutait que cette histoire finirait mal, j'étais l'élément déclencheur d'une malédiction… Sous le choc, je ne suis pas parvenue à me défendre, ni même à protester, j'étais abattue par le malheur, dégoûtée par une haine qui me coupait toute envie de me battre.

Quand elle eut terminé de déverser son venin, j'en suis venue à ce qui m'avait conduite à la contacter, l'enterrement. Sa voix mua aussitôt. D'exécrable, elle devint autoritaire, ses mots claquèrent, cinglants :

— Écoutez-moi bien, j'ai donné la vie à mon fils, je l'ai toujours chéri et aimé, tout comme feu son père… Vous n'avez été que l'instrument de sa mort, vous n'étiez même pas digne de la vie qu'il a déposée dans votre ventre. Alors, Léon sera enseveli ici, dans le caveau familial avec mon mari, près des siens et de ses racines. Est-ce que vous avez compris ?

Comme je ne répondais rien, elle se radoucit et devint plus perfide encore, allant jusqu'à m'appeler par mon prénom d'une voix au goût de miel empoisonné.

— Ava, vous savez ce que coûte un enterrement ? Je ne le pense pas. Je prendrai tous les frais à ma charge, vous entendez ? Tous les frais, et également ceux de ma petite Rose. Il faut compter plusieurs milliers d'euros pour une seule cérémonie de funérailles, alors pour deux, imaginez un peu ! Vous ne travaillez pas, vous n'avez pas de qualifications particulières, vous allez avoir besoin d'argent, de soutien. Réfléchissez ! Mon aide pourrait s'avérer précieuse, pour vous et pour Thomas.

Elle me dégoûtait. Cette fois, les mots jaillirent de ma bouche comme le pus d'un abcès trop mûr.

— Odile, vous m'avez toujours détestée, mais je m'en fous ! Votre fils, lui, m'a aimée, au point de partir loin de vous et de votre méchanceté. Ça, ça vous reste en travers de la gorge, mais il s'agissait de son choix, de sa décision ! J'espérais qu'en ces moments difficiles vous vous adouciriez, mais je vois que c'est le contraire. C'est tellement facile pour vous de blâmer les autres, de dégueuler vos insanités. Ça vous plaît de me rabaisser et de me torturer ?

Ça vous soulage ? Eh bien, les cérémonies se dérouleront chez nous, lieu où nous avons choisi de vivre, à des kilomètres de vous. Et gardez votre argent pourri, je n'en veux pas ! Je préférerais crever plutôt que de l'accepter ! Je vous enverrai un texto pour vous indiquer l'endroit et la date de l'enterrement, mais vous n'êtes pas obligée de venir, comme pour notre mariage. Et au fait ! Merci de ne pas avoir demandé de nouvelles de Thomas, ça me prouve une chose, vous n'avez pas de cœur !

Je raccrochai aussitôt, les mains tremblantes. Le vieux téléphone vibra dans les secondes qui suivirent, encore et encore. Je restai là, assise, la tête vide, champ de ruines sans un rayon de lumière. J'imaginais sa réaction et ses paroles, Odile devait me maudire, mais c'était bien le dernier de mes soucis, elle finirait dans les limbes de l'enfer avec moi.

Mon père, qui s'inquiétait de mon absence prolongée, me rejoignit. Il s'installa à mes côtés et posa la main sur ma nuque. Doucement, il la descendit et me frotta le dos. Geste maladroit d'un homme blessé, incertain. Lui si avare de caresses m'enlaçait dans ses bras comme jamais il n'avait osé. Je glissai la tête sur son épaule et laissai couler mon malheur. Je déteste les hôpitaux. Pas pour les soignants, les malades ou les longs couloirs qui sentent le désinfectant, mais parce qu'ils résonnent des larmes des visiteurs.

— Tu sais, Ava, me dit mon père d'une voix tremblante, il faut que je te dise une chose. J'ai soigné des gens presque toute ma vie. J'ai côtoyé la maladie, le malheur des autres, les fins brutales et les déclins au compte-gouttes. Avec les années, je me suis habitué à la mort. Je la voyais comme l'étape suprême de la sélection naturelle, un mal qui rendait nos existences exceptionnelles de par leur fragilité. Je me suis battu pour reculer l'échéance de certains, j'ai réussi parfois, et je croyais que c'était ma destinée. J'y ai vu une sorte de puissance, et j'en tirais une fierté démesurée. Vaincre la mort, ce n'est pas rien. Je me suis dévoué pour les autres, c'était mon rôle, au point d'en oublier les miens. Mon métier et la vanité de penser que je pouvais changer le destin des gens m'aveuglaient, m'obnubilaient. J'en étais arrivé à un point où je secouais mes patients et leur rabâchais de ne pas se laisser aller. J'ai parfois usé de rudesse avec eux, et aussi avec toi. L'important, c'était la médecine. Lâchement, je croyais que la présence de ta mère te suffirait. Les années s'évaporaient, et je m'enfonçais dans mon erreur, égoïste, je te voyais grandir un peu comme le chêne dans le jardin, doucement, mais sûrement… Quand tu as eu l'âge de t'orienter dans tes études, j'ai souhaité que tu deviennes médecin et ton refus m'a dérouté, presque blessé… Comment pouvait-on écarter une telle destinée ? Encore ma vanité et mon aveuglement. Pour moi, vous vous sentiez bien, là, près de moi, et je croyais que vous compreniez, mais aujourd'hui, avec cet accident atroce, je réalise que je n'ai pas été à la hauteur. La disparition de Léo et de Rose m'a ébranlé, et je constate les erreurs et les dégâts que j'ai pu causer. Mon devoir était de me trouver à tes côtés, à t'encourager… au lieu de ça, je n'ai pensé qu'à moi. C'est lorsque des gens qu'on aime s'effacent qu'on s'en veut d'avoir été loin d'eux. Je sais qu'il est un peu tard pour s'excuser, mais je te demande de me pardonner. Je t'aime, Ava. Je ne suis plus très jeune et pas en grande forme, mais je serai là pour toi désormais, si tu le veux bien.

Son bras se fit plus ferme, il me happa contre lui et m'embrassa le crâne. Mes larmes coulaient, chaudes et lourdes, mes lèvres tremblaient, mais aucun son ne sortit de ma bouche. Nous sommes restés l'un contre l'autre un moment, puis il est reparti dans la chambre, sans plus rien dire. Il me fallut plusieurs minutes avant de le rejoindre.

Calé dans le fauteuil, il ne décochait pas un mot et faisait craquer tour à tour, dans un bruit sec, chaque phalange de sa main droite, le regard vide, les paupières lourdes. Son état inquiéta ma mère. Elle le questionna, mais n'obtint qu'un grognement incompréhensible, signe qu'il ne fallait pas le déranger. En fin d'après-midi, elle le tira par la manche. Ils se levèrent pour partir. Elle crut bon de se justifier.

— Ton père semble très fatigué, tu sais, on dort très mal dans cet hôtel ! L'état de la literie me scandalise, ce n'est pas à la hauteur du prix qu'on paye ! Et si tu voyais les petits déjeuners !

À chacune de ses phrases, elle levait la main et la portait à la bouche, sans doute pour cacher une grimace de dégoût. Elle aimait au plus haut point le confort de sa vie bourgeoise, elle était outrée, ce n'était pas feint. Elle montrait en toute circonstance un goût prononcé pour l'ostentatoire et mettait un point d'honneur à ce que tout reflète sa condition de femme de médecin. On ne devait pas plaisanter avec ça.

Ma mère avait toujours vécu au travers de la réussite de son mari et, avec le recul, je comprenais mieux qu'elle m'ait blâmée tant et tant lorsque j'avais interrompu mes études. À l'époque, cela m'avait paru étrange, surjoué, démesuré. En fait, elle craignait de me voir un jour dans sa position, l'ombre d'un autre, une vie par procuration. Je me levai à mon tour.

— Ne vous inquiétez pas, je me doute qu'après les

jours que vous venez de passer, ce n'est pas facile non plus pour vous. Si ça ne vous ennuie pas, je vous raccompagne jusqu'à l'hôtel. Demain matin, j'aurai besoin de votre voiture pour aller à la fourrière. Si vous n'avez rien de prévu, bien sûr.

J'attrapai ma mère par le bras et, une fois dans le couloir, lui confiai à voix basse :

— Je dois aller discuter des obsèques avec la dame des pompes funèbres. Et les gendarmes m'ont donné la carte du garage où est remisé notre monospace, j'ai des affaires à récupérer. Je risque d'y passer toute la matinée. Je viendrai vous chercher à votre hôtel en début d'après-midi, une fois que tout sera réglé. Profitez-en pour vous reposer un peu et avaler un vrai repas.

J'avais prononcé ces mots sans larmes ni trémolos dans la voix, le regard plongé dans le sien, comme si tout cela était normal, mais je mourais de peur devant cette série d'épreuves qui s'annonçait.

Mon père me tendit les clés et les papiers de sa vieille Mercedes avec le sourire triste de celui à qui on ne la fait pas.

— Tiens, conduis ! Je suis trop fatigué, et après une telle épreuve tu dois reprendre le volant, sinon tu risques de faire un blocage, même si je sais que tu aimes conduire. Il faut guérir le mal par le mal !

Je fus surprise et un peu perturbée par sa demande, mais je ne me voyais pas refuser. Je m'assis pour la première fois au volant de la grosse berline. Étrangement, je ne ressentis pas d'appréhension particulière. Dix minutes plus tard, j'étais garée en double stationnement devant le hall de l'hôtel, pour montrer mon intention de repartir tout de suite. Avant de descendre, mon père tira quelques billets de son portefeuille.

— Tiens, prends ça, pour t'acheter un truc à manger ou payer le parking ou l'essence. Et garde mon téléphone, au moindre souci tu appelles ta mère, n'hésite pas.

Il posa les billets sur le siège, caressa mes cheveux et s'éclipsa. Il n'eut pas le temps d'apercevoir mon sourire gêné, mais il disait vrai ; je n'avais pas de documents d'identité, pas de carte bancaire, pas d'argent.

La conduite a toujours représenté pour moi un moment relaxant, une pause au milieu de l'effervescence de la ville et des tourments de la vie. Je roule, consciente de ce qui m'entoure, naturellement comme sur un vélo. Cet instant privilégié m'a souvent permis d'éclaircir le brouillard de mes pensées.

En dépit du traumatisme de l'accident, il en fut un peu de même sur la route du retour. Les idées se bousculaient, avec un malaise qui remontait à la surface : malgré la peine, l'horreur, le désarroi, je restais debout, je ne m'effondrais pas, et cela alourdissait un peu plus mon sentiment de culpabilité.

Au fil des croisements et des feux tricolores, je perçus cette gêne profonde, obscure et malsaine, qui m'envahissait et me consumait à petit feu. Elle se précisait : je n'étais pas anéantie. J'agissais, je réfléchissais, je planifiais alors que je n'aurais plus dû ressembler qu'au chuchotement de moi-même, à la fumée d'une allumette qui s'éteint. Je ressentais de la honte et culpabilisais de ne pas être détruite, je me dégoûtais d'être là. Je revoyais l'image de ma petite Rose. L'arrivée à l'hôpital me sortit de mes pensées morbides.

La nuit, torturée par les lumières de la ville, s'éternisait. Les phares des voitures peignaient le plafond à intervalles réguliers. J'avais essayé de les compter, pour m'occuper l'esprit et tenter de trouver un peu de répit, mais je m'égarais. Comment trouver le sommeil quand sous les paupières se projetaient des images insoutenables ?

6

Je ne fus pas surprise par les premiers rayons du soleil. Il éclaira la pièce et sécha les larmes sur mes joues. Un café vite avalé au rez-de-chaussée, un passage par la salle d'eau, et j'étais prête. Il n'était que sept heures trente. J'ai caressé le visage de Thomas en lui expliquant que je m'absentais, mais sans la moindre réaction de sa part. Je l'ai embrassé sur le front et j'ai quitté la chambre en silence.

J'ai tourné pendant cinq minutes dans la zone industrielle avant de trouver le garage où avait été remorquée notre voiture. La grille était encore fermée. J'ai essayé à travers la clôture de retrouver la carcasse de notre monospace, sans succès. Les premiers employés arrivèrent une demi-heure plus tard.

À l'accueil, une jeune femme me reçut avec courtoisie. Lorsque j'eus annoncé la raison de ma venue, elle s'empressa d'aller chercher le propriétaire. Quand l'homme entra dans le bureau, il finissait de s'essuyer les mains avec un chiffon qu'il glissa dans sa salopette. Il me serra la main avec précaution, colosse au naturel, il était de ceux qui suent et s'échinent sur le fer et l'acier, et à qui la vie alloue une poigne qu'ils maîtrisent mal.

Il ne me demanda rien, il avait été prévenu par les gendarmes et attendait ma visite. Il m'invita à le suivre jusque dans l'atelier, et bafouilla quelques mots de condoléances du bout des lèvres. Sa façon gauche et empruntée laissait transparaître un émoi non feint, c'est souvent dans les grandes carcasses qu'on trouve les cœurs les plus sensibles. La porte arrière donnait sur un champ d'épaves empilées sur quatre niveaux. Nous avons traversé deux allées, et je l'ai reconnue. Elle était posée sur une longue remorque, le capot recouvert d'une croûte de boue noire séchée. Je fus choquée par l'étendue des dégâts, des griffes et des coups à ne pouvoir les compter.

— Voilà, madame… L'expert mandaté par la gendarmerie est passé, on m'a confirmé que vous pouviez reprendre ce que vous voulez. D'ailleurs, en parlant de ça, on a mis deux trois trucs de côté, il y avait une sacoche en cuir et un sac de femme. On les a rangés en sécurité dans le coffre du bureau. Ma femme a nettoyé le plus gros et fait sécher ce qu'elle pouvait.

Toute retournée de revoir l'accident en regardant l'épave, je ne suis pas parvenue à lui répondre tout de suite.

— Vous voulez que je descende votre voiture de la remorque ? Ça sera plus facile pour vous pour regarder à l'intérieur !

J'étais déboussolée, je me demandais ce que je fichais là.

— Non, je vous remercie, soufflai je en montant sur la structure métallique.

Il m'aida et me tint la main.

La porte du coffre était déjà ouverte et la vue sur l'habitacle me donna un haut-le-cœur. L'odeur de vase qui s'en dégageait ajoutait à mon malaise. Je devinai dans un coin les bâtons de randonnée que j'avais attachés. Le filet fixé à la banquette avait retenu le contenu du coffre. La boue était partout, sacs, matelas, glacière, ballons, cadeaux emballés d'un papier déchiré. Impossible pour moi de récupérer quoi que ce soit, et pour en faire quoi ? Les images des enfants chantant à tue-tête me revinrent l'espace d'une seconde. Je frissonnai. J'en voulais à la maréchaussée de m'avoir envoyée ici. Perturbée, je descendis sans précaution de mon promontoire. Le garagiste, qui avait de toute évidence remarqué mon désarroi, me tendit la main et me soutint un instant en me demandant si ça allait.

— Retournons au bureau, implorai-je.

Il m'attrapa par le coude et me ramena jusqu'à l'accueil où il m'installa dans un fauteuil hors d'âge. La secrétaire m'offrit un gobelet d'eau, tremblante, le sourire de circonstance épinglé sur les joues ; ça faisait mal de croiser mon malheur. Quand j'eus un peu repris mes esprits, je me rendis aux toilettes pour me laver les mains et me rafraîchir le visage. L'image que me renvoyait ce miroir abîmé par le temps et l'humidité ne me plaisait pas : j'y lisais la peur, mais surtout l'abattement et le chagrin contenu.

Le patron du garage m'attendait, un carton dans les bras.

— Voici les sacs que nous avons mis de côté. Je pense que vos papiers s'y trouvent. Ma femme s'est permis de nettoyer ce qu'elle a pu, je vous l'ai dit. Vous verrez par vous-même.

— C'est gentil, vous la remercierez de ma part.

Je m'agenouillai et en vérifiai le contenu. Il s'agissait bien de mon fourre-tout et de la mallette de travail de Léo qui ne le quittait jamais.

Un peu perdue, je lui ai demandé, d'une voix étranglée :

— Que dois-je faire maintenant ?… Pour la voiture ? Je vous dois quelque chose ?

— En fait, votre assurance enverra son expert, ils ne m'ont pas encore appelé, mais, vu son état, elle est irréparable, je veux dire financièrement. Vous êtes assurée « tous risques » ?

Je n'en avais pas la moindre idée, mais il me semblait que oui. J'ai renvoyé une moue hésitante. Il a haussé les épaules.

— Je verrai avec eux, ne vous inquiétez pas. Vous n'avez rien à régler.

Je me levai, je voulais le remercier quand une femme est entrée dans la pièce.

— Georges, t'as pas de cervelle ? Et le doudou !

Elle se tenait dans l'entrebâillement de la porte, et ne laissait passer que sa tête. L'air gênée, elle m'adressa une grimace de timidité. Lui, plus penaud que surpris, s'avança vers elle, puis se retourna, une peluche dans les mains. Je reconnus aussitôt Pinpin. Je crus défaillir et je m'affaissai de nouveau dans le vieux Chesterfield. Je calai le lapin bleu un peu délavé contre moi, le poil bouloché, mais c'était bien Pinpin. La femme s'est approchée et excusée.

— Quand je l'ai vu dans la voiture, j'ai dit à Georges de me le donner. Je l'ai lessivé avec précaution, il n'est pas tout jeune, on dirait. J'ai pensé que cela vous ferait plaisir.

Je ne pus retenir mes larmes, sans doute le choc. Cette peluche évoquait tant de moments magiques, de sourires, de câlins, mais aussi de complicité entre les enfants. Il représentait le lien qui soudait Rose et Thomas, comme un cordon ombilical.

Aux deux ans des jumeaux, j'avais acheté un lapin à chacun, jaune pour Rose, Panpan, et bleu pour son frère, Pinpin. J'étais tombée en extase devant ces peluches adorables, le nez fripon, les joues rebondies et les oreilles sans fin.

Contre toute attente, l'accueil que Rose réserva au sien ne débordait pas d'enthousiasme. Elle, si partageuse, réclamait sans cesse celui de son frère. J'avais beau glisser le sien dans son lit, je le retrouvais tous les matins, propulsé hors de sa couche. Et puis un jour, j'ai découvert Pinpin, le lapin bleu, entre ses bras. Elle dormait avec un sourire comme je ne lui avais jamais vu. Je n'ai pas su comment il avait atterri là, mais elle était parvenue à le kidnapper. Thomas ne se plaignait jamais et il partagea très simplement son doudou avec sa sœur.

Le doudou jaune traîna dans un coin quelques mois, puis dans un carton, avant de finir ses jours dans une vente de charité. Quant à Pinpin, il coula des jours heureux. Il tenait les jumeaux par ses petites mains, un de chaque côté. Avec le temps, Thomas abandonna le rongeur bleu à sa sœur, lui préférant les robots et les Playmobil. Il savait que son doudou serait aimé et choyé et ne s'en inquiétait pas.

La dame me caressa l'épaule.

— Ma pauvre ! Je vous souhaite bien du courage dans cette épreuve.

Elle se colla contre moi et me serra dans ses bras, c'était peu, mais cela me fit du bien. Son mari disparut. Ils étaient souvent comme ça les hommes, ils jouaient aux durs, mais, dans les moments d'émotion, ils s'éclipsaient. Quelques minutes plus tard, après de grandes inspirations, je repris la route, les sacs dans le coffre et le doudou sur les genoux.

7

Il était presque neuf heures quinze. Ma main droite lâchait de temps à autre le volant et se posait sur mes genoux, à la recherche du contact de la peluche bleue. Ce lapin avait bien vécu, et j'avais déjà usé de l'aiguille et du fil à plusieurs reprises sur son petit corps. La première fois que je dus raccommoder une de ses pattes, Rose m'avait prouvé toute l'attention et l'attachement qu'elle portait à l'animal : *Il ne va pas avoir mal, maman ?* L'apposition d'un pansement avait été réclamée, sans oublier le bisou magique qui annihilait toute souffrance.

J'ai retrouvé mon chemin sans difficulté. La conduite atténuait mes angoisses, l'asphalte avalait mes peurs. Pourtant, une question me chiffonnait et revenait sans cesse, l'accusation des gendarmes concernant Léo et sa consommation de cannabis. Je devais en avoir le cœur net, un pressentiment ou un besoin m'ordonnait de fouiller sa mallette.

Décidée, je stationnai la voiture à l'entrée d'un parking réservé à un restaurant, désert à cette heure matinale. Léo avait toujours montré une admiration démesurée pour la sacoche de médecin que trimballait mon père. Je lui avais offert presque la même, de taille supérieure, pour qu'il puisse y glisser son ordinateur. Les lanières de cuir gonflées par l'eau avaient résisté. Son PC se trouvait à l'intérieur, certainement hors d'usage, ainsi que son téléphone, que je découvris dans une poche intérieure. Son portefeuille côtoyait deux porte-documents, une calculatrice et une trousse dont je n'avais pas le souvenir. Curieuse, je la sortis. L'humidité, collée au plastique transparent, en dissimulait le contenu. La fermeture céda : quelques stylos, une gomme, un taille-crayon et une petite boîte en fer-blanc à l'effigie de sa société.

Pourquoi l'avais-je ouverte ? Je ne sais pas. Mais ce que j'y découvris sous quelques cartes de visite imbibées d'eau me poignarda le cœur. Quatre préservatifs emballés dans des pochettes individuelles. Pour m'éviter de perdre pied, ma main se cala sur le bord du coffre. Je ne rêvais pas, il s'agissait bien de sa sacoche, il n'y avait aucun doute, c'était la sienne. Je ne parvenais pas à y croire, tout mon être niait l'évidence, et je reniflai la boîte. L'odeur de cette eau, je la reconnaîtrais entre mille, celle du lac. Ma main se posa sur mes lèvres pour étouffer des mots que je me refusais à prononcer.

Mais que faisait-il avec ça ? Dès les débuts de notre vie de couple, il s'était démené pour bannir les préservatifs, nous nous étions chacun soumis à une prise de sang pour nous passer de ces bouts de latex. D'ailleurs, cela nous valut l'arrivée inopinée des jumeaux. Je me sentais perdue, ou du moins je ne voulais pas comprendre. Peut-être n'était-ce pas à lui, à un ami ? Mais les cartes de visite mentionnaient son nom. Ma main agrippa mes cheveux et les tira en arrière de façon maladive.

J'expirai longuement pour retenir mes larmes, la mâchoire serrée. Je restai ainsi plusieurs minutes à digérer cette découverte. Puis, comme pour dissiper la brume qui envahissait mes pensées, j'ouvris mon sac. Avec des gestes mécaniques, j'en sortis ma carte bancaire et mes papiers. Je ne parvenais pas à reprendre le cours de mes idées, je m'engouffrai dans la voiture pour retourner au funérarium. Les bandes blanches peintes sur le bitume m'hypnotisaient, j'avais la tête vide, le cœur ravagé. Et toujours ce chagrin, l'absence de Rose qui me torturait. J'arrivai enfin à destination.

L'endroit était un peu à l'écart de la ville, en bordure d'une zone industrielle. Rien, excepté le panneau indicateur un peu sale qui trônait sur le bord du trottoir, ne laissait penser qu'il s'agissait d'une chambre funéraire. Quelques arbustes décrépits longeaient le muret de l'enceinte. Le parking était vide, aucune lumière sur la façade, j'ai presque été surprise que la porte cède sous la pression de mon bras. Le cliquetis de la sonnette tinta à mon passage, la même que dans les commerces de campagne. Le sentiment de venir faire mes courses me donna des frissons. L'endroit paraissait vide, sobre, un salon gris à droite, quelques plaques sans gravure, des dépliants sur un présentoir, et un comptoir en bois massif, orné d'un bouquet de fleurs artificielles.

Des pas résonnèrent sur le carrelage et un homme en blouse blanche apparut. Le crâne dégarni, de petits yeux qu'entouraient des lunettes rondes bleues, le sourcil épais, il paraissait contrarié.

— Enfin ! Ça fait une heure que je vous attends ! dit-il, un cahier à la main.

Il leva la tête, me toisa un court instant, et s'excusa aussitôt, les pommettes rougissantes.

— Mille pardons, je croyais qu'il s'agissait de quelqu'un d'autre. J'appelle Mme Ligner, ne bougez pas.

La femme s'excusa à son tour, et m'invita à la suivre,

nous nous installâmes dans le salon. Elle gardait les mains sur les genoux et débitait d'une voix nasillarde un discours bien rodé. Elle en vint à ce qui m'amenait dans son établissement, me posa quelques questions, auxquelles j'eus le plus grand mal à répondre. Au bout de quelques minutes, elle résuma :

— Je sais que cela doit vous sembler difficile et peut-être incongru, mais je dois vous parler des tarifs. Ou bien préférez-vous peut-être que quelqu'un de votre famille s'en charge ?

— Non, allez-y.

Elle me lança un regard préoccupé.

— Si je reprends vos réponses, il y aura le transfert des dépouilles jusqu'à votre ville de résidence, et cela implique l'utilisation de deux véhicules spécifiques. Nos prix se situent au-dessous de ceux du marché, nous demandons un euro du kilomètre, plus un forfait de 25 euros par véhicule. Si nous empruntons le chemin le plus rapide, il faut compter cent soixante-cinq kilomètres, aller, puis retour. En ce qui concerne l'enterrement et la mise en bière, nous pourrons placer les deux cercueils en chêne dans le même corbillard, nos véhicules le permettent, mais il faut compter quatre porteurs pour votre mari et deux pour votre petite fille.

Devant ma mine abattue, elle prit une courte respiration et poursuivit :

— D'autre part, la date des décès remonte à plus de quarante-huit heures, et votre époux a subi une autopsie, il faudra donc compter des soins de conservation. Nous pouvons nous charger de l'emplacement au cimetière, des requêtes diverses, et de la pierre tombale pour un caveau familial, puisque vous avez opté pour une inhumation. Et aussi la plaque bien entendu, et les fleurs. Pas de faire-part comme vous l'avez demandé ni de diffusion dans les petites annonces.

Elle sortit sa calculatrice de la poche de sa veste, tapota d'un doigt, et conclut, le torse bombé :

— Si je soustrais à nos honoraires la remise que nous vous accordons, au vu du lourd fardeau qui vous accable, le montant est estimé à sept mille huit cent vingt euros. Je sais que vous n'avez pas de contrat de prévoyance ni d'assurance vie, mais ne vous inquiétez pas, nous trouverons une solution. Il faut que vous vérifiiez avec vos assurances, certaines prennent une partie des frais en charge.

Je ne répondis pas. Elle ajouta, sans doute pour conclure, d'une voix cette fois plus claire :

— Ceci est une estimation qui peut varier de dix pour cent, les tarifs des communes concernant les parcelles peuvent être différents, les taxes également. Ne vous inquiétez pas, vous n'avez rien à régler maintenant et, si besoin, nous étalerons le paiement. Qu'en pensez-vous ?

J'étais à mille lieues de pouvoir penser, la somme me paraissait astronomique et je n'avais aucune idée de la façon de la réunir. Elle le devina tout de suite.

— Si vous le souhaitez, je vous conduis à la chambre funéraire. Vous m'aviez indiqué au téléphone vouloir voir vos proches. Pendant ce temps, je rédigerai les documents, vous avez encore un peu de temps pour y réfléchir.

Je lui renvoyai un sourire contraint, pour la remercier. Elle me devança, emprunta un couloir mal éclairé, me désigna une vieille chaise au plastique jauni et me demanda d'attendre un instant. L'endroit était envahi par une odeur très forte de Javel ou d'un produit qui y ressemblait fort. Le néon crépitait. Elle réapparut presque aussitôt et m'invita à entrer dans la pièce. Tandis que je franchissais la porte, je fus saisi par la froideur ambiante, pas celle de la température, mais d'un vide d'émotion. Peut-être était-ce la lumière trop forte sur les murs ou le silence qui sifflait à mes oreilles. Je tremblais, les bras croisés sous la poitrine.

J'avançai et glissai les semelles sur le carrelage granuleux. Un brancard en inox à droite, un second à gauche, et posées dessus deux housses de plastique blanc.

Je m'approchai de Rose. Le sac, plus petit, était ouvert au niveau du visage. Je sentis une douce brise, signe que la dame repartait en silence. Elle me laissait là, seule, avec cette envie de hurler ma peine au monde entier, de m'arracher la tête et les entrailles pour ne plus souffrir.

J'avais entrevu d'abord ses cheveux couleur de feu, brillants et sauvages, son front pâle comme le jade, et, plantées de mille cils soyeux, ses paupières fermées. Elles cachaient ce qui m'avait toujours ému chez elle, la douceur d'un regard innocent. Son visage était détendu, il reflétait la paix et la quiétude. J'y lus un sourire sur ses lèvres diaphanes. J'aurais tout donné pour un de ses baisers furtifs sur ma joue, nectar d'amour au goût sucré qu'elle claquait en passant avec un *je t'aime* anodin. Je la revoyais bébé avec son frère lorsqu'elle avait perdu sa première dent, accrochée aux grilles de l'école maternelle, quand elle m'implorait de ne pas l'abandonner, pendue à mon cou, des rires plein la bouche. Je pleurais, sans bruit, sans oser la toucher, sans troubler son dernier sommeil. Comment avais-je pu l'abandonner dans ce lac ?

Je m'en voulais et levai les yeux, je priai pour qu'un éclair me terrasse sur-le-champ. Je me haïssais autant que je l'aimais et qu'elle me manquait. Une larme, lourde de mon amour, s'écrasa sur son front. Ma main incertaine et indigne l'essuya, caresse volée. Rose était froide, froide et inerte.

La vie se résumait donc à cela, un peu de chaleur. Je

fermai les yeux, pinçai les lèvres, la gorge meurtrie, j'égorgeai les sanglots que je me refusais à livrer. Pleurer paraissait trop facile, c'était me lamenter sur mon sort, sur mon malheur. Une partie de moi, de mon cœur, ne reviendrait plus jamais, c'était Rose qu'on devait plaindre. Je me sentais coupable. J'avais tué mon enfant pour en sauver un autre. Mon ange gisait là, et j'allais la perdre à tout jamais.

Je m'approchai de Léo. Ses traits me semblaient différents et j'eus peine à le reconnaître. Il me fit peur. Même sa coiffure me troubla, plaquée et luisante, lui qui aimait laisser vagabonder ses mèches rebelles. Je le trouvai décharné, creusé, la mort avait mâchonné sa jeunesse et il lui appartenait déjà, il était un autre. Des images horribles me traversèrent l'esprit, je l'imaginai vide de tout organe, de tout sentiment. Je reculai d'un pas et, sans m'en rendre compte, je me suis adressé à lui : « Tu aurais dû agir, réagir ! Toi aussi, tu es responsable ! Tu as toujours été là pour nous, mais pas cette fois ! Comment as-tu pu ? »

Mes jambes, fatiguées, s'affaissèrent sous le poids de ma détresse, mes genoux cognèrent le sol. Ma gorge se noua de nouveau, puis explosa et déglutit mon chagrin. J'avais froid à mon tour, mais pas assez pour être morte, pourtant j'aurais aimé être délivrée.

Il fallut plusieurs minutes à Mme Ligner pour me relever et m'emmener jusqu'au salon. Elle s'excusa de m'avoir laissée seule. Elle m'appliqua quelques gouttes d'une huile essentielle au parfum de menthe poivrée dans le creux des poignets. L'odeur me rasséréna, et je repris mes esprits, les yeux en feu, la gorge dans un étau.

Elle ne voulut pas tout d'abord que je signe le contrat, mais, devant mon insistance et la volonté d'en terminer avec les formalités qui me pesaient, elle finit par accepter.

Elle devait s'inquiéter, à plusieurs reprises elle me proposa de me faire raccompagner par l'un de ses employés. L'envie de voir Thomas submergeait tout, je la remerciai et refusai avec politesse.

La route vers l'hôpital se passa sans embûche. J'étais soulagée de me retrouver au chevet de mon fils. Avec précaution, je déposai Pinpin à ses pieds, comme on allumerait une bougie. Je ne pus rien avaler à l'heure du repas. Vers quinze heures, je récupérai mes parents qui commençaient à s'impatienter et montraient des signes d'inquiétude.

En fin d'après-midi, un appel sur le portable de mon père m'informa que les pompes funèbres étaient prêtes, l'enterrement pouvait avoir lieu après-demain à onze heures. Pas de cérémonie à l'église, mais, comme convenu, une salle était réservée pour un dernier adieu ainsi que l'oraison funèbre.

Quand j'eus informé mes parents de la date de l'inhumation, ils se dévisagèrent un instant, l'air ennuyés. Ma mère s'embrouilla dans des explications inutiles ; le besoin de rentrer chez eux les tenaillait, ils devaient régler quelques problèmes, se préparer pour la cérémonie. Plus de cinq heures de route les attendaient, la fatigue, le stress. Je ne m'en offusquai pas, je comprenais qu'ils culpabilisaient à l'idée de me laisser seule.

Je les rassurai comme je pus, leur petit-fils était entre de bonnes mains, le réveil n'était pas prévu avant trois jours au moins.

De mon côté, je ne me sentais pas sereine, ma garde-robe ne contenait rien d'adapté à la cérémonie, ou si peu. J'aurais aimé passer à la banque. Léo était le seul à s'occuper des comptes et il fallait que je pense à la facture qui ne manquerait pas de me parvenir et prévoir aussi de contacter l'assurance, mais tout était chez moi. L'hôpital me rapprochait un peu de notre appartement, je n'avais plus qu'une heure de route, mais pas de voiture. Je confiai mes préoccupations à mes parents, avec l'espoir de leur faire comprendre que de nombreuses questions à régler restaient en attente.

Ma mère me toisa, puis s'excusa de ne rien comprendre à ces choses-là. Ils avaient eux aussi, dit-elle, des paperasses avec la succession du cabinet médical, ce qui fatiguait outre mesure mon père. Ce fut lui qui de nouveau me proposa une solution qui me rendrait bien service. Je les déposerais à la gare, je garderais leur voiture, et ils prendraient celle de ma mère pour venir aux obsèques. L'affaire fut conclue sans que je puisse protester, cela valait mieux que de rester à attendre sans bouger, et me permettait de revenir vite au chevet de Thomas.

8

Le matin, leurs billets en poche, après de longues embrassades bien inhabituelles, je les laissai sur le quai. De la fenêtre du hall de gare, je vis leur train s'éloigner. Je me retrouvais seule au monde désormais. Les chiffres de la vieille horloge au-dessus du panneau d'affichage basculèrent : huit heures trente.

Je ne devais pas traîner et je me mis aussitôt en route, direction mon appartement, à cent dix kilomètres de là. Pinpin, que j'avais récupéré, assis et bien calé sur le siège passager, m'accompagnait. La guimbarde ronflait et ronronnait sur la nationale ; longue ligne droite qui fendait tour à tour hameaux et villages. Il crachotait. Les essuie-glaces gémissaient sans fin et j'allumai la radio pour qu'ils se taisent. Une à une, les stations défilaient sous mon doigt rageur. Chaque fois ou presque, elles s'arrêtaient sur une publicité ou un son qui me perçait les tympans. L'option du lecteur de CD vint à mon secours ; Tchaïkovski et la sérénade mélancolique.

Le violon grinça, la langueur de la mélodie m'arracha des larmes. J'ai pleuré sans penser à rien, mon corps n'était plus que chagrin et se vidait de la tension qui m'étouffait depuis si longtemps déjà. Étrangement, cela m'apaisa. J'avais ressenti le besoin de pleurer et cette fois je l'avais laissé venir. Les larmes ne s'imposaient plus à moi, elles m'accompagnaient.

Plus j'approchais de ma destination, plus mon estomac se nouait, la crainte sans doute de retrouver un lieu familier où plus rien ne serait jamais comme avant.

Ma main trembla en enfonçant la clé dans la serrure et j'entrai dans cet espace sans vie. Je fus surprise par le mélange des odeurs et des arômes que j'avais oubliés. Tout était comme avant notre départ, sauf les rires et les cris, son souffle sur mon épaule, la télé allumée, les questions incessantes des enfants.

Le son de mes pas résonnait sur le parquet, je ne reconnaissais pas mon appartement ; musée d'un autre temps où l'on aurait conservé mes souvenirs. Je me sentais perdue au milieu d'un espace familier qui ne m'appartenait plus, comme projetée dans un passé où seul persiste le décor et subsiste l'écho des rires.

L'envie de m'enfuir me tenaillait, et aussi celle de sauter par la fenêtre. J'avalai sans respirer un grand verre d'eau, comme pour laver ces idées noires qui me souillaient de l'intérieur. Soudain, la sonnette de la porte m'arracha un sursaut.

Ma voisine octogénaire m'avait vue rentrer. Espionne à plein temps, elle passait sa vie à la fenêtre à scruter le parking. De sa voix rocailleuse qui traînait des sonorités chevrotantes, elle me sollicita à travers le bâti de bois.

— Ava, c'est Mme Martin, vous pourriez me rendre un service ?

— …

— Ava ? insistait-elle.

Elle martela la porte de la pointe de son pied, sonna à plusieurs reprises, et m'appela encore. Je ne répondis pas et, sans bouger, j'attendis qu'elle s'en aille. Je ne souhaitais pas la voir et encore moins lui parler.

Je m'installai dans le canapé quelques minutes, et finis par m'asseoir au bureau de Léo. Il s'agissait d'une troisième chambre qu'il avait colonisée pour y travailler le soir. J'y avais ma bibliothèque qui juxtaposait des casiers blancs empilables achetés chez le géant suédois. Il y rangeait et classait les documents importants, tâche que je détestais et dont il avait la charge bien malgré lui.

Je me mis en quête des dossiers bancaires et d'assurances. Les premières tentatives me conduisirent à fouiller dans des pochettes qui contenaient pour l'une des fiches de paie, pour l'autre les déclarations d'impôts. Je suis tombée sur de vieux albums photo que je n'ai pas ouverts, des diplômes, carnets de notes et courriers divers, des factures et tout un tas de paperasses.

Enfin, j'ai découvert ce que je cherchais. L'assurance de notre véhicule indiquait un contrat de type «élargi», décliné comme tiers collision, incendie et vol. Il me fallut examiner les petits paragraphes pour en découvrir les clauses exhaustives. Elles stipulaient clairement que tout conducteur en état d'ivresse ou sous l'emprise de produits stupéfiants ne pouvait bénéficier des garanties, même facultatives, excepté des dommages causés aux tiers. Un peu du chinois, mais je lus plus dans le détail et je m'aperçus d'un élément complémentaire. Les clauses précisaient que si la victime d'un accident se trouvait en état d'ivresse ou sous l'emprise de produits stupéfiants, elle devait être indemnisée, mais dans un cadre unique bien particulier: *à condition qu'aucun lien de cause à effet ne puisse être démontré entre l'alcoolémie et/ou la conduite sous stupéfiants de la victime conductrice, et une faute de conduite commise par elle, qui serait à l'origine de l'accident.*

Je relus à voix haute ce paragraphe, rien ne me paraissait jamais très clair avec les assurances. Je finis par comprendre : si l'enquête indiquait que Léo était responsable de la manœuvre qui nous avait conduits dans le lac, les garanties ne s'appliqueraient pas.

Je voulais en avoir le cœur net : j'ai appelé le numéro d'assistance juridique situé en bas de la page. J'ai détaillé au mieux les circonstances de l'accident, informé de l'enquête en cours et des déclarations des gendarmes concernant Léo. Mon interlocuteur ne mit pas longtemps à me livrer sa réponse :

— Madame, je suis désolé de vous l'apprendre, mais je vous confirme que votre assurance ne couvrira aucun dommage corporel ou décès de votre mari et de votre fille, et cela pour deux raisons. D'abord, il n'existe pas de choc ou de collision entre le camion et votre véhicule ni entre votre voiture et les troncs d'arbres, ce qui dégage en totalité ou presque la responsabilité de l'autre partie. D'autre part, si effectivement, et je ne pense pas que l'on puisse remettre en doute les conclusions d'un laboratoire agréé, votre époux, le conducteur, consommait régulièrement des stupéfiants, on peut imputer la manœuvre à son état. Il faut que vous attendiez néanmoins les résultats de l'enquête, mais je crains que cela ne se résume à ce que je viens de vous expliquer.

Je ne répondis pas et lâchai le combiné qui tomba sur le sol, la pile fut éjectée et la communication coupée. Les gendarmes avaient donc raison, l'assurance ne me serait d'aucun secours. Les mauvaises nouvelles s'accumulaient et il semblait que rien ne les arrêterait. Je rangeai les dossiers dans le placard et mis fin à mes recherches.

Je m'assis dans le fauteuil ministre de Léo et, après avoir replacé la batterie dans l'appareil, décidai de téléphoner à la banque pour prendre rendez-vous.

L'accueil fut glacial, on me demanda de patienter en

ligne. Puis on m'annonça sans préambule que cela ne serait pas possible avant plusieurs jours, le carnet de rendez-vous étant complet. Je fondis en larmes et expliquai ma situation, je devais absolument rencontrer quelqu'un au plus vite. On me fit attendre de nouveau, enfin, on m'indiqua que notre conseillère me recevrait dans une heure. Tandis que j'échangeais les dernières politesses avec mon interlocutrice, je cherchai de quoi prendre note pour y inscrire son nom. Je tentai d'ouvrir le tiroir du bureau en chêne et fus surprise de voir qu'il était verrouillé. La clé n'était pas sur la serrure, ce qui éveilla d'autant plus ma curiosité. Finalement, je retins son nom : Mme Guillemais.

J'accordais mon entière confiance à Léo, mais les déclarations des gendarmes, plus ma découverte d'hier dans sa sacoche, avaient bousculé mes certitudes. Ce tiroir qui me résistait attisa mes soupçons. Je tirai comme une damnée sur la poignée, sans le moindre début de succès. Jamais je n'avais fouillé ses poches, ou quoi que ce soit, alors pourquoi l'avait-il verrouillé ? Les enfants ? Ils ne jouaient jamais dans le bureau. Léo le leur avait interdit. À bien y réfléchir, cela en devenait étrange. Je renversai le contenu d'un pot de trombones, soulevai les objets, ouvris les tiroirs latéraux… aucune clé. Je m'accroupis et regardai en dessous, c'était idiot et ne m'avança à rien.

Incroyable, il devait bien s'en servir ! Peut-être la rangeait-il dans l'une de ses poches ? J'avais toujours respecté son antre, sa grotte comme il la nommait, et n'y venais que pour y prendre ou ranger un livre. Il passait des heures sur son ordinateur pour son travail, et je comprenais son besoin de concentration.

Mais je devais en avoir le cœur net. Je me saisis du coupe-papier, un modèle de style Empire à la lame solide. Je l'introduisis dans la serrure et le manipulai avec force, puis dans les interstices, mais le tout résista. Plus je m'acharnais, plus le doute s'immisçait en moi. Cela faisait dix minutes que je me battais avec le tiroir. Aux grands maux les grands remèdes : je me faufilai sous le bureau et m'allongeai sur le dos, les coudes calés sur le tapis, je levai les deux pieds pour les placer sur l'arrière du tiroir. Les pointes en appui, je poussai de toutes mes forces, une fois, deux fois… Le meuble entier avançait sous mes à-coups, puis soudain, dans un craquement de bois, il s'ouvrit.

Je m'extirpai de ma cache, m'assis et détaillai l'intérieur du tiroir dont la serrure pendouillait. Deux pochettes vertes, des Post-it, un cahier de notes, des stylos et crayons, un chargeur de téléphone, des écouteurs et, au fond, une vieille boîte de cigares avec l'inscription « diplomate » en lettres calligraphiées. Je la sortis et soulevai le couvercle avec appréhension. Il ne me fallut qu'un coup d'œil pour comprendre que mon mari n'était pas celui que j'imaginais. Je découvris un briquet, des feuilles à rouler, un paquet de tabac, et, dissimulés en dessous, quelques petits morceaux de pâte brunâtre.

Je n'eus pas besoin de les renifler pour reconnaître l'odeur âcre de la résine de cannabis. Je ne parvenais pas à me remettre de cette découverte, les analyses disaient vrai… Un frisson me parcourut la nuque.

Je me sentais comme dans un mauvais rêve, lorsque la réalité ne vous appartient plus ou qu'elle vous est étrangère, tronquée par un inconscient qui se joue de vos convictions. Comment Léo avait-il pu me cacher ça ? J'étais donc si naïve, si amoureuse, pour que le voile de la confiance me rendît aveugle à ce point ? Un soudain mal de tête m'enserra les tempes. Je me levai, le pas incertain, je vacillai. L'armoire à pharmacie, un cachet, puis un deuxième, et cette envie de tous les avaler. Je me sentais salie par le mensonge, il fallait que je quitte vite mon appartement où tout, désormais, n'était plus que doutes et chimères.

Je pris quelques affaires et vêtements, que je tassai dans un sac de voyage, et sortis. Je claquai la porte sans même la verrouiller, la rage au ventre. Je dévalai les escaliers. Des voix murmuraient des horreurs dans ma tête, mille questions, j'en devenais folle.

9

J'arrivai avec quelques minutes d'avance à l'agence bancaire, et je profitai de l'occasion pour tester ma carte bleue que j'avais récupérée et que j'avais séchée dans du papier essuie-tout. À la première tentative, elle fonctionna et cela me surprit. Je vérifiai notre compte, il affichait un solde positif de deux cent dix euros, nous étions le 26 avril, et ce n'était pas chose courante à cette date.

Je m'installai dans un fauteuil et saisis un dépliant sur les forfaits téléphoniques. J'aurais pu lire n'importe quoi, tant que cela me permettait de chasser mes idées noires. C'était mieux que d'attendre sans bouger à me torturer l'esprit de mille questions concernant Léo.

Une femme à la prestance naturelle, le port de tête altier, vêtue d'un tailleur qui mettait en valeur sa silhouette longiligne, s'approcha. Elle sourit, lança mon nom avec une pointe d'hésitation. Une fois dans son bureau, elle m'invita à prendre place.

— Asseyez-vous, je vous en prie. Je pense que l'on se rencontre pour la première fois… jusqu'à présent, je n'avais vu que votre mari. Vous m'avez indiqué que c'était urgent, et je peux vous consacrer un quart d'heure avant mon prochain rendez-vous. Qu'est-ce qui vous amène ?

Sans prendre de gants, j'allai à l'essentiel et annonçai

la mort de ma fille et de Léo. Elle resta sans voix un court instant, son léger maquillage laissa paraître sa pâleur soudaine. Elle me présenta ses condoléances et se ressaisit.

— Que puis-je faire pour vous aider ?

— C'est-à-dire que les frais pour l'enterrement représentent une somme astronomique, et je ne sais pas si nous sommes assurés, ou si nous avons un peu d'argent de côté. Mon mari s'occupait seul de ces choses-là et peut-être que…

Elle grimaça et hoqueta :

— Attendez, je vais regarder, vous pouvez me donner votre numéro de compte ?

Devant mon absence de réponse, elle tapota sur son clavier.

— Alors, voyons… vous détenez un compte courant, deux cartes Visa simples qui malheureusement ne vous donnent pas droit à une couverture décès. Aucun crédit en cours et un autre livret, mais au nom de monsieur seulement, avec carte de retrait.

— Comment ça ? À son nom ? Pas au mien ?

— Non, je suis désolée, il s'agit d'un compte qui a été ouvert il y a deux ans, il en est l'unique titulaire. Mais, je vous rassure, il n'y a presque pas d'argent dessus.

— Combien ?

La conseillère devait penser que je ne m'intéressais qu'à l'argent et que le malheur ne me touchait pas ; elle s'adossa dans son fauteuil, mettant ainsi de l'espace entre nous.

— Madame… il m'est interdit de vous livrer cette information, en dépit du fait que vous soyez son épouse.

Elle hésita à poursuivre.

Je sortis de mon sac un certificat de décès que m'avaient remis les pompes funèbres et le lui présentai.

— Je ne vous raconte pas de bêtises, regardez ! Je ne

viens pas ici pour créer des problèmes, je cherche juste un peu d'aide.

Elle jeta un œil discret au document, son visage se renfrogna.

— Je vais le garder, si cela ne vous dérange pas, nous en aurons besoin pour la clôture du compte, pour la succession. Le solde créditeur du livret de votre époux s'élève à quatre cent douze euros.

J'étais une nouvelle fois terrassée. Dans un geste incontrôlé, je joignis les mains, me pinçai le nez des index, et retins quelques larmes. Je lâchai une supplique malgré moi, et me parlai à moi-même :

— Mais que faisait-il avec ce compte ?

La femme pianota de nouveau sur son clavier et, sans que cette question s'adresse à elle, me répondit :

— Une carte est liée à ce livret, quelques retraits en espèces, et il recevait un peu d'argent d'une société, mais je ne peux vous en communiquer le nom.

— Europa Plasturgie ?

Elle me dévisagea et comprit. Nous, les femmes, pouvions nous comporter de façon désagréable entre nous, nous jalouser pour des broutilles, nous crêper parfois le chignon, mais une force nous rassemblait. Sans doute un gène ancestral, un chromosome inconnu de nos ADN qui nous reliait toutes, nous unifiait. Un point commun qui nous permettait de ressentir la douleur dans le regard d'une autre. Ou peut-être n'était-ce que le fait d'avoir toutes, un jour ou un autre, souffert des maladresses des hommes. Elle me répondit avec une douceur incomparable dans la voix.

— Oui, mais je ne vous ai rien dit !

— Merci, promis, je ne vous ferai pas de problème. Il n'y a rien d'autre ?

— Non, je suis désolée, que des petits paiements, dont le détail des bénéficiaires n'apparaît pas.

Je la remerciai et quittai la banque, le cerveau en ébullition. Je me dirigeai vers la voiture et fis un détour, il fallait que je digère cette information, ces informations. Ma vie, si simple il y a quelques jours, m'apparaissait aujourd'hui brouillée dans un nuage de vapeur aux couleurs de soufre. La réalité qui traçait jusque-là ma route s'effritait sous mes pieds au fur et à mesure de mes découvertes.

J'étais mariée à un homme que j'aimais profondément, mais qui, en quelques jours, se révélait un étranger. L'idée d'avoir vécu avec un fantôme me bouleversait. Les questions se multipliaient, j'échafaudais mille scénarios, tous catastrophiques. Mes talons frappaient et martelaient le pavé, j'y mettais comme une rage que je peinais à contrôler. J'avançais sans vraiment prêter attention à cette vie qui grondait autour de moi. Quelqu'un me bouscula et je levai les yeux.

À ma grande surprise, j'étais déjà arrivé sur la place du marché. Je fis demi-tour, le brouillard dans ma tête s'était dissipé, j'étais décidée, je devais en avoir le cœur net et trouver des réponses. Pour cela, il fallait que j'aille à son bureau. Je l'avais déposé à plusieurs reprises à Europa Plasturgie, mais j'étais restée chaque fois sur le parking, l'entrée sécurisée m'interdisant l'accès.

Midi approchait. Je n'avais pas faim, mais la raison me dictait de reprendre des forces. La brasserie de la gare ferait l'affaire. Je m'installai près de la fenêtre et commandai une salade de gésiers.

Mon regard se tournait sans cesse vers l'horloge du parvis, je guettais le moment de partir. Deux cafés et une demi-bouteille d'eau plus tard, je regagnai la voiture.

Je me suis garé dans le parking du personnel, un peu au fond. J'avançais la peur au ventre en marchant vers la guérite du vigile. Mon cœur s'accélérait, j'étais moins certaine de ce que j'étais en train de faire.

Je me suis présentée. Le garde avait une soixantaine d'années, sans doute un peu sourd, il me pria de répéter. Quand il entendit le nom de Léo, il me demanda de ses nouvelles et m'indiqua qu'il ne l'avait pas vu depuis plusieurs jours. Je répondis sans détour, peut-être avec l'espoir de le toucher, pour qu'il m'aide :

— Mon mari est mort dans un accident de voiture avec notre fille. J'aurais aimé rencontrer le directeur.

Le vigile écarquilla les yeux.

— Quel malheur ! (Il passa la main sur sa joue.) Le grand patron n'est pas là en ce moment, il est en Allemagne, je crois.

— Sinon, si cela ne vous ennuie pas, je pourrais rencontrer Dominique, son chef de projet ?

— Dominique ? Je ne vois pas ! Mais la dame à l'accueil vous renseignera mieux que moi. Je vous en prie, entrez.

Il manipula le portique, libéra la gâche électrique qui vibra d'un son grave. Je poussai le tourniquet et le remerciai. Le chemin gravillonné menait directement à l'entrée de verre que surplombait en lettres noires le nom de l'entreprise. Les portes automatiques donnaient sur un large hall de dalles mouchetées.

Entre deux grands escaliers, une femme derrière un bureau répondait au téléphone. J'avançai timidement et patientai quelques pas en retrait. Je détaillai la pièce immense aux allures modernes.

La réceptionniste raccrocha et m'interpella :

— Bonjour, madame, c'est pour l'entretien d'embauche ?

Je m'approchai en secouant la tête et m'adressai à elle d'une voix tremblante. Je me présentai et demandai s'il m'était possible de rencontrer le supérieur hiérarchique de Léo. Elle fronça le sourcil.

— Excusez-moi, mais pour quelle raison ? D'ailleurs… hésita-t-elle, j'ai laissé plusieurs messages à votre mari sur son téléphone et il ne nous a pas rappelé. Il est arrivé quelque chose ?

Je peinais à retenir mes larmes, et je dus renouveler mes explications. Son visage se figea, elle me pria de m'asseoir, et prit son combiné pour appeler un responsable. Je devais patienter, quelqu'un allait venir me chercher.

La porte de l'ascenseur s'ouvrit et un homme vint à ma rencontre, le costume taillé sur mesure, les tempes grises coupées par des lunettes à grosse monture, le teint hâlé ; il dégageait une autorité naturelle.

— Je suis Victor Ziman, responsable des ressources humaines, je vous en prie, suivez-moi.

Je m'installai dans son bureau, je n'eus cette fois pas besoin de renouveler mon histoire et la raison de ma venue.

Il fut attentif à mon désarroi et usa de mots gentils pour calmer mon malaise. Il m'adressa ses condoléances, navré et bouleversé :

— La nouvelle va attrister et émouvoir tout le personnel de la société, tout le monde appréciait Léo, pas seulement pour son travail. Mais vous auriez dû vous éviter ce moment pénible et nous appeler, à moins que vous ne désiriez quelque chose en particulier ?

J'osai, dans un murmure :

— C'est-à-dire que je me retrouve dans une situation très délicate, l'enterrement se déroulera demain à quinze heures, et les frais engendrés sont énormes… J'espérais que peut-être vous pourriez avancer de quelques jours la mise en paiement du salaire de Léo ? Nous n'avions pas pris d'assurance et les obsèques sont toutes à ma charge.

L'homme griffonna sur son carnet quelques mots et me répondit :

— Bien entendu, je passe un coup de fil à la comptabilité tout à l'heure et, vu les circonstances, je pense que la direction fera un geste. Je ne veux pas m'avancer sur ce point, mais je ferai tout ce qui est en mon pouvoir pour les en convaincre.

— C'est gentil, monsieur Ziman. Puis-je abuser de votre gentillesse ?

— Je vous en prie.

— En fait, votre entreprise versait également de l'argent à Léo sur un second compte, des sommes plus petites… et…

Je cherchais mes mots, l'homme crut sans doute que l'émotion me troublait, il compléta ma phrase :

— Il doit s'agir des heures supplémentaires, ou des remboursements de frais de formation, ne vous inquiétez pas, nous réglerons la totalité.

— Merci, je peux vous laisser le relevé d'identité bancaire du compte principal, je préférerais si possible que cela soit mis en paiement sur ce compte, les délais sont plus longs sur l'autre.

Mes joues prenaient une couleur qui en disait long sur mon malaise. Il saisit le relevé, se leva et me garantit qu'il ferait tout pour que cela soit effectué au plus vite. Il me demanda quelques renseignements sur l'enterrement ; une délégation assisterait à la cérémonie sans aucun doute. Puis il me raccompagna jusqu'au hall. J'osai une dernière question :

— Vous pourriez prévenir son responsable, M. Dominique, Léo l'appréciait beaucoup !

Le visage de l'homme se contracta, les sourcils en broussaille, il hésita et répondit de façon évasive, la voix étranglée :

— Je n'y manquerai pas… croyez-le… Encore toute ma sympathie en ces moments difficiles, je suis de tout cœur avec vous, madame, et comptez sur mon soutien indéfectible !

Il se retourna et s'engouffra d'un pas pressé dans l'ascenseur, poursuivi par je ne sais quelle urgence ou quel fantôme. J'avançai vers les portes battantes, puis je ressentis une hésitation soudaine, un frisson dans le bas du dos.

Je stoppai sans en comprendre la raison, étonnée par ma réaction. Quelque chose qui me dépassait me forçait à rester, une intuition.

Quelques minutes plus tôt, j'avais entraperçu, alors que j'attendais à l'entrée, un large panneau d'affichage, sur un mur à gauche, avec une pyramide de visages.

J'avançai encore un peu et le sas de sortie s'ouvrit. Mais l'envie d'aller voir cet organigramme m'obsédait, et je reculai d'un pas. L'hôtesse d'accueil ne leva pas les yeux, plongée dans son travail et habituée au souffle des portes.

J'approchai. Le fondateur ou chef d'entreprise, tout en haut, surplombait trois colonnes qui se divisaient : la gestion, la conception et études, et la partie commerciale. Plus d'une centaine de visages se succédaient en cascade. Je cherchai un peu, et je repérai Léo, presque tout en bas. J'eus un pincement au cœur, je ne connaissais pas cette photo. Je me surpris à sourire, je le trouvais beau, il dégageait beaucoup de sérieux, ce qui ne lui ressemblait pas dans la vie de tous les jours. Puis, juste au-dessus, je vis un nom, celui de son responsable : Dominique Pré-Martial. Je tressaillis et je ressentis un choc en pleine poitrine, encore un… Je connaissais bien ce nom. Je scrutai le portrait afin de vérifier. Il n'y avait aucun doute.

Je ne me trompais pas, Dominique Pré-Martial… la pin-up de sa promo sur les bancs de la faculté. Plusieurs fois, lors de soirées, je l'avais remise à sa place tandis qu'elle draguait Léo devant moi sans vergogne. À l'époque, nous étions déjà mariés, et Léo m'avait rassurée et confié qu'il lui trouvait le genre vulgaire, celui des filles faciles et sans cervelle. Je nageais en plein cauchemar, dans une autre dimension, je ne parvenais pas à y croire. Pourtant, c'était bien elle.

J'avais le vertige, ma tête tournait. Je pris appui sur le pilier qui me cachait un peu de l'accueil. Les lèvres pincées, je tentai de garder mon calme et de recouvrer mes esprits, mais surtout d'éviter que le tonnerre qui m'électrisait n'explose et ne gronde. J'avais des difficultés à contrôler la colère qui montait en moi.

Les petites phrases de Léo me revenaient comme des lames assassines : *Dure journée, heureusement que Dominique était là – Demain mon chef m'invite à déjeuner – Mon boss m'a invité au séminaire, je ne peux pas refuser, c'est un sacré honneur, si tu voyais la tête des autres !* Dix mille phrases résonnaient dans ma tête et chacune giflait ma mémoire et mon amour pour lui. J'avais envie de vomir ces souvenirs.

Tout devenait plus clair ; les stages, les déplacements de dernière minute, les annulations, les préservatifs dans sa trousse, le cannabis et le compte bancaire caché. La rage monta en moi, incontrôlable. Je m'en voulais, je me trouvais nulle, tellement naïve de ne jamais avoir eu ne serait-ce qu'un début de soupçon.

Je me dirigeai vers l'accueil d'un pas rapide, déterminée.

Mes talons marquaient la cadence de ma colère, la femme releva le menton et m'envoya un sourire triste, empli de compassion. Visiblement, elle fut surprise par le timbre mordant de ma voix, j'ordonnai plus que je ne questionnai en appuyant sur les derniers mots :

— Je dois parler à Dominique Pré-Martial, le chef, enfin LA chef, de mon mari.

Elle fut troublée, et balbutia :

— Mme Pré-Martial ? Euh !… Euh ! Elle est en déplacement, je crois.

— S'il vous plaît, je veux la voir. J'ai quelque chose à lui dire !

— Attendez, je vérifie. (Elle manipula la souris de son ordinateur, puis commenta :) Elle est en Belgique, je me doutais qu'elle était absente.

Elle ne leva pas les yeux et me demanda si elle pouvait prendre un message, sa main tremblait. Je n'insistai pas et je quittai l'entreprise. Le feu brûlait mes entrailles.

La fureur me submergeait. Dire que c'était certainement cette garce qui avait attiré Léo ici. Tout s'embrouillait, je n'arrivais pas à croire qu'il m'avait menti pendant toutes ces années, pourtant, tout le laissait à penser. Je tournai la clé de contact, l'horloge marquait quinze heures. Je devais rentrer voir mon garçon qui luttait pour sa survie, mais je n'en eus pas la force, une autre idée me tenaillait, me torturait. J'appelai le service de pédiatrie et je pris des nouvelles de Thomas.

Son état était toujours le même, stationnaire. Je remerciai brièvement l'infirmière et l'informai que je rentrerais en fin d'après-midi, je laissai mon numéro en cas de problème.

10

Je n'avais pas cru un instant la réceptionniste. J'étais persuadée que son malaise et ses balbutiements cachaient la vérité. *Dominique* était là.

Bien décidée à discuter avec elle, je campai dans la Mercedes jusqu'à l'heure de sortie des bureaux. Je n'ai pas eu longtemps à attendre, nous étions vendredi, les bureaux se vidaient à seize heures.

Les premiers employés sortirent. De mon emplacement, j'apercevais le tourniquet de l'entrée, je ne pouvais pas la louper. Le chapelet des ingénieurs et des secrétaires s'égrenait. Il ne restait plus qu'une dizaine de véhicules sur l'aire de stationnement.

Presque dix-sept heures, je ruminais toujours cette colère en moi, qui submergeait ma peine. La peluche dans les mains, je caressais le lapin bleu de façon maladive, à la recherche d'un réconfort qui ne venait pas. Mon besoin de vérité était devenu viscéral.

Blessée dans ma chair, survivante d'une noyade, veuve et dans l'inconnu en ce qui concernait mon fils et l'avenir qui semblait bien sombre, je parvenais à haïr quelqu'un. Peut-être étais-je un monstre, une femme sans cœur, prête à tout pour venger son honneur. Ou bien j'étais trop stupide, à remuer cette boue, cette puanteur que je découvrais autour de moi. Mais je restais là, à attendre. Je me rongeais les ongles, en me griffant le dessus des mains. Rien n'était pire que l'ignorance. Imaginer était pire que douter. Je me sentais prête à affronter n'importe quoi, n'importe qui, simplement pour entrevoir la vérité.

Il ne restait que trois voitures. J'avais terminé le paquet de biscuits que j'avais emporté. J'attachais ma ceinture de sécurité pour partir quand je la vis. Elle tirait derrière elle une petite valise à roulettes et marchait d'un pas tranquille, seule, vêtue d'un spencer noir en cuir, d'une jupe cintrée et de chaussures à talons. Elle avançait, fière, la silhouette découpée des femmes qui assument leur beauté, la tête haute pour exposer sa gorge. C'était bien elle, avec ses airs de crâneuse.

Elle traversa le sas de sécurité sans même saluer le gardien. Pour me faire la plus discrète possible, j'ai glissé sur le siège jusqu'à me trouver le nez à hauteur du volant. Elle est passée à quelques mètres de moi sans me prêter attention et s'est dirigée vers une petite voiture blanche, un modèle coupé, stationné devant le grillage de l'enceinte. J'aurais dû deviner que c'était sa voiture.

Elle a ouvert le coffre, enfourné sa valise et s'est installée au volant. J'ai démarré aussitôt et je suis venue caler ma vieille guimbarde derrière elle dans un crissement de pneus.

J'empêchais ainsi toute manœuvre de sa part, toute tentative de fuite. Elle n'a pas compris tout de suite que je la bloquais, elle s'est mise à tapoter son volant, à gesticuler, à klaxonner, une fois, deux fois. Elle a fini par sortir, comme une furie. J'avançai à sa rencontre, je contenais toute ma hargne dans une attitude calme et sereine. Elle hurlait, je ne l'entendais pas, trop occupée à la dévisager.

Je me suis immobilisée au niveau de l'aile avant de ma voiture qui nous séparait. Elle s'est approchée et s'est arrêtée net. Elle s'est tue. Je la reconnaissais, malgré les années écoulées, elle n'avait pas changé ou si peu, à part ses cheveux qu'elle avait colorés.

— Tu te rappelles qui je suis ? Hein, Dominique ? Tu t'en souviens ?

Elle fit un pas en arrière, tout petit, mais c'était une façon de répondre.

— On dirait que tu es surprise de me voir !

Elle recula encore et gémit dans des sanglots retenus :

— Léo t'a donc tout avoué ? Je viens d'apprendre pour l'accident, je ne savais pas, je suis vraiment désolée pour Rose et pour lui… et pour, pour toi aussi.

— Qu'est-ce qu'il aurait dû m'avouer ? Je ne vois pas ? répondis-je d'un ton mielleux, presque ironique.

Je serrais les poings, tentais de me contrôler. Elle posa sa main gauche sur le toit de sa voiture, et balbutia, à peine audible.

— Eh bien, il devait t'en parler… Enfin, il disait… Je ne sais plus, je suis toute retournée.

— Vous couchiez ensemble ?

Ma voix s'était teintée d'une froideur qui ne me ressemblait pas.

Elle leva le bras, se massa le front, à l'évidence elle cherchait ses mots, ou une dérobade.

— Ava… ce n'est pas si simple !

Et soudain, j'ai hurlé.

— Il te baisait ?

La colère s'était propagée à tout mon corps, je tremblais. Elle baissa la tête et, cette fois, elle s'abandonna en éclatant en sanglots.

— Je l'aimais. Je l'aimais et il m'aimait. Ce n'était pas une histoire sans lendemain comme tu l'imagines.

Elle ne me regardait pas, je ne le supportais pas, cela me mit à nouveau hors de moi.

— Regarde-moi, salope ! Regarde-moi je te dis ! Tu crois que je ne l'aimais pas moi ? Comment oses-tu me cracher ton amour pourri au visage ? Tu n'étais qu'un objet pour lui. J'étais sa femme et toi tu n'étais rien ! Rien qu'une traînée ! Je lui ai donné des enfants, tu lui as offert quoi ? Ton cul ! Tu n'es qu'une pute !

Elle ne répondit pas. Ses larmes coulaient, la voir pleurer me faisait du bien. J'aurais voulu la frapper, l'étrangler, l'éviscérer, mais je voulais savoir :

— Depuis quand ?…

Elle ne répondit rien. Je répétai la question, je m'arrachai les cordes vocales :

— Depuis quand ?…

Elle s'essuya le nez d'un revers de manche.

— Depuis la faculté… un peu avant ton accouchement.

Cette fois, j'ai chancelé. J'ai appuyé mon corps contre la carrosserie, je tentais de garder un équilibre qui me fuyait. Ses mots me broyaient le cœur, mais je restais debout, fière, je devais l'affronter, ne pas montrer mon désarroi. Elle a poursuivi :

— Quand j'ai rencontré Léo, j'ai su qu'il était différent, et je suis tombée amoureuse. Il n'a jamais voulu te laisser, surtout après l'annonce de l'arrivée des jumeaux, pourtant, il m'aimait. J'ai supporté cette situation, toutes ces années, par amour pour lui, par respect pour toi. Il est resté avec toi à cause des jumeaux. Tu ne le connaissais pas, moi si. Durant toutes ces années, j'ai passé plus de temps avec lui que tu n'en as jamais passé. Je l'avais avec moi, à mes côtés, toute la journée, en séminaire, à la cantine, au bureau. Toi, tu ne le voyais que le soir, et de temps en temps les week-ends. Tu es la femme qu'on délaisse, pas celle qu'on quitte, parce qu'il y avait les enfants. Il m'aimait, que ça te plaise ou non. Il souffrait de cette situation et il devait t'avouer notre relation durant votre séjour au chalet. Il m'avait promis que lorsque les jumeaux auraient neuf ans, il partirait. Il devait te l'annoncer. Il me l'avait juré.

Cette fois, je n'ai pu contenir mes larmes, elles charriaient haine, honte, peine, douleur, j'ai essayé de me reprendre, mais sans y croire. J'ai hurlé :

— Tu mens ! Tu mens ! Il ne m'aurait pas laissée, ni les enfants ! Jamais, tu m'entends ?

Elle ne répondit pas, se pinça les lèvres. Je pleurais encore, je m'en voulais, j'aurais aimé paraître plus forte, montrer que ses souillures ne m'atteignaient pas, lui prouver que je ne doutais pas…

Il s'écoula plusieurs secondes sans qu'aucune de nous parle. Je contournai le capot et m'avançai vers elle. Elle se tenait la bouche, comme pour retenir ses mots. Le venin brouillait ma vue, je la haïssais au point de souhaiter sa mort. Je peinais à avaler ma salive, mes oreilles bourdonnaient. Elle ne me regardait pas, la tête baissée, à ma merci, soumise. Je l'ai cognée sur le crâne et au visage, en vomissant des mots qui me blessaient.

— Tu mens ! Tu mens !

Je l'ai frappée encore, je me suis retourné l'index. La douleur n'égalait pas ma hargne. Je tirai ses cheveux pour remonter sa face de chienne, elle ne se défendit même pas. Je la giflai, une fois, deux fois :

— Tu mens ! Avoue ! Tu mens !

Elle se laissa tomber au sol, et se roula en boule en sanglots, elle m'implora :

— Arrête ! Arrête !

— Dis-le que tu mens ! Salope, dis-le !

Mon pied vint se planter sur sa cuisse et elle hurla.

— Arrête ! Pitié, j'attends son bébé ! Je t'en supplie, je suis enceinte !

11

Les mots étaient entrés au plus profond de mon âme et s'étaient disloqués en syllabes brûlantes et infectes qui anéantissaient tout. Ils se répétaient dans un écho et lacéraient toutes mes certitudes, broyaient mon passé, mon présent, mon futur. Je perdais un enfant et la vie lui en offrait un, à elle, à cette catin. Cette idée me rendait folle. Je me mis à hurler, les insultes sortaient de ma bouche comme le pus d'une blessure qui ne guérirait jamais. Je levai le poing, prête à frapper la femme qui déchiquetait mes souvenirs et ruinait ma vie. Je n'avais qu'une envie, lui arracher la langue, enfoncer la main dans ses entrailles pour lui retirer ce fœtus immonde. J'allais cogner encore quand le vigile retint mon bras.

Il mit plusieurs minutes à me calmer, menaça d'appeler la police. Puis me ramena à ma voiture. Il m'installa à l'arrière, me prit les clés et m'ordonna de ne pas bouger. Il déplaça la Mercedes, et laissa s'enfuir l'autre. Il me retint quinze bonnes minutes avant de me permettre de m'en aller à mon tour.

J'étais assise sur la banquette, les yeux plantés dans le rétroviseur, vidée de toutes ces années passées à croire en un homme que je ne connaissais pas. Le vigile me secoua, me tendit les clés et m'ordonna de partir.

Le retour vers l'hôpital sembla interminable. Je pleurai

durant presque tout le trajet, je me lamentai d'avoir lâché Rose. J'aurais préféré mourir avec mes enfants que de découvrir que toute ma vie n'était qu'une illusion, une fumisterie. Je me sentais sale, stupide, naïve et meurtrie.

Il me restait Thomas, lui n'y pouvait rien et m'aimait d'un amour sans faille, le seul, le vrai. Je suis arrivé à l'hôpital vers dix-neuf heures, je me suis précipité à son chevet. Je glissai ma tête près de lui, pris sa main et la posai sur ma joue, ce qui m'apaisa. J'allongeai le lapin à ses côtés, l'objet fétiche de sa sœur, avec le rêve fou qu'une part d'elle se trouve encore dans cette boule de poils bleus.

Je n'ai pas pu avaler une miette le soir, à peine un thé. Il fallait passer une nouvelle nuit qui s'annonçait sans fin. Demain, l'enterrement.

J'ai refait surface vers six heures, assise dans le fauteuil, toute courbaturée, les yeux cernés et une vive douleur à la main droite. J'avais à peine dormi trois heures, mais c'était bien plus qu'espéré. Thomas, toujours impassible à mes caresses, restait immobile. On me répétait qu'il allait mieux, mais je ne voyais pas le moindre progrès et cela m'inquiétait. Parmi tous les tourments et les cataclysmes qui secouaient ma vie, la seule chose qui m'importait encore, c'était lui.

J'ai croisé l'infirmière de jour et je l'ai informée de mon départ très tôt pour aller à l'enterrement. Elle m'a rassurée une nouvelle fois, avec une gentillesse inouïe, mon fils restait sous bonne garde, et elle veillerait sur lui sans relâche.

Une heure plus tard, j'enfilai une robe noire et un gilet anthracite, j'aurais aimé une tenue plus appropriée, mais je n'avais rien d'autre. J'ai pris au passage mon sac, et Pinpin, mon nouveau compagnon, et j'ai embrassé Thomas sur le front, le cœur serré. Une nouvelle épreuve m'attendait et je ne savais pas si je parviendrais à la surmonter.

Avant de démarrer, j'ai appelé mes parents, ils étaient déjà en route et arriveraient vers midi. J'ai proposé mon appartement comme point de ralliement.

Je ressassais tout ce qui s'était passé depuis la veille, et bien sûr la grossesse de Dominique. Et si elle m'avait menti ? Plus j'y pensais, plus je me posais la question. Je décortiquais les comportements de Léo, et me surpris à le détester. Il s'était bien foutu de moi et m'avait traitée comme la dernière des imbéciles. J'entendais encore ses mensonges, et me remémorais ses petits cadeaux quand il revenait de séminaire, je repassais le film de ses fourberies. Chaque image, chaque détail, chaque attention qu'il m'avait porté me lacérait le cœur. Tout était faux. Je n'étais qu'un fardeau pour lui. Il distillait un amour de façade qui m'anesthésiait. Comment avais-je pu être si stupide ? Je me remémorais mes parents qui me suppliaient de retarder le mariage, d'attendre, que tout était précipité et que notre relation toute nouvelle devait grandir, que les études c'était important. Moi, j'avais cru au coup de foudre, aux étoiles dans les yeux, j'avais cru en lui, en nous, et en cette folie qui nous portait. Les premiers émois rendent aveugles celles qui rêvent de belles histoires, ils leur dessinent des nuages de perles et leur inventent des arcs-en-ciel.

J'avais volé vers lui et je m'étais brûlé les ailes. Maintenant, je comprenais que tout cela n'était que l'espérance d'être aimée en retour ; ses mots gentils, ses sourires, ses baisers avaient suffi à me convaincre qu'il était l'homme de ma vie, et je m'en étais contentée. Je le détestais désormais. Mais ma colère, la vraie, celle qui faisait mal à l'âme, c'était contre moi qu'elle se tournait.

Enfin, une dizaine d'années plus tard… dix ans, tout ce temps, si court, si long… il me laissait quoi en héritage ? Des souvenirs douloureux, dix ans de trahison, de gestes et de caresses forcés, de baisers sans saveur qui avaient le goût d'une autre, de mots tendres sans couleur, délavés par le mensonge. Je m'en voulais d'avoir été si confiante, si crédule et de l'avoir tant chéri, et adoré.

Dix ans à vibrer pour une histoire qui se révélait une imposture. Il m'avait volé mon temps, ma jeunesse, mes rêves. Toutes ces années gâchées.

Mais il y avait les enfants, ce qui m'était arrivé de plus beau. Rose nous avait quittés, mais son frère méritait que je me batte, même si je m'en sentais à peine la force. Un séisme de magnitude 7 venait de secouer ma vie. Dans ce chaos, au milieu des ruines, il me restait un mince espoir, il s'appelait Thomas.

Mes parents arrivèrent avec une demi-heure de retard. Les revoir m'apaisa. Ma mère était contrariée, elle fronçait les sourcils et se fendait le front de deux longues rides, le signe d'un reproche qui tardait à venir. Mon père me blottit dans ses bras, m'embrassa avec tendresse.

Ils n'avaient rien mangé par peur d'arriver en retard, et bien entendu je n'avais rien préparé, ce qui me valut une remarque de ma mère. Nous sommes allés chercher des sandwichs à la station-service, personne n'avait vraiment faim. Ma mère pesta contre mon imprévoyance. Je n'ai pas fini mon croque-monsieur.

Papa reprit le volant de sa voiture et nous conduisit

jusqu'à l'endroit où se dérouleraient les obsèques laïques. Notre arrivée était conseillée pour 13 heures, avant un moment de recueillement réservé à la famille. Ensuite, les proches et les intimes seraient reçus dans la grande salle.

Sur le trajet, mon père m'annonça que la mère de Léo l'avait appelé à la maison, elle ne viendrait certainement pas. Il ne me répéta pas ce qu'elle lui avait dit, mais je devinais qu'elle avait été odieuse. Je n'ai rien dit mais cela me soulageait, je craignais de la rencontrer, je n'en avais pas la force.

Je gardai pour moi toutes les découvertes que j'avais faites sur mon époux et sa liaison. Mes parents ne me croiraient pas de toute façon, et puis à quoi bon, j'étais convaincue qu'ils s'en voudraient et se sentiraient en partie responsables.

Un homme en costume gris nous accueillit. Il se présenta comme le maître de cérémonie. Il resterait près de moi et se tiendrait là pour me conseiller et m'aider.

La salle était froide, pour ne pas dire glaciale, les deux cercueils ouverts étaient posés sur des tréteaux, le long d'un mur sans fenêtre, au fond de la pièce, avec, derrière, plusieurs bouquets et couronnes, les deux plaques funéraires étaient disposées en arc de cercle. Des accords de piano discrets donnaient à l'ensemble une vague impression de calme et de repos. Ma mère se sentit mal, mon père eut le réflexe de la rattraper par le bras, il la fit asseoir sur un banc tout proche.

La grande pièce pouvait accueillir une centaine de personnes. Nous n'étions que trois. Mon oncle, vivant au Canada, de santé fragile, se battant contre la maladie, n'était pas là, ni ses enfants mes cousins inconnus. Je comprenais leur absence. Être fille unique n'avait jamais été pour moi une récompense, j'en goûtais de nouveau l'amertume.

J'aurais aimé être entourée. La mère de Léo avait dû donner des instructions, aucun membre de sa famille, pourtant nombreuse, n'était là. Peut-être plus tard, mais j'en doutais. Comment pouvait-elle être absente à l'enterrement de son fils ?

Les cercueils se ressemblaient, en bois verni couleur chêne, posés l'un à côté de l'autre. Seule la taille les différenciait. Je n'ai pas osé m'approcher.

Le maître de cérémonie nous invita à nous asseoir et nous indiqua qu'il se tiendrait en retrait, à quelques pas dans l'entrée. Nous disposions de vingt minutes. Ensuite il ouvrirait les portes aux intimes. Il me demanda si j'avais préparé un texte d'adieu. Je fis une moue. Si je ne me sentais pas la force de lire, il le ferait volontiers. Je fis une nouvelle moue. Je m'en voulais de ne pas y avoir pensé, en aurais-je été capable, aurais-je trouvé les mots ? Il me précisa qu'il n'y avait rien d'obligatoire et me tendit une pochette avec plusieurs homélies laïques, je pouvais choisir l'une d'elles. Il reviendrait dans un instant.

Il s'éloigna dans un bruit de talons qui résonna et donna à la pièce des airs de sanctuaire. Ma mère s'était levée et approchée du cercueil, elle parlait à Rose et lui caressait le front. Mon père se tenait derrière elle. Ils pleuraient et cela déclencha en moi une peur atroce. Serais-je assez forte pour supporter la cérémonie ? Je n'attendais personne et n'espérais que peu de monde, mais cela m'impressionnait. Je me levai à mon tour, et me joignis à eux. Ma mère chuchota quelques mots pour me réconforter.

— Elle resplendit ! On dirait qu'elle somnole et qu'elle va se réveiller. Elle te ressemble énormément, les joues un peu rebondies. Rose lui va si bien, c'est un prénom magnifique, tu n'aurais pas pu trouver mieux. Sa peau est douce comme une caresse, comme un pétale. Qu'elle repose en paix.

Mes parents allèrent ensuite devant le cercueil de Léo, je n'eus pas la force de les accompagner ni de rester aux côtés de Rose. Je ressentais toujours cette culpabilité qui me hurlait que je ne méritais pas de la pleurer. Je retournai m'asseoir pour feuilleter les discours, l'esprit ailleurs. Mon père, près de Léo, me lança un regard, peut-être attendait-il que je les rejoigne ? M'approcher de Léo me devenait impossible, je ne supportais pas l'idée de poser les yeux sur lui. Je respectais son repos, mais j'avais plus envie de le maudire que de m'apitoyer sur lui. La haine grondait en moi, sourde et puissante, je peinais à la contenir et je ne parvenais pas à lire les feuillets.

L'homme des pompes funèbres fit de nouveau son apparition.

— Vous avez choisi quelque chose ? Et pour la musique de fond, vous avez une préférence ? Nous disposons d'un très large répertoire classique, et même moderne… Si quelque chose vous vient à l'esprit, dites-le-moi. Une mélodie qui vous aurait marquée, un souvenir particulier ?

Je fis mine de réfléchir, mais ses interrogations me gênaient plus qu'elles ne m'intéressaient.

— Non, je ne trouve pas. Je verrai, si je m'en sens capable je lirai quelques mots, et pour la musique, je vous fais entièrement confiance.

— Très bien madame. S'il y a un souci, n'hésitez pas à me faire un signe ou à m'en parler.

Mon père vint s'asseoir près de moi, il saisit ma main,

la serra avec tendresse et, dans un murmure, me demanda si je serais assez forte. Le doute entachait ma réponse :

— Je l'espère, mais ça fait si mal.

— Je sais, ma puce, leur présence nous manquera à jamais.

Je posai la tête sur son épaule et laissai mon chagrin prendre le dessus, sans lutter.

Quelques instants plus tard, le costume gris se planta devant moi.

— Des gens attendent à l'extérieur, nous allons pouvoir ouvrir la salle. Certains pourront ainsi déposer des fleurs et rendre hommage aux défunts, vous vous sentez prête ? dit-il avec un rictus étrange.

Je remarquai pour la première fois ses mimiques grimaçantes, elles accompagnaient les pauses dans son discours. Je hochai la tête et m'essuyai les yeux avec un mouchoir en papier que me tendit mon père. L'homme nous invita d'un geste du bras à prendre place à droite près des deux cercueils. Il installa nos sièges, un pupitre, et une urne destinée à recevoir les cartes de condoléances, puis s'éloigna vers l'entrée principale.

Il ouvrit en grand les deux battants de bois. Par crainte de montrer mon chagrin, je baissai la tête. Le bruit des pas s'intensifia, puis celui des chaises et des bancs qu'on glisse en tentant d'en étouffer le crissement.

Quelques personnes passèrent devant nous, mais je ne levai pas les yeux. J'aurais voulu me retrouver seule, je craignais leur compassion, je ne la méritais pas. Mes pensées s'embrouillaient, entre culpabilité et colère, méandre de tortures que je m'infligeais pour ne pas m'apitoyer sur mon sort.

Rose et Léo, dans quelques minutes, seraient tous deux

ensevelis à jamais. Un brouhaha de chuchotements prenait naissance au fond de la salle, de nombreuses personnes arrivaient. Cela me surprit, je n'avais pas d'amis, simplement quelques connaissances avec qui j'échangeais un bonjour de temps à autre.

Je gardais les yeux fermés et mon père me donna un léger coup de coude. Je les ouvris, tête basse, j'aperçus une paire d'escarpins noirs et le volant d'une robe plissée grise. Une femme était plantée là, devant moi, et attendait. Je relevai le menton et me redressai. Elle me tendit la main, je la reconnus : la maîtresse d'école de Rose. Elle m'adressa ses condoléances, des larmes naissaient au coin de ses paupières :

— C'était une enfant formidable, douce et joyeuse. Je suis vraiment de tout cœur avec vous, Ava. Si je peux faire quelque chose pour vous, n'hésitez pas. De nombreux parents ont appris la nouvelle avec stupeur. Ils sont venus lui rendre un dernier hommage. Vous n'êtes pas seule dans la douleur.

J'enserrai sa main dans les miennes, et ne parvins pas à articuler un mot. J'avais toujours été émue par la gentillesse que dégageaient sa voix et ses yeux verts. Je tournai la tête vers la salle, elle était pleine, des gens se tenaient debout au fond. Les larmes me vinrent, chaudes, brûlantes. J'aurais voulu les enlacer tous dans mes bras pour les remercier d'être là pour Rose et un peu aussi pour Léo. Mon regard balaya l'assemblée, et soudain je la vis. Elle cherchait à se frayer un passage dans l'allée centrale, sans doute pour trouver une place dans les premiers rangs où quelques sièges restaient inoccupés. Elle portait un pull noir à fines mailles, le col en « V » laissait apparaître un collier de perles à la nacre grise. Les cheveux tirés en chignon, elle n'était pas maquillée et ses traits livides m'avaient fait douter, mais il s'agissait bien de Dominique. Elle n'était que l'ombre de celle que j'avais frappée hier. J'eus pitié d'elle une fraction de seconde. Elle se plaça de profil pour se glisser entre deux personnes qui lui bloquaient le passage. Elle leva la tête, et nos regards se croisèrent. Je remarquai alors un hématome sur sa pommette. Elle hésita une seconde, baissa les yeux et reprit sa progression. Elle vint s'asseoir au troisième rang. Je reconnus M. Ziman, il s'installa juste derrière elle, à côté d'une dame âgée que je n'avais jamais vue. Sans doute une de ces vieilles dames qui aimaient frotter leur âme à la douleur des familles. Cela devait les rassurer et donner un goût plus sucré à leur solitude. Une façon de rencontrer des gens, de nourrir leur ennui, de goûter à la compassion.

On venait me serrer la main, me saluer, souvent sans un mot. Jamais je n'aurais imaginé voir autant de personnes, des habitués de la bibliothèque, des voisins, des parents d'élèves. La musique classique s'arrêta en douceur, le responsable des pompes funèbres s'approcha de moi et me chuchota à l'oreille :

— Le moment pour une oraison ou un message d'adieu est arrivé. Si vous voulez, je peux dire quelques mots. J'ai choisi un texte qui rend hommage à la famille.

Je me sentais abattue et détruite par le chagrin, je lui fis signe de la tête qu'il pouvait s'en charger.

Il se plaça face au pupitre et invita les gens à une minute de silence en mémoire des défunts. Cette minute interminable me tortura, elle emplit mon esprit de mille images volées au passé, toutes aussi belles que pénibles. Soudain, comme un bruissement d'ailes, j'entendis le début d'une mélodie. Je pouvais la reconnaître entre mille, les premiers accords de guitare étaient gravés dans mon cœur, cette chanson m'avait toujours émue. Je ne sais si le hasard intervint, ou si quelqu'un avait soufflé ce choix, mais tout mon corps tressaillit. Les premières paroles se répandirent dans la salle :

On est bien peu de chose, et mon amie la rose me l'a dit ce matin... à l'aurore je suis née, baptisée de rosée, me suis épanouie, heureuse et amoureuse...

Cette chanson de Françoise Hardy m'avait toujours arraché une larme. Aujourd'hui, elle prenait une dimension qui me bouleversait et me remuait les entrailles. Mon ventre se nouait, meurtri du souvenir de ma fille.

L'homme ouvrit un cahier posé sur le pupitre et se prépara à en faire la lecture. Je me levai, chancelante, et le tirai par la manche. Il comprit et s'effaça sans rien dire. Les paroles s'écoulaient, et tout le monde les écoutait.

Je m'accrochai au petit meuble de bois, les pupilles en feu, les mains crispées de chaque côté, comme un orateur qui sait qu'il va devoir se battre. Je cherchais simplement à rester debout. J'essuyai mes larmes, je forçai ma voix, et j'approchai mon visage du micro.

— Oui, Rose était la plus belle, et mon bébé n'est plus… Je ne sentirai plus son parfum si particulier de petite fille… quand elle déposait un baiser sur ma joue. Je ne l'entendrai plus me murmurer *maman je t'aime gros comme ça* en écartant les bras, ni ses éclats de rire ni ses cris quand elle jouait avec son frère. Je ne la verrai plus dormir dans son lit, me sourire, me tirer la langue, mettre les petits pois de côté pour les compter. Je ne pourrai plus la serrer sur mon cœur, caresser ses longs cheveux rouillés, comme elle disait… Vous qui l'avez croisée, vous savez qu'elle était une enfant pleine de vie. Rose me parlait souvent de ses moments de joie avec ses camarades, vos enfants, elle adorait l'école et sa maîtresse.

Mais par-dessus tout, elle aimait les gens, la nature, les oiseaux, son doudou et son frère qu'elle choyait…

Le silence de la salle me saisit, il pesait et courbait les échines. J'avalai ma salive. J'essuyai mon nez et la voix fragile, hésitante, je poursuivis, portée par un dégoût de moi-même qui me donnait la nausée :

— Mais je dois vous avouer, vous confesser un horrible secret… quelque chose qui m'étouffe et m'empêche de trouver le sommeil… qui me suivra jusque dans ma tombe et qui fait de chaque minute qui passe une torture. Si ma Rose, mon bébé, se retrouve ici aujourd'hui, entre ces quatre planches, livide et sans vie, c'est ma faute !

Mon père se leva et voulut m'arrêter. Mon regard l'implorait de ne pas bouger, et il comprit. Pour la première fois de ma vie, je le vis pleurer.

— Ce que je vais vous dire n'est que la triste vérité d'une mère qui a été trop lâche pour sauver son enfant. Quand nous étions enfermés dans la voiture, déjà plusieurs mètres sous l'eau, j'étais parvenue à agripper mes deux amours pour remonter avec eux…

Mon père intervint, à voix haute :

— Ava, tu n'es responsable de rien, je t'en prie, arrête !

Mon regard empli d'horreur l'impressionna. On dit que les yeux reflètent l'âme, il avait entrevu la mienne, torturée et tourmentée, tordue par les flammes du remords. Il se tut et resta debout. Les cous s'étiraient, on voulait voir la coupable et pas seulement l'entendre. Des chuchotements serpentaient dans la salle, qui cherchaient à brouiller mes mots, à les couvrir, mais j'ai continué. J'ai haussé la voix :

— J'ai essayé de rejoindre la surface, mais j'ai eu peur de couler avec eux, j'ai sacrifié ma petite puce, je l'ai lâchée. Elle était inconsciente comme Thomas, mais je l'ai lâchée, elle. Pourquoi elle ? Je ne sais pas, je sais juste que je n'ai pas tout tenté pour les remonter tous les deux… J'ai craint la mort, alors qu'aujourd'hui je l'appelle de mes vœux. Ne me plaignez pas, je n'en suis pas digne, mais pleurez-la, elle était un ange.

12

Je ne me rappelais plus rien, tout juste d'avoir repris mes esprits et refait surface dans la voiture de mes parents. J'étais affalée à l'arrière, la tête contre la vitre. Nous roulions vers mon appartement. Je bafouillai, affolée :

— Qu'est-ce qui se passe, pourquoi allons-nous chez moi ?

Ma mère se retourna et me dévisagea d'un regard incrédule.

— Tu ne te souviens pas ?

— Si, il me revient des images, floues, je crois qu'on me portait ?

Mon père intervint. La voix du docteur que je connaissais bien venait de prendre le dessus :

— Tu as fait comme une crise d'angoisse, ou une crise de nerfs, liée à la fatigue. Tu t'es effondrée en pleurs et tu as perdu connaissance dans la salle après ton discours. Je pense à un malaise vagal ou quelque chose qui y ressemble, cela arrive souvent après des chocs post-traumatiques. Tu dors mal. Tu es revenue à toi quand nous étions dans le cortège en direction du cimetière, tu étais en sueur et tu avais envie de vomir. J'ai pris ton pouls et il battait faiblement, c'est pour ça que je diagnostique un malaise vagal, mais cela pourrait aussi bien être une crise d'angoisse. Tu te rappelles ?

— Vaguement… J'ai mal à la tête !

— Je te donnerai un comprimé une fois chez toi, j'ai ma sacoche dans la voiture de ta mère.

— Je me souviens que je ne pouvais pas stopper mes larmes, et ensuite que les hommes glissaient le cercueil de Rose dans le caveau. Puis ça devient confus, que s'est-il passé ?

Mon père hésita avant de répondre.

— Tu es devenue hystérique, tu t'accrochais au cercueil, tu ne voulais pas qu'on l'enterre, j'ai dû te ceinturer. Et tu as fait une nouvelle syncope qui n'a duré qu'une poignée de secondes. Je m'inquiète, tu t'es évanouie à quatre reprises, même si je peux le comprendre à cause du stress et de l'anxiété que tu montrais. Le responsable des pompes funèbres avait de l'alcool de menthe, cela a suffi pour que tu reviennes à toi, mais tu étais dans un état second. Entretemps, la mère de Léo est arrivée avec un homme que je n'avais jamais vu. Elle portait un chapeau ancien affublé d'une voilette, mais je l'ai reconnue tout de suite. Elle s'est tenue en retrait, mais geignait comme une pleureuse payée à prix fort. Elle aurait cherché à se faire remarquer qu'elle n'aurait pas procédé autrement. Et soudain, tu t'es mise à insulter Léo, tu as dit des horreurs. Les gens ont eu peur de ta réaction et ils sont partis, même sa mère a tourné les talons. Il a fallu se mettre à plusieurs pour te maintenir.

Je ne répondis pas, j'avais le crâne dans un étau et peu de souvenirs. Mon père insista :

— Tu te rappelles ce que tu hurlais ?

J'en avais bien une petite idée, mais je mentis :

— Non, pas du tout. Mais pourquoi en aurais-je voulu à Léo ?

— Tu criais qu'il pouvait griller en enfer, que c'était un salaud, qu'il t'avait trompée.

Il me fallut un instant pour trouver une réponse qui tienne la route.

— Je ne sais pas, je devais délirer, tu dis toi-même que je faisais une crise.

Je l'aperçus dans le rétroviseur qui me regardait.

— Je ne t'ai pas vue t'approcher du cercueil de Léo quand nous n'étions que nous trois, tout se passait bien entre vous ?

— Oui, rassure-toi. La veille, je suis allée voir Léo au funérarium, et à vrai dire, j'ai été choquée ce jour-là. Je ne le reconnaissais plus, son visage paraissait différent et cela m'a traumatisée, ses traits amaigris, sa pâleur… je n'avais pas envie de revivre ce moment.

Il se contenta de cette réponse et ne répliqua pas. J'en profitai pour changer de sujet.

— Tu dis que sa mère est venue, je ne m'en souviens pas.

— Oui, elle est venue au cimetière alors que la cérémonie avait déjà commencé. Ensuite, quand nous sommes partis, je te soutenais, je l'ai vue qui attendait dans une voiture une vingtaine de mètres plus loin, avec un de ses frères je crois, et un homme plus jeune à l'arrière.

— Je préfère ne pas l'avoir croisée.

Mon père ne répondit pas.

Une fois arrivés à la maison, mes parents sont montés tous les deux avec moi. Il était 15 heures. Mon père, toujours inquiet, vérifia ma tension, qui était élevée. Il me donna de quoi calmer ma migraine et posa une enveloppe sur la table, à côté de moi.

— Tiens, ta mère et moi avons des économies et nous pensons que c'est de notre devoir de te soutenir en ces moments difficiles. Cela t'aidera quelque temps, ou contribuera aux frais de l'enterrement. On s'inquiète beaucoup pour ton avenir… Une fois que Thomas sera sorti d'affaire, pourquoi ne viendrais-tu pas à la maison ? Elle est grande, tu y as tes marques… Tu pourrais prendre un nouveau départ, récupérer et souffler un peu. Tu as besoin de temps pour panser tes blessures, on pourrait prendre soin de toi.

Je n'ai pas su quoi répondre. Le geste me touchait, j'ai fondu en larmes et je les ai embrassés tous les deux. Décidément, je n'étais plus bonne qu'à ça, pleurer. Ma mère ajouta, avec une pointe de lamentation dans la voix :

— Nous destinions cet argent aux études de tes enfants, mais je crois que les circonstances sont telles que c'est aujourd'hui que tu en as le plus besoin. Il s'agit d'un chèque de trois mille cinq cents euros, fais-en bon usage, ma fille.

— Je ne peux pas accepter, c'est beaucoup trop !

Mais je n'insistai pas, j'avais besoin de cet argent. Je les remerciai et leur expliquai que cela arrivait à point nommé à cause du souci avec les assurances, je ne mentionnai que l'épisode du cannabis, sans rien dévoiler d'autre. Mon père se renfrogna et pesta contre les assurances.

— Ça veut dire qu'ils ne te verseront pas un centime ?

Je secouai la tête.

— Quelle honte ! Je téléphonerai à la mère de Léo, elle doit également participer aux dépenses, c'est son fils après tout !

— Je ne pense pas qu'elle bougera le petit doigt, je me suis fâchée avec elle. Je lui ai dit que je ne voulais pas de son argent. Elle avait décidé qu'on enterrerait Léo dans son village.

— Ne t'inquiète pas. Ce n'est pas à toi de voir ça avec elle, je vais m'en occuper.

Il récupéra son téléphone et me laissa cette fois les clés

et les papiers de la voiture maternelle, une Clio, propre comme un sou neuf. Je fus de nouveau touchée par l'attention. Je les embrassai pour les remercier.

Ils étaient sur le départ et me firent promettre de ne pas me remettre en route pour l'hôpital sans avoir dormi.

Je les rassurai, je devais acheter un nouveau téléphone, ensuite je les appellerais quand je serais auprès de Thomas. Ils allaient passer quelques jours chez eux et reviendraient en train. Ils prendraient des nouvelles de l'état de santé de leur petit-fils.

J'eus beaucoup de peine à les voir me quitter, une déchirure dans la poitrine et des trémolos dans la voix. Il faut parfois des années pour comprendre l'amour de ses parents.

J'ai respecté ma promesse, je me suis assoupie une petite heure sur le canapé. En me réveillant, j'ai fait un sac de linge propre pour Thomas et pour moi, avant d'aller m'acheter un téléphone basique. Je suis revenue à l'hôpital tard le soir. Mon fils me paraissait maigrelet et de plus en plus pâle.

L'aide-soignante me réveilla en sursaut. Le soleil se levait à peine. Elle me sourit, et me rassura, tout allait bien. Dix minutes plus tard, elle m'apporta une tasse de café, avec quelques mots réconfortants. J'admirais ces femmes et ces hommes. Ils côtoyaient la peine au kilo et réussissaient à garder le cœur léger. J'aurais aimé avoir leur force.

On était dimanche et l'hôpital s'éveillait avec le bruit des visiteurs dans le couloir. Tout m'insupportait, les portes qui claquaient, le soleil qui chauffait la pièce, mon désespoir, mon chagrin. La journée fut interminable, le temps s'étirait.

En milieu d'après-midi, je descendis à l'accueil pour trouver un livre pour enfants. Le choix était réduit. Même s'il était dans le coma, je me sentais obligée de m'occuper de Thomas et je lui fis la lecture à voix haute. L'histoire était courte mais belle, avec une touche de poésie.

— Tu as aimé ? Je pense que tu adorerais caresser l'étalon noir, ce serait un compagnon génial pour toi ! Tu veux que je te relise l'histoire ? Non, cela ne me dérange pas, je t'assure ! Avec plaisir. Je l'aime beaucoup aussi.

Je lui parlais, je lui prêtais des réponses pendant des heures, et je me surprenais à apprécier ce petit jeu. Ces moments de monologue me permettaient de sortir de mes idées lugubres.

13

Depuis que j'avais appris que Dominique attendait un enfant de Léo, je me posais la question nuit et jour : et si elle avait menti ? Et si elle m'avait jeté cette ignominie en pâture simplement pour que je cesse de la frapper ?

Mes pensées obsessionnelles tournaient en boucle. Je passais de ma responsabilité dans la mort de Rose et de Léo à la maîtresse de mon mari, avec, en toile de fond, l'avenir incertain et les problèmes d'argent qui se profilaient.

J'arpentais ma chambre de long en large, je ressassais. Dominique était-elle vraiment enceinte ? À la fin, je pris la décision d'en avoir le cœur net. Je descendis au rez-de-chaussée et contactai les renseignements : je notai le numéro de Europa Plasturgie, avec la ferme intention de discuter avec elle.

Immédiatement après, j'ai téléphoné. Je me suis présentée comme la responsable d'une entreprise à qui Mme Pré-Martial avait demandé de la rappeler. Sans aucune difficulté, on me mit en relation avec elle.

— Allô !

J'hésitai quelques secondes.

— Dominique ? Dominique Pré-Martial ?

À ma grande surprise, elle me reconnut :

— Ava ? C'est toi ?

Je ne répondis pas, troublée, elle ajouta :

— Je n'attends pas d'appel, et je ne connais pas la société pour laquelle tu t'es fait passer. Et j'ai reconnu ta voix. C'est toi, Ava ?

Je l'avais appelée, il fallait me lancer.

— Oui... j'aimerais te parler... sans crier cette fois.

— Écoute, je ne demandc pas mieux, j'ai même pensé te contacter moi-même. Je m'en veux de t'avoir appris ma grossesse. Et j'ai été touchée que tu ne m'aies pas refusé l'accès aux obsèques.

— Pourquoi ? C'est faux ? Tu n'es pas enceinte ?

— Si, je suis enceinte, c'est la vérité, mais je n'aurais jamais dû te le dire. Le malheur qui s'abat sur toi est déjà si horrible que j'aurais pu t'épargner ça, mais j'ai eu peur que tu me frappes au ventre. Je suis désolée, je te jure, Ava, je suis vraiment désolée. La mort de Léo m'affecte tout autant, et dans quelques mois notre situation sera identique... Je serai, comme toi, seule avec mon enfant.

Je ne savais pas si je devais hurler ou pleurer. Une femme à l'accueil me surveillait du coin de l'œil, je sortis sous le porche, à l'écart.

— Je l'aimais, Ava. Je me suis toujours mise en retrait, car il voulait te protéger, et préserver les jumeaux. Cette grossesse est un accident.

Je lui demandai, d'une voix glaciale qui me surprit :

— Tu es enceinte de combien ?

— Deux mois, j'entame le troisième. Je te le jure, ce n'était pas voulu, crois-moi, Ava. Je n'aurais jamais pris ce risque après tant d'années.

— Tu te fiches de moi, j'ai retrouvé des préservatifs dans sa mallette, il devait se protéger.

— Mais non, je t'assure. Il disait qu'il avait horreur de ça... je ne comprends pas ! On n'avait pas décidé d'avoir un enfant, il n'en désirait plus, nous en avions discuté et nous étions d'accord sur ce point. Il disait que les jumeaux, c'était bien assez.

La tête me tournait, je m'assis sur un banc. Je ne répondis pas, l'envie de vomir brûlait ma gorge et mon estomac. Je n'aurais jamais dû l'appeler. Puis, comme la lèpre qui gangrène les chairs, une autre question me tourmenta.

— Est-ce que Léo fumait avec toi ?

— Oui, mais lui seul fumait, pas moi. Il voulait se sentir différent quand il était avec moi.

La machine était lancée, je ne pouvais retenir mes questions :

— J'ai retrouvé du cannabis dans son bureau, c'est toi qui fumes ça ?

— Non, je te dis que je ne fume pas. Je lui ai reproché de toucher à cette cochonnerie. Cela l'apaisait, soi-disant, le calmait du stress du travail. Je voulais qu'il arrête. D'ailleurs, quand j'en trouvais un morceau, je le jetais aussitôt. C'est pour ça qu'il cachait le shit chez vous !

J'étais écœurée de ces révélations, mais la douleur me rongeait déjà. Je ne pouvais pas m'empêcher de continuer à poser des questions.

— Vous partiez souvent ensemble ?

— Ava… Tu te fais souffrir… ça t'avance à quoi de savoir tout ça ?

Devant son refus de répondre, ma colère explosa :

— Tu ne te posais pas la question de savoir si je souffrais quand tu couchais avec lui !

— Ava, tu disais qu'on parlerait dans le calme.

Je pris une grande inspiration.

— Je sais, mais ça me dépasse. J'ai besoin de savoir, tu comprends. Dix ans qu'il me mentait, dix ans que toi et lui, dans mon dos… Tu me dois la vérité, même si elle me détruit à petit feu, sinon je vais devenir folle pour le restant de mes jours.

Elle hésitait, je l'entendis soupirer.

— Oui… on se voyait souvent, le soir, nous avions un accord avec notre chef, nous ne prenions qu'une courte pause méridienne, et nous finissions tôt. Sinon, tu t'en doutes, pendant le travail, nos bureaux communiquaient.

— Les séminaires ? Les stages ? Les conférences ?

— Souvent inventés… il était chez moi… Je suis désolée, Ava… Tu as le droit de me haïr.

— Te haïr ? Ça serait trop simple ! Tu sais, tu dis qu'on va se retrouver dans la même situation : seules avec un enfant… mais tu t'es prise pour qui ? Vis dix ans avec un homme qui te trompe et nous en reparlerons. Et puis, il y a pire : mets ton bâtard au monde et, quand il sera mort, reviens me voir, là, nous serons à égalité !

Je raccrochai, aigrie et meurtrie, mais je n'avais plus aucun doute.

Il me fallut plusieurs minutes pour me calmer. Je marchai, en chancelant, dans les allées du parc de l'hôpital, ce fut salutaire.

Ce jour-là, mes parents m'appelèrent deux fois pour prendre de mes nouvelles ainsi que de Thomas. Ils m'informèrent que la mère de Léo refusait de contribuer aux frais d'enterrement. Mon père, tenace, s'était renseigné. Il avait appris que la famille proche avait l'obligation de participer aux dépenses des obsèques, c'était prévu par la loi. Avec de la fierté dans la voix, il m'avait précisé qu'il l'avait menacée de poursuites au tribunal.

14

Au milieu de la matinée, le médecin-chef du service s'est aventuré dans la chambre. Il m'a annoncé que la procédure de réveil de Thomas était lancée, le sédatif avait été diminué la veille à dix heures, et interrompu en soirée. En fonction de son état, il émergerait de son coma artificiel dans un délai très variable qui pouvait aller de quelques heures à plusieurs jours.

J'étais heureuse, bien que surprise, j'avais compris que la phase de réveil ne durait pas. Le médecin me répondit que tout dépendait des patients. La santé de mon fils s'améliorait, son taux d'oxygénation aussi, les examens auxquels il avait procédé les jours précédents le rassuraient : aucune trace d'inflammation et pas de fièvre. Les voyants étaient tous au vert, il fallait attendre. Des tests de réflexes et une surveillance continue permettraient de vérifier qu'il recouvrait ses fonctions mécaniques et une ventilation spontanée. Dans ce cas, il serait extubé.

Thomas s'était retrouvé sous sédatif pendant presque quinze jours, l'élimination totale du produit demanderait un peu de temps. Cette annonce me redonna du courage et surtout de l'espoir, je m'installai à son chevet et veillai sur lui comme le lait sur le feu. Je contactai mes parents pour leur annoncer la bonne nouvelle. Je les rappellerai aussitôt que Thomas referait surface. D'un commun accord, cela signifierait pour eux le top départ pour me rejoindre à l'hôpital. Le personnel soignant restait très présent et je compris que ce moment était crucial.

En fin d'après-midi, les premiers signes apparurent, mon fils réagissait aux stimuli de l'infirmière. Ses paupières clignaient, il serrait la main. Il était sur la bonne voie.

Je ne dormis presque pas de la nuit. Je lui parlais, c'était une façon de rassurer Thomas, et aussi pour moi de me sentir utile. J'accumulais la fatigue, mais de toute façon je ne pouvais fermer l'œil plus d'une heure sans me réveiller ; des images cauchemardesques maculaient mes rétines.

Je m'étais assoupie dans le fauteuil, après un repas frugal, quand mon téléphone portable vibra et me tira de ce court moment de répit. *Papa* s'affichait sur l'écran.

Ma belle-mère l'avait rappelé. Sur les conseils avisés de son avocat, elle était prête à participer aux frais d'enterrement. Elle prendrait contact directement avec les pompes funèbres, mais refusait d'avoir affaire à nous. Elle n'avait pas indiqué la somme qu'elle envisageait de débourser, mais il lui avait suggéré qu'un tiers du total paraissait des plus convenable. J'aurais voulu serrer mon père dans mes bras pour le remercier. Je lui donnai quelques nouvelles de son petit-fils qui le rassurèrent.

Cette ombre menaçante d'une dette énorme sur mes épaules commençait à se dissiper. Il m'en fallait de l'espoir ! Mais pour l'instant, je vivais dans le présent, sans chercher à me projeter, juste à survivre et à prier pour que l'état de mon fils s'améliore.

En milieu d'après-midi, mon attente fut récompensée. Il donna des signes d'agitation qui, au début, m'inquiétèrent. L'anesthésiste décida d'enlever le tube de sa trachée, sa ventilation naturelle devenait fiable. Il préférait le faire avant que Thomas soit complètement sorti de sa phase de réveil. On me demanda de patienter dans le couloir, on me rassura, les tressaillements valaient mieux qu'un état apathique, il reprenait le dessus et s'angoissait, prisonnier de ce monde entre rêves et réalité.

Les heures qui suivirent furent pleines d'émotion. Mon enfant ouvrait un œil, bâillait, émettait quelques sons, mais ne répondait pas à mes questions ou très rarement. Sur les conseils des soignants et de la psychologue, je poursuivais mes discussions avec lui ; je tentais de le calmer avec l'espoir qu'il m'entende et me comprenne.

J'ai déposé Pinpin dans le creux de son bras et, comme quand il était petit, lorsqu'il peinait à trouver le sommeil, je lui ai caressé les cheveux. Cela calma un peu ses soubresauts. Il s'endormit vers vingt-trois heures. Je guettais les mouvements de son abdomen. Je finis par sombrer, la tête posée sur le bord de son oreiller.

La douleur d'un torticolis me ramena à la réalité, il faisait encore nuit. Thomas ne bougeait pas, ma main sur sa poitrine vérifia qu'il ventilait et je repris ma garde, cette fois jusqu'au petit matin.

L'infirmière me secoua avec gentillesse. Je devais dormir, sinon c'était moi qu'on allongerait dans le lit à sa place. Thomas ne bougeait toujours pas. Il ouvrit les yeux vers neuf heures mais sans émerger vraiment.

À midi, je picorais un plateau-repas sans saveur et sans envie quand une voix me fit sursauter :

— Maman, j'ai faim.

Je posai rapidement mon assiette et m'approchai du lit de Thomas. Sa voix éraillée prenait des intonations d'adolescent pubère, graves et lentes. Je le rassurai, l'embrassai sur le front, et lui expliquai qu'il déjeunerait plus tard. Il se rendormit presque aussitôt sous mes caresses, sans en dire plus. J'étais soulagée, il allait mieux, et m'avait reconnue. J'en fis part aux infirmières qui partagèrent ma joie. Et je me mis à dévorer mon assiette de carottes froides et insipides.

Thomas sortit de sa léthargie vers seize heures, bien plus éveillé cette fois que je ne l'aurais espéré. Il me regarda et me sourit. Une flamme se rallumait en moi.

— Maman, j'ai mal à la gorge.

Je caressai son front. Mon cœur, qui n'était plus que cendres, bourgeonnait de nouveau tant je me sentais heureuse de l'entendre, et de le voir les yeux grands ouverts.

— Ce n'est rien, Thomas, ça va passer. Comment te sens-tu ?

— J'ai mal partout. On est à l'hôpital ?

— Oui, depuis quelques jours déjà, tu as beaucoup dormi, mais c'est fini.

— Et papa, et Rose, ils sont où ?

Mon cœur cala, sauta deux pulsations. J'avais mille fois pensé à la manière de lui en parler, mais, à cet instant, je me trouvai en panne de mots. Aucun son ne sortit de ma bouche, je grimaçai un sourire qui ne voulait rien dire, ou simplement : *ne t'inquiète pas, je suis là*. Il reprit :

— Ça m'a fait peur l'accident.

— Tu t'en souviens, mon Thomas ?

— Oui. Quand papa a crié et Rose aussi.

— On a tous eu peur, tu sais.

— Oui, j'ai crié aussi quand il y avait tous les arbres et les pierres.

Désarmée, je ne trouvais plus les mots, j'ai essayé de changer de sujet :

— Papi et mamie sont venus te voir plusieurs fois, ils reviendront bientôt, ils te font plein de bisous.

— Et papa et Rose, ils ne sont pas venus ?

Sa question me transperça le cœur. Comment pouvais-je lui dire l'horreur que je vivais et qu'il devrait partager sous peu ? Il sortait à peine du coma, son état pouvait empirer, une telle nouvelle l'anéantirait. Je me lançai, sans savoir trop où j'allais, la peur au ventre.

— Tu sais, quand la voiture descendait dans les arbres, après nous sommes tombés dans le lac. Tu te souviens du lac ?

— Oui, on devait aller pêcher les écrevisses avec papa.

— Tu as perdu connaissance, tu t'es cogné et tu es tombé dans les pommes. La voiture s'est enfoncée dans l'eau, elle a coulé. On était tous enfermés dedans.

Il m'observait les yeux écarquillés, il attendait la suite. Je sentais la panique me gagner. Pourquoi devais-je faire subir cela à mon fils ?

— Ensuite, on a ouvert la portière et on est remontés, et des pompiers sont venus nous récupérer et nous conduire ici à l'hôpital. On avait avalé de l'eau et il fallait qu'on nous soigne.

— Papa et Rose sont ici aussi alors ?

— En fait… non… les pompiers, ils nous ont trouvés nous, ensuite ils ont cherché Rose et papa, et ils ne les ont pas retrouvés.

Il leva les sourcils et me coupa la parole :

— S'ils ne les ont pas retrouvés, c'est qu'ils sont perdus, il faut qu'on les cherche, maman !

— C'est-à-dire qu'ils ont essayé, mais…

— On doit aller là-bas, pour les retrouver, peut-être qu'ils ont faim.

Je vivais ce moment en apnée, égarée dans les méandres de mon amour pour lui, de ma culpabilité, et de mon envie de le protéger. Je devins lâche.

— Ce n'est pas possible, Thomas, tu dois d'abord guérir, et puis papa est grand, il sait s'occuper de lui et de ta sœur.

Je regrettais déjà mes mots, j'étais d'une lâcheté monstrueuse. Ou alors courageuse ? J'étais déboussolée, mais je lui accordais un peu de répit, ainsi qu'à moi-même. Ce mensonge le rassura et il s'en contenta.

Au même instant, une infirmière entra et nous salua avec allégresse. Elle prit le pouls de Thomas et lui posa quelques questions auxquelles il répondit sans se faire prier. Elle arrivait à point nommé et cela me permit de passer à un autre sujet. Elle resta avec nous un moment et je soufflai.

Je réfléchissais à la façon d'éviter de parler de Rose, et l'idée de louer la télévision me vint, les chaînes de dessins animés le divertiraient.

— Tu veux que je prenne la télé ? Ils ont Télétoon.

Il me regarda gentiment et me répondit d'une voix implorante :

— Moi, tout ce que je veux, c'est aller chercher Rose et papa.

Je pinçai les lèvres pour retenir cette vérité que je ne pouvais pas dire à un enfant de neuf ans.

— Dès que tu te sentiras en forme et que le docteur nous autorisera à sortir, nous partirons à leur recherche, mais tu dois d'abord guérir. D'accord ?

Il répondu par un clignement d'yeux, et me demanda de l'aider à relever un peu son oreiller.

Une heure plus tard, on lui retira sa sonde. Je sortis dans le couloir. L'infirmière qui avait prodigué les soins me rejoignit, elle me complimenta d'avoir un fils si courageux. Elle précisa :

— Nous lui avons enlevé la sonde et la perfusion. Ses larmes coulaient, mais à aucun moment il n'a gémi, j'ai été très surprise et je l'ai félicité. Il m'a répondu une chose étrange. Il voulait vite guérir pour aller chercher sa sœur et son papa.

Un frisson d'horreur me parcourut.

— Je n'ai pas tout de suite compris et j'ai pensé que vous ne lui aviez pas encore dit. Vous savez, notre psychologue peut vous aider dans cette démarche. Elle est là pour ça.

— C'est gentil, je vous remercie. Je l'ai croisée déjà, quand Thomas était toujours dans le coma. Son aide me sera précieuse.

— Elle en sera ravie… D'une manière ou d'une autre, il finira par l'apprendre, et le plus tôt sera le mieux, mais il faut le ménager, à cet âge les enfants sont fragiles.

— Vous avez sans doute raison. J'ai tenté de le lui dire, mais je n'y suis pas parvenue, c'était au-dessus de mes forces. Je contacterai la psychologue demain.

— Parfait, elle sera là à partir de quatorze heures. Pas besoin de vous déplacer, je déposerai un mot sur son bureau !

— Merci, c'est très gentil.

Thomas avala une soupe à la tomate, lui qui détestait ça n'en laissa pas une cuiller. Ce spectacle me rendit plus légère. Il commençait à fatiguer et il s'endormit vers vingt heures trente. J'étais arrivée à parler de tout et de rien pour éviter qu'il n'évoque son père ou sa sœur.

Je m'étais dit qu'il aurait pu comprendre de lui-même, surtout quand j'avais posé Pinpin près de lui, mais pouvait-il imaginer une telle horreur ? Ou la refusait-il inconscicmment ?

Ma nuit fut la moins pénible de toutes, mais elle fut très courte.

15

Le réveil fut brutal. Les images du lac qui m'engloutissait me brouillaient encore la vue, mes mains se cramponnaient au montant du lit et j'avais même un goût d'eau saumâtre dans la gorge. J'ai toussé, comme pour recracher cette scène si réelle. Il me fallut plusieurs minutes avant de me calmer.

Thomas dormait, couché en chien de fusil sur le côté droit. C'était bon signe, il retrouvait ses habitudes. Je me suis levé, j'ai récupéré Pinpin qui avait glissé au sol. J'ai serré la peluche un moment contre ma joue, et je l'ai reposée près de l'oreiller de Thomas. Le jour pointait, et avec lui la grisaille et le froid.

Thomas ouvrit les yeux au bruit du chariot que poussait nonchalamment une femme au chignon argenté. Il tourna la tête vers moi sans un mot, avec ce regard triste des enfants qui ont envie de pleurer. Après quelques battements de cils, il me sourit, et ce fut comme une bouffée d'air, un moment de légèreté. Il voulut se lever pour aller aux toilettes, inquiète, je l'en dissuadai. L'aide-soignante, qui surprit la scène, m'arrêta dans mon élan et l'invita à s'y rendre sans aide. Il se campa sur ses deux jambes et s'éloigna, presque alerte. Je le voyais comme un petit homme qui marchait pour la première fois, cela m'émerveillait.

De retour dans la chambre, il avala plusieurs biscottes avec de la confiture, termina son bol de lait, et dévora son yaourt nature. Il se portait mieux. Il repoussa le lapin bleu dans ma direction, se redressa et me dévisagea.

— On va bientôt chercher papa et Rose ? Je suis guéri ! Regarde, je vais bien !

Sa question me faisait mal. J'ai bafouillé une nouvelle réponse qui n'en était pas une :

— Papi et mamie doivent arriver aujourd'hui pour te voir, tu dois reprendre des forces.

Ce n'était ni un oui ni un non, une diversion maladroite, en attendant l'horreur d'une vérité qu'il ne supporterait pas. Il n'insista pas, se leva sans difficulté et fit quelques pas pour venir vers le fauteuil où j'étais assise. Il se colla à moi, m'enlaça et posa la tête dans le creux de mon cou, toujours sans un mot.

J'avais peur de le serrer contre mon cœur, peur de l'écraser de mon amour, et qu'un jour il me haïsse d'avoir lâché Rose. J'ai glissé la main dans ses cheveux bouclés, doux et soyeux comme ceux de sa sœur. Nous sommes restés ainsi de longues secondes, puis il releva la tête.

— Maman, pourquoi tu pleures ?

— Ce n'est rien, ne t'inquiète pas. Je suis contente que tu ailles mieux. J'ai eu très peur.

— Tu pleures à cause de papa et Rose, hein ?

Je ne répondis pas, et j'eus l'espoir fou qu'il comprenait enfin.

— Faut pas pleurer, maman… (Il me saisit la main, la tira, et d'une voix assurée ajouta :) Viens, on va les chercher, allez, viens ! S'il te plaît !

J'étais tétanisée. Mon cœur cognait et résonnait jusque dans mon ventre, je devais lui dire la vérité. J'ouvris la bouche, sans pouvoir former un son, et presque malgré moi mon corps se leva, automate que fuyait la raison. C'était plus fort que moi, je ne pouvais pas lui avouer ce qu'il s'était passé. J'ai ravalé les mots qui brûlaient ma gorge, j'ai fait semblant, par faiblesse ou par peur.

Thomas fit sa toilette, il s'habilla, laça seul ses baskets et releva le menton avec un sourire.

— Je suis prêt !

Sans réfléchir, j'ai pris mon sac, je tenais dans la main les clefs de la Clio. Nous avons quitté le service, je savais que je ne devais pas m'enfuir avec lui, mais c'était plus fort que moi, mes sentiments prenaient les rênes. Personne ne nous vit sortir, il fallait faire vite. Quand nous sommes arrivés en bas, noyés dans le flux des premiers visiteurs et des malades, je me suis arrêtée dans la boutique de journaux, à l'entrée de l'hôpital, j'ai acheté des bonbons et deux bouteilles d'eau.

Il était à peine neuf heures quand j'ai mis le contact. Je faisais une connerie, j'en étais convaincue, mais je ne pouvais pas me résoudre à le décevoir. Je me disais que je lui avouerais la vérité quand nous serions au lac, après quelques minutes de recherche, quand, désenchanté, il se serait lassé. Ce serait plus simple comme ça. Je m'en persuadai par faiblesse. On ne les trouverait pas, et il comprendrait… Il aurait fait la démarche d'explorer les lieux, et peut-être, à ses yeux, d'avoir tout tenté.

Je conduisais avec prudence, les mains crispées sur le volant, refaire cette route m'angoissait. Thomas, exceptionnellement assis devant, à côté de moi, serrait Pinpin dans ses bras. Je ne l'avais jamais vu ainsi, le trajet était pour lui aussi une épreuve, il revivait le film de ses souvenirs.

Un chemin rocailleux, à un kilomètre en amont du lieu

de notre accident, descendait vers le lac. Je m'y aventurai, le pied rivé sur la pédale de frein. Après quelques lacets bordés de buissons inhospitaliers, je découvris une large trouée dans le bois, l'aire de terre noire évasée vers le lac qui servait de parc de stationnement. L'endroit était désert. Un peu plus loin, une cabane de pêcheur en piteux état dissimulée derrière des ronces. Thomas s'agitait sur son siège.

— On est arrivés ?

— Oui, on arrive. Tu vas bien ? Tu es certain de vouloir y aller ? Tu n'as mal nulle part ?

Il leva les yeux et hocha la tête. Ce oui timide en disait long sur ses craintes. Mais il était décidé, cela ne faisait aucun doute, sa main était déjà posée sur la poignée de la portière. J'ai garé la voiture en marche arrière, comme pour repartir plus vite.

Le parking surplombait de très peu la surface du lac. Je revoyais pour la seconde fois cette étendue d'eau calme qui m'avait alors séduite. Mais ce jour-là, je l'ai trouvée froide et sombre, immense, hostile, une gueule ouverte prête à happer la vie. Les grands sapins s'y reflétaient, mais leur balancement coordonné me donnait la nausée.

Un chemin longeait la rive sur la droite en direction du cabanon. J'ai enfourné Pinpin dans un sac que j'ai calé sur l'épaule comme on part en randonnée. J'ai pris la main de Thomas, elle était chaude. Machinalement, j'ai posé ma paume sur son front. Il ne semblait pas fiévreux mais je n'étais pas rassurée. Je l'avais arraché de l'hôpital et rien ne prouvait qu'il était hors de danger. C'était stupide, étais-je vraiment saine d'esprit ? Il faisait doux, malgré cette brise qui caressait nos visages. Nous avons continué d'avancer, j'étais fébrile, hésitante. J'avais peur, et j'éprouvais le sentiment de ne pas me trouver à ma place. Thomas montra des signes d'impatience.

— Comment on fait pour les trouver ?

La question me surprit, tellement naturelle et évidente. J'essayai dans un dernier effort de lui faire entrevoir les abysses noirs de la réalité.

— Bonne question… Tu sais, les pompiers et de nombreuses personnes les ont cherchés. Peut-être qu'il leur est arrivé quelque chose, le lac est grand et profond, l'eau est froide. Ils n'ont peut-être pas eu notre chance ?

— Pourquoi tu dis ça ? Rose et papa nagent bien. Rose va plus vite que moi. Ils sont perdus, loin. Regarde, on ne voit presque pas l'autre côté du lac !

Nous étions arrivés à hauteur de la cabane. Des ronces aux boutons de mûrons naissants bloquaient l'accès en grappes d'épines acérées.

Personne n'était venu là depuis une éternité. Thomas pressait le pas et tirait sur mon bras en saccades incessantes. Soudain il s'époumona :

— Rose ! Papaaaa !

Sa voix vibrait et ondulait, encore blessée par plusieurs jours d'intubation. Je le calmai :

— Je ne crois pas qu'ils puissent t'entendre. Les pompiers ont dû les appeler aussi.

— Pourtant Rose entend bien. Parfois, quand je parle tout bas dans la chambre, elle comprend tout ce que je dis.

— Tu racontes quoi quand tu parles tout bas ?

— Je ne peux pas le dire, répondit-il tête baissée.

— Même à moi ?

Il hésita.

— Souvent je fais exprès de parler, quand je n'arrive pas à dormir, comme ça, Rose m'écoute. Parfois, je fais comme si je parlais à mes copains, ou comme si je disais un secret. Alors, on parle tous les deux, très doucement, et après, on s'endort.

J'aurais voulu sourire, mais il parlait de sa sœur au présent. Pour lui, elle était en vie. Je ne répondis pas, il ne parla plus.

Nous avancions sur un sentier large de deux mètres, un lieu de promenade et de pêche dominicale que devaient arpenter nombre de familles lorsque arrivaient les beaux jours. Thomas scrutait à droite, puis à gauche, souvent il s'arrêtait pour contempler le lac. Et comme il ne voyait rien, il poussait un soupir, déçu, et tirait de nouveau sur mon bras.

Nous marchions depuis plus de dix minutes et je devinais la lassitude dans son regard. J'entrevoyais le moment où je pourrais lui faire prendre conscience de la disparition de son père et de sa sœur. Et soudain, il lâcha ma main et se mit à courir.

— Thomas ! Arrête ! Thomas, reviens tout de suite, arrête !

16

Thomas était déjà loin avant que je ne réagisse. Il stoppa net, un doigt pointé vers la berge. Il virevolta vers moi et cria d'un air vainqueur, les pieds montés sur ressorts :

— Regarde ! Regarde, il y a un bateau ! Il y a un bateau !

Je craignais de comprendre ce qui venait de lui passer par la tête, et je fus très vite fixée. Il trépignait, certain d'avoir trouvé la solution pour les retrouver.

— Maman, on peut prendre le bateau pour aller les chercher !

Je me sentais à bout, terrassée par la tournure que prenait cette balade. Arrivée à l'endroit où il s'était arrêté, je découvris une vieille barque en acier, vert bouteille. Elle était accrochée à un ponton de fortune, en troncs vermoulus, avec des cordages de nylon effilés. Je ne pouvais pas le laisser espérer plus encore.

— Thomas, n'y pense même pas ! Tu ne monteras pas là-dedans, et moi encore moins. Viens ici, il faut qu'on parle !

J'avais un peu haussé le ton pour qu'il m'obéisse. Il m'ignorait et s'aventurait sur le ponton. Je l'ai vu sauter dans la barque avec le bruit sourd d'un bidon qu'on malmène. J'ai lâché un cri de surprise et d'angoisse.

Lui, le sourire radieux, heureux de m'avoir fait sursauter, jubilait.

— Allez, maman, allez ! Regarde, il a même les rames.

— Thomas, sors de là, tu m'entends ! Ne fais pas l'idiot, tu me fais peur, tu vas finir par me mettre en colère !

— Mais maman, ça sera plus facile pour les trouver ! Allez !

— Cette barque ne nous appartient pas, si on la prend, c'est du vol, sors de là tout de suite !

Je m'avançai prudemment sur le ponton couvert de mousse, mes pieds glissaient. J'étais maintenant à hauteur de mon fils. Assis, il s'était poussé vers le bord opposé de l'embarcation, décidé à ne pas m'obéir. Je m'inquiétai, et lui lançai un regard réprobateur qui n'eut aucun effet sur son enthousiasme, il me fixait avec insistance. Ses yeux m'imploraient, il retenait ses larmes. Il me supplia d'une voix tremblante :

— S'il te plaît, maman, on dirait que tu ne veux pas revoir papa et Rose… On ramènera la barque, au moins on peut vérifier dans le lac.

Je ne pouvais pas le laisser aller plus loin dans ses espoirs perdus.

— Thomas… as-tu pensé que peut-être papa et Rose ne reviendraient plus jamais ?

Son regard se durcit. Il cogna de sa main le banc d'acier sur lequel il était assis, et se mit à hurler :

— Nooon… non ! C'est faux ! Tu mens ! Ils sont là. Tu ne veux pas chercher, c'est tout !

Il frappait du pied de plus en plus fort, en battant la mesure de sa révolte.

— Thomas, je t'en prie, écoute-moi !

— Non je te dis, tu es une menteuse. Tu t'en fiches d'eux !

Il se leva et s'avança vers la pointe de l'embarcation. La barque s'était mise à onduler dans un clapotis inquiétant.

— Thomas ! Assieds-toi, tu vas tomber !

Il ne m'entendait pas et avançait encore pour atteindre le point d'ancrage des amarres. Un vulgaire câblot, entouré sur un crochet soudé à la tôle, retenait la chaloupe. Thomas s'escrimait sur le nœud, il continuait de hurler *Non !* la voix haut perchée. Je la connaissais bien cette intonation, il lui arrivait parfois de la laisser filer dans des moments où il ne parvenait plus à se contrôler. Sa colère me glaça le sang, il était capable de tout, il me l'avait déjà démontré à maintes reprises.

Je n'avais pas d'autre solution, j'agrippai le bord du bateau. J'y posai un pied hésitant et, emportée par le tangage, me retrouvai à genoux sur le fond, entre les deux banquettes. La barque oscilla à plusieurs reprises de façon plus prononcée, manquant de peu de faire tomber mon fils par-dessus bord.

De peur, il s'accroupit et attendit que les roulis se calment et, sans écouter mes supplications, il tenta à nouveau de détacher la corde, s'acharna sur le nœud qui lui résistait. J'eus l'impression une seconde qu'il avait compris la vérité, et qu'il la refusait.

— Thomas, arrête ! Tu vas nous faire chavirer !

Je parvins à me relever et à m'asseoir, je me tenais à mon siège des deux mains, j'essayais de stabiliser la barque. Lui ne m'écoutait plus. En larmes, il redoublait d'efforts, libérait sa rage. Craignant le pire, j'ai cédé.

— D'accord ! D'accord... stop ! Juste un petit moment... Thomas, c'est d'accord, on les cherche, mais je n'ai pas confiance du tout en ce truc sur l'eau. Calme-toi !

Il s'arrêta un instant, me toisa, l'air inquiet, comme pour démêler le vrai du faux, et, en me voyant poser mon sac à mes pieds, il se calma.

— Laisse-moi faire, je vais l'enlever ce nœud.

Il restait sur ses gardes, mais lâcha la cordelette. Je tirai sur le ponton et usai de la longueur des amarres pour me rapprocher du point d'attache. Il me fallut insister pour libérer la nacelle d'acier. Thomas ne me quittait pas des yeux, il s'était recroquevillé, niché dans l'étrave, et ne faisait plus qu'un avec la coque, comme s'il craignait que je ne l'arrache du bateau.

D'un geste sûr, j'appuyai la rame contre le quai de bois et la barque s'éloigna vers le large. Il sortit peu à peu de son mutisme et releva la tête lorsque j'eus terminé de caler les rames dans leurs supports.

Il sécha ses larmes une fois le bateau éloigné de la rive. Je surveillais le fond de l'embarcation, elle semblait étanche. J'ai tenté une nouvelle approche, diplomate :

— Allez ! Sors de ton trou et assieds-toi doucement, sans trop remuer notre rafiot !

Il attendit quelques secondes puis se hissa sur le banc, face à moi. Nous avancions du bout des rames et glissions sur l'eau en effleurant sa surface.

— Tu ne cherches pas Rose et papa ? lançai-je avec une fausse candeur.

Il leva le menton, tourna la tête sans dire un mot, me montra l'autre rive du lac. Elle était à deux cents bons mètres et j'imaginai mille naufrages. Mais je n'ai même pas tenté de le dissuader, j'ai capitulé.

J'avançais, j'essayais de maintenir un cap ce qui au début ne fut pas évident. Plutôt que de couper à travers, en plein milieu, par le chemin le plus court, j'ai décidé de longer le bord, au moins jusqu'à la pointe de terre qui fendait l'eau, un peu plus loin à droite. De là, la traversée me paraissait bien moins longue.

— On contourne un peu en passant par ce côté, ensuite on se rendra là-bas, d'accord ?

Il hocha la tête, le menton boudeur.

À ma grande surprise, me retrouver là, sur l'eau, avec mon fils me parut une victoire, comme un acte de courage. Je revenais sur les lieux qui nous avaient détruits. Sur ce lac meurtrier, je sentais, malgré les atrocités que j'y avais vécues, comme un moment de recueillement, un exorcisme. Pendant dix bonnes minutes, pas un mot ne fut prononcé. C'était comme un envoûtement, la magie de la nature. Je ne m'éloignais pas trop de la rive, le cabotage me rassurait.

— J'ai faim… et toi maman ?

Cela m'arracha un sourire, c'était le signe qu'il se portait bien.

— Eh bien, tu as de la chance. J'ai ce qu'il faut dans mon sac, comme toujours. Je grignoterais bien quelque chose moi aussi. Mais ça risque de ne pas être pratique dans la barque. Si on s'arrêtait à terre, moussaillon ?

— C'est quoi moussaillon ?

— Autrefois, sur les navires, on voyait de jeunes garçons à peine plus grands que toi qui voulaient devenir matelots, marins, et on les appelait comme ça.

— Il y en avait aussi sur les bateaux de pirates ?

— Possible !

Je jetai un œil à mon téléphone, il indiquait onze heures vingt et pas de réseau.

— Que dirais-tu si on s'arrêtait maintenant ? Tu as très faim ?

— Non, juste un peu… On va d'abord de l'autre côté ? Je serai ton mouffaillon !

— Moussaillon !

Il ne répondit pas, se retourna, et du doigt me montra la berge. Nous arrivions à la langue de terre. J'ai manœuvré notre navire de fortune, et je me suis rapproché de ce qui ressemblait à une plage, un endroit dégagé et entouré de roseaux.

La paume de mes mains commençait à s'échauffer, nous n'étions plus qu'à une encâblure de la rive, quand j'aperçus, près du parking où j'avais stationné la Clio, les lumières bleues d'un gyrophare. Je reconnus la forme et la couleur d'un véhicule de la gendarmerie. Que pouvait-il bien faire là ? Je me retournai, dix mètres à peine nous séparaient de la forêt de roseaux qui s'évasait avant la rive. Je forçai sur les bras, et laissai s'enfoncer l'embarcation entre les hautes tiges afin de nous y dissimuler. Thomas s'inquiéta quand il s'aperçut que je glissais de mon siège.

— Qu'est-ce que tu fais, maman ?

— Rien, je me cache, baisse-toi mon grand !

Il obéit, plus intrigué qu'amusé, et copia mes gestes. Il réitéra sa question et, sans que cela soit nécessaire, je me mis à chuchoter :

— La police qui vient d'arriver près de notre voiture, regarde, on voit les lumières bleues.

Il se retourna et dut se relever pour se hisser par-dessus les roseaux.

— Ah oui ! dit-il en chuchotant lui aussi. Qu'est-ce qu'ils font ?

On distinguait clairement les silhouettes de trois hommes. Ils marchaient autour de notre voiture. Le gyrophare s'arrêta, et deux gendarmes s'engagèrent sur le chemin que nous avions emprunté avant de nous éclipser derrière la végétation. J'ai eu un pressentiment :

— Ils nous cherchent, j'en mettrais ma main au feu !

— Ah bon ?

— Ou peut-être que quelqu'un leur a dit que nous avions pris la barque… Mais je pense plutôt que c'est l'hôpital qui a dû signaler que nous avions disparu.

— Mais on n'a pas disparu !

— Non, mais pour eux sans doute que si. Assieds-toi, ne bouge pas.

Je réfléchissais à la situation : l'infirmière, en ne nous voyant pas dans la chambre avait dû mentionner notre absence à ses supérieurs, qui avaient certainement appelé mes parents. Je les connaissais bien, surtout ma mère, elle avait dû s'empresser d'alerter les gendarmes et de décrire son véhicule avec force détails. C'était réglé comme du papier à musique. Je ne savais plus comment réagir. Me signaler par de grands gestes, ou patienter un peu ? J'étais complètement déboussolée, perdue dans ma douleur et mon entêtement à ne pas révéler la vérité à mon fils. Thomas vint à mon secours malgré lui.

— Maman ? On fait quoi ? J'ai faim et je veux faire pipi !

— OK, attends ! Je réfléchis !

— Allez ! lança-t-il en écarquillant les yeux.

Ce qui était son moyen à lui de m'informer de l'urgence.

— D'accord, on va accoster sur le bord, là, retiens-toi encore un peu.

Je manœuvrai et glissai au travers des roseaux. La chance nous souriait, à cet endroit, la berge se jetait en douceur dans le lac. Je sortis d'abord une jambe, puis l'autre, l'eau froide m'arrivait aux mollets et j'ai tiré l'embarcation vers la terre ferme. Un bruit strident me fit m'accroupir. Une pierre sans doute venait de griffer le fond de la barque. J'ai ordonné à Thomas de ne pas bouger, et je me suis levée lentement, pour vérifier que le bruit n'avait pas porté de l'autre côté de la rive. La voiture des gendarmes était toujours sur place, je n'ai pas remarqué de mouvement particulier. J'ai laissé là notre bateau, stabilisé sur le sol et maintenu par les roseaux.

Une fois sur la terre ferme, j'ai accompagné Thomas à l'abri d'un sous-bois. Je ne pouvais m'empêcher de surveiller l'autre rive. La voiture était toujours au même endroit, mais je ne voyais plus les hommes en bleu, ils nous cherchaient. Je décidai de m'éloigner. S'ils quittaient les lieux, il serait bien temps de revenir à la barque d'ici une petite heure et de récupérer la Clio.

Nous nous sommes enfoncés un peu plus profondément dans le bois et nous avons suivi un layon sinueux ; au bout d'une trentaine de mètres, il rejoignait une clairière d'où partaient plusieurs sentiers. Nous nous sommes assis sur une souche couverte de lichen et de mousse, un peu à l'abri. Le soleil perçait les cimes alentour comme autant de flèches de lumière.

— Allez, bonhomme, on s'arrête là. Tu as toujours faim ?

— Oui.

Il s'installa sur le chicot et attendit sagement que j'ouvre mon sac.

— Alors, qu'est-ce qu'on a de bon ?

Il leva les yeux vers moi, la mine assombrie.

— On ne les cherche plus ?

— Écoute, on va déjà reprendre un peu de forces et ensuite on réfléchira à comment faire pour les retrouver. D'accord ?

Il se dérida dans un plissement de fossettes, et saisit la brioche au lait que je lui tendais. Pendant qu'il la dévorait, j'ai tenté de remettre mes idées en place. Le constat fut vite établi, je m'embourbais dans un marais de décisions plus stupides les unes que les autres. Je m'enlisais dans cette impossibilité de dire la vérité à mon fils. C'était plus fort que moi, comme l'enfant qui malgré les mille recommandations avance la main au-dessus de la flamme. Je savais que j'allais me brûler, mais j'insistais. Était-ce vraiment pour le protéger que j'agissais ainsi ?

Je commençais à me poser la question, peut-être que je me réfugiais derrière ce non-dit pour me préserver. Moins il en savait, mieux je cachais ce que je considérais comme une lâcheté. J'avais glissé la cagoule du bourreau sur ma tête depuis le moment où j'avais laissé couler Rose, difficile de me découvrir devant mon fils.

Quand il eut terminé, il se leva, secoua les quelques miettes qui étoilaient sa veste de sport.

— C'était bon ! On fait quoi maintenant ?

— Je pense que les gendarmes nous cherchent toujours. On ne peut donc pas reprendre la barque.

— Tu sais, souffla-t-il en plissant sa jolie frimousse. Je crois que papa et Rose ne sont plus dans le lac. Ils ont dû sortir depuis longtemps. Peut-être qu'ils sont dans la forêt ou au chalet ? Peut-être qu'ils nous attendent ?

Je ne voulais plus lutter, je me forçai à sourire.

— Oui… le chalet… Mais je ne sais pas où il se trouve. Papa avait réservé le week-end en cachette. Alors, on fait quoi ? Ça te dit un peu de marche ?

Il hocha la tête, me tendit la main d'un air soumis.

17

Je ne m'étais pas retournée pour vérifier si les gendarmes étaient encore là, mais j'en aurais mis la main au feu. Ils avaient peut-être même élargi leurs recherches.

Nous avancions à belle cadence, mes pas dans les siens, comme à la parade. Le chemin qui s'éloignait de la rive, à l'abri sous les pins, avait été mon premier choix.

Thomas maintenait son attention. Il dégageait une fierté et une détermination qui me surprenaient, conscient de l'importance de la mission qu'il s'était donné. À chaque pause, il en profitait pour me remonter le moral et me confirmer que nous nous dirigions dans la bonne direction. J'en grimaçais d'impuissance, mais il ne souffrait pas et cela me consolait. Le vent s'était levé et invitait dans son sillage quelques nuages. Cela me contraria.

Je devinais le reflet du lac, en contrebas, sur ma droite. Malgré ce halo de lumière, je ressentais une sensation étrange, celle d'étouffer dans mon mensonge sous des pins devenus oppressants. Nous serpentions sur un tapis d'aiguilles depuis bientôt deux heures, nous n'avions croisé personne. Nous nous enfoncions dans une zone plus sauvage. Notre marche côtoyait les fougères, les buis et les ronces.

L'inquiétude me gagnait. Par chance, le chemin s'ouvrit sur une route de terre battue. La fatigue tirait sur les mollets. Thomas ne se plaignait pas, mais il avait cessé de balayer du regard les environs. Nous nous trouvions, d'après mon estimation, déjà bien loin de notre point de départ ; six kilomètres ou plus. Mes bottines me faisaient souffrir. Thomas devait éprouver la même chose, mais il n'en dit rien.

Une cinquantaine de mètres plus loin, dans un virage qui plongeait vers le lac, nous découvrîmes un premier chalet. Des volets clos, le bois vermoulu du portail, les propriétaires n'étaient pas venus ici depuis longtemps. Je vérifiai mon téléphone, toujours pas de réseau. Thomas reprenait confiance. La fatigue, qui l'avait rendu muet, s'évapora. Il tira de nouveau sur ma main comme un chiot un peu fou, l'espoir ressuscité.

— Tu as vu maman la maison en troncs d'arbres ! Peut-être qu'ils sont là ?

— Le chalet est vide, tu vois bien !

À chacune de ses envolées d'optimisme, je tentais de lui couper les ailes et de le rabattre dans le filet de la réalité, mais c'était peine perdue. Il ne répondit pas et tira plus fort sur mon bras. J'inspectai le lac à travers les pins, il s'élargissait. L'autre rive, bien plus éloignée qu'à notre accostage, ne montrait aucun signe d'agitation.

Nous avons continué un bon quart d'heure avant de découvrir un second chalet de bois. Naufragé au milieu des feuillus, il semblait tout aussi abandonné que le premier. Il était perché sur deux imposants pilotis posés sur la roche, tourné vers l'étendue d'eau, dans l'attente d'un navire improbable. La route montait à gauche, elle attaquait la côte avec audace. Notre respiration s'accéléra, les mollets se durcirent encore, il nous fallut marquer une pause pour reprendre notre souffle. Nous nous éloignions du lac, sans possibilité pour l'instant de redescendre. Pour couronner le tout, il se mit à pleuvoir, une fine bruine, un mauvais crachin.

En haut de la montée, le chemin s'adoucissait. Thomas restait digne, il avançait la tête rentrée dans les épaules, pour se protéger. Je l'ai serré contre moi, j'ai écarté ma veste de laine pour le couvrir comme je pouvais. Il fallait qu'on s'abrite, l'eau qui s'infiltrait dans mon cou me glaçait jusqu'aux os. Je me maudissais de nous avoir embarqués jusqu'ici.

Le toit d'un autre chalet se dessinait à droite entre les branches alourdies. Je forçai le pas, décidée à nous trouver un abri pour attendre la fin de la pluie. Thomas comprit tout de suite, il accéléra sans que je le lui demande.

La maison était en retrait de la route, sans clôture, les volets fermés. Une descente de gouttière percée lâchait un jaillissement de pluie. Deux marches invitaient à accéder à un balcon où une table et deux bancs ruisselaient. L'auvent dépassait à peine de la façade, il était impossible de s'abriter, même collés au mur de troncs.

— Thomas, reste là ! Je fais le tour pour aller voir derrière. Surtout, tu ne bouges pas !

Je le couvris de ma veste et partis au pas de course. Je remarquai que la porte d'accès à l'arrière donnait des signes de fatigue. Un des gonds était en partie dévissé. N'écoutant que mon instinct, j'ai poussé de toutes mes forces. Le chambranle couina, je renouvelai l'essai et d'un grand coup d'épaule la fis céder. Un vulgaire loquet pendouillait sur le montant, fermeture de fortune qui me sauvait la vie. J'accédai directement dans la pièce principale, elle m'accueillit avec une odeur d'humidité qui me piqua le nez. Je me précipitai vers la porte d'entrée, deux verrous que je libérai pour mettre mon fils à l'abri.

— Viens, mon cœur, ne reste pas dehors.

J'enlevai mon gilet qui dégoulinait, et plaquai Thomas contre moi. Il était trempé.

— Maman, j'ai froid.

— Je vois ça, tu trembles de partout.

Je le tirai à l'intérieur et l'installai sur un vieux canapé. Un plaid décrépit, tapissé de poils de chat, couvrait un des accoudoirs. Je déshabillai Thomas et m'en servis pour l'envelopper jusqu'à ne laisser dépasser que sa tête. La lumière ne filtrait que par la porte entrebâillée, je déployai les volets à l'arrière afin de découvrir notre abri. La poussière se nichait partout et nappait le mobilier, elle grisait les couleurs et rendait l'endroit triste et terne. Je verrouillai l'entrée à double tour, puis disposai une chaise pour coincer la porte arrière qui ne fermait plus. Mon fils grelottait.

Un rapide coup d'œil à l'intérieur me laissa perplexe. Pas d'électricité. Le seul moyen de chauffage trônait au milieu de l'unique pièce, un vieux poêle salamandre des années cinquante, avec à ses pieds, un carton de brindilles, du petit bois posé sur des journaux, et une boîte d'allumettes.

Je dus nettoyer le foyer qui n'avait pas été vidé et j'en profitai pour rentrer quelques bûches empilées sous une bâche, à l'arrière de la maisonnette. Je ne me souvenais pas d'avoir jamais allumé un tel engin, mais cela ne me sembla pas insurmontable. Après plusieurs tentatives avec des allumettes un peu humides, l'une d'elles s'enflamma dans une odeur de soufre. Le papier et le bois bien secs n'attendaient que cela pour s'embraser et crépiter.

J'inspectai le tubage rouillé, je craignais que la fumée n'envahisse la pièce. En dix minutes, le poêle ronfla et on sentit les premiers bienfaits de la chaleur.

Je profitai de ce que Thomas se réchauffe devant le

poêle pour visiter le chalet. Dans les armoires, des ustensiles de cuisine, mais surtout du riz, des pâtes, du thé, du sucre, du sel et du poivre, ainsi qu'une vieille boîte en fer à l'effigie d'une Bigoudène qui recélait un trésor : des galettes et des caramels au beurre salé. Une pièce exiguë aux allures de cagibi constituait une salle d'eau rudimentaire, j'y repérai sur une étagère deux grandes serviettes jaunies un peu rêches.

Thomas, les genoux sous le menton, emmitouflé dans la couverture, regardait les flammes qui léchaient avec avidité les petits carreaux du poêle. Je l'essuyai. Il grimaça à l'odeur du carré de tissu rêche.

Je me suis débarrassée de mes vêtements trempés et les ai posés à côté des siens sur deux chaises paillées que j'ai rapprochées du feu. En à peine une demi-heure, le poêle avait réchauffé toute la pièce. J'ai retourné les vêtements devant le feu. Et c'est là que j'ai entendu, comme étouffé par la forêt, un son aigu.

La tonalité se fit plus claire et caractéristique ; celle d'une sirène de police ou de pompiers, je n'étais jamais parvenue à les différencier. Le son se rapprochait, s'amplifiait. À l'oreille, il y avait trois ou quatre véhicules. Je pris peur et me ruai aux côtés de mon garçon. L'idée qu'ils allaient débarquer me traversa l'esprit. Le bruit de cet essaim cacophonique diminua et s'éloigna, se fit chuchotement, puis s'évapora. Il devait y avoir une route en surplomb car le bruit venait de plus loin que notre sentier de terre qui bordait le chalet.

— Maman, c'est la police ? s'inquiéta Thomas.

— J'en ai bien peur.

— Pourquoi ils sont là ?

— Ils doivent nous rechercher. C'est logique, nous

sommes partis de l'hôpital sans prévenir personne. Il faudrait peut-être que j'aille les voir. On a bien cherché papa et Rose, tu ne crois pas ?

— Mais tu m'as promis !

— Je sais…

L'envie de hurler me tenaillait, ça grondait et tonnait dans ma tête. Je grimaçai et posai une main sur mon front, relevai une mèche de cheveux encombrante. Thomas s'inquiéta aussitôt.

— Ça ne va pas, maman ?

— Si, si, juste mal à la tête. Rassure-toi, je vais bien !

Il me prit l'autre main et se colla à moi.

— Tu crois qu'ils vont faire quoi la police s'ils nous trouvent ?

— Je ne sais pas, certainement nous ramener à l'hôpital.

— Moi je ne veux pas retourner à l'hôpital !

— Moi non plus, mais on ne sait même pas où aller.

Il hésita, cherchant ses mots, puis, avec cette langueur et cette douleur qu'on ressent parfois à abandonner un rêve, il me souffla :

— Je veux retourner à la maison, maman.

Mon estomac se noua de compassion et d'amour, je le pressai contre mon cœur, et dans un geste tendre ébouriffai sa tignasse encore humide.

— Oui, on va rentrer… mais d'abord, il faut attendre que la pluie cesse et que nos vêtements sèchent.

Sous mes caresses, il ferma les yeux et s'endormit. J'en profitai pour fouiller un peu mieux le chalet, j'y découvris une boîte pleine de bougies et divers objets qui m'amenèrent à lancer une hypothèse ; un homme seul venait là, pêcheur et cruciverbiste, désordonné. Son dernier passage remontait à l'hiver précédent, il y avait un courrier daté du mois de novembre.

Machinalement, je vérifiai mon téléphone ; seize heures dix. La pluie redoublait et battait les volets. J'ai posé mon portable, et je l'ai repris aussitôt, une barre s'affichait, j'avais un peu de réseau. Je vécus cela comme un prodige de technologie. Je me précipitai vers la salle d'eau, à l'écart pour ne pas réveiller Thomas, et vérifiai. Le symbole avait disparu.

Je reposai l'appareil sur la table et guettai la réapparition de l'icône… Rien, toujours rien.

Je contrôlai ma messagerie, nulle inscription dans la petite enveloppe, si ce n'était ce zéro, tout rond, tout vide, comme un signe de déprime. J'avais dû rêver ou n'était-ce qu'une des nombreuses énigmes de la téléphonie ? Pendant une heure, j'ai ressassé le passé, les images se mêlaient et s'entortillaient. J'écumais intérieurement dans un ressac de souvenirs, torturée par la trahison de Léo. Ils arrivaient par vagues, tous plus incisifs les uns que les autres, chaque cadeau, chaque bonheur que m'avait offert la vie avait un goût amer. Quand enfin la tempête se calma, ma décision était prise, il fallait mettre fin à cette fuite en avant et rentrer chez nous.

Thomas maugréa. Sans doute la couche manquait-elle de confort ou un mauvais rêve avait ébranlé son repos. Il se retourna et plongea de nouveau dans le sommeil. La fatigue de ces dernières heures avait eu raison de lui.

Le linge commençait à sécher, je gavais le poêle en permanence, sans ménagement. Dehors, la pluie lessivait mon envie de retourner à la voiture, il nous faudrait passer la nuit ici, cela s'imposait.

Vers six heures, je réveillai mon petit prince, de crainte qu'il ne dorme trop.

— Dis donc, bonhomme, tu ressembles à un vrai loir !

Il étira un bras, puis l'autre, et bâilla.

— C'est quoi un loir ?

— C'est une petite bête qui ne fait que dormir ! Comme toi.

Thomas se redressa et posa la tête sur mon épaule ; je m'étais installé à côté de lui. L'image de son corps ballant et de sa tête dans mon cou alors que je le sortais de l'eau m'électrisa. Il s'en aperçut :

— Tu as froid ? Pourtant il fait chaud ici !

— Oui, je vais remettre mon tee-shirt, il doit être sec maintenant.

Je me suis habillée et je lui ai demandé :

— Comment te sens-tu ?

— Ça va ! J'ai un petit peu mal au cou.

— Le coussin est trop épais pour toi. Est-ce que mon petit loir aurait faim ?

Il inclina la tête, puis lâcha dans un râle.

— Hum…

— Ça te dirait que je te cuisine des pâtes pour ce soir ? J'en ai trouvé dans l'armoire.

Il fronça les sourcils.

— On ne rentre pas à la maison ?

— Il pleut toujours. Dans une heure on n'y verra plus rien et je n'ai pas l'intention de refaire le chemin de retour en pleine nuit, sous la pluie, tu en as envie toi ?

— Non… on va dormir ici alors ?

— Oui, mais on sera bien. Regarde, il y a des bougies, on les allumera, et je m'allongerai à côté de toi. Tu veux ?

Il hocha la tête, les yeux emplis de déception.

— J'ai trouvé un jeu de cartes, on jouera à la bataille !

Il sourit sans retenue.

J'aurais aimé sortir, monter la colline, vérifier si j'avais du réseau, rassurer mes parents, apaiser leur peur et leur dire que les gendarmes ne servaient à rien, mais je ne pouvais imaginer laisser Thomas seul, et encore moins le sortir sous la pluie. Je me suis résignée.

La douce lueur des bougies donnait au chalet une ambiance de fin d'année, le bois crépitait dans l'âtre, la chaleur nous couvait. Le repas ne compta pas parmi les plus mémorables, mais mon fils dîna de bon appétit et je mordillai quelques pâtes pour l'accompagner.

Ses éclats de rire pendant les parties de cartes m'inondèrent de bonheur. Je me gavai de sa joie gratuite, de son innocence. Je savais que bientôt peut-être il n'aurait plus le goût à cela.

Nous avons joué un long moment. Impossible de dire jusqu'à quand, la batterie de mon téléphone m'avait lâchée. Je me suis assoupie, collée contre mon fils.

18

Ça cognait dans ma tête, un bruit sourd revenait et résonnait encore, des voix lointaines, lourdes et hostiles. Je fronçai les yeux, le jour hésitait à se montrer, tapi derrière une épaisse brume. La porte du chalet vibrait sous les coups.

— Gendarmerie ! Ouvrez ! Ouvrez, madame ! Nous savons que vous êtes là !

Deux rayons de lumière aux reflets jaunâtres rebondissaient sur la nappe de brouillard, à l'arrière de la maison. J'étais perdue, enfouie dans mon sommeil.

Thomas dormait encore, je me suis assise sur le bord du divan, j'ai enfilé mon tee-shirt, mon pantalon, paniquée comme on peut l'être par un réveil en sursaut.

— Attendez ! J'arrive, je m'habille !

Les voix dehors cessèrent, se muèrent en murmures. Le poêle rendait l'âme et consumait ses dernières braises. Chaussettes aux pieds, j'ai avancé, les yeux écarquillés, la peur au ventre. J'ai tiré les verrous et entrouvert la porte.

Deux géants se tenaient devant moi, une lampe torche agressive à la main. D'autres points lumineux, derrière, parcouraient la façade. Les yeux éblouis, j'ai levé le bras pour me protéger, je vivais un cauchemar.

Un des deux hommes poussa la porte, s'invita et entra dans le chalet en me bousculant, bientôt suivi du second, puis d'un troisième. Le plus âgé éclaira son visage, je découvris son regard sombre, réprobateur.

— Où se trouve votre garçon ?

Le ton m'inquiétait, inquisiteur, qui vous juge coupable avant l'heure. J'ai chuchoté.

— Il dort dans le canapé, mais tout va bien, pourquoi tout ce monde ? Je n'ai rien fait ! (J'élevai un peu la voix :) on dirait que je suis une criminelle !

— Pas de ça avec nous !

— Je ne comprends pas.

— Madame, vous vous sauvez de l'hôpital avec un jeune enfant qui sort à peine du coma, sans prévenir. Avec ce que vous avez vécu, ne vous étonnez pas qu'on s'inquiète pour vous. Vos parents nous ont alertés hier matin. Une patrouille s'est rendue aussitôt à votre domicile et une autre dans le secteur. Quand on leur a dit que la voiture avait été retrouvée près du lac, imaginez un peu ce qui a pu passer par la tête de vos parents. C'est de l'inconscience. Vous n'avez répondu à aucun appel ni écouté nos messages. Cela me semble logique qu'une procédure pour disparition inquiétante ait été ouverte. Vous n'imaginez pas les forces de gendarmerie qui ont été mobilisées, les heures de travail ! Le rapport du médecin du service pédiatrique ne plaisante pas, votre fils a besoin de soins et d'un suivi pendant plusieurs jours encore.

— Mais je n'ai pas reçu ces appels, je n'avais pas de réseau… Et je n'ai plus de batterie.

J'étais effarée, mais ce que disait le gendarme résonnait en moi.

— Nous avons rencontré des difficultés pour vous géolocaliser, par moments votre portable a envoyé un signal, cela ne nous a pas beaucoup avancés d'ailleurs, car il fallait chercher dans un rayon de deux kilomètres. Ensuite nous avons contacté le garde forestier qui connaît le coin par cœur. En cette période de l'année et en pleine semaine, il a été facile de vous repérer. Le seul chalet à la ronde dont la cheminée fumait, c'était celui-ci. Et comme il est inhabité depuis l'entrée de son propriétaire en maison de retraite…

Il se calma un peu, puis m'ordonna d'un ton sec :

— Finissez de vous habiller et votre garçon aussi !

— Vous nous emmenez où ?

— Habillez-vous, on en reparlera après.

Je m'exécutai, les mains tremblantes. Thomas émergea tandis que je lui enfilais son chandail. Encore endormi, il ne me posa pas de questions ni ne comprit vraiment ce qui se passait. Le chef se retourna et demanda à l'un de ses hommes de prévenir mes parents. Ils attendaient un peu plus loin en haut de la route avec les pompiers et pouvaient se rapprocher.

J'osai une question :

— Quelle heure est-il ?

— Bientôt sept heures dix, dépêchez-vous s'il vous plaît !

Je hochai la tête, assis Thomas pour lui lacer ses chaussures, rassemblai mes effets personnels. Ce fut rapide.

Le sac en bandoulière, avec les oreilles de Pinpin qui dépassaient, je m'apprêtais à prendre mon fils dans les bras quand l'officier me tança d'un ton moralisateur :

— Vous vous rendez compte… trimbaler un gamin de cet âge, en pleine forêt sous la pluie alors qu'il sort à peine du coma… Vous n'avez pas l'impression d'être irresponsable ?

Mon visage pivota vers lui, l'œil assassin. Je serrais les dents, je le méprisais, je l'ignorais.

— Non, non, laissez le petit là, vos parents vont le

récupérer et les pompiers le conduiront à l'hôpital. Vous, vous venez avec nous !

— Comment ça ? Pardon ? Je ne laisse pas mon fils, même à mes parents. Il reste avec moi, que vous le vouliez ou non !

L'homme me toisa, il ne répondit pas. J'insistai :

— Et pour quelle raison je devrais aller avec vous ?

— Tout d'abord, madame, pour répondre à quelques questions concernant votre disparition. Mais aussi au sujet de l'effraction de ce domicile, sans oublier le vol de l'embarcation que nous avons retrouvée.

— L'effraction ? vous rigolez ! Cette bicoque est abandonnée, et pour la barque je n'ai fait que la déplacer, je ne l'ai pas volée.

Le ton montait. Il se rapprocha de moi. Il me dominait d'une bonne tête et je pouvais voir ses carotides se gonfler.

— Demain, si je prends votre véhicule et que je le stationne deux kilomètres plus loin, vous chanterez aussi qu'il ne s'agit pas d'un vol ?

J'aperçus le gyrophare des pompiers qui arrivait. Il se reflétait sur une voiture devant le chalet, plusieurs portes claquèrent.

Je me suis penchée pour soulever Thomas du divan, le gendarme m'a saisie par le bras.

— Je vous ai dit de le laisser, on dirait que vous ne comprenez pas !

Sans cligner des yeux, je le défiai du regard.

— Lâchez-moi !

Ma voix était devenue glaciale, dure, déterminée.

— Madame, vous êtes vraiment inconsciente ou vous le faites exprès ?

— Lâchez mon bras, je vous dis !

Il se retourna une seconde. Aussitôt, un autre gendarme s'approcha de moi et me saisit calmement par les épaules.

— Venez, madame, suivez-moi, vos parents sont là, regardez ! Votre fils sera entre de bonnes mains, c'est juste pour s'assurer qu'il va bien, vous devriez comprendre.

Quand le gradé se pencha vers Thomas et voulut le prendre dans ses bras, mon sang ne fit qu'un tour. Comment osait-il ? Je tentai de m'interposer, mais l'emprise sur mes épaules se durcit, plus ferme, et m'empêcha d'avancer. Mon pied droit s'envola et heurta avec force le tibia de l'officier. Je hurlais, je me débattais, l'homme derrière moi me ceintura. Mes pieds décollèrent du sol et fouettèrent l'air, ils cherchaient à nouveau à atteindre leur cible. Ma tête virevoltait, j'écumais, je proférais des menaces pour qu'il me lâche enfin. La fureur coulait dans mes veines. J'essayai de mordre mon geôlier, sans succès. J'entendis ma mère, au loin, qui me conjurait de me calmer, Thomas pleurait, m'appelait, il me suppliait d'arrêter, mais rien ne pouvait stopper ma rage. Elle s'extirpait par chacun de mes pores, anesthésiait mon esprit et ma raison pour n'en faire qu'une boule de feu. Je criais, je bavais de colère. Une haine et une hargne telles m'envahirent que je sentis mes forces décupler.

Je me suis retrouvée avec deux hommes sur le dos, sous leur poids mon corps s'affaissa, ma tête heurta le sol, je ressentis une douleur à l'épaule et j'entendis le bruit de menottes qu'on serrait. Une bouffée de chaleur m'envahit.

19

Le visage triste et blême de mon père fut la première chose que je vis en revenant à moi. J'étais allongée sur le divan, dans une position très inconfortable. La douleur s'était emparée de chaque partie de mon corps. Mon sang frappait mes poignets et mes tempes.

— Tu te sens mieux ? demanda-t-il, visiblement inquiet.

Je me sentais surtout au bout du bout, épuisée, laminée par je ne savais quel rouleau compresseur. Je tournai la tête et j'aperçus les gendarmes. Ils se tenaient sur le côté et chuchotaient, le plus grand m'observait. Le film des événements me revint en mémoire.

— Où est Thomas ?

— Il est avec ta mère, ne te fais pas de souci, il va bien… Tu as encore fait un malaise, ton état m'inquiète, Ava, tu ne dois pas te laisser emporter ainsi. Tu sombres et tu laisses tes démons intérieurs prendre le contrôle de toi. Essaie d'analyser ce qui vient de se passer en à peine vingt-quatre heures, et je ne parle pas du malheur des jours précédents. Tu as vécu un traumatisme que personne ne peut imaginer, pas même moi, il s'agit d'un choc émotionnel énorme… Tu dois être aidée, mais surtout ne pas céder à des pulsions destructrices.

— Je sais, mais toute cette horreur en moi…

— Ava, les gendarmes vont t'emmener, promets-moi de ne pas t'énerver.

Je me sentais dévastée, anéantie par ces tempêtes et ces orages qui grondaient en moi. Les larmes ruisselèrent sur mes joues.

— Mais papa…

J'étais perdue, apeurée, et il le voyait.

— Je serai toujours à côté de toi, ma puce. Ils ont accepté que je te rejoigne à la caserne. Je t'en prie, garde ton calme. Je vais tout faire pour t'aider, mais il faut que tu les suives, sans violence… d'accord ?

Je clignais des yeux avec insistance, je cherchais à dissiper mes larmes. Mon père le comprit et essuya mes joues, puis il m'embrassa sur le front. Le voir à mes côtés me rassurait, je l'aimais aussi pour ça.

Les gendarmes me firent grimper dans leur camionnette, menottes aux poignets. J'avais mal, mais ne me plaignais pas, la douleur n'était rien comparée au vide abyssal que je ressentais. Pendant le trajet, je n'ai pas dit un mot, et on ne s'adressa pas à moi. J'avais l'impression qu'on m'ignorait, par crainte que j'explose encore.

Quand on arriva au poste, on m'installa, après une fouille complète, dans une cellule de verre et d'acier. Ce n'était rien comparé à la prison de tôle qu'avait été notre monospace. Je me suis assise sur le banc de béton et j'ai attendu. Cinq minutes plus tard, l'officier que j'avais frappé se présenta à la porte de ma cellule. Il m'informa poliment que j'étais placée en garde à vue pour outrage et violences à agents dépositaires de la force publique, vol et dégradations. Je pouvais bénéficier d'un avocat, d'un avis à famille et à employeur, et d'un examen médical. J'ai tout refusé en bloc et, étrangement, il sembla contrarié.

— Écoutez, madame, vous m'avez frappé et insulté, mais ce n'est pas pour autant que je ne compatis pas à votre douleur. Ne refusez pas l'examen médical, je vous le conseille fortement.

— Je vais bien, merci !

— Permettez-moi d'insister, j'ai discuté avec votre père. Il pense comme moi.

— Laissez mon père hors de ça, il n'a rien à voir avec cette histoire.

— Très bien. Comme vous voudrez, je rendrai la visite obligatoire dans ce cas.

Le gendarme se retourna, prêt à sortir de la cellule ; je l'apostrophai :

— Il dit quoi, mon père ?

Il s'arrêta, pivota vers moi et souleva une page d'un carnet qu'il tenait à la main pour lire d'une voix détachée :

— Stress post-traumatique par hyperactivation du système nerveux. Je ne saisis pas dans le détail ce que cela signifie, mais vous pourriez avoir réagi dans un état second.

Il avança d'un pas et s'installa à côté de moi, sans me regarder.

— Vous savez, j'en ai vu d'autres. Des coups, des blessures, des insultes… ça fait presque partie du paquetage de gendarme. OK, je vais avoir mal quelques jours au tibia, mais ce ne sera pas pire qu'après un entraînement de rugby. Pour moi, ce n'est pas grave. Votre père pense, et j'abonde dans son sens, que si un médecin psychiatre vous examine, il délivrera un certificat médical qui indiquera que vous n'étiez pas responsable de vos actes au moment des faits. Je m'apprête à en requérir un, si vous le voulez, il ne me manque que l'aval du procureur.

Je ne comprenais pas bien ce qu'il me racontait.

— Et pourquoi je devrais accepter ? Je ne suis pas folle, vous savez !

Cette fois, il tourna son visage vers moi, il avait mis des lunettes pour lire ses notes et cela adoucissait ses traits.

— Je n'ai jamais dit que vous étiez folle, juste que vous aviez perdu votre lucidité et le contrôle de vous-même... Ce que ça change ? Vous risquez une peine de prison pour les délits que je vous ai énoncés, et, pour le moins, un passage devant le juge. Si vous êtes reconnue irresponsable au moment des faits, pas de poursuites, pas de tribunal, rien, et on met fin à votre garde à vue dans la foulée.

— Pourquoi me dites-vous tout ça ?

Il inspira profondément par le nez.

— Sans doute parce que votre papa m'a convaincu... et que derrière les uniformes il y a aussi des hommes qui peuvent avoir de l'empathie. Je ne peux rien faire contre la machinerie de la justice, mais je vous informe simplement des possibilités, sans vouloir vous forcer la main.

Je ne répondis pas tout de suite, hésitante, troublée, méfiante surtout.

— Il se trouve où ce psychiatre ?

— Je n'ai pas dit que c'était fait, il faut que je demande l'aval du parquet. Il exerce au centre hospitalier où vous étiez.

— Mon fils est là-bas ?

— Certainement.

J'ai laissé passer quelques secondes.

— D'accord... je suis d'accord pour le psy !

Le gendarme s'est levé. Il est sorti sans rien ajouter, sans un regard.

20

Une heure plus tard, après avoir signé plusieurs procès-verbaux, je me suis retrouvée, flanquée de deux gendarmes, à l'entrée des urgences d'un hôpital que j'avais fui la veille.

On m'installa, malgré mes protestations, dans un fauteuil roulant et on me conduisit dans une aile du rez-de-chaussée. Devant les portes battantes qui ouvraient sur le couloir, assis sur un siège fixé au mur, mon père m'attendait, le buste penché en avant. Il regardait ses pieds. Quand il m'aperçut, il m'adressa un sourire radieux, fier d'avoir tenu sa promesse. Je fus surprise de le voir là, choquée et émue aussi. Mes yeux s'embuèrent, mais je retins mes larmes.

Cela me tranquillisa, me rassura. Je ne parvenais pas à m'expliquer cette pincée de bonheur, ce crépitement d'étincelles sur mon cœur de cendres. J'étouffais et mon père arrivait comme une bouffée d'air frais. Il était proche de moi, une lueur d'espoir, une épaule de duvet sur laquelle me reposer un instant. Je ne me sentais plus seule, abandonnée de tous, maudite par le destin. Les gendarmes ralentirent, et me laissèrent un moment avec lui. Il prit ma main et l'embrassa.

— Tu vois, je ne t'ai pas menti… je t'avais promis que je resterais près de toi.

— Merci papa !

Il se leva et déposa un baiser sur ma joue ; une question me brûlait :

— Comment va Thomas ?

— Rassure-toi, il va très bien, un peu fiévreux, il a dû prendre froid, rien de grave.

— La fièvre ! Mais il allait bien hier soir !

— Ne t'inquiète pas, je viens de le voir, il a déjeuné, ce n'est qu'un gros rhume.

— Je m'en veux, papa, si tu savais. Je n'ai pas trouvé la force d'avouer à Thomas la mort de sa sœur et de son père. Quand je lui ai dit qu'on ne les avait pas retrouvés, il n'a pas compris. Il a cru qu'ils étaient perdus, il voulait aller les chercher. Je n'ai pas osé le décevoir. Vous lui avez dit la vérité ?

— Non, pas encore. On attend la pédopsychiatre.

— Ça me fait peur, tout ce qui m'arrive, tu sais, papa. J'ai le sentiment d'être perduee, déconnectée de la réalité ! Tu penses vraiment que je dois rencontrer ce psychiatre ?

— Ne t'inquiète pas, c'est pour ton bien. Tu as pris une sage décision. Je me réjouis que le capitaine m'ait écouté et soit parvenu à te convaincre.

— Avais-je le choix ? Le psychiatre ou les tribunaux, il a été clair. Réponds-moi avec honnêteté, je suis malade ?

— Je crois que tu as besoin d'aide, et c'est le seul moyen que je vois pour l'instant. Les problèmes judiciaires, c'est une chose, mais ta santé m'importe avant tout.

J'avais envie de pleurer. Les gendarmes se rapprochèrent, il fallait y aller.

Mon père se leva, glissa la main sur mon épaule et me regarda franchir les deux portes battantes. Je ne m'étais pas retournée, mais j'étais persuadée qu'il pleurait aussi.

Le psy était en fait une femme de mon âge, la trentaine couronnée de quelques rides précoces. Elle dégageait cette expression de gentillesse que certaines personnes diffusent malgré elles, un visage arrondi, des pommettes roses de bienveillance, et les lèvres goulues de celles qui aiment la vie. Au premier regard, aux premiers mots, elle avait anéanti le rempart de mes craintes.

Elle m'invita à prendre place face à elle, pas sur un siège, mais sur un pouf démodé aux couleurs délavées. Elle s'était présentée, sans fioritures ni prétention, avec une pointe de timidité qui me surprit. Elle se prénommait Laure, me dit-elle. Elle était mariée, sans enfant pour l'instant, ajouta-t-elle avec un sourire gêné. Elle travaillait à l'hôpital, mais aussi en parallèle dans une clinique privée. Après avoir relu en silence la réquisition du gendarme, elle me proposa de me livrer à mon tour.

Mon esprit s'embrouillait, comment désormais parler de moi ? Les mots se déchiquetaient, s'évanouissaient.

— Je m'appelle Ava, je suis… enfin, j'étais… je ne sais plus comment dire ! Je suis confuse, je suis veuve, voilà, veuve.

— Prenez votre temps, Ava, nous ne sommes pas pressées… Je vous sers un thé ?

J'ai accepté. Je soufflais sur mon mug, je n'osais pas regarder cette femme qui évidemment m'observait. Elle se taisait, immobile, seul le son de la cuiller qu'elle tournait lentement dans sa tasse signifiait sa présence. Elle s'adressa à moi d'une voix amicale :

— Vous voyez, Ava, votre vie ressemble un peu à ce thé, il est tellement brûlant qu'il en devient imbuvable. Pourtant dans un moment, si vous le laissez décanter, il se chargera d'arômes et vous pourrez y goûter sans crainte.

Je ne répondis pas. Perturbée, j'ai arrêté de souffler sur mon mug et je l'ai déposé sur la table basse. C'était une table africaine, un plateau posé sur des tréteaux, avec au milieu une sculpture de femme qui enlaçait un enfant roulé dans un tissu, la poitrine à moitié découverte. Mon regard s'est rivé sur ce visage d'ébène aux traits anguleux. Je l'enviais, cette statue de bois, figée à jamais avec ce qu'elle détenait de plus précieux, sans vie, mais aussi sans douleur. Laure me sortit de ma léthargie.

— Ava, vous voulez bien me parler de ce que vous ressentez ?

Je mordis ma lèvre inférieure qui commençait à trembler. Elle me tendit une boîte de mouchoirs, et je fondis en larmes.

Pendant de longues minutes, elle m'écouta sans m'interrompre, respecta mes silences et mes hésitations. Quand les mots devenaient trop lourds, j'inspirais avec force pour aller les chercher, tout au fond de moi, là où ça fait mal. Mes ongles s'enfonçaient dans mon bras, griffaient ma peau, mais la douleur physique ne me suffisait pas. J'aurais voulu m'écarteler la poitrine, m'arracher le cœur, pour que la peine, la souffrance et le dégoût de moi-même disparaissent. Jamais je n'aurais osé avouer cela à cette femme. Pourtant, j'ai eu la sensation qu'elle comprenait.

Quand j'ai eu fini de parler et de pleurer, elle me posa quelques questions. J'essayai d'y répondre avec pudeur et honnêteté, souvent la gorge serrée. La dernière d'entre elles me surprit et me mit mal à l'aise.

— Accepteriez-vous de séjourner pour un temps dans un centre de soins ?

J'avais peur de comprendre.

— Vous voulez dire… psychiatrique ?

— Je préfère le terme centre de soins. Vous avez besoin

qu'on vous soutienne et qu'on vous aide, cela vous ferait grand bien… Une histoire de quelques semaines. Vous pourrez sortir comme vous le désirez, il ne s'agit pas d'une prison, vous savez.

— Et mon fils ? Vous pensez à mon garçon ?

Mes mains s'étaient jointes, elles se massaient l'une l'autre, cherchaient à se réconforter.

— J'ai évoqué la question avec votre père. Votre mère et lui s'occuperaient de votre enfant le temps de votre séjour.

À ces mots, j'eus un mouvement de recul, surprise par cette révélation.

— Vous avez déjà parlé de ça avec mon père ?

— Oui… cela vous contrarie ? Il ne veut que votre bien et il est médecin. Entre confrères…

— Je sais, mais j'ignorais qu'il vous avait rencontrée. Je suppose qu'il pense aussi que je deviens folle ?

— Il n'a jamais dit cela. Il est persuadé que vous avez besoin de repos, de prendre du recul, et notre entretien me le prouve. Si vous acceptez, vous verrez, l'endroit est charmant. C'est une clinique privée à quelques kilomètres d'ici, à la sortie de la ville. Certes, à part la forêt proche et les pâturages, c'est désert, mais il y a une ligne de bus qui vous conduit jusqu'au centre. La première semaine, je pense qu'il serait bon d'éviter toute escapade, mais par la suite…

J'enfermai les pouces dans le creux de mes mains, mon torse se balançait d'avant en arrière. Je réfléchissais à la proposition. Je pris ma décision sans sourciller.

— Non.

— Non quoi, Ava ?

— Non, je n'irai pas dans votre clinique ni dans aucune autre. Je veux rester avec mon fils. Je n'ai besoin que de lui pour me sentir mieux.

— Vous reconnaissez donc que vous ne vous sentez pas bien !

— Vous le seriez à ma place, après ce que j'ai vécu…

Elle ne répondit pas. Elle posa son stylo sur le sous-main de son bureau et se carra dans son fauteuil. Elle me regarda droit dans les yeux et reprit :

— Ava, votre père m'a parlé de vos pertes de connaissance, et vous me l'avez confié aussi. Et il y a aussi vos crises de colère répétées, votre sentiment de culpabilité par rapport à votre fille, les images et les scènes invasives, vos cauchemars et votre manque de sommeil et d'appétit… tout cela vous fragilise. Vous pourriez avoir une crise de colère contre votre propre enfant. Je sais que vous trouvez cela inconcevable, mais c'est possible, je vous l'assure. Ce que vous avez vécu est le summum de l'horreur. Les contrecoups du stress post-traumatique sont et seront à la mesure de ce choc, il faut qu'on vous aide. Vous perdez le contrôle de vous-même, vous pourriez être agressive envers vos proches et, qui sait, vis-à-vis de vous. Regardez votre avant-bras, vous en êtes presque au sang !

Je percevais cette violence dont elle parlait, elle prenait naissance dans le creux de mon estomac et s'éparpillait en un million d'épines qui s'enfonçaient dans mon corps, et l'envahissaient ; je les sentais me dominer.

La psychiatre disait vrai, mais je ne pouvais envisager d'être séparée de Thomas, même pour quelques semaines.

J'ai répondu, la voix ferme :

— Non, madame, c'est hors de question, j'irai s'il le faut voir un médecin ou un spécialiste, mais près de chez moi. Je resterai avec mon garçon. Il a besoin de moi, et encore plus quand il saura pour son père et sa sœur. Je vous en supplie. Il pourra poursuivre sa scolarité dans son école, avec ses amis, pas dans une classe où il ne connaîtra personne dans le village de mes parents.

— Ava… réfléchissez… vous brandissez de fausses excuses. Votre enfant se fera très bien à une nouvelle école. Ses nouveaux camarades ignoreront la tragédie et le traiteront normalement, sans s'apitoyer ou le marteler de questions.

Je me levai, un peu énervée. J'ai haussé le ton :

— Non, vous ne m'écoutez pas ou vous le faites exprès ? Je ne signerai aucun document et je n'irai pas dans votre centre ou je ne sais quoi ! Vous comprenez ça ?

La doctoresse restait impassible, elle ne me quittait pas des yeux. Elle laissa passer un moment en silence, peut-être pour ne pas alimenter ma colère, prit son stylo et sortit un feuillet de son bureau. Et pendant qu'elle écrivait d'une main ferme, elle m'annonça d'une voix désabusée :

— Vous ne me laissez pas le choix, j'espérais que cela se passerait bien et que vous consentiriez à ce qu'on vous aide, mais je me suis trompée. Je suis obligée de vous faire hospitaliser.

Je me suis mise à crier.

— Vous ne pouvez pas faire ça ! Vous n'en avez pas le droit, on n'enferme plus les gens contre leur volonté.

— Vous préférez retourner en garde à vue ? Je ne le pense pas. Et pour votre gouverne, si, Ava, il est possible et légal d'interner des malades quand ils se révèlent dangereux pour eux-mêmes ou pour les autres. Il me semble que c'est votre cas.

Je me suis approchée de bureau, incrédule et furieuse.

— Vous n'avez pas d'enfant, vous ne pouvez pas comprendre !

— Ava, asseyez-vous, je vous en prie, ne faites pas de bêtise que vous pourriez regretter.

— Quoi ? La dame, elle flippe maintenant ! Et pourquoi je devrais m'asseoir ? Hein ? C'est toi qui vas me faire asseoir ?

Elle éleva la voix :

— Ava ! Reculez !

Alertés par les cris, les deux gendarmes restés à l'extérieur entrèrent précipitamment et me ceinturèrent. Cette fois, je n'ai pas résisté. Ils m'ont emmenée dans le couloir. Je ne suis plus jamais revenue dans le bureau de la psychiatre.

21

On me fit attendre longtemps. On me conduisit à un autre médecin. L'entretien fut une formalité, il me posa des questions, je n'y répondis pas et, devant ce mur de silence, il écourta l'examen.

Plus tard dans la soirée, on me transporta dans un bâtiment situé à l'arrière du centre hospitalier. Comme la chambre d'isolement était déjà occupée, on m'installa dans une chambre double, seule, sans rien me dire. J'ai dû enfiler une blouse de papier et m'allonger sur le lit blanc. On m'attacha les poignets et les chevilles à des liens fixés à l'armature. J'ai essayé de me débattre, j'ai hurlé, mais deux hommes et une femme ont eu raison de ma rage. J'ai tiré sur les lanières de cuir, et j'ai fini par m'abandonner tout entière à cette colère que je ne maîtrisais plus.

Fermer les yeux. Fermer les yeux pour ne pas laisser s'installer cette lumière qui éclairait le vide en moi. C'est le premier souvenir que j'ai de ce matin-là. Froncer les yeux pour comprimer un mal qui courait, heurtait ma tête et me broyait les tempes et la nuque. Je les avais refermés plusieurs fois, je baissais ainsi les rideaux sur un monde de nausée et de douleur.

Ensuite, ce fut le ventre, l'impression d'être tiraillée de l'intérieur, la mer un jour de gros grain. Ça tanguait, ça oscillait, et ça plongeait pour remonter. Il me fallut passer un cap pour rejoindre la rive des vivants. J'étais dans une chambre d'hôpital. Je n'étais pas morte. J'étais ensevelie sous le sable.

Aucune idée de l'heure, même si le soleil semblait déjà bien haut. Les muscles ankylosés, j'ai voulu me retourner, mais les liens aux poignets et aux chevilles m'empêchaient de bouger. J'ai tourné la tête dans un nuage de coton. J'étais seule, seule comme j'avais horreur de l'être.

Les minutes s'engluaient dans le noir de mes pensées et j'ai entendu cette voix aux syllabes longues, grave et lente.

— Ava ? Vous vous sentez bien ?

J'ai reconnu vaguement une blouse blanche griffée d'un sourire. J'ai essayé de répondre que non, mais je n'ai grogné qu'un son grumeleux et incompréhensible. J'avais la bouche flétrie, les lèvres d'argile sous le soleil, la tête en feu.

La femme avait déjà tourné les talons, j'ai de nouveau sombré. Tapis en embuscade, les cauchemars m'attendaient.

À mon réveil, une voix familière m'accueillit.

— Tu te sens mieux, Ava ?

Ma mère était là, elle frottait avec une lingette désinfectante le dessus de la table de chevet. Elle tentait d'effacer une tache récalcitrante qui devait pigmenter ce petit meuble depuis des années. Elle en sortit une deuxième et essaya encore une fois, et, devant son échec, elle remit en place une lame du rideau qui déviait de son alignement. Elle agissait comme chez elle, avec un intérêt constant pour les futilités.

J'avais mal à la tête, mais beaucoup moins que lors de mon précédent réveil. Elle s'approcha de moi, passa la main dans mes cheveux.

— Je leur ai demandé de t'enlever les liens. Il n'y a pas idée, tu n'es quand même pas dangereuse à ce point ! Ils ont d'abord refusé, mais j'ai insisté et ils ont libéré ton pied et ton bras côté droit. Non, mais franchement ! Quelle tristesse de te voir attachée ainsi, comme un animal enragé !

Malgré la soif et les douleurs, une seule chose m'importait :

— Et Thomas ? Il va mieux ?

— Oh oui ! À midi, il a dévoré son repas, il ne mâche pas, il avale ! J'ai beau lui dire que ce n'est pas bon pour la digestion. Sa fièvre a chuté, ce n'était qu'un coup de froid. Le médecin veut le garder encore un jour ou deux en observation.

— Il a demandé à me voir ?

— Oui, et à plusieurs reprises. Il t'a vue partir avec les gendarmes hier matin, et il a eu très peur, surtout quand tu es devenue violente et que ces messieurs de la maréchaussée se sont jetés sur toi. Il était en pleurs et te réclamait. Je l'ai rassuré comme j'ai pu. Dès qu'on a su que tu serais hospitalisée, on lui a dit que tu étais malade et qu'il devait patienter. Je crois que ça l'a calmé.

— Tu peux me donner un verre d'eau, s'il te plaît ? Ils ont dû m'injecter un tranquillisant pour éléphant, j'ai l'impression d'être dans le brouillard depuis hier soir.

— L'infirmière m'a dit qu'ils avaient eu du fil à retordre avec toi… Tiens, ma pauvre, tes lèvres sont toutes gercées, je t'apporterai du beurre de cacao, je crois que j'en ai dans ma trousse de toilette.

J'humectai mes lèvres, puis vidai le verre en quelques gorgées.

Ma mère rapprocha la table sur roulettes, me resservit. À sa manière de s'affairer dans la pièce, j'ai eu brusquement le sentiment qu'elle me cachait quelque chose ou quelle cherchait à faire diversion.

— Qu'est-ce qu'il y a, maman ? On dirait que ça ne va pas !

Elle frottait cette fois de son ongle la tache qui l'obnubilait.

— Si… Je m'inquiète pour toi et pour Thomas, et puis pour ton père aussi.

— Papa est malade ?

— Non, non… il se fatigue beaucoup, il y a la cession de son cabinet, et surtout il dort très peu. Je ne l'ai jamais vu comme ça, il est traumatisé par ce qu'il s'est passé. J'essaie de le soutenir comme je peux. Il se fait du souci pour toi et pour son petit-fils.

Son ton était surjoué, comme souvent. Elle s'est rapprochée de moi, m'a relevée, a ajusté l'oreiller. Elle était peut-être suractive, mais c'était trop pour que cela ne cache pas quelque chose.

— Thomas est au courant pour son père et pour Rose, c'est ça ? Tu ne veux pas me le dire, mais c'est ça !

Elle se retourna et lissa le couvre-lit d'un revers de main maniaque. Elle ne répondait pas, et j'ai compris que j'avais vu juste.

— Tu peux me le dire, de toute façon je vois à ta tête que ça ne va pas !

Ma mère me prit la main et fit une moue.

— Oui, c'est ça, en partie. La pédopsychiatre est venue discuter avec Thomas, après le déjeuner. Elle lui a présenté la vérité tout en douceur, mais il s'est énervé, il a d'abord tout nié en bloc, il ne la croyait pas. Il pleurait, il hurlait que son père et Rose étaient perdus, qu'il voulait aller les chercher avec toi. Devant son blocage, elle nous a fait entrer, ton père et moi, et nous avons dû lui raconter ce qui s'était passé. C'était horrible, je n'ai fait que pleurer. Il ne nous croyait toujours pas, enfin je pense plutôt qu'il refusait de voir la vérité. Alors, j'ai sorti l'article du journal sur l'accident, je l'avais découpé. Et là, après avoir regardé le titre et la photo de votre voiture, il a cessé de pleurer, d'un seul coup. Depuis, il répond à nos questions, mais il semble distant, comme en colère. La psychiatre dit que c'est une réaction courante, elle doit le revoir. Du coup, papa est resté avec lui. Il t'embrasse, il a dit qu'il passerait te voir plus tard.

— Quelqu'un lui a dit que j'avais lâché Rose ?

— Tu n'es pas bien ? Jamais de la vie ! Tu ne dois jamais le lui avouer, tu m'entends ? Jamais.

— Il le saura bien un jour. J'ai ruminé ça des heures et des heures, des nuits entières... Un jour il me questionnera, me demandera pourquoi lui est vivant et pas sa sœur.

Elle me caressa la main.

— Ava, tu as fait ce qui devait être fait. Jamais tu n'aurais pu remonter avec les deux, tu serais morte avec eux.

— Je me demande si cela n'aurait pas été mieux, plutôt que toute cette souffrance et ce malheur autour de moi.

Elle embrassa ma main, et me sourit tristement.

— Ne dis pas ça ! Avec le temps... beaucoup de temps... les douleurs s'atténuent, elles s'estompent, elles se diluent dans le présent, même si parfois elles te laissent un goût amer. Un jour, tu verras, ça ira mieux, tu y penseras moins. Ce jour-là, tu pourras de nouveau penser à toi et te projeter dans l'avenir.

— Qu'est-ce que tu y connais à la souffrance, maman ? Tu as toujours vécu ton petit train-train de vie, bien au chaud, avec papa qui s'occupait de tout. Jamais je ne pourrai oublier, jamais je ne me pardonnerai et jamais plus je ne croirai à l'avenir.

Elle me fixa, les yeux embués, hésita, puis confia à voix basse :

— J'ai perdu un enfant que j'avais eu avant toi, Ava, un garçon, ton frère. Il s'appelait Valentin. Il avait le même regard que toi, et le même sourire. Il est parti, il n'avait pas six mois. Ton père n'a pas pu le sauver, ni même pu essayer. Valentin s'est éteint dans son sommeil. La mort subite du nourrisson, comme on disait à l'époque. Notre vie a basculé en enfer et, quelques années plus tard, tu es arrivée et tu nous as sauvés. On a préféré ne jamais t'en parler pour ne pas que tu croies que tu étais née pour remplacer ton frère, ce qui n'a jamais été le cas. Je connais ta douleur mon ange. Un jour tu verras, c'est elle qui t'oubliera.

J'étais abasourdie.

— Comment avez-vous pu me cacher une chose pareille ?

— C'était pour ton bien… Tout comme tu n'es pas parvenue à dire à Thomas pour son père et Rose, nous avons été faibles, mais avec le temps je pense que nous avons bien fait. C'est pour ça qu'il ne faudra jamais dire à Thomas ce qui s'est passé. Tu comprends ?

— Je ne sais pas… peut-être.

— À ta naissance, j'ai cru que tout irait mieux, mais je n'ai pas osé t'aimer, je savais que la mort pouvait à tout moment t'enlever à moi. Je crois que c'est pour ça que je n'ai jamais été une mère très aimante. Aimer, c'est être prêt à souffrir. J'ai pu te sembler distante, mais je n'avais pas encore fait le deuil de ton frère, je ne m'en sentais pas la force. Je ne cherche pas à ce que tu me pardonnes. Je voulais simplement t'en parler, ça fait tellement longtemps… Chaque fois que tu étais malade, j'en tremblais intérieurement, mes démons reprenaient le dessus, je craignais le pire, toujours. Avec les années, je t'ai vue grandir, devenir une jeune fille, puis une femme, la peur m'a quittée, même si je pense qu'elle guettait dans l'ombre. Aujourd'hui, je sais, je sais que je t'aime bien plus que toutes les peurs, que toutes les douleurs, que toutes mes frayeurs, mais je n'ai pas su te le dire. Ton père a beaucoup souffert aussi, et je sais qu'il s'en veut de ne pas avoir été présent pour toi quand tu en avais besoin. Tu vois, nous avons fait des erreurs, peut-être parce que personne n'est venu nous soutenir. Le malheur, ça fait fuir. D'abord les amis, puis la famille. Toi, tu peux éviter tout cela, tu peux être aidée… ne refuse pas cette main tendue. Je t'aime, Ava, je te demande de ne pas me juger trop sévèrement.

Elle resta un long moment avec moi, silencieuse, elle attendait peut-être un signe de ma part, un pardon ou au moins un peu d'empathie et de compréhension, mais rien ne vint, pas un mot, pas un soupir, j'avais le cœur froid et mort.

Quand une infirmière entra, elle se leva, m'embrassa tendrement et sortit. Elle me promit de revenir très vite. Lorsqu'elle franchit la porte, je lui lançai comme à regret, une bouée de sauvetage.

— Je t'aime, maman !

Elle se retourna, ses yeux se plissèrent.

— Moi aussi, Ava.

22

L'infirmière me toisa, méfiante.

— Vous vous sentez mieux ? On peut s'approcher sans danger ?

— Oui, je suis désolée, je peine à me contrôler.

— Oh oui, j'ai vu ça, il nous a fallu nous y mettre à plusieurs pour vous ceinturer.

— Je suis navrée, j'espère que je n'ai blessé personne, je suis désolée, je n'ai rien contre vous, vous savez !

— Grand Dieu ! Heureusement, sinon je ne donnerais pas cher de nos pauvres carcasses. Non, personne n'a été blessé, sauf peut-être notre amour-propre, vous vous y connaissez en insanités.

Je rougis. Elle s'approcha, me tendit deux petits cachets d'un rose brillant.

— Tenez… prenez ça. Vous n'avez pas déjeuné aujourd'hui, vous n'avez pas faim ?

J'avalai mon verre d'eau avec les comprimés et je lui fis signe que non de la tête.

— Très bien, mais ce soir, je veux que vous terminiez votre plat.

Elle se retourna pour partir, je l'apostrophai :

— S'il vous plaît, vous pouvez me dire combien de temps je vais rester ici ?

— Je suis désolée, je n'en sais rien, il faudra poser la

question à la psychiatre ; elle devrait bientôt passer vous voir, d'ici une petite heure, en règle générale, elle fait son tour vers dix-sept heures. Mais ne vous attendez pas à sortir tout de suite.

Je ne sais si c'était l'effet des cachets que m'avait donnés l'infirmière, ou la fatigue, mais j'avais des difficultés à garder les idées claires.

Lorsque je dus appeler l'aide-soignante pour aller aux toilettes, elle refusa de me détacher, j'eus droit au bassin, ce qui fit monter en moi une nouvelle vague de colère que j'eus le plus grand mal à maîtriser. Cette sensation de rage sourde ne me quitta pas pendant plusieurs minutes.

Ma tête était lourde et mes membres de guimauve. Enfin, le médecin se présenta dans la chambre. Je reconnus Laure. Elle portait une blouse blanche et avait les cheveux tirés en arrière, je l'ai trouvée différente, moins sympathique, plus professionnelle, beaucoup plus froide.

— Bonjour, Ava, vous allez bien ?

— Ça peut aller. Mes liens sont encore nécessaires ? J'aimerais bien me rendre seule aux toilettes.

— Cela dépend de vous, si vous prenez votre traitement et que vous parvenez à rester tranquille, je n'y verrai pas d'inconvénient. Pour l'heure, vous devrez patienter un peu.

— Vous me relâchez quand ?

— Il va falloir d'abord passer quelques jours ici avec nous, ensuite, nous en discuterons calmement. D'ailleurs, il est de mon devoir de vous informer que vous vous trouvez ici à la demande d'un tiers, en l'occurrence de votre papa. Vous verrez un autre psychiatre sous peu qui statuera sur votre état. Mais je le connais bien, je pense qu'il validera votre hospitalisation. Demain matin, nous pourrons discuter un peu plus longtemps, je suis désolée, je n'ai pas le temps de rester plus, j'ai d'autres patients.

— Vous dites, rester quelques jours, mais mon fils…

Elle ne répondit pas et ferma la porte de ma chambre sans un regard.

J'étais suffoquée. Mon père était à l'origine de mon internement.

23

Cela faisait maintenant trois nuits et trois jours que je moisissais dans cette chambre aux murs blafards, vide d'espoir, avec ce nœud au ventre de savoir Thomas si proche et de ne pouvoir ni le toucher ni lui parler.

Le premier jour, mon père était passé en soirée. Il m'avait confirmé qu'il avait effectivement signé une demande de soins, malgré et surtout à cause de mes refus répétés. Il avait eu beau m'expliquer, tenter de me convaincre qu'il agissait pour mon bien, j'avais fini par m'emporter et me disputer avec lui. Enfin, si j'ose dire. Pour se disputer, il faut être deux, lui ne répondait pas. Comme il restait impassible, avec cette patience légendaire, je n'avais pas pu m'empêcher de lui lancer le secret de mon frère au visage, comme une traîtrise. Je lui avais annoncé cela tranquillement, calmement, sans doute grâce aux tranquillisants. Je l'avais blessé et il n'avait pas bronché. Pour lui, j'étais une malade, et plus sa fille. Le médecin avait repris le dessus.

J'ai été ingérable, pas seulement avec mon père. Je me vengeais sur les soignants. Ils ne devaient pas m'aimer beaucoup. Chaque fois, j'étais désagréable. Ils entraient, ils sortaient de ma chambre, en coup de vent.

J'ai même essayé de griffer une femme de salle qui avait

hasardé sa main un peu trop près de la mienne. Ça, c'était le premier jour. Le lendemain, on augmenta les doses de mon traitement, j'avalais un chapelet de pilules. J'étais dans une somnolence permanente. Si on m'avait arraché la colonne vertébrale, je ne me serais pas sentie plus molle.

Je reçus la visite d'un autre psy, acariâtre, au visage déplaisant, qui me posa mille questions auxquelles je n'opposais qu'une réponse : Ne souffrez-vous pas d'être si laid ?

Il resta tout de même et encaissa vingt fois la même question en retour, sans se détourner de sa mission : établir si j'avais besoin de soins ou pas. Je savais que les dés étaient pipés, sa décision était prise avant même qu'il franchisse le pas de la porte. Je crois que les médicaments qu'on me donnait n'arrangeaient rien. Je me sentais vide, anéantie, comme une ébauche de moi-même, un croquis difforme. Je n'allais pas mieux, mais mon corps s'aveulissait, il groovait et balançait parfois au point d'en perdre la ligne d'horizon.

Le deuxième jour, quand il fut établi que le traitement avait éteint le feu du dragon qui sommeillait en moi, on m'enleva mes liens. Ma bouche cultivait toujours l'outrage, mais je n'étais plus assez alerte pour faire preuve de violence physique.

À chacune de mes phases de lucidité, une seule question revenait en boucle : où était Thomas ? Son état s'était amélioré, ma mère m'avait dit qu'il sortirait sous peu. On m'avait pris mon téléphone, ainsi d'ailleurs que tous mes effets personnels. Bientôt dix heures et mes parents n'avaient pas montré le bout de leur nez. Je craignais qu'ils ne soient rentrés chez eux sans me le dire. L'anxiété montait, malgré le traitement de cheval. S'il y avait une chose qu'ils ne parvenaient pas à endormir, c'était mon amour de mère.

Quelques minutes plus tard, la porte de ma chambre s'ouvrit sans bruit. Le visage de ma mère apparut, elle sourit en voyant que j'étais éveillée. Elle était dans l'encadrement de la porte et regardait à droite dans le couloir.

— Allez, viens, ne sois pas timide, maman ne dort pas.

Mon cœur s'enflamma, tas de bois mort qui n'attendait qu'une étincelle.

— Thomas ! Allez, maman sera contente.

Elle s'effaça, et je l'aperçus. Il dissimulait son visage derrière un bouquet de marguerites et de giroflées sauvages. Lui, si vif, si fougueux d'habitude, marchait d'un pas hésitant, il traînait la semelle comme on va à l'échafaud. Je l'encourageai, le cœur flamboyant :

— Oh mon bébé ! Elles sont magnifiques… Donne, on va les mettre dans un vase.

Son pas resta le même, timoré, maladroit. Il s'approcha du lit et me tendit les fleurs. Pressée, je les passai à ma mère, et cherchai à happer dans mes bras le fils qui me manquait tant. Il eut un mouvement de recul, apeuré ou méfiant. Il marchait sur mon cœur, écrasait les flammèches de joie… La peur, la vraie, celle qui vous fait perdre pied, m'envahissait, je crus défaillir d'effroi.

— Tu ne me fais pas un bisou ?

Mes mots tremblaient, je tentai de cacher mon désarroi. Je les avais peints de douceur, saupoudrés d'amour pour l'attirer à moi. Il baissa la tête, regarda ses pieds et avança d'un pas, poussé discrètement par ma mère. Le silence amplifiait ma terreur. Le voir se refuser à mes baisers, à mon amour, déchirait la terre sous mes pieds, je tombais, sans aucun espoir de survie.

Il s'avança encore et m'embrassa de façon si fugace, du bout des lèvres, que ma joue l'oublia dans l'instant. De toute évidence, il me craignait ou n'osait plus m'approcher.

— Tu n'es pas content de me voir, mon cœur ?

J'avais lâché la question comme on lance une bouée à la mer. Il ne répondit pas, recula et se blottit dans la jupe de ma mère. Gênée, elle murmura :

— Il se comporte de façon… comment dire ? Depuis qu'il sait pour Rose et son papa, il est différent, plus sauvage. Il m'a fallu deux jours pour lui arracher trois mots. Le médecin dit que ça peut arriver et que ça va passer. Je crois aussi qu'il se sent triste de partir avec nous, il ne veut pas te laisser ici, j'en suis persuadée.

Thomas restait collé à sa grand-mère. Je me relevai avec peine.

— Thomas, mon cœur, tu es malheureux, je le sais, et moi aussi. Je suis si triste pour papa et Rose, mais il faut suivre papi et mamie, le temps que je me soigne. Plus tard, je viendrai te rejoindre, tu veux bien ?

J'essayais de retenir mes larmes. Il hocha la tête, mais ne prononça pas un mot. Je lui tendis la main.

— Tu veux bien me donner la main, juste un instant ? Je vais te dire un secret… S'il te plaît…

Il restait là, figé, statufié par une peur que je ne comprenais pas. Ma mère le poussa en douceur, je ne reconnaissais pas mon fils. J'avançai encore et saisis ses doigts de porcelaine. Je les caressai du bout du pouce.

— Lorsque tu seras chez papi, pense fort à moi, cela m'aidera à guérir plus vite, et quand tu en auras envie, on pourra se parler au téléphone. Tu veux ?

Mes mots se heurtaient à son mutisme et restèrent sans réponse, perdus, évanouis dans un esprit d'enfant qui ne le serait plus jamais. Je l'ai tiré à moi et j'ai senti une résistance. J'avais tant besoin de le serrer contre moi, de le toucher, de le sentir. Je l'ai agrippé de l'autre main et je suis parvenu à le coller au bord du lit, à poser ma joue contre la sienne, elle était chaude et douce. Il ne bougeait pas, presque indifférent. Je l'ai serré contre moi, je l'ai embrassé, gourmande de le toucher, il s'est débattu avec timidité et m'a repoussée pour s'éloigner.

Mon père est entré à ce moment-là.

— Voilà, la voiture est prête, chargée, et le plein est fait.

Thomas, au son de sa voix, s'est précipité vers lui, lui a pris la main et ne l'a plus lâchée, heureux de le voir, ou simplement de partir. Un vide s'est installé en moi, un trou noir qui aspirait tous mes espoirs, ruinait mes rêves de câlins et de baisers qui claquent.

Mon père s'est tout de suite rendu compte du malaise, il s'est installé dans le fauteuil et ils sont restés tous les trois dans ma chambre un bon quart d'heure. Thomas ne prononça pas une syllabe et ne s'approcha plus de moi. Toutes les bribes de conversation avortaient. Je n'entendais plus rien. J'eus droit aux caresses de ma mère, aux baisers de mon père, mais tout cela avait un goût rance qui me nouait l'estomac. Mes yeux restaient rivés sur mon enfant, et ne s'en décrochaient pas.

Ils ont fini par quitter la chambre et je suis restée là, sans un regard de mon fils, sans un geste ni un sourire. Il m'abandonnait à ma solitude, le prix à payer pour mes lâchetés.

Le fil ténu qui guidait ma lucidité venait de se rompre, Thomas partait à des kilomètres et des kilomètres sans se préoccuper de moi, ou alors il le faisait exprès. Peut-être pour me punir de mon mensonge ?

24

Depuis que mes parents étaient partis avec Thomas, j'avais l'impression d'être différente, vide, aux frontières de la raison. Les remords et la colère s'étaient estompés pour me laisser seule au-dedans, avec ma douleur et l'envie de disparaître.

Ma souffrance se délectait de ce vide, comme d'un épais brouillard où elle se répandait, prenait ses aises et me dépouillait de toutes mes émotions. On m'avait bandé les avant-bras, on avait coupé mes ongles très court. Mais je savais qu'ils repousseraient.

Je ne me nourrissais plus. Plus rien n'avait de saveur. Laure, la psy, me rendait souvent visite, pour discuter, disait-elle, comme si les mots avaient pu occuper l'espace de mon désarroi. Je l'entendais sans l'écouter. Ses phrases étaient vides de sens. On m'avait rendu mes effets. J'avais retrouvé Pinpin. Le lapin bleu était devenu mon seul vrai compagnon.

Mon père m'appelait chaque jour. Chaque fois que je demandais à parler à Thomas, il me renvoyait la même réponse : « Je suis désolé, il ne veut pas. » Je l'ai entendu plusieurs fois insister auprès de mon fils.

Ma psychiatre attitrée entra à une heure inhabituelle. Je terminais ma tasse de café, sans avoir touché au reste du petit déjeuner.

— Bonjour, Ava, comment vous sentez-vous ce matin ?

À ses questions, elle n'attendait plus vraiment de réponses, résignée à mon silence. Elle s'installa au pied du lit.

— J'ai une bonne, et une moins bonne nouvelle. Je commence par la bonne ! J'ai parlé de vous à l'un de mes confrères, spécialiste des traumatismes comme le vôtre. Une place vient de se libérer dans le centre de soins où il exerce. Je crois que ce serait vraiment excellent pour vous. J'avais évoqué ce centre le jour où nous nous sommes rencontrées, vous vous en souvenez ? Le problème – et c'est là que réside la mauvaise nouvelle –, c'est que je ne peux pas me résoudre à vous laisser partir d'ici si vous n'exprimez pas vous-même le désir d'y séjourner. Je vous trouve bien trop fragile pour être abandonnée sans suivi médical. J'ai besoin d'une réponse avant midi. Vous avez le temps d'y réfléchir, je reviens vous voir vers onze heures. Ayez confiance, Ava, nous pouvons vous aider.

Elle toucha ma main, me lança un regard compatissant et sortit de la chambre.

Je ne me sentais pas en état de réfléchir, mais je ne supportais plus cette chambre. Le couloir de l'étage était fermé par des portes qui ne s'ouvraient qu'avec des badges, ce qui m'interdisait tout mouvement et toute envie de m'enfuir. D'ailleurs, si je l'avais voulu, avec les cachets, même si la tête fonctionnait encore, le corps ne suivait plus. J'en avais assez de la vue sur l'autre bâtiment.

La psychiatre est revenue à onze heures pile, comme elle l'avait dit. J'ai signé les documents, sans joie ni enthousiasme.

En fin d'après-midi, deux ambulanciers sont venus récupérer mon sac et m'ont installée dans un fauteuil roulant.

J'étais sous bonne escorte. Je tanguais, mon traitement avait dû être augmenté en prévision du transfert. Plus tard, nous avons emprunté une allée de gravier, nous étions arrivés. Je fus surprise par l'étendue des pelouses et par la taille du parc qui encerclait une bâtisse du XIXe siècle aux murs de pierre blanche.

Une rampe d'accès en pente douce longeait un escalier et donnait sur une entrée aux larges baies vitrées. Un détail retint mon attention, malgré les bancs et les nombreuses allées, le parc de ce centre de soins était vide, personne, pas un patient ni un visiteur. Il n'y avait que quelques voitures stationnées sur un parking désert.

J'ai attendu plusieurs minutes avec les infirmiers dans le hall. Un comptoir imposant s'avançait sur la droite, avec, presque en face, un immense salon composé de plusieurs canapés et de fauteuils en velours grenat, qui donnait au tout une forme d'élégance hôtelière. C'était trop grand, trop froid, j'ai ressenti un poids, un malaise.

Enfin, un homme, la quarantaine bedonnante, est venu à notre rencontre, suivi de près par une jeune femme au pas rapide qui peinait à rester dans son sillage et semblait vouloir toujours le dépasser.

Il n'a salué personne et s'en est pris aux ambulanciers.

— Avec vous, c'est chaque fois pareil ! Vendredi à dix-huit heures trente, en plein repas ! On fait comment nous ? Hein ? Je vous attendais à seize heures.

Ils n'eurent pas le temps de répondre, il leur avait déjà arraché mon sac. Il le jeta dans les bras de la femme qui se dissimulait derrière lui. Il saisit les poignées de mon fauteuil et fila vers deux portes battantes.

— Laissez les papiers sur le comptoir, je m'en occuperai plus tard !

Il avançait à grands pas et fonça droit sur les portes closes. Les repose-pieds de mon fauteuil heurtèrent les deux battants dans un bruit sec. Je ne pus retenir un mouvement en arrière et me collai au dossier du siège. Il grommelait sans me prêter la moindre attention :

— Ils nous font chier à prévoir des entrées un vendredi ! Les toubibs, ils s'en foutent, ils sont rentrés chez eux, peinards. J'commence à en avoir ras le cul de cette boutique. Et puis de tous ces cinglés aussi, ils vont finir par me rendre dingue à mon tour !

Il tourna dans un couloir à droite, s'arrêta, passa son badge et cette fois laissa la porte automatique s'écarter seule. Il fit quelques pas et stoppa sans ménagement.

— Voilà la chambre, la 13, j'espère que ça ne vous portera pas malheur ! s'esclaffa-t-il sans retenue.

Il l'ouvrit d'un geste, et poussa mon fauteuil à l'intérieur.

— On vous apportera un plateau avec votre traitement. On verra ce qui reste quand les autres auront fini, ça vous suffira bien pour avaler vos pilules pour la tête ! (Il se tourna vers sa collègue :) Pose son sac là, elle se débrouillera toute seule ! On récupérera la trottinette tout à l'heure.

Il referma la porte d'un geste vif, et s'engouffra dans le couloir.

Dix minutes, ce fut le temps qu'il me fallut pour comprendre dans quel endroit je venais d'atterrir, et me remettre du comité d'accueil. La chambre était coquette, simple, mais décorée avec goût. Un triptyque qui représentait un coucher de soleil sur une plage meublait le large mur blanc en face du lit. Deux tables de chevet, une vraie table avec deux sièges en tissu, une penderie, un petit réfrigérateur et une salle de bains spacieuse. Deux grandes fenêtres donnaient sur le parc, mais surtout sur un hêtre magnifique, imposant et majestueux.

Je venais à peine de m'asseoir sur le lit lorsqu'on frappa à la porte. La jeune femme qui m'avait accueillie entra, un plateau à la main. Elle le déposa sur la table.

— Je m'appelle Fanny, venez dîner tant que c'est chaud.

Je m'avançai, le pied incertain, elle me saisit le bras et m'installa, puis me tendit un verre d'eau.

— Nous avons reçu l'ordonnance de votre traitement cet après-midi. Vous devez prendre vos cachets avant, annonça-t-elle.

Elle patienta sans bouger, le temps que j'avale mes pilules, puis elle baissa la voix et me susurra :

— Ne craignez rien, ce ne sont pas des restes, mais un vrai plateau. Vous verrez, c'est très bon, nous avons une excellente cuisinière. Je vous laisse.

— C'est qui ce type ?

— C'est Bastien, ne faites pas attention à lui… Il travaille ici depuis quinze ans, c'est un vieux garçon un peu grincheux, il est un peu surmené en ce moment. Je dois y aller. Si vous avez un souci, vous trouverez une sonnette dans la salle de bains. Je suis de garde cette nuit. Bastien, lui, reprendra demain après-midi. S'il est désagréable avec vous, ignorez-le !

25

Contrairement à l'hôpital, la nuit se révéla très calme. Aucun hurlement dans les chambres voisines, pas de sirène ou de gyrophare, ni de sonnette dans le vide en attente d'une infirmière : le silence régnait en maître au centre de soins. J'avais laissé les fenêtres et les doubles-rideaux grands ouverts pour profiter de la vue sur le parc. Un croissant de lune timide s'était dissimulé derrière les branchages et quelques restes de nuages. De toute la nuit, je n'avais pas lâché Pinpin, je le tenais serré fort contre moi, camarade d'infortune qui me rappelait les enfants.

Une femme aux hanches rebondies entra, un sourire radieux sur des joues pigmentées de rouge. Elle me salua, déposa mon petit déjeuner en m'informant que, le week-end, il se prenait en chambre, et en semaine dans la grande salle. Je pris mes pilules sans hésiter.

Je dormis une partie de la matinée et je fus réveillée par le téléphone. Mon père venait aux nouvelles. Il se réjouissait de savoir que l'endroit respirait la quiétude, que la chambre et les locaux étaient de bonne facture.

Mon cœur battait de nouveau la chamade, l'espoir d'entendre la voix de mon enfant se faisait plus fort, mais à nouveau je fus déçue. Il promit de venir me voir à la fin de la semaine suivante avec Thomas ; l'attente serait interminable. Il raccrocha après m'avoir passé ma mère, qui, sans surprise, me répéta presque mot pour mot ce que m'avait raconté mon père.

Dans l'après-midi, j'eus la visite du rustre, ledit Bastien. Il entra sans frapper et s'installa près de mon lit, j'étais allongée, à demi comateuse. Il m'apostropha d'une voix haut perchée qui m'agaçait déjà les oreilles :

— Alors la nouvelle, on se plaît ici ?

Il était là, debout, les mains dans les poches de sa blouse. Je levai la tête et le dévisageai sans répondre. Il me regardait, un peu à la façon d'un mécanicien au-dessus d'un moteur en panne, comme s'il cherchait une improbable erreur. Son crâne dégarni, son gros nez et ses yeux plissés sous des paupières lourdes d'ennui me firent penser au personnage d'un dessin animé de mon enfance, Mister Magoo, un vieux monsieur myope et gaffeur. Il insista :

— On n'est pas mieux ici qu'à l'hôpital ? Vous allez voir, c'est un petit coin de paradis.

Il devait me prendre pour une demeurée. Je hochai la tête et feignis un début d'endormissement. Cela ne le contraria pas, il poursuivit en se pétrissant le menton d'un air savant.

— J'ai jeté un œil à votre dossier… C'est le Dr Asselin qui va s'occuper de votre suivi, il n'est pas mauvais pour les patients comme vous… (Il renifla, remit la main dans sa poche.) J'ai lu un peu ce qui vous est arrivé. Ça va lui plaire, il aime les cas désespérés. Enfin, j'en ai tellement vu des comme vous… à se morfondre sur leur chagrin, et vas-y que je pleure, que je me lamente, que je me frappe la poitrine. Je vous le dis, Ava, faut vous bouger les fesses, y a que ça qui fonctionne !

Il s'éloigna, pouffa, fit le tour du lit, comme pour partir, puis stoppa net.

— Et les doudous de l'enfance, faudrait penser à arrêter, faut grandir !

Il s'approcha, et tendit la main en direction de Pinpin. Avant qu'il ne puisse l'atteindre, je le récupérai et le collai contre ma poitrine.

— Ne touchez pas à Pinpin !

J'avais murmuré ça avec fermeté, et j'en fus moi-même stupéfaite, Bastien aussi, car il recula son bras. Ses yeux s'écarquillèrent et je découvris pour la première fois ses iris d'un bleu très sombre.

— Hé ! Faut se calmer ! Je n'allais pas vous l'embarquer votre Pinpin.

Il ajouta :

— Ah, d'accord, madame fait une fixette sur le doudou.

Il se retourna, s'éloigna en direction de la porte et ajouta toujours sur le même ton :

— C'est bon à savoir, c'est bon à savoir…

Dès mon arrivée, l'homme ne m'avait pas plu, désormais je le trouvais étrange, lui qui se prenait pour le roi de la clinique. Je ne le revis pas de la journée.

Le week-end dura mille ans, j'étais restée dans ma chambre, je n'avais croisé que des aides-soignantes. J'appris que la majorité des patients rentraient chez eux à partir du vendredi soir, et ne revenaient que le lundi. Je comprenais mieux le calme environnant, le parc désert et les petits déjeuners dans la chambre. J'avais somnolé une heure sur deux. Le plus difficile était le sentiment de solitude, même les appels de mes parents me parurent fades. Nous étions connectés par la voix, mais, une fois le téléphone raccroché, l'angoisse de se retrouver seule en ressortait renforcée. Je me sentais abandonnée, trahie par la vie. J'aurais voulu qu'on double mon traitement, pour dormir, seulement dormir et oublier. J'avais hâte d'être lundi, le premier jour de la semaine où j'allais revoir mon fils.

26

Vers sept heures, les premières voix résonnèrent dans le couloir. Dès lors, l'effervescence régna dans toute l'aile du bâtiment. Je m'efforçai de me lever et de me diriger seule, sans appui, jusqu'à la salle de bains. Je fus plutôt satisfaite, mes jambes me portaient et la tête ne me tournait pas. Je m'observai dans le grand miroir, j'y vis une femme à la mine exsangue, les yeux cernés, plus vieille de cinq ans au moins. Une phrase que m'avait lancée le rustre me revenait à l'esprit : *Faut vous bouger les fesses, y a que ça qui fonctionne.*

J'avais pris ma douche, séché et brossé mes cheveux avec soin, et j'en avais arraché au passage un nombre incalculable. J'ai ajusté un chouchou jaune sur une queue-de-cheval. Ma coiffure tirée en arrière me creusait un peu plus les joues. Je me trouvais présentable, c'était déjà un exploit.

Les portes du couloir étaient grandes ouvertes, j'ai avancé à mon rythme jusqu'au hall où j'ai croisé Fanny. Elle me sourit, passa son bras sous le mien et m'invita à entrer dans la salle à manger. Cette pièce immense, lumineuse, se déployait dans une enfilade de fenêtres à petits carreaux qui donnaient sur le parc. Les tables aux nappes de papier d'un vert d'eau délicat s'éparpillaient sur toute la superficie de la pièce. Chacune était dressée pour quatre personnes.

Nous nous sommes dirigées vers une sorte de grand aquarium, un peu à l'écart. Elle me montra le chiffre 13 dessiné sur le dossier d'une chaise, ma place attitrée.

Déjà attablés, les numéros 3, 21 et 9 ne prêtèrent aucune attention à mon arrivée, pas même lorsque je m'installai. Fanny se posta à mes côtés, gonfla la poitrine qu'elle avait généreuse, et me présenta.

— Voici Ava, elle nous a rejoints vendredi soir, elle est très gentille, vous verrez.

Elle posa une main sur mon épaule, me tendit une petite boîte avec mes pilules, puis elle me désigna ma voisine de gauche et poursuivit :

— Alors, dans le sens des aiguilles d'une montre, à ta gauche, Ava, il y a Judith. Elle séjourne avec nous depuis plusieurs semaines déjà. Face à toi, Bertrand, qui nous quitte bientôt, je crois, et enfin à ta droite, la dernière, mais non la moindre, madame Jeanne. Je vous laisse faire connaissance, à tout à l'heure.

Elle s'éloigna et relâcha les épaules, le pas alerte d'un cabri, satisfaite de son intervention. La table était mise, mais il fallait se servir au buffet ; ma priorité, c'était le café. Lorsque je suis revenue à la table, ma tasse à la main, ma chaise avait disparu.

— Quelqu'un a pris ma chaise ? demandai-je avec un sourire hésitant.

Seule madame Jeanne afficha un rictus pincé, les autres, le nez dans leurs tartines, ne réagissaient pas. J'ai posé ma tasse et je suis partie en quête de mon siège qui ne se trouvait qu'à deux pas, dissimulé derrière l'aquarium.

C'était une chaise de plastique pas trop lourde, et je l'ai rapportée sans difficulté. Je me suis installée et j'ai oublié cet événement qui n'en était pas un, une farce qu'on réservait sans doute aux nouveaux, une sorte de bizutage.

En sucrant mon café, j'ai entrepris de détailler mes compagnons. L'homme en face de moi, âgé d'une trentaine d'années, ne me prêtait aucune attention. Il trempait interminablement son pain dans un bol de chocolat, qu'il finit par avaler doucement, avec un bruit de succion abominable. Il releva les yeux, m'expédia un regard fugace et se replongea aussitôt dans son bol. Une mèche, bien plus longue que sa coupe de cheveux, descendait de son crâne et découvrait malgré lui une calvitie naissante. Il lâcha le bout de pain qu'il tétait avec avidité et, d'un geste rapide, rajusta cette touffe rebelle. Pour ne pas l'incommoder, j'ai plongé les yeux dans ma tasse, en le gardant dans mon champ de vision. Il tourna la tête d'un côté, de l'autre, et finit par lécher brusquement ses doigts qu'il appliqua soigneusement sur sa mèche indisciplinée. L'événement était à la hauteur de mon étonnement, je faillis me fendre d'un sourire. Il vérifia de nouveau que personne ne l'avait vu et, armé de sa petite cuiller, partit à la pêche de son morceau de pain au fond de sa tasse.

Je portai enfin ma tasse à ma bouche et avalai une première lampée d'un café tant espéré. Le dégoût et une soudaine envie de vomir me nouèrent l'estomac ; il était plus salé que la mer morte. Je faillis régurgiter le liquide encore chaud et le recracher sur la nappe. La carafe d'eau posée sur la table me fut d'un grand secours. J'engloutis pas moins de deux verres, pour dessaler et annihiler le goût horrible qui anesthésiait mes papilles.

Personne n'avait réagi, mais c'était l'œuvre de l'un d'eux, enfin, de l'une d'elles, Bertrand étant bien trop loin, et trop occupé à suçoter son pain pour que ce soit lui.

Je ne dis pas un mot et gardai mon calme, ce qui me

surprit. Mais je sentais bien cette petite graine de colère qu'on venait de semer en moi. J'ai posé en douceur l'index sur le dessus du sucrier et je l'ai porté à mes lèvres, il s'agissait bien de sucre. Quelqu'un avait donc apporté une salière.

J'observai tour à tour mes voisines. D'abord Judith. Elle avait levé la tête quand j'étais sur le point d'éructer les relents de mon café salé, mais n'avait pas semblé étonnée. Elle approchait la soixantaine. Son visage boursouflé, ses joues flasques et ses yeux éteints au-dessus de cernes affaissés lui donnaient un air de basset artésien déprimé. Je la soupçonnai d'aimer la couleur à outrance. Elle portait un chemisier orange vif à pois blancs, qui tombait en plis boudinés sur un pantalon vert empire. Sa tignasse rousse désordonnée était assortie à la couperose de son visage. Je l'imaginais en train de déguster un martini surplombé d'une olive, suivi de quelques autres.

Elle me lança un regard interrogateur, releva ses sourcils fanés qui méritaient de figurer dans une collection de pinceaux usagés. Je ne répondis pas à cette mimique, et me tournai vers Jeanne.

Il était difficile de lui donner un âge précis, elle oscillait entre la quarantaine assumée et la cinquantaine dissimulée. Elle avait les yeux aux couleurs d'un ciel d'orage. Fine, le visage ciselé encadré par une coupe au carré impeccable, mais d'un blond douteux, elle présentait bien et dénotait sur ses voisins, avec un chemisier blanc au col cravate, qui lui donnait de faux airs de princesse. Elle arborait de manière ostentatoire un ras-du-cou de perles nacrées. Je connaissais cette façon de se tenir ; la posture droite, le menton relevé, le regard dédaigneux. Elle exhibait au poignet gauche un large bracelet en or, et se plaisait à le bouger dans de grands gestes qui se voulaient ingénus. Bref, elle essayait de péter plus haut que son cul, cela ne faisait aucun doute.

Sur le dossier de son siège pendait un petit sac à main ou une pochette dont la fermeture Éclair était ouverte. Sans m'appeler Sherlock Holmes, l'idée me vint qu'elle pouvait y dissimuler une salière. Je la fixai et la questionnai d'une voix embourgeoisée :

— Ce genre de facéties vous distrait-il, madame Jeanne ?

Elle ne répondit pas, mais un plissement mondain des yeux m'informa qu'elle appréciait la formule. Ma petite graine, stimulée, était en phase de germination, je la contenais pour éviter qu'elle n'éclose. Je poursuivis donc mon monologue un cran au-dessus.

— Ça vous amuse ces conneries de jeune fille pubère ? Ou alors, devrais-je dire des âneries d'une quinqua ménopausée ?

À cette attaque, son menton s'affaissa. J'avais visé juste.

— Comment osez-vous ?

Elle posa sa serviette sur la table dans un geste outré, dévisagea Judith et gronda à son intention :

— Dis-lui toi que ce n'est pas moi ! Allez, dis-lui !

La rougeaude leva le nez, écarquilla les yeux et lança d'une voix malmenée par le tabac :

— Qu'est-ce que tu racontes ? Je n'ai rien fait, c'est toi ! Moi, j'ai juste bougé sa chaise, comme tu m'as demandé ! Pourquoi tu mens ?

— Non, mais écoutez-la ! Tu veux que je passe pour une déséquilibrée devant la nouvelle, c'est ça ? Méfie-toi, Judith, méfie-toi, la dernière fois tu as fait pareil… J'en ai assez qu'on me désigne toujours comme la trouble-fête ! Tu me dégoûtes !

Sa voix montait dans les tours, au bord de l'hystérie.

Madame Jeanne se leva d'un bond, saisit sa pochette et quitta la table.

— Ne faites pas attention, me dit l'homme à la mèche. Elle est parano et pique sa crise de temps en temps, mais faut s'en méfier, elle en a déjà blessé quelques-uns. Hein, Judith ?

La rouquine souleva quelques mèches de sa tignasse et découvrit le haut de son front.

Une cicatrice aux allures grossières, longue de trois bons centimètres encore rougeâtres, lui fendait le cuir chevelu.

— Elle m'a assommée avec un pot de fleurs.

La suite du petit déjeuner fut plus calme. J'avais enfin mon café. J'aurais bien posé quelques questions à Judith, mais elle embarqua deux brioches dans ses poches et quitta la table. Bertrand lui emboîta le pas, sans un mot, le regard en coin et la tête droite.

27

Le petit déjeuner animé m'avait laissée perplexe. Ne valait-il pas mieux l'hôpital finalement ? Je m'allongeai et je cherchais un sommeil qui ne venait pas quand j'eus la visite du Dr Asselin. Il me souhaita la bienvenue, et me remit le planning de mes activités pour la semaine. Le message se révéla d'une limpidité enfantine : je ne resterai pas inactive, art-thérapie, groupe de parole, sophrologie, yoga, sport, et bien entendu des entretiens réguliers avec lui et l'un de ses confrères. Je devais signaler toute montée d'anxiété, tout énervement qui dépasserait la moyenne, toute pulsion. Pour le moment, il maintenait pour quelques jours mon traitement en l'état, avant d'envisager de le reconsidérer.

Vers dix heures, Fanny est venue me chercher et m'a conduite dans l'autre aile du bâtiment. Nous sommes arrivées dans un couloir où quelques personnes attendaient déjà, assises côte à côte, face à une porte sur laquelle une plaque mentionnait « salle d'art-thérapie ». L'aide-soignante sortit son trousseau de clés et ouvrit la salle. Elle était spacieuse et divisée en plusieurs secteurs, matérialisés par des pancartes qui détaillaient chaque activité. Au fond, la peinture et le dessin, à droite, la musique et le théâtre, et tout à gauche, l'écriture et le jardinage.

Deux spécialistes se joignirent à nous et formèrent les

groupes, trois personnes par animation. Les thèmes proposés me surprenaient, Judith peignait avec ses doigts, interdiction d'utiliser des pinceaux. On m'affecta au coin écriture et on me donna une centaine de mots découpés sur des morceaux de carton. Je devais par assemblage créer un poème. La belle affaire ! J'étais à mille lieues de vouloir m'essayer à la poésie. Je me suis pourtant pliée à l'activité, j'ai déplacé des mots tout mielleux, tout rebutants. Au bout de vingt minutes, j'ai envoyé tout bazarder d'un revers de manche. Le Dr Asselin s'est approché, il avait le sourire des justes.

— Ava, que se passe-t-il ?

— Ça m'énerve, ça ne ressemble à rien votre exercice !

Il sourit cette fois toutes dents dehors, et questionna :

— Pourquoi dites-vous cela ? Il ne s'agit pas d'un exercice, vous savez. On ne note pas !

— Ces mots puent la lavande et le miel. Je ne veux pas écrire des trucs avec amour, beauté, bonheur, compassion. Toutes vos conneries, ça ne changera pas ma vie. Ça me file la gerbe ! Je préfère encore retourner à l'hôpital !

C'était la vérité. Je n'arrivais pas même à toucher certains bouts de papier qui me donnaient la nausée : fidélité, passion, pardon, toujours… Je n'avais qu'une envie, c'était de rayer à jamais ces mots de mon vocabulaire. La colère ressurgissait une nouvelle fois, et je ne cherchais plus à la contrôler. J'avais eu beau élever la voix, autour de moi les autres ne semblaient pas perturbés pour autant. Blasés sans doute. Le psy s'approcha et me soumit une idée :

— Très bien, Ava, je comprends. Je vous propose une autre activité dans ce cas, qui vous plaira certainement un peu plus. Écrivez une liste de mots qui vous viennent à l'esprit, pas besoin de construire des phrases, simplement les mots. Tenez, je vous prête mon stylo, il y a un bloc-notes à côté de vous. Vous voulez essayer ?

Qu'il aille dans mon sens me plaisait bien, j'ai pris son stylo. Quelques minutes plus tard, j'avais rempli deux pages du carnet. Je le lui tendis ainsi que son stylo qu'il glissa dans la poche poitrine de sa blouse.

Il a lu mon travail avec beaucoup d'attention. Parfois, il haussait un sourcil, je me demandais le mot qui l'arrêtait. J'attendais un verdict, une sentence, un diagnostic. Il me rendit le carnet.

— C'est bien, Ava… vraiment très bien, je suis satisfait de votre travail.

Et il s'éloigna vers le stand jardinage.

C'était bien ! Juste ça, comme on félicite un gamin qui parvient à dessiner son premier cercle en forme de poire, même pas fermé. Je me sentais ridicule, frustrée et démunie. J'ouvris le bloc-notes et je relus les premiers mots : lâcheté, traîtrise, souffrir, noir, déchirure, peur… Comment pouvait-il trouver cela bien ?

Revenue dans ma chambre, j'ai reçu un appel de mes parents, tout se passait à merveille. Thomas était à l'école, il faisait sa « rentrée » et semblait pressé de retrouver ses camarades. Au lieu de me réjouir, la nouvelle m'attrista, j'aurais tellement voulu être à ses côtés, le rassurer, le voir reprendre goût à la vie. Une nouvelle fois, cette impression de solitude totale m'envahit. Thomas parvenait à vivre sans moi, sans même me parler. J'ai eu envie de mourir, de disparaître.

Jusque-là, la question ne m'avait pas traversé l'esprit. La vie m'avait épargnée, je ne m'étais posé aucune question sur la raison de mon existence. Je me sentais heureuse, mère de deux beaux enfants, avec un mari que j'aimais.

Aujourd'hui, tout paraissait si différent, si maussade, si fade, un désert de ruines.

L'heure du repas arrivait, et avec elle l'appréhension de revoir madame Jeanne et les autres. Quand on frappa à la porte pour me dire de rejoindre les autres à la cantine, j'ai décliné l'invitation et prétexté des douleurs à l'estomac. J'aurais voulu éviter le monde, tous ces gens, et le reflet que leurs yeux me renvoyaient. Ce fut peine perdue, même si je n'avais pas faim, je ne pouvais pas déroger à ce rassemblement, convivial, me dit-on.

Je traînai les pieds pour me rendre dans la grande salle à manger. Elle grouillait déjà quand je franchis le seuil de la double porte. À midi, les repas étaient servis à table m'avait-on précisé. Je m'installai. Mes voisins, silencieux, attendaient. Madame Jeanne, la bouche contrariée, le sourcil préoccupé, pianotait de ses doigts avec frénésie sur la nappe. La voir ainsi me stressa.

Le brouhaha typique des réfectoires bourdonnait dans mes oreilles, cacophonie de complaintes, de discussions vides, de verbiage inutile. Tous ces simulacres de vie me rendaient malade. À notre table, pas un son, ni un bruit, excepté le tapotement continu des ongles de madame Jeanne.

Les médicaments individuels furent d'abord distribués, puis on nous servit l'entrée, un œuf mimosa, une feuille de salade et un peu de macédoine de légumes, le tout saupoudré de persil frais… Le cliquetis des couverts battait son plein, les miens restaient à leur place.

Judith termina son assiette en quelques secondes, elle dévora deux morceaux de pain qu'elle utilisa pour récurer le fond, puis les envoya dans sa bouche comme l'aurait fait une catapulte. Elle regarda mon assiette, leva les yeux et osa un timide *je peux?* Je n'ai pas répondu, en fait je m'en foutais.

Elle attendit quelques secondes, avança sa main avec précaution, saisit l'assiette et la tira d'un coup vers elle. Madame Jeanne picorait encore, minaudant, les petits doigts à l'équerre de ses couverts. Elle tendit le bras pour attraper un morceau de pain dans la corbeille, que les attaques répétées de Judith avaient fini par vider.

— On se croirait à la cantine de l'usine… siffla madame Jeanne.

Judith, qui terminait de saucer mon assiette, ne comprit pas que cette réflexion lui était destinée. Madame Jeanne finit par se lever et alla au buffet remplir le panier d'osier. En revenant à table, elle ronchonnait.

— Aucune éducation, pas un zeste! Je m'attends toujours à un miracle, mais on ne fera jamais un cheval de course d'un âne bâté.

Puis elle me lança un regard vindicatif.

— On m'avait dit que ce centre était l'un des meilleurs, mais la sélection des patients laisse à désirer!

Elle porta sa fourchette à sa bouche et recracha aussitôt le contenu dans son assiette, et en partie sur Bertrand qui se leva d'un bond. Judith, qui m'avait vue dévisser le bouchon de la salière et en vider une bonne partie dans l'assiette de la rombière, ne réagit pas et resta concentrée sur son entrée. J'en fis tout autant, même si le crime était signé.

Je n'avais pas envie de le revendiquer, ni même de rire, simplement de savourer ce petit moment de remise à zéro des compteurs, sans méchanceté aucune, mais avec le souhait qu'elle ne réitérerait plus ses bêtises avec moi. Nous étions quittes.

Elle se leva, cracha au sol ce qui lui restait de sel dans la bouche avec des hauts-le-cœur, avala le verre d'eau que je venais de lui servir. Bertrand eut la mauvaise idée de rire, elle se saisit de son sac à main pendu à son siège et lui en assena deux grands coups sur la tête. Son acharnement envoya la mèche du pauvre bougre sur le côté et découvrit cette fois son crâne dégarni aux yeux de tous. Devant les ricanements de l'assemblée qui avait posé la fourchette pour ne pas manquer une miette de la scène, il rampa sous la table, tira sur la nappe et s'y cacha. Deux assiettes se brisèrent au sol.

Jeanne se retourna sur moi et hurla pour que tous entendent :

— Tu sais pour quelle raison on m'appelle madame Jeanne, petite impudente ?

À mon tour, j'élevai la voix :

— Non, peut-être parce que tu parais trop vieille pour qu'on dise mademoiselle ?

Dans l'assemblée, quelques femmes lâchèrent un rire vengeur. Visiblement outragée, la pimbêche fit volte-face et gronda à toute la pièce :

— Le premier qui glousse encore, je lui arrache les yeux !

Le silence écrasa la salle d'un seul coup. Elle s'éloigna, menaçante, le menton levé.

Le tout n'avait duré que quelques secondes, mais avait pris une ampleur démesurée. Je m'attendais à ce que l'on me demande des comptes, mais personne ne vint, hormis une des assistantes et un jeune apprenti pour nettoyer. On m'aida à sortir Bertrand de sa cachette. Judith posa la main sur mon avant-bras.

— Tu as bien fait, c'est une méchante. Mais tu dois te méfier, c'est une mauvaise personne, elle a la rancune tenace.

— Merci, Judith, ne t'inquiète pas, il n'y a pas mort d'homme, juste son amour-propre qui doit en avoir pris un coup ! Ça lui passera.

— Oh, ne crois pas ça, rien n'est jamais fini avec madame Jeanne !

— Pourquoi tu dis ça ?

— Elle est riche, très, et elle fait presque tout ce qu'elle veut. Tu verras.

— Elle ne m'impressionne pas, et après tout ce n'est que la monnaie de sa pièce. Elle l'a cherché !

— Tu verras. Un jour, je te raconterai un secret, mais pas ici.

Elle aida à remettre la nappe en place et à reposer les couverts et se tut. De cet incident, il ne resta plus de traces sur la table ni sur les visages.

28

Madame Jeanne ne s'est pas présentée au repas du soir. Sans doute vexée, elle avait dû préférer dîner seule. Le règlement souffrait visiblement des entorses et le moment convivial obligatoire ne l'était pas pour tous.

Au cours du dîner, j'appris de Bertrand que la chambre de madame Jeanne était quasiment à côté de la mienne.

Ce matin, nouvelle absence de ma voisine au petit déjeuner, cela devenait étrange. J'ai posé la question à une infirmière. « Ne vous inquiétez pas pour elle ! » m'a-t-elle répondu en souriant.

En salle d'art-thérapie, j'ai découvert une activité différente, la musique. J'avais toujours rêvé d'apprendre le solfège et à jouer de la guitare, mais l'animation était loin d'un cours de Conservatoire. C'était plutôt une séance de relaxation, on se laissait bercer par un menuet ou des chants grégoriens. Ce n'était pas déplaisant non plus.

Une heure et demie plus tard, j'ai rejoint ma chambre, le pas mieux assuré que la veille. En entrant, j'ai été saisi par une impression étrange, comme un parfum qui traînait, une odeur de fleurs. La fenêtre était entrouverte, le printemps s'invitait dans mon antre.

Je me suis assise sur le lit, les draps venaient d'être changés, j'ai ressenti un nouveau malaise qui s'est mué en angoisse. Pinpin n'était plus sur le lit. J'ai fouillé la chambre, les placards, la salle d'eau, mes sacs, et jusque sous le lit, rien. Je me suis ruée dans le couloir, les femmes de ménage étaient toutes parties.

J'ai pensé que l'une d'elles avait emporté le lapin bleu par mégarde, mais cela ne collait pas. Et brusquement, une évidence, c'était madame Jeanne. Ce ne pouvait être que cette mégère endimanchée. Elle m'en voulait et m'avait volé Pinpin pour se venger. Le chiffre sur sa chaise à la cantine était le 9, même couloir, à quatre chambres de la mienne.

La colère frappait de nouveau aux portes de ma raison, il fallait réfléchir pour réprimer cet élan, ne pas me retrouver une nouvelle fois submergée par cette vague incontrôlable. Pourtant, aucune autre hypothèse ne me venait. J'ai vérifié une dernière fois tous les recoins de la pièce, je n'ai rien laissé au hasard. Après dix minutes, il a bien fallu se rendre à l'évidence, la peluche avait disparu.

J'étais décidée, je suis sortie dans le couloir, j'avançais tout doucement. 12… 11… 10… 9… la porte était close. Des bribes de voix me parvenaient de l'intérieur, étouffées mais aux timbres distincts. Je regardais, interdite, la poignée, et je l'ai vue s'abaisser. Dans un réflexe, j'ai fait demi-tour et j'ai accéléré le pas, puis j'ai fait brusquement volte-face, pour éviter qu'on se rende compte de ma fuite. La peur d'être découverte était la plus forte, mon cœur s'emballait. J'ai repris ma marche, l'air de rien, cramponnée à la rampe, et j'ai aperçu Bastien, l'infirmier, qui sortait de la chambre. Il a eu l'air surpris de me voir.

— Ava ! Mais que faites-vous là ?

— Juste quelque pas, le docteur m'a dit que je devais faire de l'exercice pour retrouver ma tonicité.

Ça palpitait comme un tambour fou dans ma poitrine.

— Vous avez un parc immense et l'air frais dehors, pourquoi vous cantonner à ce couloir tristounet ? Venez, je vais vous accompagner jusqu'à l'entrée.

— Je ne pensais pas aller si loin.

— Allons, vous êtes jeune ! On ne va quand même pas vous prêter un déambulateur.

Je n'ai rien répondu, il insistait.

— Suivez-moi, cela vous fera le plus grand bien. Pour une fois, le docteur a raison.

Je ne pouvais pas m'échapper, mais le voir sortir de chez la mégère et m'éloigner d'elle éveillait un peu plus mes soupçons. Surtout que je gardais en mémoire son attitude concernant la peluche, le ton étrange qu'il avait eu en quittant ma chambre.

Tout devenait clair, il savait mon attachement pour le lapin bleu, il avait vendu la mèche à madame Jeanne, elle était venue me le voler. Dans le hall, il m'a lâché le bras et m'a abandonnée avec un grand sourire. Il est parti, petit pas pressé, l'air préoccupé, et s'est engouffré dans un bureau.

J'ai un peu avancé vers le porche, j'attendais qu'il revienne. Mais comme je ne le voyais pas ressortir, j'ai rebroussé chemin. C'était la chose à laquelle je tenais le plus, cette boule de poils aux parfums nostalgiques. Il était hors de question que Jeanne la détienne, qu'elle la jette quelque part, que je ne la retrouve pas.

Je suis revenue devant sa porte. Madame Jeanne n'était toujours pas seule, j'entendais une conversation derrière la porte, la radio, une émission de télé ? J'ai attendu un peu et l'envie de savoir a été plus forte. J'ai frappé, j'ai tapoté du bout des phalanges l'encadrement de bois. Sans attendre de réponse, j'ai ouvert.

Jeanne n'était pas seule. Assis face à elle, un homme

assez jeune, qui aurait pu être son fils, tenait un crayon. Dans les yeux de Jeanne, il y a eu d'abord la surprise, puis l'inquiétude.

— Que faites-vous là ? Je ne vous ai pas permis d'entrer ! Sortez ! Cela ne vous a pas suffi de m'humilier en public ? Vous venez me harceler jusque dans ma chambre… Sortez ou j'appelle les infirmiers !

L'homme s'est retourné, sans broncher. Je me suis approchée de madame Jeanne, d'un pas rapide. J'ai détaillé la pièce, le mobilier était bien différent du mien, cossu, personnalisé. Mon regard a fouillé la chambre sans trouver de trace de Pinpin.

— Il est où ?

— Où est quoi ?

Elle n'était pas maquillée, elle avait l'air bien plus vieille que la veille. Ma voix s'est muée, rauque, plus ferme.

— Ne fais pas l'innocente, je viens de voir Bastien sortir… Tu es venue me piquer ma peluche dans ma chambre… mon lapin bleu. Je ne te le demanderai qu'une seule fois, rend-le-moi ! Sinon, je te jure…

Elle a écarquillé les yeux, mais je n'étais pas dupe.

— Putain, rends-moi Pinpin, je sais que tu es venue me le voler. Il est où ?

Son voisin a fait mine de se lever, et je l'ai arrêté d'un geste du bras.

— Toi, si tu ne veux pas d'emmerdes, tu ne bouges pas !

Son héroïsme s'est affaissé sur la chaise, comme un gâteau de gelée anglaise au soleil. J'ai agrippé le bras de la mégère, elle bougeait pour se dégager, la rage décuplait mes forces.

— Mais lâchez-moi ! Vous me blessez… Je ne sais pas de quoi vous parlez, vous êtes folle !

Électrisée, dans un geste violent, je l'ai giflée. Elle en a perdu ses lunettes et est tombée de sa chaise. Hors de moi, je me suis jetée à ses côtés, à genoux, prête à la frapper de nouveau.

— Dis-moi où il est ! Je vais te faire cracher la vérité, vieille folle !

Elle se protégeait le visage, les yeux effarés, la bouche béante, momifiée par la peur. J'ai levé la main, le poing fermé. L'homme m'a bousculée, et je suis tombée à mon tour sur le parquet. J'ai profité de ma promiscuité avec cette voleuse pour lui saisir les cheveux, j'étais prête à les lui arracher. Elle se débattait, hurlait, geignait, mais je tenais bon, rien n'aurait pu desserrer mon étreinte. L'homme a tenté de me retenir, d'écarter mes doigts qui arrachaient la chevelure de madame Jeanne. Le coup qu'il reçut dans la cuisse brisa sa détermination. Il s'enfuit et gémit dans le couloir. Il ameuta tout le monde. J'ai profité de son absence pour la gifler, je frappais à l'aveugle, elle hurlait et j'aimais ça. L'autre et Bastien sont entrés dans la chambre.

Ils se sont rués sur moi et sont parvenus à libérer ma proie. Je pestais, j'insultais, je fouettais l'air des mains et des jambes, épouvantail bien frêle qui n'effrayait personne. L'infirmier et son acolyte faisaient barrage, ils m'empêchaient d'approcher de Jeanne.

Revigorée par ce soutien inespéré, madame Jeanne s'est relevée, elle a gueulé comme une damnée :

— Je vous jure, je n'ai pas votre peluche !

— Menteuse, rends-la-moi et je te laisse tranquille.

Bastien a fait un pas en avant, il a tendu le bras et il a crié :

— Madame Jeanne, qu'est-ce que vous avez fait du doudou ?

Sa question m'a surprise, elle était donc responsable, je ne m'étais pas trompée. Il a reposé sa question.

— Je ne l'ai pas volé, je l'ai caché dans la housse de son oreiller.

Je ne l'ai pas crue, c'était une diversion pour que j'arrête, pour que je retourne dans ma chambre. Bastien a levé le bras.

— Je suis désolé, Ava, j'ai eu le malheur de lui dire que vous teniez à ce doudou, je n'aurais jamais pensé qu'elle en profiterait pour vous nuire ni que ça prendrait des proportions pareilles !

— C'est ça ! Prenez-moi pour une gourde ! Vous sortiez de sa chambre… Comme elle voulait se venger, vous lui avez apporté Pinpin !

— Mais non… calmez-vous, je vous jure, il doit être là-bas.

— Ouais, des conneries ! C'est elle qui l'a. Elle m'en veut d'avoir versé du sel dans son assiette et de lui avoir mis la honte au réfectoire.

L'homme qui était avec elle dans la chambre s'est alors tourné vers Jeanne.

— Je peux lui dire ?

Elle hocha la tête, il me fit face et me dévisagea.

— Je suis le Dr Clavez, médecin anesthésiste. Madame Jeanne doit se faire opérer demain. Elle est tenue à une alimentation particulière avant l'intervention, qui sera suivie d'un jeûne. Si elle n'est pas allée au restaurant, c'est uniquement pour cette raison.

Je commençais à douter.

— Je suis ici pour lui poser les questions de rigueur avant son hospitalisation. Regardez ma sacoche, elle est près de la chaise, j'ai des cartes de visite si vous ne me croyez pas.

Bastien insista :

— Ava, je vous assure, vous faites fausse route, c'est sans doute le traitement ou tout le malheur qui s'abat sur vous qui vous rend si suspicieuse. Venez avec moi, je vais vous montrer votre peluche. Si vous voulez, vous vérifierez par vous-même.

Il s'avança vers moi, sans me toucher, fit un pas dans le couloir. Puis, pour me convaincre, il ajouta :

— Je passe devant vous, comme ça, si je vous raconte des histoires, vous pourrez faire demi-tour.

Le trouble apaisa ma rage, je doutais, et je le suivis. J'entendis la porte de Jeanne se refermer dans mon dos.

L'infirmier ouvrit la porte de ma chambre, il attendit que je m'approche pour entrer, comme si j'étais un fauve et lui le dompteur. Il avança jusqu'à mon lit, le contourna, attrapa l'oreiller et le brandit. En glissant la main dans la housse, il sortit Pinpin, le nez un peu aplati.

Je me sentis défaillir, je venais de frapper deux personnes presque sans raison. Bastien se rapprocha, me saisit par l'épaule et m'aida à m'installer dans le fauteuil. Il déposa le lapin dans mes bras, la tête dans le creux de mon coude. J'étais effarée, perdue, disloquée. Je me découvrais différente, étrange, comme quelqu'un qui montrait une facette d'une personnalité qu'il aurait niée jusqu'alors. Lui, sans doute gêné ou par respect, n'avait pas prononcé un mot. Il grimaça, mal à l'aise.

— Je suis vraiment désolé, je n'aurais jamais dû raconter à Jeanne que vous teniez à cette peluche. Je vous prie de m'excuser, je me sens un peu responsable de tout ce qui est arrivé. Je le dirai au médecin, ne vous inquiétez pas, je lui expliquerai.

— Vous allez dire quoi ? Que j'ai pété un boulon, arraché une touffe de cheveux à cette pauvre femme qui va bientôt passer sur le billard, et mis un coup à son anesthésiste parce que je croyais qu'on m'avait volé mon lapin ! Le problème, ce n'est pas vous, c'est moi… Laissez-moi tranquille… s'il vous plaît, sortez.

— Vous ne ferez pas de nouvelle bêtise ?

Je ne suis pas restée seule bien longtemps, Bastien est revenu à la charge, accompagné de mon psy attitré. Il y eut un court interrogatoire, mon mutisme n'arrangeait rien. La sentence est tombée, je m'y attendais, une injection puis la menace de la camisole si les faits venaient à se reproduire.

Devant mon attitude glaciale et mon manque de réaction, le médecin, craignant que je me scarifie ou que je m'en prenne à quelqu'un d'autre, décida de me placer dans la chambre capitonnée pour la journée.

29

Je suis passée de la case studio grand luxe à celle de la prison aux losanges rembourrés. Le produit qu'on m'avait administré s'était répandu en moi comme la vague qui submerge la digue, j'avais résisté mais fini par céder. Mon corps, mes muscles m'étaient étrangers, mon cerveau lui-même peinait à associer les idées.

Tout devenait flou, mes souvenirs, mes désirs, mes rancœurs, mes peurs. Tout ne ressemblait plus qu'à un immense bourbier où je m'enfonçais, sables mouvants qui m'aspiraient. Ma tête tournait dans un cauchemar sans ligne d'horizon, une lune de feu explosait en un million de gouttes acides, une mer jaune ouvrait sa gueule pour m'engloutir. Ça tournait dedans, à en perdre le nord, mes mots, et même mon identité. On m'avait calée dans un coin, les jambes allongées, les bras ballants… et je m'étais endormie dans un monde de guimauves qui s'entortillaient autour de moi.

Je suis revenue à moi, bien des heures plus tard, sous les secousses de Fanny.

— Ava, vous allez mieux ? Vous devriez manger quelque chose, vous n'avez pas ouvert l'œil depuis hier soir, il est presque midi.

Il me fallut plusieurs minutes pour émerger. Elle s'agenouilla à mes côtés.

— Vous avez dormi presque seize heures, vous vous sentez bien ?

— Envie de vomir, ai-je bredouillé avant de recracher mon estomac.

Plus tard, on m'a emmenée dans ma chambre, Fanny m'a aidée à me doucher et à m'installer sur le lit. J'avais faim. Elle m'apporta un bol de soupe que je pris plaisir à terminer.

Le Dr Asselin est venu me voir en début d'après-midi, je reprenais mes esprits, j'arrivais à repenser à ce qui s'était passé. Il s'est assis dans le fauteuil et m'a d'abord demandé comment je me sentais, puis il a abordé le sujet qui l'amenait :

— Ava, j'ai débattu de votre cas avec des membres du personnel et plusieurs confrères. La discussion a été animée, surtout après les événements d'hier.

Il s'interrompit, me dévisagea par-dessus ses petites lunettes. Je ne pus m'empêcher de commenter :

— Je suis vraiment désolée, docteur. Je ne sais pas ce qui m'a pris, mais je tiens à cette peluche comme à la prunelle de mes yeux. Je n'aurais jamais dû agir ainsi et frapper cette pauvre Jeanne et l'anesthésiste. Je crois que j'ai compris la leçon.

Il croisa les jambes et murmura :

— Quelle leçon, Ava ?

— Je sais que si cela m'arrive encore, vous ne me laisserez pas sortir… et ce que je désire le plus au monde, c'est revoir mon fils. Je vous jure, je vais faire des efforts, vous ne me reconnaîtrez pas !

Il grimaça et soupira. Son attitude me troubla. Il joignit ses mains et tapota ses index l'un contre l'autre.

— C'est tout ce que nous espérons, Ava, que vous

alliez mieux pour récupérer votre garçon. Le fait est que ni votre voisine de couloir ni mon confrère anesthésiste ne désirent donner suite à cet incident, même s'il sera noté dans votre dossier médical. Bastien nous a expliqué son erreur et Jeanne nous a raconté vos déboires à votre arrivée, elle a avoué qu'elle était à l'origine de cette histoire de café salé. Ces éléments ont pesé dans la balance. Mais, car il y a un mais… cela n'excuse en rien vos accès de fureur ni ne les justifie. Savez-vous pourquoi vous agissez ainsi ?

Je m'étais mise à trembler, par peur qu'il ne m'annonce une décision que je ne parviendrais pas à gérer.

— Je crois que c'est parce que je souffre et qu'on ne me comprend pas, alors, je sens monter la rage en moi, et je ne peux pas la contenir.

— Ce début de réponse me satisfait. Savez-vous d'où vient cette agressivité ?

— Je ne comprends pas votre question…

— Avez-vous une idée de la raison pour laquelle cette colère bout en vous ?

— Je pense que je le sais. Je m'en veux à mourir d'être encore de ce monde et pas ma fille Rose, j'ai le sentiment que je ne mérite plus de vivre. Je résiste, je survis, juste à cause de Thomas. Je respire, mais l'envie a disparu.

— Avez-vous déjà songé à mettre fin à vos jours ?

— Mille fois… j'en ai même rêvé… mais je ne le ferai pas, je dois protéger mon garçon.

— Je vois que vous faites des efforts, Ava, c'est la première fois que vous me répondez avec franchise et si ouvertement. Est-ce que, lorsque vous vous mutilez les avant-bras, c'est aussi pour vous punir ?

Je hochai la tête sans le regarder, laissant couler ma peine. Il inspira bruyamment.

— Très bien, Ava, nous allons vous offrir une dernière

chance, mais vous n'aurez plus le droit à l'erreur, s'il y a le moindre début de violence, nous serons obligés de prendre des mesures qui ne vous plairont pas. Ce passage en chambre capitonnée en est un exemple, mais je crains un traitement plus lourd et surtout plus long. Je compte sur vous pour redoubler d'efforts, d'accord ?

J'étais soulagée et déterminée à tout faire pour aller mieux, et je le lui dis. Il sembla rassuré et me serra la main comme si on signait un pacte.

Je vérifiai mon téléphone portable, j'avais reçu trois appels en absence et deux messages vocaux de mes parents. Je m'empressai de contacter mon père pour le rassurer et j'en profitai pour prendre des nouvelles de Thomas. Il était en classe et appréciait ses nouveaux camarades. D'après son maître, il restait silencieux et ne participait pas. Le souci concernait ses nuits : il se réveillait à plusieurs reprises, hurlait des mots incompréhensibles. Mon père me confia qu'il n'avait pas vu Thomas pleurer depuis l'hôpital. Il avait bien tenté de lui parler, mais s'était retrouvé face à un mutisme complet. Ce soir, ils avaient rendez-vous avec une pédopsychiatre de la ville voisine, très réputée, qui avait accepté de recevoir Thomas malgré une liste d'attente très longue. Il m'en dirait plus demain. Il me demanda de mes nouvelles, j'inventai que tout allait bien, ne doutant pas qu'il apprendrait assez vite ce qui s'était passé quand il rencontrerait l'équipe médicale. Nous avons ensuite parlé de détails de sa vie, et cela me fit du bien d'aborder des sujets futiles. Ma mère, derrière lui, me cria bonjour, elle préparait un gâteau pour Thomas, elle avait les mains pleines de farine, elle me parlerait une autre fois.

Ce soir-là, on m'autorisa à dîner dans ma chambre sans que je sollicite cette faveur, je compris que l'on m'écartait de la vie de groupe. Je parvins à grignoter quelques légumes. Fanny, qui ne se privait pas de gentillesses, m'apporta un morceau de chocolat dont elle vanta les mérites antidépresseurs. Elle déposa une tisane de verveine sur le plateau et me souhaita une bonne nuit.

30

On m'avait autorisée à aller au restaurant pour le petit déjeuner. Je suis arrivée en retard, Judith avalait déjà ses pains au lait tartinés de confiture. Bertrand nous avait quittés, il avait dû retourner chez lui. À sa place, un homme d'une cinquantaine d'années mélangeait son thé avec délicatesse, en hochant la tête à chaque tour de cuiller. Madame Jeanne était absente, j'appris de ma voisine qu'elle devait rentrer dans un jour ou deux. Je n'ai pas cherché à en savoir plus.

Jeudi avait été une journée calme, j'ai participé à toutes les activités et essayé d'être, sinon aimable, au moins polie. Les entretiens avec le psychiatre ont été interminables, j'avais coopéré, et c'était déjà un miracle.

Ce vendredi matin annonçait un grand jour, on le pressentait dans tout l'établissement. Les malades qui rentraient chez eux ou dans leur famille pétillaient d'impatience, comme moi. Bastien débordait de gentillesse, il cherchait sans doute à s'excuser. Vers onze heures, mon père m'appela pour m'annoncer une mauvaise nouvelle, mon cœur s'emballa.

— Nous comptions passer te voir aujourd'hui et faire manquer l'école à Thomas cet après-midi pour arriver plus tôt, mais la pédopsychiatre s'y oppose. Elle dit qu'il doit garder un rythme scolaire identique à celui des autres pour ne pas se sentir différent. En plus, je t'avoue qu'il risque d'y avoir du monde sur la route, et tu sais comme je déteste ça.

J'étais terriblement déçue.

— Vous venez quand même ?

— Nous partirons samedi matin, on devrait arriver vers quatorze heures. J'ai trouvé un petit hôtel à quelques kilomètres, le temps de déposer nos bagages et nous serons vite là. Je me doute que cela doit te sembler long, je suis désolé.

J'avais le cœur en berne.

— Vous ne pouvez pas vous mettre en route dès la fin des cours ?

— Ava, tu sais que je n'aime pas conduire quand il fait nuit, je n'y vois rien. Et récupérer Thomas à quatre heures et demie, ça fait tard… en plus il s'agit d'un week-end de départs en vacances, nous aurons des bouchons à la sortie de la ville. Non, avec la meilleure volonté du monde, je ne m'imagine pas rouler dans ces conditions.

J'avais essayé, mais je n'insistai pas.

— Oui, tu as raison, je suis égoïste. Soyez prudents sur la route.

La journée fut interminable. Je me suis promenée dans le parc qui s'était vidé. J'ai évité de penser et de croiser les familles des patients.

Je me suis levée très tôt le samedi. J'étais impatiente et en même temps inquiète de voir Thomas. Allait-il me repousser ou m'éviter comme il l'avait fait la dernière fois ? J'imaginais le pire.

Une infirmière que je n'avais pas encore rencontrée est passée dans ma chambre, elle rendait visite aux rares patients restés le week-end. Sa manière sèche de s'exprimer ressemblait à un reproche. Elle me parut tout de suite désagréable, un peu comme ces mères supérieures dans les couvents pour jeunes filles démoniaques. Ses gestes rugueux, son timbre revêche ne collaient pas avec son emploi. Elle était pourtant assez jolie, avec un visage fin éclairé par de grands yeux brillants. Tout en elle respirait la bienveillance, sauf sa voix et ses manières.

Elle me posa deux ou trois questions auxquelles je répondis du bout des lèvres, évasive. Sa façon de m'interpeller avec condescendance m'irritait, ce qui n'encourageait pas à la communication. Elle s'en rendit compte, elle n'insista pas et quitta la chambre.

Vers 10 heures, j'ai reçu un appel de ma mère. Elle parla beaucoup, elle avait préparé une tarte aux pommes comme je les aimais, avec de la cannelle. La météo annonçait un beau soleil, nous pourrions profiter du parc et des tables pour la déguster, elle avait acheté une bouteille de cidre…

Les heures furent interminables. À midi, j'ai boudé le repas, par manque d'appétit, mais aussi parce que j'imaginais déjà les reproches que me ferait ma mère, si je ne mangeais pas de sa pâtisserie.

Cela faisait bien dix mille fois que je scrutais la grille depuis la plate-forme de l'entrée lorsque je vis arriver la grosse berline de mon père. Il ne mit pas longtemps à me remarquer sur le perron, et fit plusieurs appels de phares, puis gara sa voiture avec précaution. J'étais figée là, sans bouger. Je les observais de mon promontoire. Tous les trois descendirent et me firent de grands signes. J'aperçus mon petit garçon agiter un bras avec frénésie dans ma direction, mon cœur faillit exploser de bonheur.

Ils s'avancèrent. Thomas dissimulait comme il le

pouvait des fleurs dans son dos et restait dans l'ombre de mes parents. Je les ai embrassés rapidement, j'étais pressée d'enfin toucher mon enfant.

Il était magnifique, le soleil caressait sa tête, se baignait dans ses cheveux. Thomas n'osait pas me regarder, mes mains tremblaient d'impatience, mon cœur brûlait. Il hésita quelques secondes qui me parurent des siècles, sortit son bras de derrière son dos et me tendit un bouquet de roses.

— Attention, maman, mamie dit qu'il y a des épines.

Il avait dit *maman*, ce mot qui embaumait l'amour et cicatrisait toutes mes blessures. Je m'accroupis, ouvris les bras, et je l'engloutis tout entier contre mon cœur. Thomas se dégagea.

— Aïe ! Maman, tu me fais mal !

Je le relâchai aussitôt et me confondis en excuses, perdue dans mon amour trop grand :

— Je suis désolée, mon ange, cela me fait tellement plaisir de te voir. Je suis si contente que je te mangerais tout entier ! Grrr !

Il me retourna une mine renfrognée qui faucha mon enthousiasme. Mon père vint à ma rescousse.

— Ta maman, c'est un peu comme toi avec le chocolat, elle est gourmande de toi au point de te croquer. Et si nous entrions ?

Mes jambes vacillaient, je me sentais friable, une mère à l'essai qui doutait de sa capacité à se faire aimer. Pour donner le change, je me suis mise à faire le guide, je leur ai fait visiter les parties communes, puis je les ai conduits à ma chambre. Thomas se tenait en retrait, jamais loin de mon père. Je n'osais pas poser les yeux sur lui, je me contentais de regards furtifs. Il était mille fois plus beau qu'avant, plus grand aussi. Nous ne sommes restés que quelques minutes dans la chambre. Mes parents ne prirent pas le temps de s'asseoir, ma mère trépignait déjà. Elle me montra son panier, le dessert ne pouvait pas attendre plus.

Nous n'avons eu aucune difficulté à dénicher une table dans le parc vide. Ma mère avait tout préparé dans le détail, une nappe, des verres, les petites assiettes.

J'ai attendu que Thomas s'installe pour m'asseoir à ses côtés. J'ai eu peur un instant qu'il proteste, mais grâce au ciel il n'en fit rien. Mon père, en face de moi, me fit un clin d'œil, signe qu'il me comprenait.

Ma mère avait un don certain pour la pâtisserie et trouvé en son petit-fils un fan intarissable. Pendant cinq minutes, Thomas détailla la recette et nous livra les secrets de sa grand-mère. Elle souriait, aux anges, et ne se fit pas prier pour en rajouter.

— Thomas s'est révélé d'une aide précieuse, il a coupé les pommes en lamelles, un vrai petit chef. N'est-ce pas, Thomas ?

Il hocha la tête, gêné.

— C'est fou toutes les activités que nous avons partagées ! Si tu voyais, Ava, je lui ai montré le tricot et en un rien de temps il a su faire plusieurs rangs sans même louper une maille. On s'entend bien tous les deux.

— C'est bien, mon Thomas !

Il ne répondit pas, il n'en eut d'ailleurs pas le temps, ma mère monopolisait la conversation. Elle continua, se vanta d'avoir initié son petit-fils aux mots mêlés, il adorait ça. Et le soir, ils jouaient aux dés avant d'aller se coucher.

— Ava, tu te souviens, quand tu étais petite, on t'avait toujours promis d'aller à la ferme aux daims et aux écureuils. Bien sûr, avec le travail de ton père ça ne s'est jamais fait… Mais, tiens-toi bien, mercredi après-midi nous y avons passé deux heures, sous un soleil radieux, un peu comme aujourd'hui !

— C'était super ! Grand-père m'a même montré une salamandre, près de la mare. Elle était belle, avec plein de points jaunes. On aurait dit un bébé dinosaure !

Son enthousiasme n'était pas feint, et je sentais monter en moi une pointe de jalousie que j'ai aussitôt essayé de noyer.

— Je vois que tu ne t'ennuies pas, mon chéri.

— En plus, il y a le voisin, il me laisse nourrir ses poules.

Mon cœur se serrait, j'avais ce sentiment étrange de devoir faire de nouveau la conquête de mon enfant, mais sans aucune des armes qui me permettent de rivaliser avec celles de mes parents. En une semaine, ils étaient arrivés à me faire oublier, c'est ce qui résonnait dans ma tête. Malgré tout, je fis bonne figure, je dissimulai mon angoisse.

— Tu n'as pas peur des poules ?

— Non, elles sont bêtes. Parfois, je fais semblant de leur jeter du grain et elles cherchent partout. Elles me font rire.

— Et à l'école ? Comment ça se passe ?

— Bof ! Le maître est gentil… mais je n'ai pas encore beaucoup de copains. Hier, je me suis battu avec un garçon qui s'appelle Kevin.

Mes parents écarquillèrent les yeux, surpris par cette révélation.

— Qu'est-ce qu'il a pu faire, Kevin, pour que vous en arriviez aux mains ?

— Il disait que je n'avais pas de papa ni de maman parce que c'était toujours mamie qui venait me chercher. J'ai dit que si, il m'a traité de menteur, alors, je l'ai poussé et on est tombés par terre. C'est le maître qui a arrêté la bagarre, mais j'étais le plus fort.

— Thomas, tu sais ce que je t'ai toujours répété. Il ne faut jamais se battre.

— Tu as bien frappé le policier, toi, dans le chalet.

Il marquait un point. Je n'étais plus l'exemple que j'imaginais. Mon père est intervenu.

— Thomas, maman voulait te défendre, elle pensait que le gendarme allait t'emmener, c'est différent, même si maman a eu tort. Toi, tu t'es battu pour quelques mots. On ne se bat pas et encore moins pour des mots. Ce garçon n'est pas blessé au moins ?

Il baissa la tête.

— Je crois qu'il avait du sang à son genou, mais ce n'est pas moi, c'est quand il est tombé !

Le silence fit une entrée fracassante et s'installa. Mon père, préoccupé, m'invita d'un regard à le suivre, et nous avons laissé Thomas avec sa grand-mère, assis à la table dans le grand parc vide.

Quand nous nous fûmes éloignés, mon père m'informa qu'il voulait me parler de ma situation ici au centre. Il s'était permis de prendre de mes nouvelles en contactant le médecin psychiatre.

— Je ne te cacherai pas, Ava, que j'ai été surpris par ce qu'on m'a rapporté de ton attitude, notamment cet accès de violence sur deux personnes.

Il glissa son bras sous le mien et nous avons fait quelques pas de plus.

— Comme tu le sais, les décisions médicales se prennent de manière collective. Je sais que lors de leur dernière réunion, quand ils ont évoqué ton cas, mes confrères ont eu beaucoup de mal à se décider.

— Oui, le docteur me l'a dit.

— Mais t'a-t-il indiqué que tout le staff médical avait envisagé de te transférer dans l'aile des patients dangereux ?

Ce qui signifie un long séjour et un traitement beaucoup plus lourd. Je n'aimerais pas te voir dans un tel endroit.

— Il m'a juste dit qu'il me laissait une chance et qu'il fallait que je contrôle mes accès de colère, mais j'ai compris la leçon tu sais, papa. Ne t'inquiète pas !

— Je dois t'avouer une chose. Le psy t'a accordé une nouvelle chance, mais il a décidé de te garder au moins un mois avant d'envisager ta sortie.

— Un mois ! Je suis ici depuis une semaine et j'ai l'impression que ça fait déjà une éternité, je ne pourrai jamais !

— Ava, c'est pour ton bien. Le tout est que tu guérisses et que tu puisses élever Thomas, en étant certaine qu'il ne craint rien avec toi.

— Mais je ne ferais jamais de mal à Thomas, c'est quoi ça ? Je suis peut-être plus énervée qu'avant, mais de là à me garder un mois et à prétendre que je suis dangereuse pour mon fils !

— Je crains qu'on ne te laisse pas le choix, ma puce.

— Je pourrais partir si je voulais… Ils m'ont dit qu'ensuite je pourrais prendre le bus.

— Oui, sans doute, mais si tu ne reviens pas, ils préviendront la police ou la gendarmerie. Tu as accumulé les violences sur plusieurs personnes, sans parler des blessures que tu t'infliges, ils pourraient te placer en long séjour et cette fois pour plus d'un mois.

— Je ne sais plus quoi faire, papa… Je ne tiendrai jamais… Un mois !

— Si tout se passe bien, et que tu fais des progrès, ils réduiront peut-être la durée de ton séjour ?

— Thomas va penser que je l'abandonne. Déjà qu'il me fuit et qu'il se plaint que je le serre trop fort dans mes bras…

— Ava… il est plus grand que tu le crois, si tu discutais

avec lui tranquillement et que tu lui expliquais ? Je suis certain qu'il comprendrait.

— Il s'adresse à moi du bout des lèvres, on dirait qu'il a peur de me parler.

— Ava, la douleur que tu traînes avec toi, il en porte également une partie. Lui aussi a perdu deux êtres chers, il faut lui laisser du temps. Tu exiges trop de toi et trop de lui. Tu dois penser à vous deux, un mois dans une vie c'est si peu…

— Tu as sans doute raison, tu crois que je suis égoïste ?

— Non, bien sûr que non ! Tu souffres, et tu perds pied, mais tu t'en sortiras, il faut te donner une chance. Et elle est ici ta chance, Ava, ici et maintenant.

— Je vais essayer, mais ça va m'arracher le cœur de lui annoncer ça. J'ai tellement peur et mal de le voir loin de moi.

— Ne t'inquiète pas, il est bien à la maison, et jamais il ne t'oubliera, comment peux-tu penser des bêtises pareilles !

Je hochai la tête et nous sommes retournés à notre table. Mon père fit un signe à ma mère.

— Tu viens, on va se promener un peu, le parc a l'air splendide.

— Mais on est bien là !

Il dut insister et elle finit par comprendre qu'il voulait me laisser seule avec Thomas, elle se leva et lui prit le bras. Je me collai contre mon enfant.

— Tu sais que tu m'as beaucoup manqué !

Il posa sa tête contre moi.

— Moi aussi… Pourquoi tu restes ici, maman ?

— Grand-père te l'a déjà expliqué. J'adorerais vous rejoindre, mais je ne me sens pas en forme, et je dois rester ici pour me soigner.

— Mais grand-père est docteur, il peut te soigner !

— Non, il faut des médecins particuliers.

— Je veux rester ici avec toi alors.

Je crus défaillir tant mon amour pour lui me consumait.

— J'aimerais aussi tu sais mon ange, mais ce n'est pas possible, ce n'est pas la place d'un enfant ici, et puis, tu es bien chez mamie.

— Elle est chiante !

Je ne pus m'empêcher de sourire. Il venait d'anéantir mes craintes, j'ai tenté de contenir ma joie et j'ai repris mon rôle de mère au sérieux :

— Pourquoi tu dis ça, elle est gentille, mamie.

— Elle me force à faire de la couture, moi, j'ai horreur de ça… c'est pour les filles !

— D'abord, ce n'est pas que pour les filles, il y a beaucoup d'hommes qui adorent ça et qui en font parfois leur métier. Ils sont tailleurs, ou parfois de grands couturiers. Ensuite, on ne dit pas de sa mamie qu'elle est chiante.

— Oui mais c'est vrai !… Elle me dit tout le temps : *Essaie, si tu n'aimes pas tu arrêtes*. Et après, quand je dis que je n'aime pas, elle me dit : *C'est pas grave, continue quand même !*

— C'est parce qu'elle est contente que tu sois avec elle, elle ne te voit pas souvent.

Le silence s'installa. Je lui pris la main, il leva la tête et me dévisagea.

— Maman, je t'en supplie, je veux rester avec toi !

J'ai failli éclater en sanglots.

— Moi aussi j'aimerais bien, mais je vais devoir me soigner ici encore un peu, et ensuite nous serons ensemble.

Il se colla contre moi et m'enserra dans ses bras.

— Maman, s'il te plaît !

— Ce n'est pas possible, Thomas, je dois vivre ici un mois encore, et tu as l'école.

— Un mois, mais c'est beaucoup !

— Quand je sortirai, ce sera presque les vacances, on pourra en profiter tous les deux.

— Non, je ne veux pas ! Je n'aime pas cette école ! Je veux que tu me gardes avec toi, s'il te plaît, maman !

Ses yeux s'étaient gorgés d'étoiles et il me serrait si fort que j'avais de la peine à respirer. Je me suis mise à pleurer aussi. S'il y avait une chose à laquelle je ne résistais pas, c'étaient bien les pleurs de mes enfants. J'avais rêvé toute la semaine de pouvoir le câliner et aujourd'hui je le faisais souffrir. Ma vie depuis cet accident était devenue un enfer où le malheur se repaissait de chaque minute et m'arrachait même les joies les plus fugaces.

Ma raison me disait de rester dans ce centre où je ne me sentais pas à ma place, mais mon cœur m'ordonnait de partir avec mon fils, loin de tous, simplement lui et moi. J'avais besoin de lui et, à l'évidence, lui de moi. Un mois, c'était une éternité, un mois sans pouvoir me rassasier de ses baisers, de ses câlins. Et si je foirais tout ? Et s'ils me gardaient encore plus longtemps ? La vie m'avait déjà privée de Rose, de Léo, et aujourd'hui je devais me séparer de l'unique être sur Terre qui faisait encore battre mon cœur !

Il aurait fallu que je dise à mon père que je rentrais avec eux, qu'ils devaient m'emmener… mais je le connaissais, il refuserait, les dogmes de la médecine seraient plus forts que moi. Et ma mère ne me soutiendrait pas, elle était trop heureuse d'avoir retrouvé le fils perdu. Garder Thomas avec moi était évidemment impossible, les convaincre de me laisser partir encore moins envisageable. Ma raison vacillait :

— Tu veux qu'on parte tous les deux mon cœur ?

— Oui ! Mais, et grand-père et mamie ?

— J'ai peur qu'ils n'acceptent pas qu'on s'en aille. Si

on leur demande, ils diront non et il sera trop tard, je devrai rester ici, sans toi. On pourrait se sauver avec la voiture de grand-père !

— On irait à la maison ?

— Ce n'est pas une bonne idée, ils viendraient me rechercher pour m'enfermer ici. On pourrait partir loin, un peu comme des explorateurs. On pourrait voyager. Pourquoi pas l'Italie, je parle italien.

Il ne répondit pas, mon cœur battait la chamade, un peu comme lorsqu'il était né, ou sa sœur, cet instant suspendu où l'on attend le premier cri d'un souffle de vie. Ma tête brûlait d'un espoir fou. La fièvre se propageait à mes mots, à mes gestes.

— Moi, je ne veux pas que tu restes ici, maman. Je veux qu'on reste tous les deux tout le temps.

Comment pouvais-je lutter contre les élans de mon cœur ? Après tout, il était mon fils, j'étais sa mère et j'avais le droit de l'emmener.

31

Les dés étaient jetés. Restait à organiser notre fuite. Mes parents s'étaient éloignés, ils devaient être au bout du parc, je ne les voyais plus. Tout est allé très vite.

Je suis repassé dans ma chambre avec Thomas. J'ai entassé mes vêtements et tout ce dont j'avais besoin dans mon sac. Pinpin nous accompagnait pour ce voyage. J'avais récupéré les clés de la vieille guimbarde dans le cartable de mon père, ainsi que ses papiers. En moins de cinq minutes, j'étais prête.

Une fois dans la vieille Mercedes, au moment de démarrer, j'ai aperçu les silhouettes de mes parents qui revenaient vers notre table. J'ai fait avancer la voiture lentement dans la grande allée, en direction du portail, le cœur serré. J'avais un remords, un sentiment de gêne. Ma mère nous a vus, elle a porté les mains à sa bouche. Mon père s'est immobilisé, les bras ballants. Nous étions déjà trop loin pour qu'ils tentent quoi que ce soit, et de toute façon qu'auraient-ils pu tenter ? J'aurais voulu les emmener, ou au moins leur envoyer un baiser, mais j'ai gardé les mains sur le volant, déterminée et honteuse.

Nous avons roulé deux heures avant que je m'arrête dans une station-service. J'avais gardé pendant tout le trajet les yeux rivés sur les rétroviseurs, avec la crainte de voir surgir un véhicule de police. J'ai acheté des provisions pour ne manquer de rien. La carte bancaire marchait, cela me rassura, et nous avons repris la route. Thomas, à l'arrière, ne disait pas un mot. Il regardait le paysage, semblait heureux de notre voyage. Je lui avais parlé de l'Italie, de ces villes magnifiques, où tout était un musée à ciel ouvert, de la façon qu'avaient les Italiens de s'exprimer avec les mains, de leur cuisine surtout, les bruschettas, les pizzas. Thomas avait eu l'air très intéressé par ce dernier point.

Plus nous avancions, plus le rêve prenait forme, seuls tous les deux, moi m'occupant de lui, là-bas, sans contrainte. C'était un peu comme si, en m'éloignant, je laissais derrière moi un peu de l'horreur qui s'était abattue sur nous. Je savais que cela ne durerait pas, qu'il faudrait, à un moment ou un autre, que je rentre, mais au moins, j'aurais prouvé à tous que je n'étais pas dangereuse.

J'avais évité avec soin d'emprunter les autoroutes. Je ne doutais pas que l'établissement aurait prévenu les gendarmes, mes parents avaient dû faire la même chose, ils devaient me maudire.

Je me sentais très nerveuse et je faisais tout pour que Thomas ne se rende compte de rien. Il finit par s'assoupir alors que la lumière du jour commençait à décliner. La vue du panneau qui indiquait Turin à deux cents kilomètres me fit un bien fou. Nous avions dépassé Grenoble et approchions de Chambéry. Le paysage paraissait surréaliste, la montagne rougissait sous les rayons du soleil couchant. Je me suis alors rappelé qu'un ami d'enfance avait déménagé avec sa famille dans la région. Je me souvenais très bien de lui, Jacques, un garçon un peu déluré, la mèche *tintinophile*, il faisait souvent le pitre en cours de français, matière qui l'ennuyait disait-il. Je me demandais ce qu'il avait pu devenir, il rêvait d'aviation.

Dès le départ, j'avais éteint mon téléphone, hors de question que les gendarmes me localisent. Plus nous approchions du tunnel du Fréjus et de la frontière, plus l'envie me démangeait d'appeler mes parents pour les rassurer. Les pauvres ! Depuis des semaines, ils vivaient eux aussi des événements difficiles à endurer. Cette dernière traîtrise me mettait mal à l'aise. La nationale sinuait et grimpait allègrement depuis plusieurs kilomètres quand un panneau qui indiquait l'arrivée au péage du tunnel augmenta d'un coup mon taux d'adrénaline. Cela signifiait la présence de la douane, mais aussi de la police, une épreuve inévitable.

Je ralentis et, avant de passer sous les portiques, je décidai de m'arrêter dans un grand parking sur la droite. La route qui s'élargissait permettait aux voitures de s'agglutiner avant d'être envoyées une à une dans le trou qui éventrait la montagne. J'allumai mon téléphone. Il y avait huit messages en absence, six provenaient de mes parents et deux de numéros inconnus. Je ne pris pas le temps de les écouter, de toute façon je me doutais de ce qu'ils pouvaient dire. J'appelai directement mon père. Il me demanda tout de suite si Thomas et moi allions bien et, quand il fut rassuré, le ton de sa voix s'adoucit. Il semblait embarrassé et s'inquiétait. Il me posa trois questions en dix secondes ; où je me trouvais, pourquoi j'étais partie, si je me sentais bien.

Après un instant d'hésitation, je lui ai expliqué mon projet de séjourner quelques jours en Italie. Il a tenté de m'en dissuader. Si je revenais, il promettait d'envisager une alternative au centre psychiatrique. J'avais envie de le croire, mais je n'avais pas confiance, et encore moins le désir de rebrousser chemin. Il me passa ma mère qui se mit à pleurer. Elle craignait que je ne fasse une bêtise, je me trouvais sous l'emprise des médicaments, conduire était dangereux, je risquais de m'endormir. Elle me supplia de revenir. Elle insistait pour parler à Thomas, je lui répétai qu'il dormait. Elle voulut me repasser mon père. Je trouvai cela étrange et, soudain, j'ai compris, trois policiers s'approchaient à pied, droit sur ma voiture. J'étais la seule stationnée là, cela ne pouvait être que pour moi.

Un instant, j'ai eu envie de démarrer, mais je ne pouvais pas faire demi-tour, les voies étant en sens unique. Impossible de franchir ce tunnel sans qu'on m'interpelle aussitôt. Avant de raccrocher, j'ai remercié ma mère :

— Je comprends mieux pourquoi vous me parlez depuis si longtemps, vous avez prévenu les flics !

Il y eut un moment de silence.

— Je suis désolée, Ava, mais nous pensons à toi et à Thomas.

— Maman, comment peux-tu me faire ça ?

— Et nous, tu y penses à nous ? Comment as-tu pu, pour la seconde fois, nous voler notre voiture ? Imagine un peu notre situation, nous sommes à l'hôtel, à six heures de la maison, sans même un moyen de locomotion. Tu t'imagines dans quel état d'inquiétude nous sommes, ton père et moi ?

— Mais tu ne comprends rien !

Le policier frappait déjà à la vitre.

32

Les heures qui suivirent furent longues et pénibles. J'étais au poste avec Thomas, ni arrêtée ni en garde à vue, *en retenue* m'avait-on aimablement précisé. Après ma fuite, une fiche de recherche pour disparition inquiétante avait été établie par la gendarmerie, et j'attendais avec appréhension de savoir ce qu'il allait advenir de nous.

On m'indiqua, tard dans la soirée, qu'un magistrat avait pris une décision ; une ambulance viendrait me récupérer pour me reconduire au centre de soins. Pendant un instant, j'ai espéré que mon fils reviendrait avec moi, mais le gendarme a ajouté que Thomas serait placé en foyer pour la nuit. Il a essayé de me rassurer, c'était seulement en attendant qu'il soit remis à ses grands-parents le lendemain.

Quand l'éducateur s'est présenté au poste de police une heure plus tard, j'ai de nouveau perdu le contrôle. Une femme en uniforme tenta d'une voix douce de me convaincre de la laisser partir avec mon fils. Elle me jura qu'il serait en sécurité, que ce n'était que pour la nuit et pour son bien, mais elle s'adressait à un mur de colère.

J'ai essayé d'éviter le pire. Je ne voulais pas réagir comme je l'avais fait si souvent et laisser la hargne m'envahir, éclater la violence, rugir les mots sales dans ma bouche. Je tenais Thomas contre moi, je le serrais d'un bras et, de l'autre, je menaçais le monde entier, le poing fermé. Soudain, j'ai pris conscience que Thomas pleurait et qu'il cherchait à se libérer de mon emprise. Je voulais le protéger, au lieu de quoi je l'effrayais. J'ai desserré mon bras et il s'est aussitôt écarté de moi pour se réfugier contre le mur. Il hurlait lui aussi, mais j'avais ignoré ses cris, il implorait : *Maman arrête, maman j'ai mal, maman tu me fais peur*, et moi, j'avais continué sans même l'entendre, sans l'écouter. Les larmes inondaient ses joues, ses sanglots noyèrent d'un coup ma colère.

Je me suis assise sur un banc sans plus rien dire, sans protester. J'ai vu mon fils partir avec une inconnue. J'étais seule, seule à me dégoûter, à me maudire. Mon cœur pompait toujours, mais un sang noir de remords, gluant du dégoût de moi-même.

Je restai là, à attendre, sans une larme, sans une plainte, à espérer un futur sans vie.

Cela faisait bien quinze jours que je moisissais dans l'aile dite des *cas profonds*. Quinze jours à ne pas penser, ne plus pleurer ni se plaindre. Mon corps répondait au ralenti, mes neurones étaient déconnectés de la réalité. On m'avait retiré tous mes effets personnels, à l'exception de ma peluche bleue. Elle était devenue mon ombre, ma doublure : molle au-dedans, vide, mais porteuse d'histoires et de souvenirs. Elle me rassurait.

Parfois, certaines scènes du passé me revenaient en mémoire. Elles me rappelaient les belles années, je levais la tête, un peu, je fixais le reflet du soleil à travers la vitre et je fermais les yeux quand une larme finissait par irriguer ma rétine brûlée. Ensuite, j'oubliais.

Les jours se suivaient, sans impatience, sans longueur,

dépouillés du temps, éviscérés. Sans futur, il n'y a plus de présent.

Un matin on me sortit de cette chambre livide, et on m'installa de nouveau dans l'aile où j'avais été accueillie à mon arrivée. Chambre numéro 17. Elle ressemblait à la précédente, mais donnait sur trois bouleaux aux troncs argentés. Dehors, le printemps s'essoufflait et lâchait ses dernières palettes de vert tendre avant de s'effacer devant l'été.

On me restitua mes vêtements et on m'avertit qu'à la moindre incartade, je retournerais au purgatoire… cela me laissa de marbre. L'indifférence, on m'en faisait prendre trois fois par jour. J'étais devenue orpheline d'émotions.

Je suis restée là plusieurs jours sans sortir. Chambre 17. On m'apportait mes repas, on me levait pour la toilette et on m'asseyait dans le fauteuil, près de la fenêtre. Deux heures plus tard, je n'avais pas bougé, Pinpin dans les bras, les yeux rivés sur le parc.

Fanny venait de temps en temps, elle tentait de discuter avec moi, l'exercice devenait difficile, je ne lui répondais pas.

Dans la semaine qui suivit, le psychiatre est venu me rendre visite plus souvent. J'ai pensé qu'il avait diminué les doses de mon traitement, car il me posait mille questions. J'ai essayé de lui répondre, mais je n'y suis pas arrivée.

On m'emmenait en fauteuil roulant dans les allées du parc, on me réapprenait à marcher. J'aimais les odeurs d'herbe coupée, les roses qui s'ouvraient, le pollen charrié par le vent. Je reprenais pied dans la réalité. Je l'ai compris le jour où je me suis sentie seule.

Le jeudi 20 juin, on m'a autorisée à retourner au réfectoire. Cela ne remplissait pas le vide en moi.

Plusieurs fois par jour, dès qu'elle parvenait à se libérer, Fanny venait me voir. Elle était d'une gentillesse à toute épreuve. Elle ne me questionnait plus, mais me parlait de son quotidien, de ses préoccupations, de son envie d'avoir un enfant même si son conjoint s'y refusait. Grâce à elle, je revenais tout doucement dans le monde des vivants, les inquiétudes, les doutes, les joies, les peines.

Le samedi suivant fut interminable. On ne m'avait toujours pas rendu mon téléphone et je me n'avais aucune nouvelle de mon fils.

Le lendemain, j'ai eu la surprise de revoir l'infirmière aux manières de mère supérieure, celle à la voix désagréable. Elle avait un sourire crispé en entrant dans ma chambre.

— Alors, Ava, pas d'évasion aujourd'hui. Mais cela n'arrivera pas, j'ai condamné les portes du couloir, et sans ce précieux badge vous ne passerez pas.

Elle agitait dans ma direction la carte magnétique pendue à son cou. Je ne répondis pas. De toute façon, même si j'en avais eu envie, je n'en aurais pas eu la force. Elle posa une nouvelle bouteille d'eau sur la table, récupéra l'ancienne et se tourna vers moi.

— Vous savez, Ava, on s'est pas mal moqué de moi lors de votre escapade, j'ai même récolté les remontrances de l'infirmière-chef.

Je gardai le silence, cela la conforta sans doute à poursuivre.

— Mais ne croyez pas que cela soit resté impuni… ce serait mal me connaître ! J'ai pris part à la décision de vous placer dans le quartier des patients lourdement atteints et, si vous y avez séjourné trois semaines, c'est un peu grâce à moi.

Elle cherchait sans aucun doute à me tester ou à me faire sortir de mes gonds, mais elle n'obtint que mon indifférence. Elle s'approcha avec hésitation, et reprit :

— Cela n'a pas l'air de vous chagriner, mais ce qui suit risque de vous déplaire un peu plus. Je me suis chargée d'informer une assistante sociale, ainsi que la Direction des affaires sanitaires et sociales. Vous savez, la DDASS ! La garde de votre fils Thomas vous a été retirée la semaine dernière, au profit de vos parents, et cela jusqu'à nouvel ordre.

Je ne compris pas tout de suite ce qu'elle venait de me dire. Il me fallut un moment pour analyser l'information. Puis j'ai senti ce vide se remplir de douleur et ma tête bourdonner. L'infirmière avait déjà quitté la pièce.

J'ai passé le dimanche à regarder les branches des bouleaux par la fenêtre de ma chambre. Elles s'agitaient et se balançaient sous le vent, élégantes et tristes. J'avais l'impression qu'elles me saluaient, qu'elles m'invitaient à partir. J'ai failli tout lâcher pour toujours, m'envoler au-dessus des arbres et laisser planer mon âme, enfin en paix. Si je n'ai pas sauté, c'est grâce au lapin bleu, ses yeux tout ronds, son corps tout doux et les souvenirs qui lui collaient au pelage.

33

Fanny est entrée tout excitée dans ma chambre.

— Ava, c'est bon, le psy a accepté… je suis trop contente !

Elle sautillait sur place et plongea la main dans sa poche.

— Tiens ! Ton téléphone et ton chargeur, le docteur m'a dit qu'il en avait assez que je le soûle tous les jours avec ça, il a accepté qu'on te le rende.

J'admirai son enthousiasme et sa joie, je l'ai remerciée. Elle fut surprise de ma réaction.

— On dirait que ça ne t'enchante pas !

— Tu es adorable, Fanny, mais que veux-tu que je fasse de ça ?

— Eh bien… appeler tes parents par exemple, et leur demander des nouvelles de ton garçon ! Tu ne crois pas que ce serait super ?

— Je n'oserai jamais, après tout ce que je leur ai fait vivre. Et puis, ils seraient déjà venus me voir s'ils voulaient avoir de mes nouvelles.

— Écoute ! Prends-le, charge-le, et vérifie si tu as des messages, on ne sait jamais.

Elle posa le mobile et le chargeur sur ma table de chevet.

— Je file, j'ai du travail, mais ne crois pas que je te laisserai tranquille pour autant.

Fanny avait raison, écouter les messages n'engageait à rien.

Il n'y avait que quatre messages. Ma main trembla tandis que j'appuyais sur la touche des appels enregistrés. Je les écoutai, un à un. Les trois premiers venaient de mon père. Il me souhaitait de redoubler d'efforts pour essayer d'aller mieux. Il rassurerait Thomas, et surtout il insistait et répétait qu'il ne m'en voulait pas. Le dernier message était de ma mère. Elle me disait, d'un ton laconique, que le juge pour enfants avait pris la décision de placer Thomas sous leur responsabilité. Elle ferait le maximum pour qu'il se sente bien… Pas un mot pour moi, pas de soutien, aucun signe d'indulgence.

Rien ne m'encourageait à appeler. Pourtant, j'en mourais d'envie. Ce n'était que quelques chiffres à composer, un bonjour timide, mais je ne parvenais pas à passer ce cap. J'ai reposé le téléphone. Je n'avais pas la force de me confronter à mes parents.

L'infirmière a tenu sa promesse, elle est repassée juste avant le dîner. Elle dodelinait d'impatience.

— Alors ? Tu les as appelés ?

J'ai baissé la tête.

— Ava ! Tes parents ont l'air charmants. Je sais que ton père prend des nouvelles auprès du médecin. J'ai surpris un jour une discussion. Cela te coûte quoi ? Tu ne veux pas savoir comment se porte ton garçon ?

Comme je ne répondais pas, elle a pris le portable et me l'a tendu.

— Allez, je t'en prie. Je ne sors pas d'ici tant que tu n'as pas composé le numéro !

— Fanny !

— Il n'y a pas de Fanny qui tienne. Allez hop !

Elle s'éclipsa quand mes premiers mots râpèrent ma gorge.

— Papa… c'est Ava !

— Comment vas-tu, ma grande ? Depuis le temps qu'on attend ton coup de fil.

— On ne m'a rendu mon téléphone qu'aujourd'hui.

— Je sais… comme tu ne répondais pas, j'ai appelé le centre, on m'a dit qu'on te l'avait retiré ainsi que tous tes effets personnels. Cela me fait tellement plaisir de t'entendre. Comment vas-tu ?

— Ça peut aller ! Comment va Thomas ?

— Bien, rassure-toi… toujours perturbé par tout ça. Il lui faut du temps… Il avait un peu maigri, mais il mange mieux et il a repris du poids, il devait s'agir d'une poussée de croissance.

— Je vais le trouver changé. Vous venez quand ?

Il y eut un silence et j'entendis à l'arrière ma mère qui s'agitait, sans comprendre ce qu'elle disait. Mon père s'énerva un peu, puis reprit :

— Je te passe ta mère, elle veut te parler.

Je sentis que la situation était tendue entre eux. Elle me salua, la voix détachée :

— Ava, je suis heureuse de t'entendre. S'ils t'ont rendu ton téléphone, c'est que tu fais des progrès… c'est génial !

Je compris qu'elle avait autre chose sous la langue et je ne l'interrompis pas.

— Ava… ton père voudrait que nous venions te voir, mais je pense qu'il est encore trop tôt… Thomas est perturbé… et chaque fois que tu es avec lui, tu as tendance à faire des bêtises. Je ne crois pas que cela te fasse du bien, ni à lui d'ailleurs. Il prend à peine ses marques ici. Tu comprends ?

Je m'attendais à tout, sauf à ça. Je ne savais quoi répondre, désarmée.

— Maman, comment peux-tu nous faire ça ? C'est mon fils, il a besoin de moi et moi de lui ! Cela fait plus d'un mois que je moisis ici, sans nouvelles de vous ni de Thomas. Tu imagines ! Je ne l'ai pas vu depuis le 18 mai !

Je ne parvenais pas à retenir mes larmes. Elle sembla touchée par ma détresse, car sa voix s'adoucit :

— Je sais, Ava, cela nous brise le cœur, mais souviens-toi que tu nous as dérobé la voiture, que tu t'es enfuie avec Thomas, comme une voleuse. Nous nous sommes retrouvés, ton père et moi, sans moyen de transport. Mais le pire c'est que nous avons failli mourir d'inquiétude. Tu n'es pas raisonnable, tu es différente… tu ne te maîtrises plus, tu n'es plus la même et cela nous effraie, et Thomas aussi. Après ton incartade et sa nuit tout seul sans personne, il s'est remis à cauchemarder, bien plus qu'avant. Il n'a que neuf ans, Ava ! Tu dois te soigner, guérir, aller mieux… ensuite, nous viendrons, je te le promets.

— Mais maman !

— Je te repasse ton père.

J'étais en larmes, la rage et le désarroi montaient en moi. Je ne voulais pas en entendre plus, encore moins de la part de mon père, j'ai raccroché.

Le téléphone sonna à deux reprises. Je ne répondis pas, meurtrie. Le monde entier se liguait contre moi, même mes parents. Je maudissais mon père d'être si faible, et ma mère si dure.

Fanny repassa dans la chambre, pour me dire que le repas allait être servi. Quand elle me vit, elle marqua un arrêt. J'étais assise devant la fenêtre, le regard tourné vers les bouleaux qui tanguaient sous le vent. Elle comprit tout de suite que quelque chose clochait et découvrit entre mes doigts des touffes de cheveux que je m'étais arrachées.

Elle me parlait, mais je n'entendis pas les mots, juste la musique de sa voix, paisible et douce.

Elle m'a prise par l'épaule et m'a fait m'allonger sur le lit. J'étais comme une poupée de paille et de tissu que l'on déplaçait d'un meuble à l'autre. Elle me posait des questions, du moins je le pensais, mais je ne parvenais pas à répondre. Elle constata avec effroi des taches de sang au coin de ma bouche. Elle remonta les manches de ma chemise et découvrit des morsures profondes qui saignaient encore.

Ensuite ? Je ne me souviens plus… de rien, le vide complet. Plus une trace de douleur, de peine, d'envie ou de dégoût, de larmes. J'ai sombré et on m'a nourrie, lavée, habillée, pendant des jours et des jours. J'étais cloîtrée au fond de moi-même, seule avec mon désir de rien. Quelque chose en moi s'était cassé. Je me souviens simplement de m'être sentie très seule, enfermée dans un désert intérieur. Seule avec le temps, longtemps, très longtemps.

34

Était-ce l'air chaud de la brise sur mes joues ? Le pépiement des oiseaux nichés dans l'immense hêtre qui nous offrait sa fraîcheur ? À ce moment précis, j'ai refait surface. Le nez me picotait, assailli par les effluves des fleurs coupées qu'on m'avait déposées sur les genoux. J'étais assise dans un fauteuil roulant, Fanny était sur le banc à mes côtés. Elle me parlait à voix basse en me caressant le dessus de la main.

— Quel jour sommes-nous ? ai-je demandé timidement.

Elle a arrêté de parler, levé la tête, incrédule.

— Mercredi… mercredi après-midi. Le 24 juillet…

— Juillet !

— Ava ? Ava ! (Elle semblait médusée.) Oui… bientôt un mois que tu végètes dans un état de mutisme complet. J'avais rarement vu ça. Comment te sens-tu ? Je suis heureuse que tu reviennes parmi nous, je n'y croyais plus.

— Vide… je me sens vide, et fatiguée.

Elle me prit la main avec délicatesse, et me dévisagea.

— Tu t'en sortiras, j'en suis persuadée. Quel bonheur de te retrouver ! Tu nous as fait peur !

J'esquissai un sourire et levai les yeux. Le feuillage d'un vert provocant s'agitait doucement. Il traînait des senteurs d'herbe sèche et de terre chaude. L'été se prélassait, et je ne m'en apercevais qu'aujourd'hui. Fanny me sourit, j'osai une question qui me parut aussitôt stupide :

— Je vais comment ?

— À te regarder, on serait tenté de dire bien, mais on te donne un traitement de cheval. Le docteur évoquait une catatonie, ou même un cas de syndrome de glissement. Tu n'étais plus que l'ombre de toi-même, tu parlais à peine… juste quelques mots, souvent sans rapport avec nos questions. Ton père est venu te rendre visite, tu te le rappelles ?

— Non ! Avec Thomas ?

— Heureusement non, le pauvre, je crois qu'il aurait souffert de te voir ainsi.

— Pourquoi je ne me souviens de rien ?

— Sans doute une forme d'autodéfense, tu t'es retranchée sur toi-même, tu t'es coupée du monde. Cela arrive parfois. Rarement aussi longtemps, mais cela arrive. Tu avais déjà fait des crises d'épilepsie ?

— Non, jamais, enfin je n'en ai pas le souvenir.

Les trois jours qui suivirent ressemblèrent à un apprentissage. Je reprenais mes esprits, je m'intéressais à la vie autour de moi. On me posait mille questions, souvent les mêmes. J'y répondais plus par politesse que par intérêt. Je lisais la surprise dans les yeux des psys. La colère semblait s'être éteinte, je ne sentais plus ce mordillement en moi, cette pression qui n'attendait qu'une étincelle pour exploser.

On avait adapté mon traitement, on l'avait *affiné* m'avait dit le psychiatre. Je n'avais pas osé appeler mon père, pas encore, mais j'y pensais de plus en plus. Ma vie de recluse dans un centre thérapeutique reprenait son cours et, avec elle, les minutes que je traînais comme un forçat son boulet.

Fanny venait régulièrement me parler. Infatigable, elle tentait tout pour me remonter le moral. Elle allait même jusqu'à me livrer des anecdotes sur sa vie de couple, parfois intimes.

Elle insista tant et tant que je me décidai à appeler mes parents, la peur au ventre. Nous étions le dimanche 28 juillet, on approchait de dix heures trente, ma mère se trouvait sans aucun doute en chemin pour la messe dominicale, je ne tenais pas à tomber sur elle.

Après cinq sonneries interminables, mon père a décroché.

— Ava ?

— Oui, bonjour papa.

— Quel plaisir de t'entendre ! Je suis venu te rendre visite, tu sais ! Mais tu ne m'as pas même reconnu, tu étais ailleurs, absente.

— Oui, on me l'a dit, mais je ne me souviens de rien.

— Cela ne me surprend pas. Tu étais méconnaissable, tu ne m'as pas dit un mot. J'ai vraiment eu très peur, je me préparais à t'extraire de cet établissement et à te ramener à la maison, mais on me l'a fortement déconseillé. J'ai hésité, puis l'idée de te montrer ainsi à Thomas m'a fait changer d'avis… J'espère que tu ne m'en veux pas !

— Mais non, bien entendu. Comment va-t-il ? Il est là ?

— Il va bien… Il est parti à l'église avec ta mère.

— À l'église ?

— Oui, je sais, elle s'est mise en tête de l'éveiller à la foi. Elle tente de le persuader, mais il n'a pas l'air intéressé du tout. Tu connais ta mère, elle devient tenace dès qu'on parle du bon Dieu.

— Pourquoi ? Elle sait que je m'y oppose, il choisira par lui-même s'il en a envie !

— Houlà ! J'ai arrêté de m'opposer à elle sur ce sujet

depuis des lustres. Elle dit que cela fera du bien à Thomas pour l'aider à accepter le deuil de son père et de Rose.

J'étais dépitée, comme toujours elle n'en faisait qu'à sa tête.

— Mais elle ne respecte pas mes choix d'éducation !

Il ne répondit pas, je sentais le malaise s'installer. Le pauvre n'y était pour rien. Je changeai de sujet.

— Thomas ne se plaint pas trop de ne pas me voir ? J'aimerais tant le serrer dans mes bras, lui parler.

— Ces derniers temps, il s'est renfermé. Nous n'osons pas trop lui parler de toi ou de l'accident. Il paraît, d'après la psy, qu'il ne coopère pas beaucoup et que les progrès n'avancent qu'à tout petits pas. Mais ne t'inquiète pas, il se porte comme un charme. Il doit s'ennuyer avec des vieux comme nous, il reste devant la télé, il regarde les dessins animés. Le fils du voisin est venu l'inviter pour jouer avec lui, mais il a refusé. J'ai essayé de le convaincre, mais il dit que l'autre est encore un gamin. Cette épreuve l'a fait mûrir d'un coup.

— Il ne parle jamais de moi ?

Je perçus une hésitation dans sa voix.

— Si… bien entendu… mais on dirait que ça le gêne.

Je ne comprenais pas, seule l'envie de le retrouver dominait mon désarroi.

— Maintenant que je vais un peu mieux, vous viendrez ?

— Oui, je ne te donne pas de date, mais promis, au plus tôt. Il faut que je me mette d'accord avec ta mère.

— Elle n'a pas l'intention de venir… c'est ça ?

— Ava, c'est compliqué, après tout ce qui s'est passé. Mais ne t'inquiète pas, je vais arranger ça. L'important, c'est ta santé, pour l'instant. Maintenant que tu es sortie de ton mutisme, il faut aller de l'avant et ne pas baisser les bras. D'accord ?

— Oui, tu as raison.

J'ai murmuré cela pour lui faire plaisir, mais je n'y croyais pas.

On a discuté encore une minute ou deux et j'ai raccroché, en prétextant l'arrivée d'une infirmière. Je n'étais qu'à moitié surprise par cette conversation, la seule chose qui m'importait, c'était de voir Thomas.

Mon traitement me fatiguait, je dormais bien plus que de raison. Je ne m'en alarmais pas. Mon humeur variait, une fois mélancolique, la minute suivante je montrais les crocs ou je m'irritais pour un rien. Fanny en prenait parfois pour son grade alors qu'elle n'était que bienveillance. Malgré mes efforts, je sentais qu'il me restait du chemin à parcourir.

Les journées gonflées de soleil réchauffaient ma peau, je gardais le cœur froid. Les nuits où je ne dormais pas, le ciel scintillait, mon âme ne connaissait que le noir. Il en fut ainsi pendant plusieurs jours, sans appels ni visites.

35

Le centre s'était vidé d'une bonne partie de ses occupants. J'avais ouvert la fenêtre de ma chambre pour laisser entrer la fraîcheur matinale. De ce côté du bâtiment, l'ombre baignait le parc jusqu'à dix heures. Ensuite, en quelques minutes, le soleil s'immisçait dans le studio, et je devais baisser les stores sous peine de voir la température flirter en un rien de temps avec les trente degrés.

Mon regard se prélassait sur les rosiers du jardin quand on frappa à la porte. J'eus à peine le temps de me lever du fauteuil que je m'y laissais retomber. Mon père venait de passer la tête dans l'entrebâillement et me souriait. Il ne m'avait pas prévenue, et la surprise fut de taille.

Il entra, seul. La déception de ne pas apercevoir mon fils dans son sillage décapita aussitôt mon enthousiasme. Les larmes me vinrent. Conscient de ma peine, il tenta de minimiser la chose, trouva quelques excuses improbables à ma mère et à Thomas. Il m'embrassa sur les joues après les avoir essuyées, et prit place au pied du lit.

Il me questionna, mais, la gorge nouée, je ne parvins pas à lui répondre.

— Ava ! Tu me fais peur à ne pas me parler, j'ai l'impression de te retrouver telle que la dernière fois.

J'inspirai bruyamment.

— Je suis désolée, je me sens si triste de ne pas voir Thomas.

— Tu dois lui pardonner, ce n'est qu'un enfant, même si toutes ces épreuves l'ont grandi d'un seul coup.

— Tu veux dire que c'est son choix ?

Mon cœur se serrait à l'idée d'entendre la réponse.

— Il ne savait pas comment agir, il a hésité, puis il est parti à toutes jambes dans sa chambre, il hurlait qu'on le laisse tranquille. J'ai voulu aller le voir, mais ta mère m'a conseillé d'attendre qu'il se calme. Je suis monté dix minutes plus tard, il pleurait sur son oreiller. Je l'ai questionné, mais il a refusé de me répondre. Il criait « je n'irai pas ». Il est encore tout petit, Ava, il souffre de se trouver loin de toi, mais je crois qu'il préfère ça à l'idée de vivre une nouvelle séparation. Je lui ai proposé de t'appeler, il ne veut pas non plus. J'ai tout tenté.

J'étais anéantie.

— Comment est-ce possible ? Nous étions si proches, si complices… Je sais qu'il a du caractère, mais il ne m'a jamais repoussée. Maman a dû lui dire pour la noyade ! C'est ça ? Maman lui a dit ?

— Mais non, Ava, tu racontes n'importe quoi… jamais de la vie ! Au contraire.

— Je ne comprends pas.

Ma vue se troublait. La raison pour laquelle je me battais me tournait le dos, et je ne pouvais pas lutter pour changer cela.

Cette fois, je ne ressentis pas de rage, pas de colère, mais la douleur d'une déchirure qui m'ouvrait la poitrine. Mon père tenta de me réconforter.

— Ava, ne te rends pas malade plus que tu ne l'es. Thomas t'aime, tu peux en être certaine. Tout comme toi il traverse un moment difficile. Tu réagis étrangement, lui aussi. Vous êtes deux fracassés de la vie, et il faut laisser du temps au temps pour vous rafistoler un peu. Viens, marchons un peu au parc ! Je te donnerai le bras.

Je le détaillai pour la première fois depuis son arrivée. Il avait maigri, surtout le visage, plus creusé qu'avant, il semblait avoir vieilli d'au moins cinq ans. Cela me troubla un peu.

— Très bien, mais dix minutes, je suis vite fatiguée… Tu vas bien, papa ? Tu n'as pas l'air en grande forme !

Il me saisit par le bras et m'aida à me relever.

— Mais si ! Tout va bien, rassure-toi !

Je ne le crus qu'à moitié.

Nous avons un peu marché au soleil. Mon père était arrivé la veille et avait passé la nuit à l'hôtel pour me surprendre le matin. Il avait appelé le centre et obtenu l'autorisation de déjeuner avec moi. Un plateau lui était réservé.

Il me parla de son cabinet. La transition se déroulait bien et, dès octobre, le nouveau médecin serait seul en charge. On voyait que cela le peinait un peu, mais il faisait bonne figure. Ma mère se démenait comme elle le pouvait pour rendre la vie de Thomas plus facile. Elle en faisait trop, mais on ne pouvait pas l'en blâmer.

Mes questions ne tournaient qu'autour d'un seul sujet : mon fils. Il aimait son école, attendait la rentrée avec impatience, cela me surprit. Il avait grandi, le renouvellement d'une partie de ses pantalons et de ses chaussures s'était imposé. La guerre avait éclaté au centre commercial entre lui et sa grand-mère ; il avait gagné la bataille des jeans et celle des baskets, mais perdu celle de la chemise à carreaux. Elle était rentrée épuisée et dépitée. Je reconnaissais bien là mon fils. Je ne pouvais que remercier mes parents pour toutes les attentions qu'ils montraient pour Thomas. Cela ne devait pas être facile tous les jours.

Après le déjeuner, nous avons pris le café dans le grand hall sur les canapés qui n'attendaient que nous. Il y eut un long silence, je sentais la gêne me gagner et, pour me donner un peu de contenance, je tournais longuement ma cuiller dans la tasse. Mon père s'approcha un peu et me confia à voix basse :

— J'ai reçu plusieurs coups de téléphone de ton propriétaire, il dit que les trois derniers loyers n'ont pas été réglés. Je suis désolé et ça me peine de parler de ça avec toi, mais il nous harcèle depuis une semaine.

— Mais comment a-t-il obtenu tes coordonnées ?

— Nous les avions laissées à l'agence lorsque tu cherchais un logement en cas de nécessité d'un garant. Cela n'a pas été nécessaire, mais l'agence lui a donné mon numéro.

— Je suis désolée, c'est vrai qu'on lui déposait un chèque chaque 10 du mois. Je n'ai même pas de chéquier.

— Je m'en doute bien, et j'ai téléphoné à ta banque, ils m'ont envoyé un formulaire pour que tu me rédiges un pouvoir, si cela ne te dérange pas. Je me chargerai du reste. Je ne voulais pas te causer du souci avec ça, mais notre trésorerie souffre un peu en ce moment, tant que le cabinet n'est pas vendu…

— Mais non papa, je sais, vous en avez déjà tellement fait ! C'est moi qui suis désolée de t'ennuyer avec tout cela. D'ailleurs, je n'ai jamais su, combien payez-vous chaque mois pour mes soins ici ?

— Ce n'est pas important, Ava, si on le fait, c'est qu'on le peut ! En revanche, pour ton appartement, c'est délicat. Tu es certaine de vouloir le garder ? Tu pourrais venir à la maison quand tu te sentiras mieux.

Il me tendit le formulaire qui lui donnait le pouvoir et son stylo. La question méritait d'être posée, je ne savais pas quand j'allais sortir ni même où j'irais. Je ne connaissais pas non plus mon solde créditeur. Étais-je capable de payer quelques mois de plus ?

— Je ne sais pas, mais j'ai toutes mes affaires là-bas, toute ma vie. Je préférerais le garder si c'est possible.

— Je vais lundi matin à ton agence, j'ai obtenu un rendez-vous avec ta conseillère en urgence. Je ferai pour le mieux, comme si c'était pour moi. Ne t'inquiète pas de tout ça et, si besoin, la maison est immense, on casera facilement tous tes meubles dans les dépendances. J'ai toujours le double des clés de ton logement.

— Je n'ai aucune idée de l'état de mon compte en banque ni même si les obsèques ont été payées. J'avoue que je ne me suis préoccupée de rien. Je réalise que tout cela m'est passé au-dessus de la tête.

— Ce n'est pas le plus important. Ne t'inquiète pas, nous trouverons une solution. Pour le moment, ne t'en soucie pas et focalise-toi sur ta guérison.

— Je crains que cela ne se fasse pas en un jour. J'ai peur tu sais, papa !

Il releva le menton, préoccupé par mes derniers mots.

— Peur ! Mais peur de quoi ?

— Le destin, le jour de l'accident, a complètement chamboulé ma vie. Depuis, je ne ressens que colère, peine et culpabilité. Je vois bien comment vont les choses : je perds la boule et Thomas se détache de moi ou m'en veut, je ne sais pas. J'ai peur de le perdre, il représente tout ce qu'il me reste de ma vie d'avant.

— Ava, ne dis pas de bêtises, Thomas t'adore et il n'y a pas de raison pour que tu le perdes. Nous veillons sur lui, mais nous ne te le volerons pas. Tu dois te sortir ces idées saugrenues de la tête. Quand il te verra, il courra dans tes bras. J'en suis certain !

— Pour l'instant, il ne veut pas me parler ni venir me voir… On est loin de l'amour fou !

— Tu te tortures et te fais du mal. Je te l'ai déjà dit, et je le pense sincèrement, ce n'est qu'un enfant qui a vécu un drame horrible et qui s'inquiète pour sa mère. Laisse-lui du temps, et laisse-toi aussi du temps. Tu verras, vous finirez par trouver vos marques.

J'en doutais, mais je voulais aussi en terminer avec cette discussion qui me minait.

— Tu dois avoir raison.

Je me levai et je l'invitai à marcher un peu dans le parc. Il me prit par le bras et comprit que je voulais passer à autre chose. Il repartit en fin d'après-midi, fatigué, mais heureux d'être à mes côtés.

Il reparut le lendemain après le déjeuner. En chemin, il avait acheté une religieuse au café, un de mes péchés mignons. Je n'avais pas très faim, mais je me refusai à gâcher son plaisir.

— Je t'ai pris aussi deux magazines. Pas facile le dimanche de trouver quelque chose, par chance le bureau de tabac avait un rayon librairie.

Il sortit le tout de sa sacoche et le posa sur la table de ma chambre.

— Sans doute n'as-tu pas l'esprit à lire, mais sait-on jamais, cela pourrait te détendre et te changer un peu les idées.

— Merci, c'est gentil…

— Tu es certaine que tu ne veux pas la télévision dans ta chambre ? Cela te divertirait.

— Non, tu sais bien que je ne la regarde jamais.

— Comme tu veux. C'est joli ici, et tu as une superbe vue sur le parc. L'endroit te plaît au moins ?

— Oui, merci. Mais je me sentirais mieux chez moi avec Thomas.

Il ne répondit pas, me prit par le bras et m'invita à marcher un peu, il n'y avait rien d'autre à faire de toute façon.

Il m'a quittée, les yeux humides, un peu avant le repas du soir. Il m'aimait bien plus qu'il ne l'avait jamais montré. Il s'inquiétait pour moi, c'était flagrant. Je ne pus retenir mes larmes, consciente que je ne le reverrais pas avant un moment.

36

Toute la matinée de lundi, j'ai attendu son appel. Mon père m'avait dit qu'il me raconterait son rendez-vous avec la conseillère de la banque. Mon téléphone est resté muet. Je n'ai pas osé le déranger, il avait sans doute passé la journée sur les routes.

Il m'a appelée après ma séance de yoga. Les nouvelles n'étaient pas bonnes. Il restait en tout et pour tout sur mon compte à peine de quoi régler deux mensualités de loyer. Mon père était allé voir le propriétaire. Un homme charmant, ajouta-t-il. Il n'était pas au courant de l'accident, et avait été choqué d'apprendre ce qui s'était passé. Il acceptait de ne recevoir que deux mois de règlement, et accordait un délai de quinze jours pour vider le logement.

Je m'attendais à cela, mais pas aussi vite. Mon père essaya de me rassurer :

— J'ai trouvé des déménageurs qui demandent un prix raisonnable pour transférer tout ce que tu as chez nous. Au moins, toutes tes affaires seront en sécurité à la maison. J'en ai profité pour relever le courrier dans ta boîte et je me suis permis de l'ouvrir. Il y a la facture des pompes funèbres. Je te rassure, tout est réglé.

Je n'aurais donc plus de « chez-moi », j'étais anéantie par cette nouvelle.

— Comment vais-je vivre ensuite ? Je n'ai pas de travail, je ne sais rien faire ou presque.

— Ava ! Ne t'inquiète pas, nous sommes là ! Et puis tu rebondiras, j'en suis persuadé. Tu n'es pas seule.

— Mais papa… Tu me vois, à trente ans, revenir à la maison ? Je ne donne pas deux jours avant qu'une dispute éclate avec maman !

— On n'en est pas encore là ! La bonne nouvelle, c'est que ton propriétaire te restituera la caution en intégralité. Je lui ai dit que ton logement était en parfait état et il me fait confiance. Six cents euros, c'est toujours ça ! Il déposera le chèque à ta banque.

— Et Thomas ?

— Il regarde la télé, pendant les vacances, les programmes du matin sont chargés, il ne loupe pas un épisode de Dragon Ball Z… Tu vois, je commence à connaître !

Je ne réussis pas à sourire. Thomas savait sans doute que j'étais au téléphone avec son grand-père, mais il préférait regarder son dessin animé. Quant à ma mère, elle ne demanda pas non plus à me parler. Elle devait s'affairer à ses fourneaux.

Je n'ai pas eu de nouvelles d'eux pendant plusieurs jours, je suis restée cloîtrée dans ma chambre. J'appliquais les préceptes de mon médecin et assistais aux différentes activités, mais sans aucun goût. Le traitement m'endormait, il m'arrivait de traîner sous les draps et d'attendre qu'on m'oblige à me lever.

Mon père m'a appelée le dimanche suivant. Il avait été débordé par mille choses à régler, et s'en excusait. Le déménagement était planifié pour le lundi 19 août, impossible avant, à cause du pont de l'Assomption. Je lui ai demandé de parler à Thomas. J'ai entendu mon père l'appeler. Il n'est pas venu.

37

Le déménagement se déroula sans souci particulier, j'étais soulagée de ne pas y avoir participé. Revoir la chambre de Rose, ses jouets, ses vêtements et tout ce qui tournait autour d'elle m'aurait été insupportable. Mon père avait remisé le tout dans les dépendances. Il m'avait rassurée, rien n'avait été détérioré.

Mon état de santé était stationnaire. On me disait que je devais m'en réjouir. Physiquement, je reprenais vie. Je marchais un peu dans le parc, seule ou avec Fanny. Je mangeais peu, mais à tous les repas. Je respirais et j'étais en vie, en soi cela relevait du miracle.

L'espoir de parler à Thomas ne me quittait pas. Je ressentais toujours ce vague à l'âme, cette culpabilité, mais l'envie de réconforter mon enfant surpassait tout. Je savais que mon père souffrait que Thomas refuse de me parler. Il proposa que j'appelle le mercredi 28 août, à dix heures précises. Ma mère serait, comme d'habitude, au marché et dix heures correspondait à la longue coupure des publicités, Thomas n'aurait aucune excuse pour ne pas me répondre.

En composant le numéro, j'ai senti mes jambes trembler. Six sonneries, six interminables sonneries avant que quelqu'un décroche. Au bout du fil, j'entendis soudain la voix hésitante de mon fils :

— Allô !

— Thomas ! C'est maman !

— Grand-père est aux toilettes. Je vais lui dire que tu es là !

— Non, attends ! C'est à toi que j'aimerais parler, pas à grand-père… S'il te plaît, mon ange.

Un long silence s'installa, un gouffre s'ouvrait sous mes pieds, et Thomas me demanda, comme on annonce le verdict à un condamné à mort :

— Pourquoi ? Pourquoi, maman ?

Je n'ai pas compris sa question, elle sonnait comme un ultime reproche.

— Pourquoi quoi, mon cœur ? Pourquoi je veux te parler ?

Il répondit sans méchanceté, mais avec une petite voix pleine de douleur.

— Non, pas ça ! Pourquoi tu m'as sauvé moi, et pas Rose ?

J'ai cru défaillir, je me suis agrippée à la table et je me suis laissée tomber dans le fauteuil. Je ne savais quoi répondre à cette question, pourtant si simple. Cette putain de question qui me hantait jour et nuit, et que je craignais qu'il me pose un jour.

— Pourquoi tu n'as pas sauvé Rose à ma place ?

— Pourquoi dis-tu ça ?

Je m'émiettais, broyée par les remords et ce sentiment de culpabilité qui m'inondait.

— J'ai trouvé l'article dans le journal, mamie l'avait caché dans un livre avec ses photos. Je l'avais vu à l'hôpital, mais personne ne m'avait lu ce qui était écrit dedans. Ils disent que tu m'as sauvé, mais pas Rose. Pourquoi tu ne l'as pas sauvée elle ?

— Je… je ne sais pas, mon cœur, j'ai essayé, tu sais.

— C'est Rose qui devrait être vivante. Rose, pas moi !

Elle était plus jolie et plus forte que moi, elle était la meilleure à l'école et aussi la plus gentille. Elle était toujours là pour moi, c'était ma meilleure copine. Tout le monde l'aimait bien, pourquoi elle n'est pas vivante, elle ? Elle me manque, je préférerais être à sa place… et papa me manque aussi. Tout ça, c'est ta faute !

Mes lèvres tremblaient. Toutes mes craintes, toutes mes peurs n'étaient rien à côté de cette réalité : je n'avais pas réussi à sauver ma fille, et son frère me reprochait de lui avoir survécu. À l'autre bout du fil, je l'entendais pleurer. Aucun son n'est sorti de ma bouche. Il a raccroché.

J'ai éclaté en sanglots, cogné ma tête contre le mur et je me suis effondrée. Fanny m'a retrouvée là, recroquevillée sur le parquet de la chambre, les genoux serrés sous le menton. Je hoquetais comme un animal blessé qui ne demande qu'à crever, le regard avide de la nuit, de l'oubli et du néant.

L'amitié qu'elle me vouait surpassa son savoir, elle paniqua. Elle imagina peut-être d'abord que j'avais avalé des comprimés, essaya de m'ouvrir la bouche, appela. On m'administra une piqûre qui ne calma pas mes peurs, puis une seconde qui m'engloutit dans les limbes d'un sommeil forcé.

Des heures plus tard, je me réveillai avec une violente migraine. Il faisait jour, je vomis. Fanny était à mon chevet. Elle me posa des questions, mais je n'ai pas pu dire quoi que ce soit. Elle avait compris qu'il s'était passé quelque chose au téléphone, elle l'avait retrouvé au sol près de moi. Elle n'insista pas, elle savait que je ne dirais rien.

Les jours qui suivirent ont été un interminable tunnel de souffrance. L'espoir s'était éteint, brutalement. Je n'entrevoyais plus cette douce lumière d'un avenir possible, la promesse de jours meilleurs, il n'y avait plus que le présent, la peur, le remords. Dans un sursaut de colère, j'ai brisé le téléphone contre le mur. J'insultais tous ceux qui m'approchaient. Je malmenais mes avant-bras et me mordais les lèvres au sang… J'avais replongé, encore plus déglinguée qu'à mon arrivée.

Le jour où le docteur a essayé de me passer mon père sur son portable, j'ai été prise de transes, l'hystérie m'avait gagnée.

La colère s'est effacée par petites touches après un mois de sommeil forcé. Les arbres du parc s'irisaient de mille teintes, l'automne donnait des signes de précocité. On était fin septembre, je retrouvais un peu de lucidité, mais l'envie de vivre n'existait plus. On me gavait de gélules, de cachets, pour assoupir mes pulsions suicidaires. Je n'étais plus qu'un corps mort.

38

J'étais devenue l'une des plus anciennes pensionnaires du centre. Cela ne me gênait pas. Je n'avais pas eu de nouvelles de mes parents, je ne cherchais pas à en avoir. La peur de me confronter à eux, de voir Thomas me rejeter encore une fois. Je ne me sentais pas à la hauteur, coupable et lâche. Deux adjectifs qui résumeraient ma vie sur mon épitaphe.

Un matin de la mi-octobre, on m'emmena dans le bureau de la directrice adjointe. Derrière la grande table de réunion, elle avait convoqué mon psy, l'infirmière en chef et l'assistante sociale. On m'indiqua avec beaucoup de tact que mon séjour dans cet établissement se révélait inutile, et que l'étape suivante, vers la guérison, m'attendait.

Je n'ai pas bien compris ce qu'ils voulaient dire, mais la nouvelle m'a giflée. Je n'ai pas répondu, abasourdie. Je ne m'attendais pas à une décision si soudaine, brutale. L'assistante sociale me livra les détails de la proposition.

— Voilà, Ava, nous pensons que pour que vous remettiez un pied dans la vie active, le mieux serait de rejoindre un immeuble postcure en ville. Il s'agit d'un endroit qui regroupe une dizaine d'appartements, et où vous résideriez quelque temps. Les logements sont propres, meublés avec tout le confort, et le loyer est pris en compte par les aides.

J'ai constitué un dossier complet, et vous aurez droit en outre à une allocation pour subvenir à vos besoins.

J'ai fait une petite grimace dubitative, mais j'étais bouleversée. Je sentais la peur monter en moi. J'avais l'impression d'être un animal malade dont on n'espère plus la guérison et qu'on jette en pâture aux loups. L'assistance sociale a continué, d'un ton qui se voulait convaincant :

— Vous ne serez pas seule. Des encadrants et du personnel médical continueront à vous soutenir dans votre démarche. Vous entamerez une nouvelle vie sociale et, si tout va bien, vous pourrez trouver un emploi, une formation. Mais chaque chose en son temps ! Qu'en pensez-vous ?

Je ne pouvais pas me défiler, je devais répondre quelque chose.

— Ce n'est pas un peu prématuré ?

— Ce ne serait que pour début novembre, mais nous préférons vous en parler avant, un logement se libère à la fin du mois. Vous serez très bien, au premier étage, avec un balcon qui donne sur le parc communal. Il y a une supérette pas très loin, et quelques commerces de proximité. C'est très calme. Je suis persuadée que vous vous y plairez beaucoup.

Le doute emplit mes pensées, et le souvenir de mes parents qui m'imploraient de venir habiter chez eux se matérialisa dans mon esprit. Je secouai la tête, chassai cette image. L'assistante sociale s'aperçut de mon geste, cela l'inquiéta :

— Vous ne voulez pas ?

— Je ne sais pas… j'imaginais que je rentrerais chez mes parents… Et mon fils ? On va me rendre sa garde ? Il pourra me rejoindre ?

J'avais posé la question, malgré moi, comme un appel au secours.

— Je suis désolée, Ava, votre situation nécessite des soins, et il semble difficile de retourner dans votre famille sans un suivi médical approprié. De plus…

Elle dévisagea le psychiatre, à la recherche d'une approbation, et reprit :

— J'ai cru comprendre que vous étiez un peu en froid avec vos parents.

— Je ne suis pas fâchée ! C'est juste que j'étais en colère, et que…

Je réalisai qu'elle avait raison. Je n'avais plus aucune nouvelle depuis des semaines et je n'avais pas cherché à en avoir. J'avais refusé de parler à mon père. J'ai tout de même posé la question :

— Et pour mon fils Thomas ?

— Je crains que le juge pour enfants ne puisse statuer qu'à la fin de cette période de réinsertion. Plus vite vous trouverez vos marques dans cette nouvelle vie, plus vite vous récupérerez vos droits et la garde de votre garçon. Pour le moment, je suis désolée, une telle requête a tous les risques d'être refusée. Mais bien sûr vous pouvez la tenter !

— Vous me conseillez quoi ?

Elle inspira profondément.

— D'accepter cette aide et cette main qu'on vous tend. Il y a peu de place dans cette structure et peu de bénéficiaires. Nous ferons le point dans quelques semaines, il est trop tôt pour tirer des plans sur la comète. Je pense qu'il s'agit là de votre meilleure chance de vous relever. En tout cas, c'est ce qu'il ressort de la discussion que nous venons d'avoir. Et puis, vous pourrez doucement renouer des liens avec vos proches, rien n'interdit les visites. Vous serez chez vous !

J'hésitais, ne savais que répondre, prise au dépourvu.

Elle le comprit, et me proposa d'attendre le lendemain pour prendre ma décision. J'osai une dernière question :

— Et si je refuse ?

La sous-directrice, d'une voix posée, intervint :

— Votre séjour est réglé jusqu'à la fin du mois. Ensuite, votre état de santé ne nécessitant plus votre présence dans un établissement comme le nôtre, je me vois mal vous garder ici. Votre père règle chaque mois une somme importante, en complément des aides de l'assurance maladie, mais celles-ci touchent à leur fin. Si votre père souhaite prendre à sa charge ce complément, nous pourrons naturellement maintenir votre séjour ici, mais vous devez en parler avec lui.

Je me sentais honteuse, mais j'ai tout de même posé la question :

— Quel serait le montant ?

— Environ mille six cents euros, en chambre simple. Si vous conservez le studio, il faut compter encore six cents euros supplémentaires.

La somme était astronomique. Je me suis levée, je l'ai remerciée du bout des lèvres et je suis retournée dans ma chambre.

39

Je pensais tous les jours à quitter le centre mais, en apprenant que j'allais le quitter, j'ai eu l'impression d'être abandonnée. C'était paradoxal, une irrépressible envie de m'enfuir en même temps que celle de me réfugier dans mon lit. Et je n'arrivais pas à comprendre cette décision brusque de me faire passer à l'étape suivante.

J'ai dû attendre le milieu de l'après-midi pour enfin croiser Fanny. Sans lui laisser le temps de me saluer, je me suis empressée de l'informer de la situation. Elle fut bien moins surprise que je ne l'aurais pensé. D'une, on l'avait avertie, et de deux, elle trouvait cela logique et elle s'en expliqua.

Je séjournais dans ce centre depuis une éternité, mon état ne s'améliorait pas, stagnait même, ce qui voulait dire que les méthodes employées ne donneraient pas plus de résultats. Il fallait donc passer à l'étape suivante. Cette résidence semblait la mieux adaptée à mon parcours. Elle me rassura comme elle le put, avec sincérité et gentillesse. Les bénéficiaires se trouvaient tous dans un cas similaire au mien. Des personnes qui devaient se réhabituer à vivre, à communiquer, à reprendre confiance en eux.

Plus de quatre-vingts pour cent des locataires retrouvaient une vie normale après quelques mois. Ce dernier point me sapa le moral et elle s'en rendit compte aussitôt :

— Tu verras, ça va passer très vite, et en plus tu te feras des amis. Dehors, le temps s'écoule bien plus rapidement qu'ici. Je sais que ton garçon te manque, mais je crois que c'est le meilleur moyen de rassurer tout le monde, et de prouver à tous que tu es capable de t'en occuper. Donne-toi cette chance.

— Je pourrais retourner chez mes parents…, répondis-je, hésitante.

— Mais dans quelles conditions ? Sont-ils au moins toujours d'accord ?

— J'en mettrais ma main à couper !

— Tu vivrais donc chez eux, sans plus de suivi médical, avec ta mère qui aurait la responsabilité civile de ton fils ?

— Pourquoi pas !

— C'est une solution, c'est toi qui vois, mais t'en sens-tu capable ? Crois-tu que ta mère te laissera prendre des décisions pour ton garçon ? Et si elle allait contre tes choix ? Elle serait dans son droit, pas toi ! Et si tu t'enfuyais de nouveau ou je ne sais quelle autre bêtise ? Tu as déjà craqué plusieurs fois, cela pourrait encore arriver. Tu serais un poids pour tes parents, sans travail, sans la certitude que tous tes démons ne ressurgiront pas. Tu dois bien réfléchir à tout ça, car, sans l'aval du cercle médical, la garde ne te sera pas rendue. J'en suis convaincue même si je trouve cela bien triste.

— Je sais, on m'a dit tout ça déjà.

— Je n'en doute pas. Va vivre dans cet appartement, reconstruis un nouvel univers, prouve à tous que tu peux t'occuper de toi. Tu verras, ce n'est pas si compliqué. Après, tu profiteras de ton garçon avec la certitude que tu en es capable. Tu pourras même retourner chez tes parents si tu le désires, mais ce sera par choix et non par obligation.

— Je ne m'attendais pas à tout ça, je pensais rester ici encore un peu, et qu'ensuite tout reprendrait comme avant.

— Ava ! Tu as montré tellement de colère, au point de te mutiler. Rien n'est jamais simple. Rien et tu le sais. Rien n'est jamais figé, éternel. Tout peut basculer d'un moment à l'autre et tu en as fait les frais, mais rien ne t'empêche de rebondir. Il n'y a qu'une personne qui peut vraiment t'aider, c'est toi et toi seule.

40

Dans deux valises qu'on m'a prêtées, j'ai rangé tout ce que j'avais, quelques vêtements, trois livres, un lapin bleu. À huit heures dix précises, j'ai quitté la grande bâtisse accompagnée de l'assistante sociale. Sur la route, elle m'a donné des précisions matérielles : le paiement de ma première allocation serait versé le 6 du mois. Je ne devais pas m'inquiéter, ils avaient pensé à tout. Le logement avait été complètement nettoyé, le linge de maison lavé et rangé. On m'avait même acheté des provisions et un kit de produits d'entretien pour m'éviter de démarrer sans rien.

Une demi-heure plus tard, nous sommes arrivés sur place. Au bout d'une rue étroite et calme qui débouchait sur un rond-point ridicule s'élevait fièrement un immeuble de briques rouges. L'ensemble était coquet, avec un côté tranquille et un peu vieillot qui me rassurait.

Au rez-de-chaussée de ce petit immeuble de trois étages, une grande pièce commune servait de salle de réunion, de réfectoire occasionnel et de lieu de passage pour les encadrants. L'assistante sociale me présenta à la responsable, Mme Le Maréchal, qui prit le relais.

Elle m'expliqua que chaque lundi, tous les locataires se retrouvaient dans cette grande pièce pour vérifier que tout allait bien, échanger sur la résidence, en général, ou discuter de l'entretien des parties communes. Ce rendez-vous était obligatoire. Et comme on était un lundi, ça tombait bien, elle profiterait de cette occasion pour me présenter aux autres, ainsi qu'aux accompagnatrices.

Nous sommes montées au premier étage déposer mes valises. Je fus agréablement surprise par l'endroit, petit, mais bien agencé, des couleurs pastel sur les murs, un mobilier moderne sans chichi, le tout très lumineux.

À dix heures précises, nous sommes descendues dans la salle de réunion. Plusieurs personnes s'y trouvaient déjà. Un gentil vacarme de cour de récréation ronronnait dans la pièce. Mon arrivée ne fut pas anodine, plusieurs me saluèrent avec un sourire ou un signe de tête.

On me présenta chaque résident en quelques mots. Il y avait plus de femmes que d'hommes et cela me rassura. Je fis aussi la connaissance des deux accompagnantes, Mado et Nicole. Elles étaient chargées de suivre chaque dossier, d'aider aux démarches de toutes sortes, et aussi de veiller à la discipline. D'ailleurs, une des raisons de cette assemblée était de vérifier chaque lundi les présences.

La réunion dura une demi-heure avec l'évocation de sujets visiblement récurrents : le bruit le soir après vingt-deux heures, le problème des portes qui claquent, les poubelles pas sorties à temps pour le passage des éboueurs… Je ne me sentais pas à ma place, j'avais besoin de calme.

Mme Le Maréchal m'a raccompagnée à l'étage et m'a remis une ordonnance et quelques consignes.

— Tenez, Ava, voici votre carte de Sécurité sociale que nous avons fait rééditer, et une prise en charge pour vos médicaments. Désormais, comme vous l'a indiqué le docteur, vous devrez suivre votre traitement seule, et aller vous-même à la pharmacie. Si vous avez besoin de quoi que ce soit, vous voyez cela avec Mado ou sa collègue.

En cas d'urgence, il y a un téléphone sur le mur, à droite de l'entrée de la salle de réunion.

Je la remerciai d'un signe de tête. Elle plongea la main dans sa poche.

— Tenez ! Ce sont les clés de votre logement, celle avec le cache plastique bleu, c'est celle de la grande pièce du bas. Voilà ! Je crois que vous allez pouvoir vous installer. Prenez votre temps. Et n'oubliez pas votre traitement !

— Merci, le docteur m'a remis des comprimés pour les deux jours à venir, je suis parée.

— Parfait ! Vous trouverez un petit fascicule avec tous les détails sur la table de la cuisine, lisez-le, cela vous donnera une idée de la vie dans la résidence. Ah oui ! Ne vous laissez pas entraîner par certains ou certaines. Faites votre vie et occupez-vous de vous en priorité, et vous verrez tout ira bien ! Je file.

Je la hélai alors qu'elle posait la main sur la poignée de la porte.

— Et pour le loyer, les charges et tout ?

— Ne vous inquiétez pas, Mado vous donnera tous les détails, vous êtes chez vous ! Au revoir, Ava.

J'avais les jambes molles et la tête qui tournait.

Assise dans le petit canapé du petit salon, le menton calé entre les mains, l'esprit englué, pétrifiée par la solitude, j'ai entendu frapper à la porte, des petits coups secs et nerveux, comme s'ils étaient donnés avec un bâton. Le cœur lourd, les yeux au bord du vide, je me sentais seule au monde. Des heurts sur la porte, secs et nerveux comme des coups de bâton.

— C'est vous, madame Le Maréchal ?

Un rire éclata.

— Non… la casse-couilles est partie ! C'est ta voisine, Sandra, on s'est croisées en bas, mais on n'a pas eu le temps de discuter. Je ne t'embête pas au moins ?

Je n'avais vraiment pas envie de parler ni de voir qui que ce soit :

— Je suis en culotte, je vais prendre ma douche.

— Ah !… À onze heures du mat ! s'étonna-t-elle.

Je me sentis comme une idiote.

— Oui… je n'ai pas eu le temps ce matin.

— Dac ! Je passerai plus tard alors ?

— Si vous voulez… désolée !

Elle avait sans doute déjà tourné les talons, car j'entendis une porte se fermer, un peu fort d'ailleurs. Cet événement impromptu me contraria, mais il me força à me bouger un peu. J'ouvris en vitesse une de mes valises, sortis ma trousse de toilette. Je fis couler l'eau de la douche, avec l'espoir que ma voisine croirait un peu à mon mensonge. C'était stupide, mais je ne supportais pas de mentir et je ne voulais pas passer pour la pimbêche de service le premier jour de mon arrivée.

J'avais déballé et rangé toutes mes affaires. Il était presque treize heures et je n'avais toujours rien mangé. Un rapide coup d'œil aux provisions, je ne manquais de rien. Tout ici était à sa place, ordonné, mais je ne m'y sentais pas chez moi.

Je n'ai plus eu de nouvelles de ma voisine de toute la journée. Je suis restée une partie de l'après-midi à côté de la fenêtre du balcon, Pinpin dans les bras. La vue sur le parc m'hypnotisait, cela grouillait de vie. Les employés communaux s'affairaient, il y avait des promeneurs de chiens, des femmes avec des landaus, des joggeurs. C'était une étendue boisée, de taille modeste, mais suffisante pour y déambuler en paix, et qui gardait un aspect sauvage, ce qui lui donnait un charme tout particulier.

Malgré tout, l'ennui m'engourdissait. J'avais faim, il était près de dix-huit heures, mais aucune envie de cuisiner. J'ai trouvé une soupe en sachet qui fit l'affaire pour ce premier repas en solitaire.

La nuit, le parc était baigné par la lumière vacillante des lampadaires et prenait une vie différente, fragmentée par touches, comme un puzzle de halos dorés. J'avais déplacé le fauteuil pour me rapprocher de la baie vitrée. La fraîcheur commençait à tomber, j'ai couvert mes jambes d'un plaid qui traînait sur le canapé. Je n'arrivais pas à trouver le sommeil. Je me posais mille questions, et l'une, surtout, qui revenait, lancinante : qu'est-ce que je faisais là ?

J'ai été doucement assaillie par les souvenirs de ma vie passée, les rires des enfants, le moment houleux des devoirs, les histoires du soir avant de se coucher. J'en étais à regretter leurs chamailleries, leur insolence, les têtes boudeuses devant l'assiette. J'aurais presque voulu revoir Léo pour lui pardonner. Tout cela me manquait, et l'horreur d'une vie insipide s'engouffrait dans mes pensées.

41

Je me suis levée à plusieurs reprises de mon fauteuil, et j'ai épié les bruits, le moteur d'une voiture, des portières qui claquent, un éclat de voix très loin, et même le hululement d'une chouette.

Au petit matin, le dos courbaturé, je me sentais encore plus seule, plus vide. L'idée de vivre ici, même pour une courte durée, me plaisait de moins en moins. L'idée même de vivre me paraissait insupportable. Thomas me manquait horriblement.

La cafetière couina et lâcha ses derniers soupirs. Je pris mes cachets avec, comme chaque fois, l'envie d'avaler le contenu de la boîte. Au même instant, j'ai vu, par la fenêtre de la cuisine, de l'autre côté de la rue, quelques mamans qui accompagnaient leurs enfants à l'école. Cartables rivés sur le dos, écharpes au ras du nez, encapuchonnés, ils avançaient l'échine courbée. Il semblait faire froid ce matin, le vent chahutait les parapluies et la bruine giflait les visages. Cela raviva en moi tant de souvenirs précieux que mes yeux s'embuèrent.

En quelques mois, je m'étais brutalement métamorphosée de mère heureuse en cinglée dépressive et je ne parvenais pas à me relever. Seule l'idée de retrouver Thomas me faisait tenir debout. La météo cracha son désespoir et m'enleva toute envie de sortir.

Vers dix heures, je reçus la visite de Mado. Elle frappa, me demanda si elle pouvait entrer, s'essuya les pieds sur le paillasson et me remercia. À ce moment précis, j'ai compris que j'étais chez moi. Un moment tout bête, mais son attitude valait mille fois mieux qu'un trousseau de clés ou une étiquette sur la boîte aux lettres. Elle me souhaita de nouveau la bienvenue, s'enquit de ma nuit et de mes besoins. Elle me proposa d'aller le lendemain avec elle à la pharmacie, le temps serait plus clément, elle en profiterait pour me faire visiter le quartier. J'acceptai poliment, et je compris qu'elle me forçait en douceur à sortir de l'appartement. Elle était obligée de partir, mais elle me proposa de partager un café quand je voudrais dans la grande salle. Mado était simple, accueillante, avec une lueur rassurante dans le regard. Je me suis sentie mieux.

L'après-midi fut plus long, le vent avait tourné, la pluie battait les fenêtres, il n'y avait plus aucune vue sur le parc. J'ai essayé d'allumer la télévision, une femme parlait de sa nymphomanie, une autre de sa fièvre acheteuse, et un homme de sa phobie des araignées. J'ai entendu sans écouter, regardé sans voir, et j'ai fini par arracher la prise.

Le temps maussade m'a miné un peu plus le moral, même l'appartement semblait atteint par cette dépression contagieuse. Sous la lumière fanée de novembre, on aurait dit qu'il se recroquevillait, les murs clairs se ternissaient. C'était comme une grotte dans la pénombre.

J'avais farfouillé dans les armoires et découvert un vieil exemplaire d'une revue intitulée *Archéologia*, un numéro de 1982. Ma curiosité me poussa à feuilleter le magazine. Cela parlait de l'art ancien de la Géorgie, du Moyen Âge et de Pompéi.

Je tournais les pages sans m'y intéresser quand la voisine, Sandra, que j'avais oubliée, se rappela à moi. Je la reconnus à sa façon brusque de violenter la porte. Cette fois, j'ouvris. Elle me sourit en forçant le trait et me salua d'une voix qui traînait la banlieue :

— Salut ! Encore moi, la voisine casse-burnes ! (Elle lâcha deux éclats de rire qui résonnèrent dans l'escalier.) Je me disais que tu pourrais passer chez moi boire un verre, histoire qu'on fasse connaissance ? Pas une soirée pyjama, mais pas loin !

— Là, maintenant ? Mais quelle heure est-il ?

— Je ne sais pas moi, huit heures et demie ! On s'en fout de l'heure ! Tu ne bosses pas demain !

Elle éclata de rire.

— D'accord, le temps de mettre un gilet et j'arrive.

— Super ! C'est la porte à droite.

J'aurais voulu refuser, mais je ne m'en sentais pas la force. J'ai traîné cinq minutes et enfilé mes baskets. Un coup d'œil dans le miroir, mes cheveux ne ressemblaient à rien, mais après tout, cela importait peu.

Je frappai à la porte, elle me cria d'entrer sans venir m'accueillir, sa voix couvrait une musique jazzy. J'ouvris, hésitante, elle était affalée dans son canapé, la mélodie provenait de la télévision.

Sans lâcher l'écran du regard, elle tapota sur la place libre à ses côtés. J'en profitai pour jeter un œil rapide à son appartement où régnait un désordre nonchalant. Ce n'était pas sale, mais brouillon. Je me suis assise à côté d'elle, elle regardait une série policière américaine, le flic sortait d'un bar, d'où la musique. Elle n'a d'abord rien dit, ce qui me mit vraiment mal à l'aise et, soudain, elle se saisit de la télécommande pour couper le son.

— Je l'ai déjà vu, mais je n'étais pas sûre. Toujours

les mêmes trucs qui passent ! Alors comment tu t'appelles déjà ? Qu'est-ce que tu bois ?

— Ava, je m'appelle Ava… Euh… tu as de la tisane ?

Elle explosa de rire et pencha le torse en avant, sa tête frôlant la table basse.

— T'es trop cool toi ! De la tisane ! T'es pas chez mémé ! J'ai une tête à siroter de la tisane ? J'ai de la bibine, du rhum, de la téquila et aussi un fond de vodka.

— Je ne bois jamais d'alcool, je déteste ça !

— Mais tu sors d'où, toi ?

Elle se leva en riant, et fouilla dans son frigo.

— Tu as de la chance, il me reste du citron et quelques feuilles de menthe. Je vais te faire goûter un mojito… tu verras, c'est génial, je te le fais léger, promis craché !

Je l'ai tutoyée à mon tour.

— Non, je t'assure, pas la peine, un verre de jus de fruits, de limonade ou d'eau fera l'affaire si tu n'as pas de tisane.

— Allez ! Allez ! Tu ne peux pas refuser, tu testes et après tu me diras. Tu ne vas quand même pas me faire l'affront de me laisser boire toute seule ! Viens m'aider ! J'ai besoin de toi… tu dois juste presser la moitié du citron vert.

Je me sentis piégée, mais m'avançai vers elle.

Une heure plus tard, j'avais siroté deux mojitos sans m'en rendre compte. Les joues me chauffaient, j'avais la tête lourde et je bafouillais. Sandra, malgré sa maigreur, semblait dans un bien meilleur état que moi. Elle devait en être à sa cinquième téquila frappée, peut-être plus.

Elle me raconta son histoire, encore une de ces histoires bancales qui foirent dès le départ. Elle était née dans un bassin industriel en déclin où les squelettes rouillés des vieilles usines rappelaient une époque faste et laborieuse. La vie ne lui avait laissé aucune chance. Pour certains, les dés étaient pipés. Elle avait commencé sa vie en passant trois mois dans le service des grands prématurés.

D'une famille de cinq enfants dont elle était l'aînée, ce fut sur elle que tombèrent les coups et les responsabilités. De constitution fragile, elle collectionna les absences à l'école, ainsi que les mauvaises notes. Elle prit ses quartiers contre les murs des fonds de classe, passa experte en faux billets d'excuses et finit par se rallier une bande de mauvais garçons. Elle s'amouracha du chef de la meute, un gaillard de deux ans son aîné qui crachait loin comme personne, brisa quelques vitres de voiture pour ses beaux yeux, cambriola une maison ou deux. L'adrénaline donnait l'impression de côtoyer les géants. Elle goûta à la garde à vue et aux familles d'accueil.

Elle avorta à seize ans de son amant, qui venait de tomber pour trafic de poudre blanche. De fil en aiguille, elle se la planta dans le bras, pour planer au-dessus de la misère et des échecs qu'elle additionnait. Et là, à vingt-sept ans et trois cures de désintoxication, elle allait mieux, mais ne trouvait pas sa place dans la société.

Elle m'avait raconté tout cela avec le sourire agrafé au visage et quelques rires arrachés de force. Je l'avais écoutée, sans l'interrompre, en aspirant à la paille cette boisson fraîche qui me brûlait la gorge. L'écouter raconter ses malheurs m'avait sortie des miens. Je me sentais un peu rassurée. Je n'avais pas parlé de moi, elle s'en fichait. De toute façon, je n'aurais pas su.

On se sépara à plus de minuit. Grisée par l'ivresse d'un moment convivial, je tanguais, j'avançais en me tenant aux murs. Une fois devant ma porte, j'ai trébuché sur le paillasson, ce qui déclencha chez ma voisine un fou rire qui me contamina. Deux idiotes qui riaient à gorge déployée sans se soucier du qu'en-dira-t-on, du bruit de la nuit.

Nous avons gloussé longtemps avant que j'arrive à ouvrir ma porte. Je me suis endormie tout habillée sur le couvre-lit.

42

Je n'ai pas répondu aux appels de Mado. Elle tambourinait à la porte, je suis restée éparpillée sur le lit, comateuse, la lèvre sèche collée à l'édredon. J'ai émergé vers onze heures, la bouche pâteuse, et un mal de tête de lendemain de combat de boxe. J'ai avalé mon traitement avec plusieurs heures de retard, accompagné d'une soupe de nouilles.

En début d'après-midi, je suis descendue m'excuser, j'ai évoqué des nausées et une nuit sans sommeil. Mado n'était pas dupe, mais elle ne m'a pas tenu rigueur du lapin que je lui avais posé. À trois heures, elle m'a accompagnée à la pharmacie. Sur le retour, elle a tenu à me faire visiter un petit centre commercial, à dix minutes de l'immeuble, avec une supérette, un tabac, un salon de coiffure, une auto-école, une boulangerie et un café. Mado m'a proposé de faire quelques courses, mais j'étais fatiguée. J'ai prétendu avoir oublié ma liste, cela me donnerait l'occasion de revenir.

Nous sommes rentrées d'un pas plus rapide, la pluie s'invitait, mon gros gilet de laine pesait une tonne.

J'ai repris une aspirine et cherché le sommeil, mais mon attitude de la veille me revenait sans arrêt. J'avais perdu un mari et une enfant, et je buvais à m'en rendre malade, à rigoler comme une gamine. J'avais honte.

Une douleur à l'avant-bras me ramena à la réalité. Mes ongles pinçaient ma peau et la tordaient de façon obsessionnelle. J'ai arrêté aussitôt, j'étais consciente de ma faiblesse et de ma morbidité. La guérison devenait une chimère. J'ai récupéré le lapin bleu posé et je l'ai serré très fort contre moi. Le passé me manquait, j'aurais bien échangé dix ans de ma vie contre dix minutes avec mes enfants. Je me suis endormie devant le reflet de la télé.

Je me suis réveillée en sursaut, avec une unique pensée, sortir et m'acheter un téléphone. Il fallait que je parle à Thomas, c'était vital.

La brume tamisait la ville et décapitait les immeubles, le ciel pesait comme un couvercle, il n'était pas neuf heures et je fonçais au centre commercial. Ma première étape a été le tabac. Par chance, ils vendaient des Mobicarte et des portables pas trop chers. Thomas était à l'école et je ne pourrais appeler qu'en fin d'après-midi. Je me suis donc dirigée vers le supermarché. L'humidité glaçante transperçait mes vêtements. À l'entrée, assise sur les marches, une femme faisait la manche. Le col relevé d'un vieux blouson de ski lui cachait le menton. Elle portait son regard vide vers un horizon bien proche, celui des Caddie enchevêtrés à quelques mètres d'elle. Je ressentis de la gêne, ou peut-être de l'empathie, je ne sais plus. Elle redressa un peu la tête, me sourit et me salua d'un bonjour rocailleux. Impossible de lui donner un âge.

Je répondis dans un murmure, et me faufilai entre les portes coulissantes.

Dans les rayons que j'inspectai, je trouvai tout ce que j'avais écrit sur ma liste, beurre salé, œufs, lait d'amande, cumin, ail pilé… mon panier commençait à peser et je renonçai à ajouter un pack d'eau. Celle du robinet suffirait.

Les premières publicités pour les fêtes de Noël s'affichaient déjà, ce qui me retourna le cœur. Les dattes étaient en promotion, j'en pris deux paquets.

Je sortis avec mes sacs en plastique à la main. La femme dehors n'avait pas bougé.

— Vous aimez les dattes ? C'est plein d'énergie, par ce temps, cela vous aidera à supporter le froid.

— Merci ma p'tite dame, j'adore ça. Tu es tombée dans le mille !

Dans un élan de mimétisme, je souris à mon tour, le genre de grimace forcée qui cache la tristesse et le malaise, mi-joie, mi-peine. Une écuelle en fer blanc posée à côté d'elle ne contenait qu'une malheureuse pièce de vingt centimes.

— C'est tout ce que vous avez récolté ce matin ?

— Grand Dieu non, celle-là, elle m'appartient. Elle sert de modèle pour les blaireaux qui ne comprennent pas ! Les gens, faut les éduquer. Si t'as de la mitraille, j'la veux bien, ça montrera aux autres qu'il n'y a pas que des cœurs de pierre !

Je sortis en souriant quelques pièces de ma poche.

— Dieu te le rendra, je ne me trompe jamais !

43

Mes parents, pour ne plus être importunés par les appels des malades qui connaissaient le numéro personnel du docteur, avaient changé de ligne après le départ à la retraite de mon père. Par chance, j'avais gardé une vieille carte de visite du cabinet sur laquelle il avait griffonné les chiffres de leur nouveau numéro.

J'ai attendu avec impatience que la petite aiguille s'incline sur le cinq pour appeler. Quand le moment fut venu, je me suis mise à hésiter, je n'arrivais pas à me décider. J'ai composé les premiers chiffres, j'ai raccroché, j'ai recommencé, il m'a fallu un bon moment avant d'oser appuyer sur la touche verte.

Ma mère a décroché, avec la voix haut perchée des gens qui s'étonnent toujours de recevoir un appel.

— Allô !

— Maman… c'est Ava.

— Ava ! Mais comment as-tu fait pour mettre si longtemps sans nous donner de tes nouvelles ? Tu aurais pu nous appeler avant. Tu vas bien ?

Elle commençait toujours par des reproches, savante technique pour me fragiliser. Je l'ai rassurée rapidement.

— J'aimerais parler à Thomas, il est là ?

— Oui, il finit ses devoirs avec ton père… Tu sais, il nous a raconté pour l'article de journal. Je suis désolée,

Ava, je l'avais bien caché pourtant. Je n'aurais jamais cru qu'il serait allé fouiner dans le placard de ma chambre. Mais je te rassure, il n'est pas au courant pour Rose.

— Comment ça ?

— Je veux dire, l'encart ne parle pas de ton geste, il mentionne juste que tu n'as pu sauver qu'un de tes enfants. Il ne sait pas que tu as lâché Rose... Le jour de ton coup de fil, lorsqu'il a vu Thomas pleurer, ton père l'a questionné. Il répétait qu'il voulait mourir pour que Rose revienne. Je suis vraiment désolée qu'il t'en veuille ainsi. Nous avons informé le pédopsychiatre afin qu'il en discute avec lui, mais on dirait qu'il fait un blocage. Depuis l'accident, il est devenu... difficile. Il s'est battu à deux reprises à l'école, nous avons été convoqués ! Il souffre toujours énormément et nous ne savons pas comment l'aider. Je vais l'appeler, mais je ne te promets rien.

Mon cœur cognait fort. J'attendis un peu, l'oreille vissée sur l'écouteur de mon téléphone, à l'affût d'un bruit, d'un indice. J'entendis des pas qui résonnaient sur le carrelage de la maison.

— Ava ? C'est une tête de mule, il refuse. J'ai insisté, mais il s'est mis à bouder et croise les bras devant lui. Tu sais comment il fait, il baisse les yeux et fouette l'air de ses pieds ! Ton père essaie de le convaincre.

Mes jambes tremblèrent ainsi que ma voix.

— Pourquoi fait-il ça ? Je l'aime tellement, on dirait qu'il cherche à me punir.

Il y avait des bruits de voix derrière, qui s'approchaient.

— Mais qu'est-ce que tu fais ? Lâche-le, tu vois bien que tu lui fais mal...

Il y eut la voix de Thomas, qui hurlait *Lâche-moi !,* et celle de mon père qui tentait de le raisonner.

— Que se passe-t-il ? Maman ?

Après quelques secondes d'un brouhaha incompréhensible, mon père prit l'appareil :

— Ava ! Je suis désolé, il ne veut rien savoir…

— Que s'est-il passé ?

— Rien ! Il refuse de te parler.

J'étais anéantie, inquiète, l'ombre de moi-même.

— Il est où ? Je l'entends.

— Avec ta mère, elle essaie de le calmer.

Soudain, je perçus clairement Thomas, comme s'il s'était approché du téléphone :

— Je ne t'aime plus ! C'est ta faute… Je te déteste !

Ma mère s'en mêlait, tentait de couvrir sa voix :

— Tais-toi ! Viens ici !

— C'est ta faute…

La voix s'éloignait.

— … t'aime plus…

Mon père bafouilla quelques mots que je ne compris pas. Il parla encore, mais j'étais loin et ne l'écoutais plus.

— Ava ! Allô Ava ! Ava, tu fais quoi ?

— Rien… rien…

— Tu m'as fait peur. Tu veux que je vienne te voir ? On m'a dit que tu avais un logement depuis peu, dis-moi où tu habites.

— Non. Ne viens pas. Je vous appellerai… Au revoir.

— Ava, donne-moi ton numéro au moins.

Je raccrochai, sans en dire plus. Mes pires cauchemars n'étaient plus que l'ombre de la réalité. J'avais mal à en crever. Mon esprit divaguait, le ciel me punissait d'avoir survécu, j'avais sauvé Thomas, mais il me reniait. La mort me châtiait d'avoir arraché mon fils à ses griffes. Peut-être que mourir était mieux.

J'aurais voulu sauter par la fenêtre, me taillader les veines, m'éclater le crâne à force de le cogner contre les murs, mais, anéantie, je me suis effondrée sur le canapé.

Mes pleurs durent inquiéter la voisine, car elle tambourina à la porte tant et si bien qu'elle manipula la poignée et entra sans aucune permission.

Lorsqu'elle m'aperçut en larmes, Pinpin dans les bras, elle ne me demanda rien. Elle me prit par l'épaule et me serra contre elle. Cette chaleur humaine, muette, calma mes sanglots. Elle m'emmena dans son appartement, m'installa sur son canapé, posa une couverture sur mes jambes. Elle parlait et gesticulait dans la pièce, sans s'adresser à moi. Elle meublait l'espace immense de ses mots qu'elle dilapidait sans le moindre espoir de m'atteindre. Elle savait comment soigner mon mal, elle me versa un verre d'alcool que je vidai d'une lampée, puis un second, puis d'autres.

Je ne me souviens pas de la suite, si ce n'est que je vomissais mon malheur et mon dégoût à m'en arracher la gorge.

44

— Tu en tenais une bonne hier, j'ai dû ranger les bouteilles, tu aurais tout vidé.

Sandra venait d'entrer dans ma chambre, j'étais encore en robe de chambre, je n'avais aucune idée de l'heure, la matinée semblait bien entamée.

— Excuse-moi ! Merci d'avoir été là pour moi !

— T'inquiète, nénette ! Je sais ce que c'est, les coups de grisou. J'aurais bien aimé avoir quelqu'un à mes côtés dans ces moments-là. Un jour, les rôles seront peut-être inversés ?

— Quelle heure est-il ?

— Presque midi. J'ai préparé un gratin de pâtes. Ça te tente ?

— Merci, je n'ai pas très faim.

— Comme tu veux… Si tu changes d'avis, tu sais où me trouver, j'en ai fait une platée !

— Tu es gentille. Je crois que je vais me recoucher.

Sandra fit une moue et hocha la tête, l'air contrariée.

— Fais gaffe ! Tu devrais éviter, j'ai comme dans l'idée que tu vas recevoir la visite de Mado. Mado, Mme la mère supérieure !

— Pourquoi dis-tu ça ?

— Tu as pas mal gueulé cette nuit ! Tu as même essayé de me frapper parce que je refusais de te servir à boire. Mon petit doigt me dit que certains sont allés cafter.

— Je ne me souviens de rien, j'espère que tu ne m'en veux pas ?

— T'inquiète ! J'en ai vu d'autres… Et tu tenais à peine sur tes guiboles ! J'ai trouvé ça plutôt poilant ! Allez, je file, si tu veux discuter encore, comme cette nuit, tu sais où je crèche !

Elle tendit le poing en signe de soutien et d'au revoir et s'en alla.

Comme me l'avait conseillé Sandra, je me suis contentée de végéter sur le canapé. Elle ne s'était pas trompée, Mado est venue en début d'après-midi. Elle me présenta une série de griefs des occupants de l'immeuble : je ne cherchais pas à communiquer, je ne sortais jamais de mon appartement sauf pour aller chez Sandra, je hurlais au point de réveiller tout le monde jusqu'au milieu de la nuit et j'avais même menacé quelqu'un qui me demandait de me calmer.

J'ai présenté mes excuses, j'ai promis que cela ne se reproduirait plus. Elle m'avait mise en garde ; je devais me conformer au règlement et me plier aux principes de bonne conduite… sinon des sanctions pourraient être envisagées. Elle me salua un peu sèchement et me signala que le sujet serait évoqué le lundi suivant, à la réunion hebdomadaire.

Alors qu'elle s'apprêtait à sortir, elle se retourna brusquement.

— Au fait, votre père cherche à savoir où vous habitez, je pense qu'il veut venir vous voir. Il a téléphoné à plusieurs reprises au centre de soins. Comme vous êtes majeure et vaccinée, et que désormais vous reprenez une vie dite normale, on doit vous demander votre accord.

— Merci, mais non, j'ai son numéro, si besoin je l'appellerai.

Les soirs qui ont suivi, je me suis gardée de consommer trop d'alcool, mais je suis retournée chez Sandra. Elle me sortait de ma léthargie et m'arrachait des sourires. La mère supérieure, comme elle l'appelait, l'avait convoquée, elle lui reprochait d'être un mauvais exemple pour moi. Sandra s'en fichait et en riait sans retenue. Elle en était à son deuxième avertissement en moins d'un mois et les emmerdait tous.

Je suis retournée plusieurs fois au magasin acheter du rhum, des citrons verts et quelques amuse-gueules. Chaque fois, il y avait la mendiante sur les marches. Assise au même endroit, vêtue de la même façon, et le regard toujours planté sur les Caddie. Nous parlions de futilités, de la météo. Elle m'a embrassé la main quand je lui ai offert un billet de dix euros, la larme à l'œil. Cela m'a émue, elle m'a juré d'en faire bon usage.

J'essayais de vivre sans me poser de questions, sans réfléchir. Sandra passait souvent me voir, cela meublait un peu, elle commentait des émissions de télé, me racontait sa vie en dents de scie. Depuis une semaine ou deux, elle s'était entichée du fils du buraliste. Elle allait plusieurs fois par jour acheter un jeu à gratter. Le jeune homme, son cadet d'au moins six ans, n'avait encore jamais levé les yeux sur elle, mais cela ne la décourageait pas.

Le dimanche matin, elle entra de nouveau chez moi sans frapper, et me supplia de l'accompagner au bureau de tabac. L'Apollon y travaillait seul. Elle m'enfila presque de force mon manteau et accrocha son bras sous le mien.

— Allez ma fille ! En route pour l'aventure !

En dépit de tous les malheurs qui pesaient sur ses

épaules, elle gardait la tête haute et affichait un enthousiasme sans faille. Cela en devenait presque étrange, l'idée qu'elle maquillait la réalité m'effleura.

La météo se montrait clémente, le soleil, bas en cette saison, se reflétait sur les parebrises des voitures. En arrivant à la zone commerciale, j'aperçus, au loin, la femme assise sur les marches du magasin.

La découvrir à sa place habituelle, un jour de fermeture, éveilla ma curiosité. Je m'excusai auprès de Sandra et me dirigeai vers elle d'un pas qui se voulait innocent. Elle ne me remarqua pas tout de suite, mais au bruit de mes talons elle releva la tête.

— C'est fermé ! lança-t-elle.

— Je sais. Et vous ? Que faites-vous là ? Vous n'avez aucune chance d'entendre tinter votre coupelle si personne ne passe. Pourquoi ne pas vous mettre à côté du tabac là-bas ?

— Mon petit cul ne plaît pas à tout le monde, tu sais !

Un rire mêlé de toux dévoila une dentition éparse.

— Ah bon ! Ils ne veulent pas de vous ?

— Quand on te dit que tu ressembles à un épouvantail et que tu fous les jetons aux clients… je dirais que ça veut un peu dire : dégage ! Et puis, je suis bien ici, c'est ma maison !

— Vous habitez ici ? Mais il n'y a rien !

Elle écarquilla les yeux, heureuse de ma curiosité comme une enfant qui cache un secret.

— Si, juste là, sous mes grosses fesses.

Comme je ne comprenais pas, elle se leva, descendit les quelques marches et me convoqua d'un signe de tête.

— Ma caverne, elle est là !

Elle vivait sous l'escalier. Pas plus haut qu'un mètre, mais long du double, elle passait ses nuits là, allongée sur un matelas de cartons empilés. L'extrémité opposée était bloquée par une palette de bois. Pour isoler ce pan de mur improvisé, elle avait bouché les interstices avec des sacs plastique. Une caisse en bois servait de table, à côté des matelas, on apercevait, sur une cagette retournée, un cadre avec la photo d'un homme. Au fond, un sac en toile et un petit Caddie à roulettes comme ceux des vieilles dames sur les marchés, tous deux pleins à craquer.

— Vous avez l'air bien installée. Vous vivez toujours ici ? Vous n'avez pas froid ?

— J'ai un sac de couchage de haute montagne qu'on m'a offert. La patronne du magasin, elle est chouette, elle m'autorise à rester là tant que je ne fous pas le bordel. Pour la remercier, je range les Caddie que les clients laissent traîner, et je passe un coup de balai à l'entrée. C'est provisoire, l'hiver arrive plus vite que prévu, je vais devoir me trouver une crèche pour passer les grands froids, ou alors je retournerai à Paname.

— À Paris ?

— Oui, c'est plus facile l'hiver là-bas, on trouve plus de possibilités pour dormir la nuit au chaud, et puis, il y a les frangins.

Elle regagna les marches, façon de me signifier que la visite était terminée. Et elle conclut, comme pour éviter la question suivante :

— À la haute saison, c'est mieux par ici. Il y a moins de concurrents pour faire la manche et j'ai aussi quelques petites adresses de personnes qui s'occupent de moi. Un peu comme toi, un sourire, une pièce par-ci, un billet par-là. On ne s'en sort pas trop mal.

J'aurais voulu lui donner quelque chose, mais ç'aurait été malvenu. Je l'ai saluée d'un signe de la main et j'ai rejoint le tabac où Sandra m'attendait.

Elle patientait près du comptoir, elle semblait heureuse. Mon escapade l'avait obligée à rester un peu plus longtemps chez le buraliste, elle avait trouvé le moyen de parler enfin à son Phébus. Quand elle m'aperçut, elle lança d'une voix qui minaudait :

— Ah ! la voilà… Encore merci pour le ticket, vous me portez chance… À bientôt !

Il répondit d'un signe de main, en montrant ses dents blanches. Une fois dehors, elle sauta à pieds joints dans une petite flaque d'eau et cria :

— Yes ! Yes ! Il m'a parlé ! Tu as vu comme il est beau et comme il me regardait ?

J'aurais voulu la féliciter et l'encourager, mais je pensais à l'épouvantail qui s'ennuyait sur les marches. Elle insista.

— S'il te plaît, c'est le principal !

45

Par chance, Mado s'était trompée lorsqu'elle m'avait informée de la réunion du lundi matin. Jour férié au calendrier, il n'y avait personne et elle n'eut pas lieu. J'espérais être passée au travers, quand, un peu avant dix heures, on frappa à la porte pour m'annoncer qu'on m'attendait en bas.

Le moment me parut interminable, la curiosité que j'avais provoquée la semaine précédente se mua en sourcils épais et regards obliques. On aurait dit un tribunal sans avocat. J'étais l'accusée, la coupable de tapage et troubles de voisinage. Sandra fut impliquée comme complice de nos inconduites. Nous écopâmes de la même sentence : ramassage des feuilles, balayage du trottoir devant l'immeuble et sortie des poubelles mardi et vendredi. Ma voisine souriait, elle m'adressa un clin d'œil appuyé au nez et à la barbe des encadrantes. Elle s'en foutait.

Cela ne plut pas du tout à la mère supérieure. Elle sermonna mon amie devant l'assemblée et la menaça d'expulsion si les faits venaient à se reproduire. Sandra ravala son sourire et afficha une moue glaciale, provocatrice. Sans un mot, elle étalait son indifférence. Mado était furieuse, elle se rapprocha d'elle, le doigt inquisiteur, comme on gronderait un enfant turbulent.

— Ne crois pas que tu peux faire et dire ce que tu

veux. N'oublie pas que tu n'es que de passage ici. Vu ton comportement avec tes camarades, ton séjour risque d'être très court, tu iras où ensuite ? Tu t'es posé la question ? En tout cas, le jour où tu partiras, tu ne manqueras à personne ! C'est la dernière fois que je te mets en garde, la prochaine ce sera la porte ! Et crois-moi, cela ne traînera pas, j'y prendrai même un certain plaisir. D'autres avant toi se sont pris pour de petits caïds, Dieu sait où ils sont aujourd'hui !

Je trouvai la scène démesurée, hors du temps et inappropriée. J'ai craint que ma complice ne craque et ne sorte de son mutisme. Je suis intervenue, d'un ton qui se voulait calme mais qui cachait mal ma colère naissante :

— Elle a compris. Cessez de lui crier dessus, elle n'est pas sourde !

La directrice se retourna sur moi, le doigt pointé, me toisa, baissa sa main et conclut :

— La réunion est terminée, merci à tous d'être venus. Quant à vous deux… comptez sur moi pour vous soigner dans mon rapport.

Nous sommes sorties les premières. Sandra ronchonnait, elle montait les marches et claquait du talon, mais je ne prêtai pas attention à ce qu'elle disait, trop occupée à me parler à moi-même. La colère grondait, contre moi, contre eux, contre cet endroit : que faisais-je là ? La question tournait en boucle. Comment avais-je pu tomber si vite si bas ? Je me suis engouffrée dans mon petit appartement. Sandra hurlait dans le couloir :

— Vous êtes tous que des faux-culs ! Et toi, Mado, tu peux toujours rêver pour que je me coltine tes corvées de merde !

Je n'ai pas osé aller la trouver. Il me semblait qu'elle

me renverrait dans les cordes, et je ressentais surtout le besoin de rester seule.

Le temps imprima son empreinte pendant toute la matinée. Puis une idée bourgeonna, toute menue et duveteuse. Elle prit place dans mon esprit, et ouvrait ses pétales d'espoir. Thomas ne voulait pas me parler, mais que ferait-il si je lui écrivais une lettre ? Curieux, il la lirait certainement. Je fouillai partout, retournai les tiroirs, cherchai de quoi assouvir ce besoin irrépressible de lui écrire. Après avoir cherché partout, et comme je n'avais rien trouvé pour écrire, j'ai redescendu deux à deux les marches et j'ai pris la direction du centre commercial. J'avançais à grands pas, la tête pleine de rêves, de mots doux et d'amour maternel.

Je me persuadais qu'il aimerait recevoir de mes nouvelles. Je pourrais même dessiner quelques baisers et des cœurs pour lui rappeler tout mon amour. J'accélérai le pas. Arrivée au centre commercial, j'ai remarqué que la dame aux escaliers était absente, mais j'étais trop pressée, je suis entrée dans le magasin et j'ai acheté un bloc de papier à lettres et deux stylos. J'ai choisi un bleu pour le texte, et un rouge pour les cœurs et les baisers. J'ai pris aussi un paquet d'enveloppes.

Une seule caisse ouverte et trois Caddie remplis plus tard, j'ai passé les portes automatiques. J'ai aperçu alors la tête de la petite dame qui dépassait de son blouson de ski. J'ai pensé que je ne connaissais pas même son prénom. La dame aux escaliers, je trouvais ça bien, mais pour la saluer c'était un peu juste, cela manquait de tact. Elle trônait sur les marches et m'a souri.

— Tu es une rapide dis donc, je ne t'ai pas vue entrer !

Elle m'a détaillée et elle a vu le bloc et les enveloppes.

— Ah ! Une lettre pour ton chéri ?

— C'est un peu ça, on ne peut rien vous cacher.

— Ça ne t'embête pas au moins que je te tutoie ?

— Non, mais je ne connais même pas votre prénom… moi, c'est Ava !

Je lui tendis la main libre qu'il me restait, elle la toucha à peine du bout des doigts.

— Moi, c'est Margot… en fait, c'est Marguerite, mais je n'aime pas. Ça pue les marguerites. T'as déjà senti des marguerites ?

— Oui, ça ne sent pas super bon, je le reconnais !

— Sinon, à Paname, mes copains me surnomment la nouille.

— La nouille ?

— Ouais, je sais… Ces idiots, ils racontent que je suis souple comme un spaghetti et que, quand j'suis chaude, enfin, quand j'ai trop picolé, ils disent que je ramollis. Tu vois le genre ! Un abruti a dit ça une fois, et c'est resté.

— Vous partez quand pour Paris ?

— Je ne vais pas tarder, ça commence à piquer la nuit, même si j'ai la peau dure. D'ici un jour ou deux, faut que je fasse mon sac, et que je me mette en cavale. Ça m'emmerde de laisser des trucs derrière moi, mais bon, j'ai l'habitude. Quand on a une vie comme la mienne, faut pas trop en coltiner. Y a qu'un truc dont je ne me sépare jamais, c'est la photo de mon mari. Enfin je dis mon mari… je te l'ai montrée déjà ?

— Non, je ne crois pas.

Elle se leva, me demanda d'attendre un instant et ressortit de sa grotte avec le cadre que j'avais entrevu lorsqu'elle m'avait présenté son antre. Elle s'approcha et m'invita à m'asseoir à ses côtés.

— Je te présente Joseph ! Un homme en or comme jamais je n'en retrouverai, paix à son âme.

Je me sentis gênée, je ne savais pas quoi dire.

— Il a des yeux rieurs… que lui est-il arrivé ?

— Un accident du travail, il y a dix ans déjà… Tu savais que pêcheur, c'était un des métiers les plus dangereux ? Il est parti une nuit avec son patron et un gringalet de matelot, et on ne les a plus jamais revus. Saleté d'océan ! On n'était pas mariés, je n'avais pas de turbin, sa famille ne pouvait pas me voir en peinture, et la mienne c'était pire. C'est comme ça que ma galère a commencé. On est peu de chose, je te le dis ma belle !

J'ai hésité et je lui ai demandé :

— Ça vous dirait de venir dîner à la maison ce soir ?

Elle éclata de rire.

— T'es sérieuse ?

Mes joues s'empourprèrent.

— Mais oui, pourquoi ?

— C'est pas tous les jours qu'on me propose une becquetance, du coup, ça me scie les pattes !

Elle se reprit en voyant mon air triste :

— Désolée, j'ai tendance à argoter, je trouve que ça me file un genre vieille mégère qu'il ne faut pas emmerder. C'est pas souvent qu'on m'invite à dîner, alors ça m'étonne ! Mais je veux bien. Par contre, pas de poisson, j'ai cessé d'en manger depuis la mort de mon homme !

46

En arrivant à la résidence, j'ai eu un mauvais pressentiment. Il y avait un attroupement devant l'immeuble. J'ai hâté le pas. Mado était dans la rue, avec tous les autres locataires. Lorsque je suis arrivée, les regards étaient fuyants. Je n'ai pas compris tout de suite. Et puis, j'ai vu le sang sur le trottoir.

— Que se passe-t-il ?

La mère supérieure était pâle, ses mains tremblaient.

— Sandra s'est jetée de sa fenêtre.

J'ai levé la tête. Même du premier étage, avec le demi-palier, cela représentait sept bons mètres.

— Les pompiers et le SAMU sont intervenus, ses jours ne sont pas en danger, mais elle a plusieurs fractures… Je suis désolée pour ton amie, Ava.

La colère m'étreignait, je m'étouffais.

— Ce n'est pas mon amie, mais ce n'est pas non plus la vôtre, ça, c'est certain ! Vous devez vous sentir responsable, non ? Ne comptez pas sur moi pour nettoyer le trottoir !

Elle n'a pas répondu. Je l'ai bousculée de l'épaule par mépris, avec une rage contenue. Elle m'a attrapé le bras lorsque j'entrais dans le hall.

— Ava, ne faites pas la maligne avec moi, je n'y suis pour rien ! Et la prochaine fois que vous me bousculerez, vous aurez affaire à moi. Vous m'avez comprise ?

Mon regard s'est planté dans le sien.

— Lâchez mon bras !

Elle m'a dévisagée avec un sourire narquois, provocateur. Je sentais fourmiller la rage en moi. Elle serra un peu plus sa main contre mon bras.

— Vous allez faire quoi ? Me frapper ? Vous n'oseriez pas tout de même ! Vous savez que c'est une clause d'exclusion, Ava.

— Vous préféreriez que je saute par la fenêtre ?

— Ce n'est pas parce que Sandra a montré des faiblesses que j'en montrerai avec vous. Je vous conseille de respecter le règlement. Et je vous confirme que vous sortirez les poubelles !

Une nouvelle fois, je me suis laissé dominer par la colère, mais avec un certain plaisir, cette fois. J'ai levé le poing et je l'ai plaqué sous sa pommette droite. Elle m'a lâchée, a tangué, un homme à ses côtés l'a retenue alors qu'elle vacillait. J'étais satisfaite et j'ai monté fièrement les premières marches.

— J'engage la procédure d'expulsion, Ava, on verra si vous faites toujours la maligne !

J'aurais pu l'étrangler, l'éviscérer, tant la hargne qui courait en moi était puissante. Je n'avais qu'une envie, me retrouver seule dans mon appartement. Mais je savais déjà que le temps m'était compté.

47

L'invitation que j'avais lancée à la dame aux escaliers ne pouvait pas tomber à pire moment, mais elle méritait que je l'honore. Je ressassais des idées noires. Ce que m'avait dit Mado, ce que m'avait dit Sandra, cette façade souriante qu'elle arborait chaque instant.

Il y avait déjà quelques jours que je me trouvais là, et je ne parvenais pas à m'y sentir à ma place. Avec mon coup de poing, cela ne durerait pas, à croire que je ne demandais pas mieux.

Vers cinq heures, ce soir-là, je suis descendue dans la grande salle. Je voulais prendre des nouvelles de ma voisine, j'espérais ne pas tomber sur Mado. Sa collègue était là, seule. Elle me dit assez froidement que la mère supérieure était aux urgences pour faire une radio et obtenir un certificat médical. Le processus était lancé, je ne pourrais pas l'arrêter, le voulais-je seulement ?

Elle me donna le numéro de téléphone de l'hôpital où se trouvait ma voisine, mais précisa que ce n'était pas la peine de l'appeler, elle venait d'avoir des nouvelles. Sandra sortait du bloc opératoire, tout s'était bien passé. Ses jours n'étaient pas en danger. Elle ajouta que la convalescence serait longue, fracture du bassin et du fémur ainsi qu'un traumatisme crânien. Sans doute gênée ou pour faire bonne figure, elle me rappela mon rendez-vous chez le psychiatre, en ville, prévu le lendemain, vendredi. Elle l'informerait du geste de mon amie afin qu'il puisse en discuter avec moi. Je souris, c'était le dernier de mes soucis.

Je suis remontée chez moi, soulagée, mais aussi en colère contre Mado. Elle disait n'être responsable en rien de la tentative de suicide de Sandra, mais je savais que c'était faux. Je l'avais frappée, mais je n'étais pas non plus parfaite, j'aurais dû aller voir Sandra, lui parler, vérifier si elle allait bien. J'avais une part du fardeau à porter.

J'ai commencé à préparer un repas digne de ce nom, pour m'occuper les mains, pour oublier. La nuit est tombée d'un coup, en même temps que la pluie sur la fenêtre de la cuisine. Je ne portais pas le mois de novembre dans mon cœur, la grisaille, les jours qui s'étiolaient, et le froid qui s'annonçait n'arrangeait rien.

48

Il était déjà sept heure passées et Marguerite, la dame aux escaliers, ne m'avait pas donné signe de vie. Le gratin dauphinois, doré à souhait, attendait dans le four. Je me suis installée à la fenêtre, avec l'espoir de la voir au coin de la rue. Après tout, cette femme ne me connaissait pas, ou à peine. Elle vivait dehors depuis si longtemps, pourquoi respecterait-elle l'horaire d'une invitation ? Pourquoi d'ailleurs viendrait-elle, qui plus est, sous la pluie ?

Je me suis installée dans le petit canapé, l'écran du téléviseur renvoyait mon reflet déformé et distillait l'image d'un visage résigné. Résigné… ce mot me représentait dans toute sa splendeur. Je ne me sentais plus capable de me battre. J'avais toujours eu quelqu'un à mes côtés : mes parents, même si nous n'étions pas sur la même longueur d'onde, mon mari, sur qui je m'étais reposée. La vie m'avait préservée pendant de longues années. Mais aujourd'hui, je rendais les armes. L'âme torturée d'avoir lâché mon enfant, de ne pas avoir été à la hauteur, d'être rejetée par le seul être qui comptait pour moi, je capitulais et me laissais envahir par la mélancolie. Personne ne m'avait jamais prévenue, personne ne m'avait dit que la vie, ça pouvait faire si mal. Je n'étais pas préparée à cela.

J'entendis du bruit dans l'escalier, une série de petits chocs réguliers. J'ai entrouvert la porte. Margot était là, elle tirait son Caddie sur les dernières marches. J'ai voulu l'aider.

— Laisse ! Je ne suis pas impotente !

Elle m'a suivie dans l'appartement et s'est ébrouée comme un animal sauvage.

— Quel temps de merde !

Elle m'a tendu son blouson trempé. Elle portait un pull à col roulé d'un rouge vache qui rit, assorti à ses joues mordues par le froid.

— Hum ! Dis donc, ça sent bigrement bon.

— Un gratin dauphinois, vous aimez ?

— Je veux, mon neveu ! Et pas qu'un peu !

Elle s'installa dans le canapé.

— J'ai bien failli ne pas venir avec cette pluie, en plus, je ne laisse jamais mes affaires toutes seules. Du coup, j'ai fait le tri, j'ai enfourné le plus important dans ma carriole, comme ça, je suis fin prête pour mettre les bouts vers la capitale. J'ai juste planqué mon sac de couchage et des bricoles pour tout à l'heure.

— C'est vrai que ça ne doit pas être commode. Je n'y avais pas pensé.

— Tu ne peux pas laisser tes affaires, dehors, c'est chacun pour sa gueule. Quand tu n'as pas un toit sur la tête, pas de chez-toi, le peu que tu possèdes, tu en prends soin comme d'un trésor. On ne connaît son bonheur que le jour où il s'envole. Crois-moi, ma belle !

Elle me fixait et je buvais ses paroles. Je m'y retrouvais tant que j'ai réprimé une envie de pleurer. J'avais perdu ma vie d'avant, ma quiétude, mon appartement douillet, une histoire d'amour, mais surtout une enfant dont la mort pesait sur ma conscience.

— Tu as bien un truc à siroter dans ton hôtel de luxe !

J'ouvris la porte du meuble télé et en sortit le rhum.

— Il me reste ça ! Et une bouteille de vin rouge que je n'ai pas ouverte.

— Allez ! Envoie le rhum, une éternité que je n'en ai pas bu, ça me rappellera les chansons de marins dans les estaminets bretons. Pour le jaja, on lui fera la peau plus tard avec ton gratin.

J'aimais son enthousiasme et son franc-parler, ses gestes sans manières, ses mots d'argot et sa voix rocailleuse. Nous avons descendu deux godets comme elle disait, puis j'ai servi mon gratin. Elle en a repris plusieurs fois, et a saucé le plat avec un morceau de pain.

— T'as pas un frometon qu'on tue le reste du pinard ?

— Si, je crois… un Saint-Marcellin. Vous êtes sûre de pouvoir encore avaler quelque chose ?

— Je savoure. Dehors, je ne meurs pas de faim, mais un petit repas comme celui-là, et un bon jus de raisin, ça donne envie de dépasser ses limites. Dans la vie, faut profiter. Là, je te jure, je me régale !

— Tant mieux !

Elle a lâché un rot qu'elle a tenté d'éteindre avec la main.

— Oups ! Désolée, ça m'a échappé, quand tu vis toute seule… J'ai plus l'habitude des mondanités. Je suis désolée, mais c'est la preuve que tu cartonnes en cuisine. Tu m'as gâtée, je me serais crue à un repas de noces ! Au fait, tu n'as pas un petit chéri caché quelque part ? Ne me dis pas que tu es célibataire ? Un joli brin de fille comme toi !

Elle dut se rendre compte que sa question me mettait mal à l'aise, car elle changea aussitôt de sujet, sans me laisser le temps de répondre.

Elle accepta un rhum en guise de digestif à la condition

que je l'accompagne. Je ne me suis pas fait prier, j'avais besoin de me vider la tête.

Installée dans le canapé, Margot se laissa ensuite prudemment aller aux confidences. Elle me confia d'abord qu'elle venait d'avoir 54 ans. Je n'ai pas osé lui avouer que je lui en aurais donné presque dix de plus. Sa situation m'intriguait et mille questions me brûlaient les lèvres. Elle m'a parlé ensuite de ses compagnons d'infortune, tel ou tel SDF qu'elle allait retrouver à Paris. Nous avons bu un autre rhum, puis encore un. La tête me tournait, comme lorsque petite fille je m'amusais à virevolter très vite sur moi-même jusqu'à en perdre l'équilibre. Margot semblait tenir la distance mais commençait à buter sur certaines syllabes. Elle m'a posé une nouvelle question sur ma vie sentimentale, et là, j'ai fondu en larmes. Elle a posé doucement la main sur mon épaule.

— Décidément, je suis une vraie gourdasse ! Toujours là pour poser mes questions débiles. Ne pleure pas, va ! Les hommes ne méritent pas nos larmes, sauf celles qu'on verse pour les mettre au monde.

Alors, je me suis vidée. J'ai tout raconté depuis le début. L'accident. Elle s'est resservi un godet. Rose, un autre godet, mon mari, sa double vie, encore un, sa maîtresse enceinte… La bouteille de rhum était finie depuis longtemps, Margot pleurait en même temps que moi, elle me caressait la main, et cela me faisait un bien fou. C'était un moment unique de communion, d'écoute, de connexion. Jamais, depuis qu'on tentait de calmer la haine et la colère que j'éprouvais, je n'avais ressenti autant d'empathie de la part d'une autre personne. Peut-être ses yeux d'un vert un peu gris qui plongeaient dans les miens. Ou les coups de canif que la vie avait imprimés dans chacune des rides de son visage, sa main râpeuse sur la mienne, cette façon d'avaler cul sec son verre chaque fois que je lui annonçais un drame.

J'ai raconté tous les détails, ma fuite de l'hôpital, ma lâcheté envers Thomas, mes déboires au centre de soins psychiatriques, mes moments de violence, mes évasions ratées, mon fils qui me rejetait et jusqu'à la tentative de défenestration de ma voisine et le coup de poing que j'avais donné à Mado.

Quand je me suis enfin tue, Margot a poussé un grand soupir. Elle a caressé Pinpin que je serrais dans mes bras.

— Tu sais, ma belle, les plaies finissent toujours par se refermer, même celles qui t'arrachent le cœur. Au bout de quelque temps, tu te retrouves avec des cicatrices plus ou moins profondes. Souvent, pour les autres, tu sembles guérie… mais elles ne cessent jamais de te mordre la couenne, crois-moi. En fait, elles font moins mal et on s'habitue. Une cicatrice, ça ne s'efface pas, au mieux, ça se camoufle. On vit tous avec nos fantômes et je sais de quoi je cause !

Margot s'est levée, en se tenant à la table basse. Elle titubait un peu.

— Vous n'allez pas partir maintenant ? Il fait nuit, et en plus il pleut !

— Eh ben, là, déjà je voudrais arriver à me lever !

Elle est retombée sur le canapé.

— Vous n'avez qu'à dormir ici, vous serez bien là !

— Hum ! C'est vrai que ta gnôle secoue plus que j'aurais cru. Y a du vent dans les voiles comme aurait dit mon Joseph !

Margot a été prise d'un fou rire. Elle semblait plus ivre que je ne l'avais supposé. J'ai apporté un oreiller et une couverture, mais elle a d'abord voulu passer par la salle de bains. Elle voulait que je l'aide à se déshabiller.

— Tu sais, je suis propre ! Je me douche à la piscine

municipale. D'ailleurs, il y a un maître nageur que je croquerais bien !

Elle portait plusieurs couches de vêtements. Sa tête se retrouva coincée dans l'encolure d'un sous-pull. Elle éclata de rire.

— Y a pas un seul homme qui trouverait la patience de m'effeuiller !

Nous avons partagé un interminable fou rire, elle, la tête dans le col, et moi assise sur le carrelage à tirer sur son maillot.

49

J'ai été réveillée par un bruit d'une vaisselle qu'on malmène. Margot avait mis mon peignoir et s'affairait devant l'évier. Elle fredonnait une vieille chanson en récurant énergiquement le plat à gratin. Je l'ai saluée et remerciée. L'horloge de la cuisine marquait huit heures dix, il était bien plus tôt que je ne l'aurais cru. Ça sentait bon le café chaud, elle devait être réveillée depuis un moment déjà.

— Vous ne dormez jamais ?

— Tu te fourres le doigt dans l'œil jusqu'au coude, je n'ai pas pioncé aussi bien depuis une éternité. Je te remercie de m'avoir invitée. En règle générale, les gens ne sont même pas foutus de me regarder.

— J'avais besoin de quelqu'un, je crois. C'est à moi de vous remercier… Pas trop mal au crâne ?

— Oh, j'ai connu pire. Tu sais, quand tu grattes le pavé, tu rencontres pas mal de gueules cassées, qui, pour accepter leur vie, noient leur chagrin dans l'alcool. L'alcool en argot, on appelle ça le pousse-au-crime, mais pour certains ça ressemble plutôt à une forme de suicide à feu doux. Alors, avec le temps, j'ai appris à encaisser un peu mieux la bibine. Et encore merci, tu m'as ravi le bidon !

J'ai essuyé la vaisselle, versé deux grandes tasses de café, sorti quelques biscuits et nous nous sommes installées sur le canapé, comme deux vieilles amies qui se retrouveraient pour le thé.

Les confidences de la veille me laissaient un goût bizarre, nous nous étions épanchées l'une auprès de l'autre, sans retenue, sans crainte d'être jugées. Je réalisai qu'elle n'était qu'une étrangère, mais que cela m'avait été pourtant d'une facilité déconcertante. Sans doute était-ce moins difficile de se confier à des personnes qu'on ne connaissait pas. Margot, perdue elle aussi dans ses réflexions, sembla se réveiller d'un seul coup.

— Dis donc, t'es quand même pas comme tout le monde toi !

— Pourquoi dites-vous ça ?

— Eh ben, tu viens me parler, tu m'offres des dattes, de l'argent, tu m'invites chez toi, t'écoutes mes misères, et en plus tu me racontes ta vie. Je n'en ai pas croisé des kilos des gens comme toi !

— Vous n'êtes pas mal dans votre genre non plus ! Je suppose que j'avais besoin de me rapprocher de quelqu'un après tout ce que j'avais vécu, c'est tombé sur vous.

— Je ne m'en plains pas… Mais ne crois pas ça. Même quelqu'un qui voudrait se confier évitera toujours les gens comme moi. On n'est pas comme tout le monde, alors on fait peur. Des fois qu'on aurait des puces ou des maladies, ou qu'on pourrait leur refiler la misère ! Toi, tu as du cœur, aucun doute ! C'est quoi tes projets ?

— Excellente question ! La seule personne avec qui j'avais un contact à peu près social a cherché à mourir, c'est fou comme je suis de bonne compagnie ! Je viens de frapper la responsable qui va sans doute me faire virer d'ici quelques jours. Mon fils m'en veut à mort et refuse de me parler, mes parents, déçus de mes décisions depuis le lycée, sont dépassés, outrés par mes réactions violentes, le vol de leur voiture. Je suis devenue dépendante à des médicaments enregistrés sur liste rouge, et je commence à aimer boire à outrance. L'envie de me foutre en l'air comme la voisine me traverse tous les jours. Je fais des cauchemars toutes les nuits, je revois des images qui me donnent des suées et la gerbe. Il m'arrive de me mutiler les avant-bras pour que la douleur physique efface celle de ma tête et de mon cœur. Mon avenir… je l'imagine bien dans le trou avec ma fille Rose. J'aimerais bien savoir ce que le destin me réserve encore… je laisse venir. Je me sens abattue, et je n'ai plus envie de lutter.

— Écoute, ma cocotte ! Tu ne devrais pas te frapper le torse ou te flageller comme tu le fais ! La vie est ce qu'elle est, mais elle mérite qu'on s'y attarde. Regarde ce que je suis devenue. J'ai cinquante-quatre piges et on dirait une vieille croûte, je traîne mes savates à droite et à gauche sans savoir vraiment où je vais et, quand j'y vais, je marche du pas raide qu'ont les anciens. Et tu sais pourquoi ?

Je fis non de la tête sans dire un mot par crainte de l'interrompre.

— Parce que je ne me suis pas battue et que j'ai pris la fuite. J'aurais dû retourner chez mes vieux, même si mon père était un pochetron, et qu'on ne pouvait pas se blairer. Il m'aurait sans doute fait une place dans sa chaumière le temps que je tire de meilleures cartes. Au lieu de ça, j'avais tellement mal, que je n'ai plus vu que ça. Mon mal et rien d'autre. J'ai attendu que tout me tombe tout cuit dans le bec. Je suis restée dans la maison de mon marin pendant qu'il se faisait bouffer par les poissons. Et comme je ne payais plus le loyer, on m'a foutue dehors. Voilà le travail !

— Je comprends, mais vous n'avez pas tué un de vos enfants.

— Non, je n'ai pas eu le temps d'en pondre un. Mais

si je m'étais bougé le derrière, j'aurais peut-être rencontré un type bien qui m'en aurait fait un. Ce que je vais te dire, c'est vicieux et un peu vachard... Dans la vie, c'est quoi le mieux ? Ne jamais avoir pu faire de mômes, ou d'en avoir deux et d'en perdre un ? Tu vois, on dit que la vie est dure, c'est vrai, mais elle l'est encore plus quand tu laisses tout faire et que tu ne forces pas le destin, et en ça je suis responsable aussi.

— Je l'ai forcé, le destin ! J'ai pris la décision de me marier contre la volonté de tous, et tu as vu ce que ça m'a rapporté ? Quelques années d'un pseudo-bonheur avec un homme qui restait juste pour les enfants et qui jouait un rôle.

Sans m'en rendre compte, j'étais passé au tutoiement.

— Oui, mais ces années-là, tu étais heureuse ?

Elle marquait un point, je ne pouvais le nier, mais ça ne voulait plus rien dire pour moi. C'était comme si ce bonheur était une pâle copie du vrai.

— Oui, mais avec le recul, je crois que je me cachais la vérité. Toutes ses absences répétées, ses retards... j'ai été très naïve au début, ensuite, je pense que je me suis voilé les yeux. Mais pour revenir à Rose, tu sais, se sentir responsable de la mort de son enfant, il n'y a pas pire...

— Détrompe-toi, et arrête de crier sur les toits que tu l'as tuée. Tu n'as pas réussi à la sauver, et ça fait une énorme différence. Tu crois que ce que tu as vécu est pire que tout, mais en fait tu devrais ouvrir les yeux et regarder autour de toi. Le malheur, la mort, la faim, la guerre, la maladie... tout ça, ça pourrit le quotidien de millions de gens. Alors, oui, tu as le droit de chialer, mais tu n'as pas le droit de baisser les bras.

— Tu ne me comprends pas !

— Parce que je ne suis pas maman ?

— Non, parce que jamais plus je ne pourrai vivre comme

avant, jamais plus je ne verrai mon fils sans penser à sa sœur. Jamais il ne me pardonnera et, s'il le faisait, jamais je n'y croirais. Et comment ferais-je pour l'élever ? Je n'ai pas de travail, je n'ai aucune capacité particulière. Je suis devenue l'ombre de ce que j'étais. Je pique des crises, je deviens violente, j'ai des envies de mourir et de tuer. Comment voudrais-tu que j'élève un enfant ? Je n'ai même plus sa garde, et ce n'est pas ici, avec la façon dont les choses se passent, que ça va s'arranger. C'est plus fort que moi, je me hais pour mes faiblesses et mes lâchetés, pour n'avoir pas su sauver ma fille ni parvenir à surmonter tout ça.

Elle posa la main sur la mienne.

— Ava, tu es trop dure avec toi-même, tout ça, ça te ronge, te bouffe et te détruit. Tu vas droit dans le mur. Tu me fais penser à ces péquenauds qui se bourrent la gueule à longueur de journée. Ils savent que la gnôle c'est leur petite mort, qu'il y a des solutions, mais ils s'en tapent la colonne et attendent de crever un jour sur un banc, de froid ou d'une cirrhose. Tu piges ?

— Oui ! Mais qui te dit que je n'ai pas envie de mourir à petit feu ? Peut-être que la souffrance, c'est ma punition ? Après tout, je la mérite cent fois !

— Si tu ne fais rien, tu vas devenir comme moi. Tu crois que cette vie de saltimbanque, de traîne-savate, ça te permettra d'oublier ? Tu te fourres le doigt dans l'œil. Mon homme me manque toujours autant parce que j'ai jamais eu le courage d'aimer quelqu'un d'autre.

Margot posa sa tasse vide sur la table, alla chercher la cafetière et nous resservit. Elle avait l'air agacée par ce que je lui disais. J'avais l'impression que ce que nous avions partagé la veille s'était évaporé.

— Si je comprends bien, tu trouves que la vie ne t'a pas assez punie ? Il faut que t'en remettes une couche, et encore une… Tu n'as pas l'impression d'être en mode «je me bousille toute seule», «je me flagelle»?

— Sans doute… mais je crois que, comme ça, je préserve aussi mes parents et mon fils. Qui sait quelle ignominie je serais capable de commettre ou de dire? Je réalise que je suis une bombe à retardement… autant exploser loin des miens.

— On se connaît pas, ou si peu. Alors, rien à foutre que ça te plaise ou pas, mais je trouve que tu es complètement à côté de la plaque! Regarde où tu crèches, tu as un toit sur la tête, le confort, la santé.

— Oui… enfin, pour combien de temps encore? Mais le pire, c'est que je suis seule. Toi, tu as des amis, ici et à Paris. Je vais faire quoi, moi, toute seule? Me morfondre et devenir dingue. Des mois que je galère, que je fais crise sur crise, qu'on me flanque en camisole, qu'on me gave de cachets. J'en ai marre, je sais que je n'y arriverai pas! J'en ai même marre de me lamenter, mais je n'arrive pas à faire mieux. Tu crois qu'un toit, ça fait tout? Tu dis ça parce que tu n'en as pas. Moi, je suis seule à l'intérieur, entourée par des murs immenses, sans lumière, des murs de remords, de honte et de culpabilité. Alors, vivre ici ou dehors, je n'en ai rien à faire.

— C'est vrai que tu es gonflée de colère. Ça se comprend. Mais tu n'as pas idée de ce que c'est que de passer ses nuits dans la rue, seule, vraiment seule!

— Emmène-moi avec toi!

— Quoi?

— Oui, tu as bien entendu, emmène-moi avec toi. Tu ne seras plus seule et moi non plus. À deux, on s'en sortira mieux, on se soutiendra. Ne me laisse pas ici!

Elle faillit avaler son biscuit de travers.

— T'es sérieuse? Si c'est le cas, t'es dingue que t'en

peux plus ! On se connaît pas, et puis tu ne tiendrais pas deux jours. Regarde-toi, tu es bellotte, t'en as sous le casque, de bonne famille, qu'est-ce que tu veux traîner ta viande dans la rue ? C'est pas pour toi ! Tu te vois pisser entre deux bagnoles ? Fouiller les poubelles ? Mendier ? Ma pauvre… t'es complètement à la masse !

— Je suis sérieuse, et je me fiche du confort, de la télé, des fringues, du logement. De toute façon, rien n'est à moi ici ! Je sais que là je n'y arriverai pas, même s'ils me donnent une autre chance, à un moment ou un autre je vais encore piquer une crise, frapper quelqu'un, me scarifier. Je n'ai pas de vie ici ! Je ne veux pas rester seule et je veux me sortir toutes ces idées noires de la tête. Dehors au moins, je serai obligée de réagir, de me bouger. Quand je suis seule, je deviens folle. J'ai un peu d'argent, ça pourrait aider.

— Non ! Là, tu rêves ! Lâche-moi la grappe avec ça ! Moi, j'aime être seule.

Elle se dirigea vers la salle de bains.

— Je prends une douche si ça ne te dérange pas !

Elle est ressortie de la salle d'eau avec le sourire, les cheveux tirés en arrière et noués sur le dessus. Je la trouvai différente, plus lumineuse. Elle s'était rhabillée.

— Je me suis permis de t'emprunter un peu de parfum, je n'ai pas pu résister.

— Vous avez bien fait.

J'étais repassé au vouvoiement, peut-être inconsciemment pour lui dire qu'elle m'avait déçue. J'étais déboussolée, perdue, j'aurais voulu la convaincre de m'emmener, mais je n'osai pas revenir sur la discussion.

— Je vous ressers un café ?

— Ouais… j'arrive !

Elle s'écroula sur le canapé et enfila ses chaussures.

— Tu vois, les godasses, c'est un peu comme la prunelle de tes yeux quand tu vis dehors. Perso, si j'ai les panards mouillés ou froids, je meurs.

C'étaient de grosses chaussures en cuir qui remontaient jusqu'au-dessus des chevilles avec une fermeture Éclair sur le côté. Les talons étaient râpés par l'usure. Je ne sais pas pourquoi je lui ai demandé :

— Vous vivez de quoi si ce n'est pas indiscret ?

— C'est pas indiscret, mais elle est un peu conne ta question ! De quoi tu veux que je vive ? Tu l'as bien vu, je fais la manche. Fais pas la gueule ma fille, je te taquine ! À Paname, il y a des adresses où on t'aide bien, la Croix-Rouge, les Restos du cœur, ce genre de trucs. Les copains, il ne faut pas trop compter sur eux, pour la déconne ça va, mais c'est chacun pour sa pomme. Et parfois, c'est comme ça, c'est la merde, tu galères, pas un rond, tu ne sais pas où dormir… Mais tu reviens encore à ce truc. Tu ne t'es toujours pas enlevé cette idée de la tête, c'est ça, hein ?

— Non, mais que vous le vouliez ou non, je ne resterai pas ici. Il n'y a rien qui me retienne, ni la ville, ni les gens, ni un travail, ni ce logement. Si vous ne voulez pas de moi, ce n'est pas grave, je me débrouillerai toute seule. Mais c'est décidé, je m'en vais aussi.

Elle souffla par le nez, attrapa son menton entre son pouce et son index et expira de nouveau.

— Dans ton genre, derrière tes grands airs de petite fille sage un peu tarée, t'es une sacrée casse-couilles !

— Vous dites vous-même qu'il faut forcer le destin, c'est ce que je vais faire.

— Oui, mais pas comme ça ! Toi, tu le forces à t'engloutir.

— J'ai un peu d'argent avec l'aide que je touche, j'arriverai bien à tenir quelque temps, avec ou sans vous.

— Tu ne te rends vraiment pas compte de ce qu'est cette vie, on ne la choisit pas, on la subit !

— Je la subirai aussi, je préfère encore ça que rester ici !

Le ton montait, elle était sûre d'elle et moi aussi. Elle a tapé d'une main sur la table basse, s'est levée et m'a fixée sévèrement.

— Écoute, je te propose un marché, parce que je t'aime bien, et que je sais que ta caboche de tête de mule ne changera pas d'avis. Mais tu dois me promettre de respecter ce contrat et de pas te défiler si tu perds.

— Ça dépend de ce que vous me proposez.

— Tu viens avec moi. On part à Paname, mais si dans une semaine, ou avant, tu craques, tu me jures de retourner chez tes parents.

Je croyais à peine ce que j'entendais.

— D'accord ! Je le jure !

— Attends ! Attends ! Calme ta joie ! Pendant cette semaine, on vit à ma manière, c'est-à-dire que tu gardes ton pognon, pas d'hôtels, pas de restaurants ou de McDo… Tu démarres comme moi, c'est-à-dire avec quasiment que dalle, une trentaine d'euros max. Au pire, tu as le droit de t'acheter un sac à dos et un sac de couchage, mais rien de plus.

Je n'ai pas hésité, j'ai accepté. Elle a craché dans sa main et me l'a tendue.

— Tu craches dans la tienne et tu me serres la paluche. J'appelle ça le pacte du diable, si tu foires, que tu ne respectes pas les règles, je te vire ! Fais pas ta chochotte !

J'ai craché dans le creux de ma paume et j'ai serré la sienne, mes yeux dans les siens.

— Putain, t'es une sacrée tarée ! T'as plus qu'à faire le tri dans tes affaires. Je serais toi, je prendrais le minimum. Moins t'es chargée, mieux c'est !

50

Nous étions convenues de nous retrouver le surlendemain devant le centre commercial à sept heures précises. Elle ne m'attendrait pas une minute de plus. J'avais une journée pour acheter ce qu'elle m'avait autorisée à emporter, un sac de couchage et un sac à dos.

J'avais la tête en feu, l'estomac noué, mais aussi l'impression de m'assumer totalement. Pour la première fois de ma vie.

Après une toilette éclair, je suis allée en ville dans un magasin de sport. J'y suis restée plus d'une heure avant de porter mon choix sur un sac de couchage spécial haute montagne avec capuche et sur un sac à dos de soixante litres de contenance équipé de poches un peu partout.

J'ai déjeuné d'un sandwich et passé tout l'après-midi à trier mes affaires. À un moment, l'idée m'est venue que Margot m'avait peut-être piégée, qu'elle avait accepté pour me faire plaisir ou pour avoir la paix, et qu'elle s'était peut-être déjà éclipsée. J'ai filé jusqu'au centre commercial. Pour m'entraîner, j'ai pris le sac à dos. Il pesait dix kilos au bas mot, et il me restait encore à y glisser pas mal de bricoles.

Margot n'était pas sur les marches, mon cœur s'était arrêté. Son antre était vide. À part quelques cartons et les cageots de bois, il n'y avait plus aucune trace d'elle. J'étais furax, elle s'était bien moquée de moi.

Je suis rentrée, le pas lourd, mais ma décision était prise. J'avais terminé de remplir mon sac, Pinpin trônait sous le rabat de la partie haute, à portée de main. Je partirais.

Le lendemain, je me suis levée à cinq heures quinze. Mon sac à dos, posé près de la porte d'entrée, m'impressionna par sa taille. Je l'avais choisi noir, sans fioritures, pour ne pas trop me faire remarquer, mais je réalisai qu'il en imposait. La cafetière fuma et embua la fenêtre. Dehors, l'obscurité engloutissait tout.

Je soufflai sur ma tasse, stressée. Je ressentais une émotion que je ne compris pas, comme celle d'un premier jour à l'université, d'un premier rendez-vous. J'allais quitter plusieurs mois de soins, de traitement, un appartement, et me confronter à la rue.

J'ai écouté les recommandations de Margot et enfilé deux couches de vêtements, un tee-shirt respirant à longues manches et un pull que mon blouson viendrait recouvrir. Sous mon jean, un pantalon moulant de sport.

J'étais prête en avance. Des bouffées de chaleur m'envahissaient. J'ai ouvert la fenêtre.

Six heures trente enfin, j'ai déposé le mot que j'avais rédigé à l'intention de Mado et les clés sur la table de la cuisine. Deux phrases laconiques : « Je m'en vais. De toute façon, vous auriez tout fait pour me virer. Amusez-vous bien sans moi ! »

J'ai refermé la porte en douceur, inutile d'éveiller l'attention. J'avais oublié le poids de mon sac, tellement je ne pensais qu'à Margot. M'attendrait-elle ? Je n'y croyais guère, mais le rendez-vous était pour ce matin.

L'air frais me picotait le nez et les joues. Les mains agrippées aux bretelles, j'avançais, le menton vaillant, sans un regret. Ma décision était prise, si elle ne m'attendait pas comme convenu, j'irais sans elle à Paris. Cette ville m'obsédait depuis quelques jours, s'il fallait que je me brûle les ailes et que je dépérisse, ce serait là-bas. J'ai croisé des gens qui partaient travailler, mon accoutrement n'a pas décroché un regard.

Je me rapprochais des portes automatiques de la supérette. Le ciel était gris, la lumière filtrait à peine sous l'épaisse couche de nuages, annonciateurs d'une journée de pluie. Je frissonnai à cette idée, je détestais l'humidité bien plus que le froid.

Et je l'ai vue. Calée près de la boulangerie, sous l'auvent, elle dégustait un croissant ou un pain au chocolat. La voir là me réjouit à un point que je n'imaginais pas.

J'aurais voulu la serrer dans mes bras, l'embrasser, mais je me suis retenue. J'ai tout de suite vu qu'elle était surprise que je sois là.

— Heureusement que je ne fais pas de pari, j'aurais perdu ma culotte. T'es même en avance, ma cocotte !

— Bonjour, Margot, moi, j'ai craint de ne pas vous voir. Je suis venue hier et, comme vous n'y étiez pas, j'ai bien cru que vous vous étiez déjà mise en route.

— Non, la nuit passée dans ta bicoque m'a donné envie de retrouver un toit sur la tête, je suis allée dans un squat à deux kilomètres d'ici. Le décorateur d'intérieur manquait de goût, mais je préférais ça que le dessous d'escalier humide.

Elle m'a tendu le reste de son croissant.

— Tu en veux un morceau ?

— Non merci, j'ai pris mon petit déjeuner, j'ai mangé des barres de céréales au miel.

Elle se moqua et chercha à imiter ma voix :

— Ah ! Si tu as des barres de céréales au miel, j'arrête de t'emmouscailler !

— Pardon ?

— De t'embêter, t'ennuyer, de te faire... (Elle éclata de rire.) Allez, en route fillette !

Elle ne commenta pas mon équipement ni ne me posa de questions. Elle tirait son Caddie et portait en plus à l'épaule un sac usé, un peu style militaire.

Nous avons pris la direction du centre-ville. Arrivée à un carrefour, elle s'est retournée.

— Tu as une carte bleue ?

— Oui !

— Chez qui ?

— La Poste, pourquoi ?

— Je te dirai tout à l'heure.

Par chance, elle marchait d'un pas peu rapide, elle me devançait. Cette fois, les passants plus nombreux nous observaient, juste en coin ou en coup de vent, et replongeaient leur regard sur leurs chaussures. Nous sommes arrivées à la gare ferroviaire, elle s'est arrêtée devant un distributeur :

— Tiens, c'est ta banque. Mets ta carte et montre-moi combien il te reste sur ton compte.

— Pourquoi ça ?

— Parce que je veux que tu respectes le contrat. Pendant cette semaine, pas d'achat avec ta carte, pas de retrait, sinon c'est hors jeu direct. Tu as combien sur toi ?

J'ai obéi, un peu agacée, et j'ai inséré ma carte bancaire.

— Je ne sais pas, je dois avoir douze euros, je crois.

Je manipulai le clavier et interrogeai la machine. Le solde apparut : trois cent quarante-deux euros vingt.

— Bien, tu retires vingt balles, ça suffira. On vérifiera dans une semaine si tu as respecté les règles. Enfin, si tu tiens jusque-là !

— On fait comment pour aller à Paris ?
— Tu verras.

Nous avons contourné la gare, jusqu'au terminus des bus. Elle regarda le plan, détailla les lignes, puis me montra du doigt l'endroit où nous allions. Un hameau à une demi-heure de la ville. Elle précisa la raison de ce choix, un petit restaurant de type routier, à deux kilomètres à peine d'une sortie de l'autoroute. Connu des camionneurs pour ses tarifs attractifs et la qualité de ses plats, c'était un lieu de passage important. Il allait falloir convaincre un chauffeur qui allait dans la région parisienne de nous prendre en stop.

Le premier bus ne partant qu'à neuf heures, j'ai proposé à Margot de boire un café. Elle refusa dans un premier temps, puis, devant mon insistance, elle céda. J'entrai la première, seuls deux hommes étaient accoudés au comptoir, elle hésita, puis me suivit, l'air gênée. L'accueil fut glacial et je saisis la raison de la réticence de mon binôme. Les regards sur elle étaient empreints d'une curiosité malsaine. Le tenancier, âgé d'une soixantaine d'années, posa les deux cafés sur la table, et attendit sans rien dire à mes côtés. Je compris le message et je réglai la note, ses traits s'adoucirent et j'eus droit à un semblant de sourire.

En sortant du bar, elle est restée silencieuse. J'avais l'impression que Margot n'appréciait pas ma présence, qu'elle se montrait distante. Nous avons payé chacune son ticket, deux euros, un prix raisonnable, ajouta-t-elle. Le bus attendit encore quelques minutes, puis se mit en route dans un tremblement qui caractérisait sa vieillesse. Il nous déposa à l'entrée d'un bourg un peu triste. Pâté de maisons éventré par une grande route nationale, comme on en croisait un peu partout en France. Les façades, au crépi encrassé par le passage incessant des voitures et des camions, alourdissaient l'image que reflétait l'endroit. La pluie s'était invitée à notre voyage, comme je le craignais. À la sortie du village, un panneau qu'on ne pouvait pas manquer indiquait « Le relais des amis ».

Le grand parking à la disposition des semi-remorques et poids lourds en tout genre était vide. J'allais poser la question à Margot mais elle m'expliqua qu'on ne verrait personne avant onze heures trente. Le routier était ouvert, mais il n'était pas question d'entrer, la patronne fut intraitable. Nous avons donc patienté dans un coin de l'aire de stationnement, à l'abri sous un arbre. La pluie cessa peu avant midi, et les poids lourds commencèrent à s'aligner les uns à côté des autres. Il fallait se rapprocher, le restaurant se remplissait, notre arrivée n'étonnerait personne.

À ma grande surprise, Margot semblait tendue. Elle m'indiqua que les plaques d'immatriculation des gros culs, comme elle les nommait, étant pour la plupart étrangères, cela ne faciliterait pas la tâche.

Elle me demanda de patienter à l'extérieur avec les sacs, ce qui, je devais l'avouer, me frustra. Elle revint presque aussitôt, l'air contrariée.

— Ils parlent tous javanais, j'entrave rien à leur baragouinage.

— Oui, beaucoup de plaques hongroises et roumaines, on devrait attendre un peu, non ? On aura peut-être un peu plus de chance.

— On n'a pas vraiment le choix ! Je ne comprends rien quand ils jactent, on dirait que les syllabes s'agglutinent dans leur bouche et ressortent d'un coup.

— Au pire, je parle un peu anglais, on ne sait jamais.

— N'y crois pas trop !

Nous avons attendu une bonne demi-heure. Certains chauffeurs nous observaient l'air étrange, le sourire en coin. Margot se fâcha tandis que le regard de l'un d'eux s'attardait sur moi :

— Vise-le celui-là avec ses yeux de pervers !

Elle leva le bras et agita la main comme on chasse une mouche un peu trop collante. L'homme, bâti comme un colosse, sourit et parla dans une langue inconnue, mima un baiser, puis s'éloigna. Elle se retourna sur moi, l'œil réprobateur.

— Écoute, ma poulette, quand je cavale toute seule, ces trucs-là, ça ne m'arrive pas. Là, les mecs pensent que tu racoles le client et que je suis ta mère maquerelle. Il va falloir que tu te fasses moins mignonne à l'avenir. Sinon je t'assure, on va droit aux emmerdes.

J'étais estomaquée.

— Mais… je ne fais pas la belle, je suis habillée comme un sac, je ne ressemble à rien.

— Eh ben, faut croire que le sac attire l'œil ! T'as pas un bonnet ?

Elle me persuada de couvrir mes cheveux et me donna l'interdiction de sourire. J'obéis sans sourciller.

Finalement, nous avons eu beaucoup de chance. Dix minutes plus tard, une femme, française de surcroît et chauffeur d'un semi-remorque, nous promit de nous récupérer après son repas. Elle allait à Gennevilliers, le port, ajouta-t-elle, et cela convenait à Margot. Pour la remercier, nous lui avons proposé de lui payer son déjeuner. Elle a regardé Margot, souri et refusé.

Les odeurs qui s'échappaient du restaurant m'avaient donné faim. J'ai tendu une barre de céréale à Margot, qui refusa. J'en grignotai deux à la suite.

51

Je m'étais assoupie pendant une partie du voyage. La conductrice nous a déposées sur l'immense boulevard qui traverse le port de la ville. Des sociétés, des entrepôts, des usines et des réservoirs à perte de vue jouxtaient la voie de chaque côté. Margot décida à contrecœur de passer la nuit dans le hangar désaffecté d'une rue adjacente. Les grilles de chantier clôturant le bâtiment avaient été faciles à franchir. Un rapide coup d'œil lui permit de s'assurer que nous étions seules. Ce fut ma première nuit sur le béton dans un sac de couchage. Une nuit sans sommeil à épier les moindres bruits, à penser à Thomas, à mes parents et à ma fuite en avant. J'avais entendu de petits cris aigus, j'étais persuadée que des rats déambulaient dans les lieux. Pinpin ne m'avait pas quittée et s'était montré ma seule source de réconfort. Margot ronflait, je me disais qu'au moins cela éloignerait les rongeurs.

Au petit matin, quand je sortis du sac, la fraîcheur de l'aube me glaça le sang. Sur le chemin du centre-ville, à plus de trois kilomètres de là, nous nous sommes arrêtées dans une boulangerie. Margot acheta une baguette qu'elle partagea avec moi. Le pain, ça coûtait moins cher qu'une viennoiserie et, surtout, ça calait l'estomac plus longtemps.

Nous avons pris le métro au terminus de la ligne 13, sans payer. À cette heure matinale, Margot savait qu'on ne croiserait pas de contrôleurs. Les Franciliens se bousculaient déjà dans les couloirs et les rames ne désemplissaient pas. Je ne m'étais jamais sentie victime de claustrophobie, mais me trouver sous terre avec cette odeur pestilentielle me répugnait. Des relents d'urine, de crasse et de sueur se mélangeaient à l'air vicié. Nous descendîmes gare Saint-Lazare, lieu de mendicité que ma compagne allait me faire découvrir. Une fois devant l'entrée, elle me livra ses consignes, succinctes, mais précises : dénicher un coin pour faire la manche chacune de son côté. On se retrouverait au même endroit à midi et demi. Elle m'abandonna là, sans rien ajouter, et s'engouffra dans le hall.

Je ne m'attendais pas à ce qu'elle me laisse seule. J'ai tourné un moment, arpenté la gare et ses extérieurs, et j'ai aperçu Margot, calée contre un poteau, sa coupelle en évidence, le regard dans le vide, personnage de chair inhabité.

Les bretelles de mon sac me blessaient les épaules. J'ai fini par le poser contre un mur, pas très loin d'un vendeur de journaux, dans le grand hall. Comme je n'avais pas de boîte ou de coupelle, j'ai tendu la main, hésitante, pas convaincue.

Les gens passaient devant moi sans me voir. Certains s'écartaient pour m'éviter. Les plus courageux me lançaient un regard curieux ou courroucé.

En une heure, je n'étais pas parvenue à récolter ne serait-ce qu'un sourire, et encore moins l'ombre d'une pièce. Mon bras fatiguait. Il me fallait changer de lieu, de technique, sans doute des deux. Je m'apprêtais à partir lorsqu'un homme d'une cinquantaine d'années s'est approché de moi. Le costume bien mis, le visage rasé de frais, il paraissait plein d'empathie :

— Bonjour, vous avez un souci ? Il vous manque de

l'argent pour votre billet de train ? Je vous ai vue tendre la main.

— Bonjour ! Non, c'est pour m'acheter quelque chose à manger.

— Vous plaisantez, j'espère ?

— Non, pourquoi dites-vous ça ?

— Regardez-vous ! Vous semblez en pleine forme, vous avez un blouson tout neuf, un sac dans le même état. Je croyais que vous étiez une voyageuse à qui on avait dérobé son ticket… (Il s'éloigna, se retourna et lança :) Bonne chance quand même !

Je me levai, avançai de quelques pas et m'observai dans le reflet de la vitrine du commerce voisin, il n'avait pas tort. Je ne ressemblais pas à une SDF.

Dehors, à l'entrée de la gare, deux hommes faisaient la manche. L'un des deux avait l'air malade, presque endormi, avec une timbale en fer-blanc devant les pieds et une poignée de pièces jaunes.

— À votre bon cœur, madame ! L'hiver arrive !

Message reçu cinq sur cinq : je n'étais pas l'une des leurs, l'homme au costume avait raison. J'ai compris qu'on ne s'improvisait pas sans-abri. Ils avaient les ongles noircis par la misère, moi, je n'avais que l'âme noire d'une saltimbanque en détresse.

À midi et demi, Margot m'a rejoint. J'attendais sur le trottoir en face de la gare, elle ne mit pas longtemps à m'apercevoir. Elle avait récolté deux euros quatre-vingts, maigre butin, concéda-t-elle. Quand je lui ai dit que je n'avais pas même reçu un centime, elle ne fut pas surprise.

— Tu croyais quoi, que mendier c'était facile ? Tu n'es pas au bout de tes peines, ma belle. Allez, viens, on se bouge, il y a trop de concurrence par ici.

Nous avons atterri dans un superbe parc municipal. Le parc Monceau m'annonça-t-elle triomphalement. En cette saison, peu de badauds. Elle a trouvé un banc, un peu à l'abri du vent, et m'a tendu le reste de sa baguette, elle a sorti une petite boîte de pâté, son canif, un litre de pinard et elle a dit avec fierté que le repas était servi. Assises là, toutes les deux, nous avons passé un moment sans rien dire.

La faim me tiraillait l'estomac, nous avons fini la baguette, et presque la bouteille de rouge. Margot disait que ça réchauffait. Pour le dessert, j'ai sorti les deux barres de céréales qui me restaient. Le ciel gris couvrait la ville, il allait bientôt pleuvoir.

Margot m'a dit qu'elle appellerait le 115 pour trouver un toit ce soir. C'était notre priorité si on voulait éviter une seconde nuit dehors. Elle semblait préoccupée et cela m'inquiéta.

— On dirait que cela vous inquiète !

— Ouais, les hébergements d'urgence ne sont pas encore ouverts, on ne se caille pas assez. Dégotter une place, c'est moins facile qu'avant, alors à deux !

— Vous voulez dire qu'on pourrait être séparées ?

— Non, t'inquiète, je ne te laisserai pas toute seule, mais je n'ai pas envie de dormir à la fraîche. Il y a de plus en plus de femmes sur le pavé, parfois avec leurs mouflets, et dans ce cas, elles passent en priorité. Il y a moins de places en foyer pour les nanas que pour les mecs, c'est dégueulasse, mais c'est la réalité.

Elle avançait, tête basse, et tirait son chariot fatigué. Je regardais une femme résignée, accablée par la vie, mais d'une force de caractère qui m'impressionnait. Une des roues de son panier oscillait, l'autre couinait. Je pensais à mon fils, l'école allait ouvrir ses portes, il serait bientôt en classe, au chaud. Je me sentais rassurée.

Nous nous sommes installées sous la bruine, de chaque côté de l'entrée d'une bouche du métro. J'avais récupéré la boîte de pâté vide, nettoyée par Margot dans la fontaine du parc, et je l'ai déposée entre mes pieds. Le sac calé dans le dos, la capuche du manteau vissée sur la tête, j'ai attendu longtemps avant d'entendre enfin le fer-blanc sonner. Cinquante centimes, rien, et pourtant tellement. Le froid mordillait mes doigts de pied, mon pantalon laissait passer l'eau glacée qui ruisselait jusqu'à mes chaussettes. Je glissai mes genoux sous mon manteau, fermai les yeux. Les images de Rose et de son frère se succédaient, tendres, belles. Au bout d'une éternité, Margot me secoua.

— Ramasse ta caillasse, on gicle !

J'ai récupéré la boîte. Elle contenait une dizaine de pièces jaunes, je n'en revenais pas, je ne l'avais pas entendue tinter, perdue dans mes rêves passés. J'ai récupéré mon sac en comptant mon trésor, un euro soixante-dix. Ce n'était pas si mal après tout. Je grelottais.

Nous nous sommes calées, un pâté de maisons plus loin, au-dessus d'une grille de ventilation, l'impression d'être posée sur un sèche-cheveux géant.

— C'est l'air chaud qui remonte du métro, ça va te faire du bien. Tu te rappelles Marilyn ? Avec sa robe blanche ? Eh bien, c'est nous, en moins sexy…

Elle rit et m'arracha un sourire.

— Tu as toujours ton téléphone avec toi ? OK, on reste dix minutes ici le temps de se chauffer un peu les miches et je bigophone au 115.

52

En route pour le centre d'hébergement, nous nous sommes arrêtées dans une petite cour que Margot connaissait. Elle a frappé à la porte, et une femme d'origine asiatique nous a ouvert. Elle est revenue avec deux barquettes encore fumantes que nous avons mangées, sous l'abri à vélos qui servait d'entrepôt au restaurant. La chaleur montait des boîtes. Du riz, des épices, quelques légumes et des morceaux de poulet, un régal. J'ai gardé la fourchette en plastique que j'ai rangée dans mon sac.

À l'arrivée au centre, la femme de l'accueil nous a remis à chacune des draps jetables, un kit d'hygiène. Elle nous a rappelé le règlement intérieur, les règles de vie, nous a montré la salle commune et la cuisine, puis nous a conduites à une chambre avec deux lits superposés. Nouveau rappel du règlement en nous donnant la clé : l'alcool, les drogues et le tabac étaient interdits. Départ des lieux avant neuf heures, après avoir déposé les draps utilisés dans le couloir, et ne rien laisser.

Nous nous sommes séchées, changées et nous sommes allées dans la pièce commune. Autour de nous, une douzaine de personnes, que des hommes. Excepté un groupe de trois, chacun était seul à une table. Un rapide coup d'œil et je compris que leurs conditions différaient. Margot, dans un murmure, m'expliqua que certains comptaient parmi les habitués. Les plus vieux, les plus fatigués arrivaient souvent ici ivres morts. D'autres, en situation semi-précaire, ne séjournaient qu'en transit, avant d'essayer de retrouver une vie normale, en attente d'un logement, à la recherche d'un emploi, ils ne connaissaient la rue que pendant quelques jours. Je fus surprise d'apercevoir, dans un angle de la salle, un jeune garçon âgé de moins de vingt ans qui semblait nerveux et se passait sans cesse la main sur le front.

— Un toxico ! me souffla Margot. On en rencontre plein, leurs vieux les virent et ils se retrouvent sur le bitume encore minots.

En éteignant la lumière, Margot m'a demandé :

— T'as toujours pas changé d'avis, Ava ?

La première nuit et cette première journée avaient été épouvantables. J'ai répondu franchement :

— Non… je trouve qu'il faut un courage énorme pour vivre comme tu le fais. Je n'ai jamais vraiment été très courageuse dans ma vie. Je peux même considérer que j'ai souvent fui avec lâcheté.

— Pourquoi tu dis ça ?

— Parce que j'ai pris des décisions faciles, qui m'évitaient de devoir me confronter aux difficultés. J'aurais pu entamer des études de médecine, comme mon père, mais je craignais de m'arrêter en chemin, alors j'ai choisi littéraire. Ensuite, j'ai été lâche d'avoir abandonné les cours. D'avoir cédé aux demandes de celui qui deviendrait mon mari et accepté des rapports sans préservatifs, de ne pas avoir avorté. Puis d'avoir fermé les yeux sur ses absences répétées, de ne pas m'être confrontée plus tôt à mes parents. D'avoir accepté de vivre cloîtrée à la maison sans chercher un travail, ne serait-ce que pour m'occuper et garder un peu d'autonomie. Sans parler de l'accident et de toutes mes erreurs ensuite. Je me rends compte que j'ai souvent fui la difficulté.

— Tu es trop dure avec toi-même, tu es une fille bien, tu es juste paumée comme beaucoup d'entre nous. Tu mélanges un peu tout. Ceux qui battent le pavé comme moi traînent des malheurs, des erreurs, des mauvais choix, des coups de malchance, mais ils ne sont pas plus courageux pour autant. Ta place est à côté de ton gamin. Je le sais, tu le sais, alors, pourquoi tu l'évites comme la peste ?

— Par peur qu'il ne me rejette encore, qu'il me reproche toute sa vie de l'avoir sauvé lui et pas sa sœur, de ne pas être capable d'être à la hauteur et mille autres choses.

— Parce que tu crois que vivre loin de lui et traîner tes guenilles avec nous, ça va le rendre plus heureux ?

— Sans doute ! Il est bien avec mes parents, il ne risque rien au moins. Avec moi, ce n'est pas sûr, je ne suis plus certaine de rien, ni même de mes réactions.

— Moi, je trouve que pour une cinglée qui prend plus ses cachetons, tu es plutôt sage !

— Le tout, c'est de savoir si ça va durer.

— Allez, pionce bien, demain ça va cailler sec, il faut se requinquer !

Margot m'a réveillée très tôt pour éviter de passer derrière les autres à la douche. Nous arrivâmes les premières, l'eau était chaude, ce qui n'était pas garanti par la suite. Le petit déjeuner était servi à sept heures dix, nous avons un peu traîné dans la chambre. Nos vêtements avaient séché et je remis ceux de la veille sans aucun scrupule. Un peu avant neuf heures, nous avons quitté le refuge, propres, reposées et l'estomac plein.

Le soleil, qui s'arrachait à peine à l'horizon, se faufilait entre les toitures argentées. Au loin, les pointes du Sacré-Cœur se mélangeaient aux nuages effilés.

Le samedi était le jour préféré de Margot. Elle disait que c'était le meilleur moment pour visiter la capitale. La météo s'annonçait fraîche, mais la pluie nous épargnerait. Elle voulait aller au musée des Sciences et de l'Industrie, spot idéal pour mendier. Elle m'expliqua son choix : l'endroit immense, les multiples endroits pour se poser et surtout les enfants qui tannaient leurs parents pour offrir une petite pièce aux pauvres damnés sans toit. Elle ajouta que les personnes instruites la fascinaient. Lorsqu'elle était ado, elle rêvait de devenir astronome, d'observer les étoiles, la Lune, Mars et Jupiter, de visiter les galaxies.

Pantin et le Pré-Saint-Gervais n'étaient pas loin du musée de La Villette. Margot aimait ces quartiers qu'elle connaissait comme sa poche. Elle rencontra des amis, des sans-abri aussi, qui nous invitèrent à boire un verre avec eux.

Il y avait José, un Portugais d'origine, que tous surnommaient Rosé. La quarantaine bien tassée, il avait très mal vécu son divorce et sombré dans l'alcoolisme. À ses côtés, son chien Magellan ne le quittait pas des yeux.

— C'est un croisé fox-terrier, enfin plus terrier que fox !

À sa droite, un grand gaillard, les épaules voûtées, le front dégarni et la barbe touffue, me salua d'une grimace et leva sa timbale. Margot fit les présentations :

— Voici Crésus ! Jamais un sou en poche, mais la panse toujours pleine de vinasse. C'est un orphelin lâché trop tôt sur le pavé. Il a trimé comme un âne dans une fonderie qui a fini par fermer. Il a hérité de belles cicatrices de brûlure et d'une coquette somme qui ne lui a permis de vivre que quelques mois. Faut pas lui parler des difficultés du patronat, sinon il voit rouge. De temps en temps, il pète un boulon et fait un petit séjour au gnouf. Un coup, tout va bien et puis en un éclair, tu ne sais pas pourquoi, il se met à gueuler et à cogner les poubelles. Alors, les riverains appellent les keufs, et lui, il s'embrouille avec eux. Toujours la même musique, hein Crésus !

Le dernier se présenta tout seul, il me serra la main avec timidité sans me regarder. Philippe, son surnom c'était Fifi. Lui ne connaissait la rue que depuis deux ans. Deux ans seulement, deux ans déjà. Il avait trente-trois ans, sortait de prison pour quelques bricoles. Il n'était pas arrivé à retrouver du travail. Il se contentait de petits boulots par-ci par-là, pas toujours honnêtes, mais il fallait bien vivre, n'est-ce pas.

Nous avons bu plus que de raison. Je n'avais rien dans l'estomac depuis le matin, je me suis sentie mal. Fifi m'a offert une pomme et le grand Crésus un morceau de saucisson et un bout de pain. Les discussions allaient bon train, ça criait, riait, gueulait tant que ça pouvait. Et Margot s'est inquiétée. Il était plus de cinq heures, elle n'avait pas vu le temps passer.

Elle a appelé plusieurs fois le 115, le numéro était toujours occupé et, quand elle a eu quelqu'un au bout du fil, c'était trop tard, plus une seule place de libre ce soir.

— Merde, j'ai déconné. J'aurais dû deviner, on se caille aujourd'hui ! Va falloir qu'on trouve un squat ou un garage sous-terrain.

José, Crésus et Philippe ont répondu comme un seul homme : la Fap. La Fondation de l'abbé Pierre avait distribué des tentes pour deux personnes. Une dizaine avaient été installées près du périphérique et l'une d'elles restait vide depuis deux jours. Les occupants, des Albanais, avaient décidé de risquer l'aventure vers l'Angleterre, ils étaient partis et l'avaient laissée vacante. Margot se retourna vers moi.

— Le périph, ça gueule comme le tonnerre du diable, mais c'est mieux sous une tente que de galérer, t'en dis quoi la môme ?

Ivre, j'étais à mille lieues de ces soucis, j'ai essayé d'articuler deux mots sans bafouiller.

— Pour moi… c'est comme toi… toi tu choisis ! Si c'est… pas loin, je te suis.

L'affaire était entendue, nous nous sommes mis en route tous les cinq. Fifi a proposé de porter mon sac à dos, mais un regard et une grimace de Margot m'ont dissuadée d'accepter.

Nous avancions sans nous presser, comme un groupe d'amis qui part en goguette. José, pour tenter une approche, a brusquement déclaré :

— Moi, je vis tout seul sous ma tente, Ava peut dormir avec moi !

La marche m'avait remis les idées en place.

— Tu n'es pas seul, José, tu as ton chien. Moi, j'ai déjà mon compagnon.

J'ai sorti Pinpin de mon sac, je l'ai collé contre ma joue.

— Personne ne peut rivaliser avec cette peluche. Tu n'as qu'à dormir avec Fifi !

— Fifi ! Il a déjà assez de soucis avec sa copine ! Hein Fifi ?

— Arrête !

— Quoi ? Tu ne veux pas qu'on parle de ta maîtresse ?

— Rosé, laisse-le tranquille !

Le campement était au-dessus du périphérique. Nous avons traversé un massif de hauts buissons, pour nous retrouver sur un terre-plein de terre battue, dans le vacarme de la circulation et un amas de détritus. Le terrain s'étendait sur une vingtaine de mètres et se terminait sous un pont qui enjambait la quadruple voie du périphérique. Cette langue de terre colonisée, dissimulée de la route par la végétation, abritait une cinquantaine de personnes, dont des enfants. Les tentes étaient toutes installées du même côté, le plus loin possible du surplomb vertigineux et abrupt qui se jetait dans le vide, huit mètres au-dessus du va-et-vient incessant des voitures.

À notre arrivée, une femme d'origine sud-américaine, à la carrure d'un lutteur grec, commença à hurler.

— Fifi ! On dirait que ta madame, elle ronchonne, ça change pour une fois !

L'autre murmura entre ses dents :

— Ta gueule !

J'ai remarqué que la femme était enceinte et sans doute de plus de six mois. Elle nous toisait, imposante, les paumes calées sur les hanches, les coudes en arrière, le ventre bien en évidence, comme un trophée. Elle nous a dévisagées, Margot et moi, son regard s'est arrêté sur Pinpin que je tenais à la main.

— C'est quoi ces pétasses ?

Philippe s'est précipité vers elle.

— Des amies de Crésus, Doudou !

Le géant voûté a confirmé.

— C'est une vieille amie, elles vont prendre la tente des Albanais, t'inquiète, elles sont réglos !

— Je te fais confiance Créchus, mais on a dit pas de traînées ou de roulures ici !

— Elles sont réglos, j'ai dit !

La géante s'écarta et saisit son Fifi par le bras.

Crésus nous a montré notre refuge, au bout du terrain, un peu avant la naissance du pont. Rosé nous a suivies, il a répété, les yeux dans les miens, qu'il était seul dans sa tente, qu'il n'était pas contre une visite nocturne. J'ai fait comme si je n'entendais pas.

La tente était en bon état, un peu sale, un vieux cabas déchiré et des sacs plastique. Crésus vérifia les pitons et les fermetures Éclair, tout était en ordre. Le jour commençait à décliner mais l'endroit, éclairé par les réverbères du pont, baignait dans une lumière un peu jaunâtre.

53

Le ciel clair annonçait une nuit froide, je me suis souvenue de celle que nous avions passée, la veille, dans l'entrepôt. Margot a sorti son canif et deux petits carrés de beurre récupérés du petit déjeuner. Elle s'est installée au fond de la tente, là où nous avions rangé nos sacs, pour les avoir à l'œil.

— Vaut mieux trancher le pain ici, marcher sur les croûtes ça pique !

Margot a terminé la première et n'a pas attendu que je finisse mon sandwich pour se glisser dans son duvet.

— On rangera demain, il manque quand même un lave-vaisselle dans cette tôle !

— Je peux vous demander quelque chose, Margot ?

— Ce que tu veux, sauf du pognon !

— Je suis sérieuse ! Vous qui vivez depuis longtemps dehors, pourquoi l'État ne fait-il rien pour vous ? Je veux dire, avec tout l'argent dépensé dans des trucs qui ne servent à rien, il y aurait moyen de créer des logements bon marché. Je me souviens d'avoir lu, je ne sais plus dans quel pays, qu'ils faisaient des appartements dans de vieux conteneurs comme ceux qu'on aperçoit sur les bateaux ou sur les docks des ports maritimes.

Elle sourit d'un air triste.

— Ben dis donc, c'est vrai, t'es pas drôle sur ce

coup-là ! J'ai bien une explication, mais je ne suis pas certaine que tu adhères ! Tous ces hommes politiques qui se bousculent au pouvoir, ils ont tous eu la possibilité de se bouger le croupion, mais cela ne les intéresse pas. On est trop utiles pour eux ! Notre société, c'est comme une pièce montée, elle est faite de couches superposées, comme une pyramide. En haut, il y a tous les richards qui exploitent ceux qui sont au-dessous. Quand tu arrives à la dernière tranche, tous ceux qui marnent comme des esclaves pour survivre et se tenir la tête hors de l'eau, faut bien leur faire croire que leur situation n'est pas si mauvaise. Alors, il y a nous, on est encore au-dessous, bien visibles. L'État nous préserve, comme un virus utile, une épée au-dessus de la tête des malheureux qui galèrent. On est là pour leur rappeler qu'ils ne sont pas si pauvres que ça. L'enfer qu'on vit dans la rue, c'est bien pire que leur vie de merde, alors, ils se disent que finalement, c'est vrai, ils ne sont pas si mal, et ils ne bougent pas le petit doigt pour que ça change.

— Cela a du sens, Margot, je n'avais jamais vu ça comme ça.

— Pourquoi tu crois que tout le monde regarde son nombril ? Parce qu'ils ont voulu qu'on devienne comme ça, ce n'est pas arrivé par l'opération du Saint-Esprit ! Mon grand-père qui avait connu les grandes grèves de 36 m'a expliqué le truc une fois. Avant, en haut, t'avais les rois avec leur clique de seigneurs et puis aussi l'Église, au-dessous t'avais tout le reste. Quand je dis tout le reste, c'étaient les serfs, les paysans, les commerçants, les mendiants. On existait déjà à l'époque ! C'était déjà la pièce montée mais à deux étages. Un jour, à force de se faire tirer sur la couenne, l'étage du dessous s'est révolté. Et couic, la tête des couronnés. Mais ça n'a pas suffi, l'Église était toujours toute-puissante, les princes toujours plus riches.

Alors, ils ont inventé un nouveau modèle de société, avec soi-disant des droits pour tout le monde, on était tous égaux qu'ils disaient. Y avait toujours des noms avec des particules tout en haut de la pyramide, mais cette fois, y avait un peu plus d'étages dans la pièce montée. Et on a continué à taper sur la gueule des pauvres ouvriers qui travaillaient cinquante heures par semaine, pas de congés, et qui crevaient de faim. Tu connais la suite, la grève de 1936. Aujourd'hui, on fait tout pour que ça n'arrive plus. Il suffit de diviser la part des malheureux en plusieurs tranches. On met tout en œuvre pour ajouter des étages à la pièce montée, comme ça, aucun risque de voir ceux d'en haut emmerdés par la base. On leur fait croire qu'un jour, eux aussi, s'ils travaillent dur, ils pourront se rapprocher du soleil. Certains regardent les étages du dessus avec envie, d'autres se rassurent en crachant sur ceux d'en dessous et personne ne donne la main à personne pour l'aider à escalader la pyramide.

— Vous n'êtes pas beaucoup plus joyeuse que moi, au final.

— C'est toi qui as mis ça sur le tapis !

— C'est vrai.

— Les hommes de pouvoir, ils ont tout compris, et ce n'est pas d'aujourd'hui. Du pain et des jeux… Tu files assez de pognon pour que la base puisse bouffer et tu leur files des merdes à la télé, le Loto, et du vin. Ave César ! Avec nous, les rebuts de la société, aucun risque de révolte ! Allez, on dort, ma belle, tu peux toujours rêver d'un monde meilleur, pour l'instant, personne n'est parvenu à nous enlever ça !

Margot avait fini par arrêter de parler. Elle ne ronflait pas encore, mais sa respiration était profonde et régulière.

J'ai jeté un coup d'œil à mon téléphone portable, neuf heures et demie, seulement. La batterie commençait à donner des signes de faiblesse, je l'avais pourtant rechargée la veille, au centre d'hébergement. Je tenais Pinpin contre moi et je me suis laissée glisser vers le sommeil, je pensais à mes enfants.

Soudain, la lumière d'une torche éclaira un peu plus notre tente, d'abord avec timidité, puis de façon plus insistante. Quelqu'un était dehors, devant l'entrée, et tentait d'ouvrir la toile. Je me suis redressée et j'ai secoué Margot.

— Qui c'est ? a-t-elle demandé, d'une voix anxieuse.

— C'est Fifi, j'ai juste un petit truc à demander.

Le zip de la fermeture Éclair a glissé d'un coup sec, il a passé sa tête.

— Qu'est-ce tu fous là ? Vire !

— Non, mais je vais rien vous faire… t'inquiète !

Il titubait et il est tombé à genoux entre nous deux, sa torche roula sur le sol et éclaira nos sacs posés derrière nos têtes.

— Putain, dégage ou je t'en colle une !

Il s'aida de ses mains, avança un peu, puis se redressa, et sans prévenir frappa Margot d'un coup de poing au visage.

— Ta gueule vieille morue !

Elle s'affaissa sous le choc, je reçus une giclée de son sang chaud sur le front.

J'ai voulu hurler, mais je ne pouvais pas. Il se tourna vers moi et d'un coup agrippa Pinpin. J'ouvris la bouche de stupeur.

— Ferme-la ! C'est le lapin que j'veux !

Dans un geste incontrôlé, j'attrapai la peluche par la tête et tentai de la récupérer. Margot ne bougeait plus.

— Lâche-le, c'est pour ma copine ! Elle attend un bébé ! Lâche, sale garce ! T'en as pas besoin, toi !

Il me frappa. Son poing glissa sur le sommet de mon crâne sans me blesser. Il tira plus fort sur le lapin, je le griffai au visage. Il hurla, tira de nouveau de toutes ses forces et bascula en arrière avec l'objet auquel je tenais le plus au monde. La tête du lapin bleu était restée dans mes mains, de la bourre s'échappait de son cou.

Fifi se remit sur les genoux, il peinait à rebrousser chemin, je me dépêchai d'extraire les jambes de mon sac de couchage et criai :

— Rends-le-moi !

Il parvint à s'extirper de la tente et tituba, je récupérai à tâtons le canif de Margot qu'elle avait laissé au sol, et sortis à mon tour. Je le menaçai, et il sourit. J'avançai la main, agressive, la lame brillait sous les lampadaires.

— Rends-le-moi ou je te jure, tu vas le regretter !

Il me dévisagea, regarda mon couteau et se mit à rire. Soudain, il jeta la peluche au-dessus des voitures qui circulaient en contrebas :

— De toute façon, il est pourri et déchiré ton doudou !

J'eus à peine le temps d'apercevoir la silhouette de Pinpin sombrer dans le vide. Ensuite, ce fut le trou noir.

54

Je ne me souvenais de rien. C'est l'officier de police qui m'a tout raconté. J'avais sévèrement blessé Fifi de dix-sept coups de couteau. Il ne devait sa vie qu'à la petite taille de la lame, et je n'avais atteint aucune artère. Il avait perdu beaucoup de sang, était resté au bloc pendant quatre heures. Les poumons étaient touchés, ainsi qu'un rein et l'abdomen, mais, heureusement pour moi, il survivrait.

Pendant les premières vingt-quatre heures, j'ai refusé de parler, sauf pour réclamer ce qui restait de Pinpin. J'ai tellement insisté que l'enquêteur a fini par céder, la tête du lapin bleu contre des aveux complets. J'aurais avoué l'assassinat de Kennedy.

Ma garde à vue s'est étalée sur quarante-huit heures, j'ai rencontré une avocate, le procureur, un psychiatre, et décliné l'avis à famille. Dans la foulée on m'a transférée au centre pénitentiaire.

Grâce au ciel, un fait divers de ce type, en région parisienne, ça n'intéresse que moyennement les médias, encore moins quand cela se passe entre sans-abri. La nouvelle ne parviendrait pas jusqu'aux oreilles de mes parents, à plusieurs centaines de kilomètres de là.

Lors de mon arrivée à la prison on m'a enlevé presque tous mes effets. J'ai roulé la tête de mon doudou dans un tee-shirt, et je l'ai laissée avec mon dépôt, hors de question que quelqu'un tente de me le prendre à nouveau. Emballé et rangé dans un coffre, Pinpin ne risquait rien. Je le retrouverais à ma libération, si je tenais jusque-là.

Je suis restée deux ans en préventive, détenue en attendant mon jugement. Deux ans pendant lesquels Margot m'a écrit deux fois par mois pour me raconter sa vie, ses déboires et me soutenir. J'aurais eu la possibilité d'appeler depuis un téléphone fixe de la prison, mais j'avais décliné dès le départ, autant ne pas donner de nouvelles plutôt que d'inquiéter.

J'ai tout de même écrit à mes parents. J'ai envoyé la lettre à Margot, à charge pour elle de la leur remettre. Je ne voulais pas que la lettre vienne de prison. Margot devait dire que je la lui avais laissée avant mon départ.

Dans la lettre, j'expliquais que j'avais une opportunité pour aller travailler en Amérique du Sud, et que, pour qu'ils ne souffrent pas, et ne pas être une mauvaise mère, je préférais m'éloigner. Je précisais à la fin qu'il ne fallait pas qu'ils attendent de mes nouvelles. Je partais pour toujours. Écrire cette lettre me déchira le cœur, mais je ne voyais pas d'autre solution. La honte, la déception qu'ils ressentiraient en connaissant la vérité m'étaient insupportables.

Au tribunal, Margot est venue témoigner en ma faveur. En deux ans, elle n'avait pas changé ou si peu.

Elle pleura à la barre en parlant de moi. J'en fus émue au point de verser à mon tour quelques larmes. La pitié n'effleura pas le procureur. L'expertise psychiatrique, malgré mes antécédents, établissait que j'avais agi en toute conscience. Le procès ne dura que quatre jours et je fus condamnée à dix ans fermes pour tentative d'homicide avec préméditation. Le fait de sortir de la tente avec l'arme à la main et de menacer Fifi suffisait à caractériser cette circonstance aggravante. Mon avocate voulait faire appel, j'ai refusé.

On m'a transférée au centre pénitentiaire pour femmes de Versailles, un des seuls établissements adaptés aux peines de plus de deux ans. Margot continua de m'écrire tous les mois. De mon côté, pour m'occuper, j'avais repris des cours d'anglais. Je travaillais à l'atelier de la prison aussi. Des petits boulots, pour plier des prospectus et les placer dans des enveloppes, les ranger dans des cartons. De temps en temps, des commandes nous parvenaient pour des montages de pièces en plastique, ça variait. Un emploi sans couverture sociale, sans retraite, mais qui me permettait de gagner un peu moins de deux cents euros par mois. C'était déjà pas mal, pour les achats de la vie de tous les jours. Je réussissais même à économiser un peu, et cela me rendait fière.

55

Margot est venue me rendre visite au parloir au mois d'avril 2006, elle quittait Paris pour se mettre un peu au vert à la belle saison. Elle avait l'air en bonne forme. J'ai voulu lui donner un peu d'argent pour les timbres, elle a refusé tout net, et m'a menacée de ne plus m'écrire. Elle n'est restée qu'une demi-heure, mais cela m'a fait du bien pendant plusieurs jours. Elle était mon unique lien avec la vie extérieure, la seule à qui je me confiais et qui m'écoutait.

Nous avions trouvé une solution pour que je corresponde avec elle. Cela m'occupait, j'essayais de rester positive. Au fil des mois, j'ai pris goût à la rédaction de ces lettres, j'en envoyais plusieurs dans la même enveloppe, par économie. Les cours d'anglais avaient cessé, le professeur volontaire avait été muté, personne n'avait pris sa place. J'avais acquis en quelques années un niveau plus que correct.

Fin 2006, on m'octroya, à ma demande, la tâche de la collecte des ordures, sept heures de travail hebdomadaires. Un petit plus qui mettait du beurre dans les épinards. On m'a décerné le titre de la lectrice la plus assidue de la bibliothèque du pénitencier, je dévorais trois ou quatre romans par semaine. L'avantage, par rapport à la télé, c'est que c'était gratuit.

Je pensais à mes parents, à Rose, mais surtout à Thomas. J'essayais de m'imaginer sa vie, ses progrès, ses camarades, ses goûts, ses joies. Il me manquait tellement, je pleurais souvent.

Margot ne m'a pas donné de nouvelles pendant plusieurs mois, j'étais folle d'inquiétude. En mars 2007, je reçus enfin un courrier. Elle s'était sentie mal un matin, elle avait perdu connaissance. Les pompiers l'avaient conduite à l'hôpital, où on lui avait diagnostiqué un infarctus et, après les soins, elle s'était retrouvée dans un centre de cure. L'alcool avait failli lui être fatal. Elle était sobre depuis cinq mois et s'en félicitait.

Elle me rendit de nouveau visite en juin 2007, avec une surprise m'avait-elle écrit. Je trépignais d'impatience. Elle apparut un vendredi à quatorze heures, elle portait un chapeau de paille en partie troué, elle avait perdu au moins dix kilos. Je l'ai trouvée plus jeune, enfin, moins vieille. Je l'ai félicitée. Nous avons discuté un peu, mais je n'y tenais plus, je lui ai demandé pour la surprise. Elle n'attendait que cela.

Elle était passée chez mes parents et avait surveillé un moment leur maison. Elle avait entrevu Thomas, un beau garçon, précisa-t-elle, grand, mince, les cheveux bouclés. La description correspondait à l'idée que je m'en faisais. Au café du coin, on lui avait dit que mes parents se portaient bien, même si mon père accusait le poids des ans. Elle ne pouvait me rendre plus joyeuse. J'aurais voulu la serrer dans mes bras pour la remercier, l'embrasser. Elle me promit de donner de ses nouvelles et de repasser dès qu'elle le pourrait.

Je ne me fis pas d'amies et ne cherchai pas à en trouver.

Les détenues n'étaient souvent que de passage, rares étaient celles, comme moi, qui purgeaient de longues périodes d'enfermement. J'avais calculé qu'avec les remises de peine, je pouvais espérer une libération en février 2011, le 16.

J'avais fait la moitié de mon temps. Chaque mois devenait une répétition de celui d'avant, et encore, et encore. Seule la lecture parvenait à me sortir de ce monde sans avenir. J'économisais sur des bouts de chandelle, sur le savon, les extras. J'économisais sur mon compte entre 40 et 60 euros par mois. Mon pécule, gagné avec peine, grimpait petit à petit. C'était bien là ma seule compensation. D'après mes estimations, à ma libération, la somme de cinq mille euros devrait s'inscrire en solde créditeur. Cela me paraissait beaucoup et si peu à la fois.

Margot me rendit visite en mai 2008, presque une année que je ne l'avais pas revue. Quand je l'aperçus, je fus surprise. Elle était bien coiffée, vêtue d'une veste colorée, et portait des lunettes de soleil. Elle les enleva, je ne rêvais pas, elle s'était maquillé les yeux, de façon légère, mais suffisante pour que je le remarque. Elle m'avait dit dans une lettre qu'elle avait dégotté un petit boulot, occasionnel, mais qui lui permettait de vivre un peu mieux, jamais je n'aurais pensé la voir aussi coquette.

— Tu as trouvé quoi comme travail ? On dirait une vendeuse de grand magasin, tu te teins les cheveux maintenant ?

Elle sourit, un peu gênée.

— Quand je me reluque dans le miroir, j'ai l'impression que ce n'est pas moi. Ça me fiche presque les jetons !

Elle rit cette fois sans retenue.

— Tu fais quoi au juste ?

Elle sembla embarrassée, son visage radieux s'éteignit.

— Des petits boulots pour un copain, mais il est généreux.

J'eus peur de comprendre, la vie en prison, ça vous permettait de côtoyer d'autres détenues qui avaient aussi connu la rue. Je haussai le ton de ma voix :

— Tu te prostitues ?

Elle grimaça, baissa les yeux et ne répondit pas. Mon cœur s'embrasa, comment avait-elle pu en arriver là ? Elle qui jurait ses grands dieux que son corps lui appartenait.

— Margot ! J'ai mis de l'argent de côté, si tu veux, je t'aide un peu. Tu ne dois pas faire ça, ce n'est pas pour toi !

Elle releva la tête, le regard dans la brume, elle s'excusa :

— Je sais, Ava… je sais, mais c'est ainsi. Garde ton argent, tu en auras besoin. Je suis désolée, je dois y aller.

Elle se leva, repoussa le tabouret.

— Margot ! Attends !

Elle était déjà partie.

Son départ précipité, sans me dire au revoir, fut le début d'une longue absence. Chaque jour, je guettais le gardien qui distribuait le courrier. Mais je n'avais plus de nouvelles et je me désespérais. Je m'en voulais de l'avoir jugée, ma situation se révélait plus facile que la sienne. Après trois mois à me morfondre et à me torturer l'âme, l'envie de mettre fin à mes jours se fit de plus en plus forte. Les signes d'angoisse que j'avais connus par le passé réapparaissaient, et je me scarifiais de nouveau les avant-bras. La violence qui somnolait dans un coin de ma tête se réveillait et je suis redevenue indisciplinée, agressive.

Une bagarre éclata à la laverie pour une futilité avec

une codétenue. Nous avons fini au sol et j'ai frappé sa tête sur le carrelage à plusieurs reprises. J'ai écopé d'une suppression de remise de peine de six mois avec un sursis de six nouveaux mois en cas de récidive. Cela reportait ma sortie à août 2011.

Le 8 janvier, alors que j'avais perdu tout espoir d'entendre à nouveau parler de Margot, je reçus un colis. Il contenait quelques produits de beauté et d'hygiène, des chouchous colorés, un pyjama molletonné, un paquet de madeleines, et une lettre, le plus beau cadeau du colis. Deux pages qu'elle avait écrites sur un papier un peu jauni. Elle s'excusait de ne pas m'avoir donné de ses nouvelles, elle allait bien, malgré quelques douleurs articulaires. Son proxénète, qu'elle avait voulu quitter quelques semaines après sa visite à la prison, l'avait violentée et lui avait cassé deux côtes. Un poumon était perforé. Elle avait frôlé la mort et survécu aux coups de savate de son jules.

Pendant qu'elle était à l'hôpital, le souteneur avait été interpellé par la police des mœurs et elle s'était sentie libérée. Elle avait passé sa convalescence dans un foyer pour femmes battues, et repris des forces. Elle sortait tout juste de ce centre et s'était décidée à m'écrire. Elle avait obtenu une aide financière, certes modique, mais qui lui permettait de louer un réduit de dix mètres carrés. Il s'agissait d'un grenier dans un vieil immeuble insalubre, aux portes de Paris. Des années qu'elle n'avait pas eu un vrai toit à elle au-dessus de la tête et, malgré les deux cents euros à payer sur les quatre cents qu'elle percevait, cela la rendait heureuse. Le propriétaire était un escroc, les toilettes étaient à l'étage du dessous, sur le palier, l'électricité provenait d'un branchement pirate, mais rien ne pouvait endormir son enthousiasme. Elle passait ses nuits au sec et à l'abri.

La journée, elle reprenait ses vieilles habitudes et faisait la manche, sauf les jours de pluie : trop douloureux pour les rhumatismes.

J'avais parcouru son courrier avec le sourire qui piquait les yeux. Elle me donnait son adresse et attendait de mes nouvelles.

Nous avions repris notre correspondance et cela m'apaisa, loin de moi les idées suicidaires, la haine et les nuits à grincer des dents.

Je pensais toujours à mon fils et à mes parents, mais j'étais persuadée qu'il était mieux avec eux, et eux sans moi.

En mai, Margot m'annonça une nouvelle incroyable, *une putain de bonne nouvelle, j'en ai presque chialé de joie. Fifi a cassé sa pipe ! Ce con, il a survécu à dix-sept coups de chlass et il est mort en tombant de vélo. Cet idiot, qu'il brûle en enfer, était derrière un camion. Le chauffeur ne l'a pas vu, il a reculé et lui a roulé sur la tronche. Il paraît qu'elle était plate comme une limande. Faut dire qu'y avait pas grand-chose dedans*... La nouvelle ne me réjouit pas autant que Margot, mais je ressentis comme une petite flamme de vengeance pas désagréable.

Au fil de nos lettres, Margot et moi tissions des liens qui nous rapprochaient. De confidences en rêves, de souvenirs en espoirs, nous nous attachions l'une à l'autre. Les mailles se renforçaient et je la considérais comme une sœur, une amie, ma nouvelle famille.

Margot se rendait utile, elle était devenue tout d'abord bénévole occasionnelle aux Restos du cœur, puis régulière. Elle y était également inscrite comme bénéficiaire, mais refusait de travailler au même endroit. De ce fait, elle aidait dans la ville voisine. Elle rencontra quelques personnes sympathiques, apprit la broderie et aussi à se servir d'un ordinateur, même si elle n'en avait pas.

Durant toute l'année 2009, elle est venue me voir presque chaque mois, en payant les transports avait-elle fanfaronné. Elle faisait des projets pour ma libération, pour elle c'était demain, et j'allais sans doute profiter de sorties sous peu. Elle voulait que je vienne vivre avec elle, mais elle devait trouver un logement plus grand.

56

En juillet 2010, j'ai été convoquée par l'adjointe au directeur de l'établissement. Elle me lut un courrier du juge d'application des peines. Ma bonne conduite avait eu raison de la sanction reçue lors de ma bagarre. À la suite de la révision de mon dossier, je serais libérée le lundi 14 février 2011. Jour de la Saint-Valentin, avait-elle dit avec un sourire.

Je pourrais, à partir de septembre, bénéficier de sorties, d'abord le week-end. La nouvelle m'assomma presque sur ma chaise. Je ne savais si je devais rire ou pleurer et l'adjointe s'en rendit compte, elle me rassura en m'expliquant qu'on accompagnerait ce moment privilégié.

J'ai informé Margot dans la foulée et je lui ai posé mille questions. Elle m'a répondu par retour. Nouveau logement ou pas, elle m'accueillerait chez elle, quitte à dormir à deux dans un lit d'une personne, ou de ressortir le sac de couchage.

Jusqu'en décembre, les permissions se renouvelaient, plus fréquentes, plus longues. Le plaisir de se revoir se faisait plus grand à chaque retrouvaille. Margot était pleine d'attentions. En janvier, elle réussit à trouver un appartement à peine plus spacieux, mais avec une vraie chambre et une salle de bains, grâce à l'aide de la mission de réinsertion et à quelqu'un qu'elle connaissait aux Restos du cœur. L'appartement était en périphérie d'une zone industrielle, un peu bruyante la journée, mais d'une tranquillité insoupçonnée la nuit et les fins de semaine.

J'ai été libérée le 14 février 2011, comme annoncé. J'ai récupéré mes affaires, Pinpin, mon argent.

Margot m'attendait à l'extérieur.

La vie avec Margot était paisible, le loyer restait élevé, mais à nous deux, en faisant attention, nous parvenions à joindre les deux bouts.

Nous avions chacune un lit dans la même chambre et avions meublé la maison grâce à la salle des ventes d'Emmaüs.

Dès ma sortie, elle avait réparé, comme elle avait pu, la tête du lapin bleu. Elle avait recousu le trou béant d'où s'échappait la ouate au niveau du cou. Depuis, il trônait près de mon oreiller.

Margot avait aussi voulu que j'appelle mes parents et insisté tant et tant que j'avais fini par céder. Quand j'avais entendu ma mère à l'autre bout du fil, j'étais restée muette, incapable de prononcer un mot. Elle avait cru que c'était une erreur, elle avait raccroché. Sa voix n'avait pas changé.

Margot et moi avions tiré un trait sur la mendicité. J'avais amassé presque six mille euros, et ce pécule nous dépannerait un bon moment. J'y prélevais de temps en temps le strict minimum. Margot aidait toujours aux restos et je m'étais lancée dans la rédaction de mon histoire. Cela me prenait plusieurs heures par jour et meublait de façon agréable les instants où je me retrouvais seule. Je ne savais pas trop pourquoi je couchais tous ces souvenirs sur le papier. Peut-être pour exorciser mes démons ou avec l'espoir secret de les envoyer un jour à ma famille.

Notre appartement, situé dans de vieux bureaux, jouxtait une casse automobile. Le gérant, un homme ventru au sourire aussi large que la bedaine, nous avait prises en amitié et nous demanda de veiller sur son enclos de véhicules. Il subissait, surtout les week-ends, des vols à répétition et on avait déjà empoisonné deux de ses chiens. En échange d'une surveillance discrète, il nous promit un billet de temps à autre.

En un mois, nous l'avons appelé deux fois et évité deux cambriolages. Pour nous remercier, il nous a donné cinquante euros. Et le lendemain, un petit mot pour nous remercier était collé sur un carton rempli de victuailles.

En janvier 2012, ma conseillère de l'agence pour l'emploi me trouva un travail de femme de ménage dans un cabinet médical où exerçaient quatre médecins. C'était à dix minutes de chez nous en bus, cinq minutes de marche. Il ne s'agissait que de quelques heures par semaine, tôt le matin, mais ce fut comme une bouffée d'oxygène. Après un mois d'essai, le contrat a été renouvelé, ce qui me garantissait 300 euros mensuels, une petite fortune.

La vie n'était pas simple, mais s'écoulait sans une anicroche. Mon livre avançait bien : j'avais déjà gribouillé plusieurs copies doubles, une vingtaine de pages volantes et une partie d'un cahier de brouillon qui s'effeuillait.

En mai, le cabinet médical ferma quatre jours. Margot, qui ne désespérait pas de me voir contacter ma famille, s'était mise en tête de me faire aller sur place. J'avais plusieurs fois refusé et invoqué mon travail. Mais avec ces quatre jours chômés, mon excuse ne tenait plus.

Nous avons pris le train aux aurores, puis le bus. Arrivée sur place, vers midi, je me sentais anxieuse, l'estomac noué, je n'arrivais pas à terminer le sandwich que nous avions emporté. Thomas avait dix-neuf ans, maintenant. Il n'habitait sans doute plus avec mes parents. Il faisait peut-être ses études dans une autre ville. Peut-être qu'il travaillait à l'étranger.

J'ai pris mille précautions pour ne pas croiser de voisins ou quelqu'un que je connaisse. Je baissais la tête, je n'arrêtais pas de me retourner. À la fin, nous nous sommes retrouvées un peu en surplomb de la maison, à une vingtaine de mètres du portail d'acier qui avait un peu rouillé.

Nous sommes restées cachées là un long moment. J'hésitais, je me décidais, j'abandonnais la seconde suivante, et, poussée par Margot, j'ai fini par m'aventurer jusqu'à la sonnette. J'ai appuyé une fois, deux fois, puis encore une, sans réponse. Je me suis hissée sur la pointe des pieds et j'ai regardé dans la cour, il n'y avait aucune voiture. Mes parents devaient être absents, d'ailleurs, les volets du rez-de-chaussée étaient fermés. Margot exigea que je les appelle. J'avais le numéro de leur fixe en mémoire sur mon portable. Nous avons entendu le téléphone sonner longtemps derrière les volets.

Dans le train du retour, Margot m'a félicitée d'avoir vaincu ma peur. Elle me parlait déjà du jour où je rappellerais mes parents. Nous n'étions pas sur la même longueur d'onde. Je savais que je ne le ferais jamais et je le lui ai dit : ces volets clos, ce téléphone qui sonnait dans le vide, c'était comme un message que m'envoyait le destin. Que ferait un garçon de dix-neuf ans d'une mère dont il n'avait sans doute plus aucun souvenir ?

Nous nous sommes disputées, mais l'affaire fut entendue. Margot ne m'a plus jamais demandé de donner un coup de fil à mon passé.

En juin, on déplora le vol d'un ordonnancier dans l'un des bureaux du cabinet. La police m'auditionna et, au vu de mes antécédents judiciaires, elle perquisitionna mon placard, ainsi que notre appartement. Ils ne trouvèrent rien, car je n'y étais pour rien. Mais comme je le craignais, mes employeurs furent informés. Mon contrat ne fut pas renouvelé en août.

— T'inquiète pas, ma belle ! disait Margot. Tu as assez turbiné comme ça, prends des vacances ! Tu t'allonges dans le plumard et t'en profites pour scribouiller tes mémoires.

— Tu ne te ronges jamais les sangs, toi ?

— Sérieux ! C'est pas le paradis notre vie ? On s'entend bien pour deux nanas, j'aurais presque pu virer ma cuti tellement j'en pince pour toi. On a un peu d'oseille, on ne dort pas à la fraîche, on mange à notre faim… pourquoi tu voudrais que je pleurniche ?

— Tu as sans doute raison, mais j'aimais bien ce travail, ça me sortait d'ici.

— Parfois je t'entrave pas ! Y a rien qui t'empêche de caler tes miches au soleil. Si tu veux, ce soir on ira sur les bords de Seine, ou au Quartier latin ! Allez, arrête de faire la tronche, ma toute belle ! Du boulot, t'en auras encore !

— C'est plus fort que moi, je m'inquiète.

— J'étais comme toi avant, mon homme me répétait toujours qu'il y avait une solution à chaque problème. Quand je renaudais, il disait que j'étais comme l'eau de la mare qu'on remue sans cesse, trouble. Si tu veux retrouver ton calme, que l'eau s'éclaircisse, il faut arrêter de secouer les pieds dans la boue.

Pendant quelques jours, nous sommes sorties plus souvent, je suis même parvenue à convaincre Margot d'aller voir un film. Notre choix s'est arrêté sur Ted, un ourson qui parlait et lâchait des gros mots. Margot a adoré, elle était la seule à éclater de rire dans la salle, et à la fin tout le monde riait de l'entendre rire, comme en écho.

57

L'hiver 2013 était humide, froid et blanc. Février me parut durer une éternité, la neige s'installa, pesante et collante, et, comme une mauvaise poisse, Margot tomba malade. Son front brûlait, elle tremblait, et les cachets pour faire chuter la fièvre ne semblaient pas efficaces. Elle toussait à s'en arracher la gorge.

Elle fut transportée aux urgences ; grippe et début d'infection pulmonaire. L'hôpital Beaujon où elle fut admise était loin, mais j'y suis allée chaque jour.

Elle est sortie deux semaines plus tard, affaiblie et amaigrie, méconnaissable. Je la serrai dans mes bras, heureuse de la revoir enfin.

— J'ai encore fait la nique à la mort, t'as vu !

— Ne fanfaronne pas trop, elle risquerait de faire une fixation sur toi !

— Les Bretons, ça ne craint pas le gros grain !

— Tu tousses encore, tu veux que je te fasse une tisane bien chaude ? Demain j'irai chercher du miel.

— T'as pas plutôt un bon café ?

— Les médecins t'ont dit d'éviter les excitants pour ton cœur.

— Les toubibs, ils te racontent ça, et derrière ton cul ils fument des clopes !

— Margot !

— D'accord, va pour la tisane à mémère ! Je ne suis pas mourante, tu sais.

Les semaines suivantes, j'ai bataillé pour qu'elle se repose. Je la dorlotais, je lui cuisinais des plats qu'elle appréciait. Je lui ai proposé de lui faire la lecture à voix haute pour qu'elle ne s'ennuie pas, elle n'avait qu'à choisir le livre qu'elle voulait. À ma grande surprise, elle a voulu une romance.

Au fil des mois, Margot a repris un peu de poids, mais elle ne montrait plus l'enthousiasme et la force que je lui avais connus. Elle s'était résignée, la mort dans l'âme, à ne plus aider aux collectes alimentaires dans la ville voisine.

Margot s'impatientait de fêter sa soixante-cinquième année pour enfin percevoir son minimum vieillesse. La somme était ridicule, mais, lorsqu'on ne possède rien, cette petite pension devient un gage d'insouciance. Mon pécule fondait petit à petit, mais il me restait de quoi tenir encore un an avec sérénité. On se referait une santé avec sa retraite, disait Margot.

L'automne est arrivé sans qu'on ait eu le temps de voir tomber les feuilles, à l'improviste, comme une belle-mère qui s'invite un soir de barbecue entre amis. Les rayons encore chauds d'un soleil en déclin disparurent presque du jour au lendemain. Terminées les balades bras dessus bras dessous, la lecture sur les sièges en plastique devant l'entrée de l'appartement, les saucisses dorées par les braises.

Notre voisin avait récupéré, dans une vieille caravane abandonnée, un petit poêle à pétrole. Il nous l'offrit aux premiers frimas de l'hiver et y ajouta deux bidons de vingt-cinq litres qu'il promit d'approvisionner à ses frais. Le chauffage, malgré l'odeur désagréable, nous fut d'un grand secours et un appoint bien utile le matin et le soir, quand les températures chutaient. Je m'inquiétais pour Margot, le vieux bureau qui nous servait de logement suintait l'humidité par tous les murs, l'isolation du toit plat donnait des signes de fatigue. Le propriétaire, peu avare de promesses, nous garantissait de le réparer depuis plus d'un an déjà, sans le moindre début de travaux.

Je n'aimais pas cette saison et elle me le rendait bien : rhumes à répétition, toux chronique, et surtout l'impression de toujours avoir froid.

Margot, depuis quelques jours, picorait dans son assiette, elle se réveillait plus tard et somnolait après le café. Elle végétait toute la journée dans le fauteuil, et ne s'en arrachait que pour se coucher. J'essayais de la motiver, de l'encourager à reprendre le tricot, à lire, mais rien n'y faisait. Elle se sentait épuisée et je décidai de l'emmener voir le médecin.

Elle obtint un rendez-vous en urgence chez un cardiologue la semaine suivante. Au vu des résultats des examens, le spécialiste fut très clair, le cœur de Margot montrait des signes de fatigue, l'infarctus avait endommagé le muscle. Il lui prescrivit un traitement lourd à base d'anticoagulants, de cachets pour la tension ainsi que de vitamines.

Au retour, dans le bus, Margot ne disait pas un mot.

Une fois à la maison, elle me confia :

— Même s'il ne cogne pas fort, il cogne quand même ! Et je préfère mourir comme ça plutôt que d'avoir la tronche écrasée par un trente-cinq tonnes.

— Sacrée Margot.

— Ah, ma belle ! souffla-t-elle. Tu me manqueras au paradis des clodos.

— Ne dis pas n'importe quoi, et je ne crois pas à ces balivernes de vie éternelle. S'il y avait quelqu'un là-haut, tu penses qu'il autoriserait tout ce malheur qu'on trimballe ? Ces bêtises, ça permet juste aux gens comme nous qui connaissent la misère de la supporter, avec l'espoir de jours meilleurs qu'on ne verra jamais.

— Tu ne sais pas ! Peut-être qu'il y a un parc d'attractions pour anges ? Une plage de sable fin avec de douces vagues d'une eau à trente degrés, et des playboys qui te servent des cocktails en tenue d'Adam ?

— Calme-toi, ce n'est pas bon pour ton cœur, et les anges n'ont pas de sexe, je te rappelle !

— Merde ! C'est vrai, rien que pour ça, je trouve ça nul à en crever… Et en enfer ? Tu crois qu'ils sont outillés ?

— Arrête tes idioties ! Je te fais une tisane, ça va te calmer.

— T'es pas marrante !

Elle avalait son traitement sous mon strict contrôle. Au bout de deux semaines, elle se montra un peu plus gaillarde, elle dormait moins et reprenait du poil de la bête.

Par chance, cette année, l'hiver ne mordait pas, il se révélait même d'une douceur incomparable. Margot s'aventurait à faire quelques pas dehors, et cela me rassurait.

Tous les jours je continuais d'écrire. J'essayais de retranscrire ma petite vie, avec mes mots, sans lecteur : le bonheur simple qui bascule, la lente descente, le temps qui file et, finalement, l'indifférence.

J'en étais arrivée à ma sortie de prison, ma première année de liberté, quand Margot, qui n'avait jamais montré de réelle curiosité pour ces feuillets que je noircissais, me demanda de lui en faire la lecture. L'idée me parut étrange, je ne m'étais jamais seulement relue. Ce texte, c'était une partie de moi. Ce manuscrit, ou plutôt cet agglomérat de papiers, ne me quittait jamais. Lorsque je sortais, je le rangeais dans mon sac, quand je me couchais, je le posais sur la table de chevet, il n'était jamais loin.

Ce soir de mars, je lui ai lu ma vie. J'ai lu très tard, elle ne s'endormit pas. À plusieurs reprises, elle a pleuré, j'ai pleuré avec elle. Elle me lançait alors un grand sourire, en hochant la tête, pour que je continue. Et je reprenais ma lecture. Quand je me suis arrêtée, elle a eu cette phrase qui m'a brisé le cœur :

— Ton fils te pardonnera un jour, mais tu dois achever cette histoire d'une belle façon, pour toi et pour lui.

Les larmes aux yeux, je n'ai rien répondu, il était tard.

58

La lumière du jour filtrait entre les doubles rideaux et tranchait en fines lamelles la pénombre de la chambre. Je me suis étirée sous les couvertures et j'ai profité de ce temps suspendu depuis l'enfance où la chaleur vous enveloppe et vous caresse. Il était temps de se lever.

Je me suis assise sur le côté du lit, j'ai posé la pointe des orteils sur le carrelage froid, en tournant et en inclinant la tête, à droite et à gauche, dans un rituel immuable, comme un sportif qui s'échaufferait pour se confronter chaque jour à la vie. Margot dormait encore. Nous nous étions couchées vraiment très tard. J'ai enfilé mes chaussons et me suis éclipsée dans la cuisine, sans bruit.

L'horloge du four indiquait huit heures moins dix. J'ai attendu que la cafetière soit pleine, la dernière goutte, le dernier souffle, pour réveiller Margot.

— Debout, ma feignasse ! Le café est prêt !

Elle n'a pas répondu et j'ai tout de suite pensé au pire. J'ai secoué doucement son épaule, la couverture a glissé. Son visage avait la couleur de la craie. Je me suis retrouvée des années en arrière, dans la chambre funéraire. Ma main a effleuré son front glacé par la mort. Je me suis effondrée.

J'ai pleuré longtemps. La mort ne m'effrayait pas, je ne la craignais pas, je la détestais. Elle avait tout emporté, tout ce qui m'était cher. Je la sentais bouger en moi. À force de la côtoyer, je la comprenais, elle faisait partie de moi. Désormais j'étais seule avec elle.

Margot a été enterrée le 25 mars dans un terrain commun du cimetière de la ville qu'on appelait le carré des indigents, la terre des sans-famille. Elle eut droit à une sépulture individuelle, et au discours d'un vicaire. Nous n'étions que deux, notre voisin et moi, à jeter une poignée de terre sur son cercueil. J'avais acheté une couronne de fleurs, avec des lys et des roses blanches, celles qu'elle préférait, elle disait que la pureté s'y accrochait.

Je suis rentrée très lentement à pied, la main glissée dans mon sac, accrochée au poil usé de Pinpin que je caressais. J'imaginais que Margot me devançait avec son Caddie, qu'elle m'encourageait en jurant. Son argot ne me ferait plus sourire.

Il me restait un peu d'argent sur mon compte, de quoi payer quelques mois de loyer avant de me retrouver à la rue. J'aurais voulu cracher sur mon avenir, vomir mon passé, tout arrêter pour tout recommencer. Mais on ne change pas les règles du jeu. Surtout quand les dés sont pipés.

La vie, cette garce, cette grande manipulatrice, nous trimbale sur ses chemins tortueux, semés d'embûches, de carrefours, de voies sans issue, de rencontres, de ravins et de montagnes infranchissables, et tranquillement elle nous mène, quels que soient nos choix, vers ce bout du parcours qui s'ouvre toujours sur la même porte.

Et si toutes ces routes, ces bosses, ces séparations et ces retrouvailles, ces joies, tous ces malheurs n'étaient là que pour nous apprendre le plaisir de marcher sur les chemins de la vie. Avancer et aimer chaque pas, des premiers jusqu'aux derniers. L'enfant qui s'écorche les genoux recommence à courir en riant. Et des années plus tard, devenu un vieillard voûté, il se délecte de chacun des pas glissés qui le conduisent au bout du jardin, ou sur un banc, à quelques mètres de chez lui.

La vie ne respecte que ceux qui se battent et ignorent ses coups de bâton, qui choisissent la route qui monte, et même la gueule dans le caniveau continuent d'avancer. C'est cela que Margot avait tenté de m'enseigner.

Je n'avais pas aimé ma vie, ce parcours et une partie des gens qu'elle avait placés sur mon chemin. Je détestais la manière dont j'avais franchi les obstacles, m'être fourvoyée sur les sentiers de traverse, avoir cru que tout était trop dur, escarpé, chaotique. La vie m'avait blessée, elle m'avait laissé des plaies profondes, mais au lieu d'essayer de les soigner, de les panser, je les avais entretenues pour qu'elles s'infectent toujours plus.

Ma décision était prise, j'allais emprunter le grand raccourci, celui qui menait d'un coup à la dernière porte.

Arrivée à la maison sans trop savoir comment, j'ai pris une douche, je me suis coiffée, j'ai noué mes cheveux d'un bandeau blanc et j'ai mis ma belle robe, celle que je réservais pour les balades dans Paris.

J'ai sorti de mon sac, coincées contre la tête du lapin bleu, toutes ces feuilles, cette histoire, et j'ai continué à écrire, écrire.

Vous, lecteurs que je ne connais pas mais qui me connaissez un peu, je vais désormais m'adresser à vous au présent, car demain, il ne me restera plus de passé.

Je termine la rédaction d'une lettre, vous l'avez peut-être

lue déjà. Je la pose sur le manuscrit, dans la pochette transparente que je viens d'agrafer au carton qui sert de couverture. J'y ai glissé la carte de visite de mon père, au verso est inscrit le numéro de téléphone de mes parents.

Je remplis mon sac à dos de quelques objets chers à mon cœur, ce qu'il me reste de Pinpin, le cadre avec la photo du compagnon de Margot. Je ne me charge pas, là où je vais, on n'a besoin de rien.

J'espère que vous pardonnerez mes faiblesses. Ou peut-être pas. Je vous demande simplement de ne pas me juger. Ne soyez pas lâches comme j'ai pu l'être, et vous écrirez sans doute une histoire plus belle que la mienne.

Je vous quitte le cœur léger, je sais que je ne souffrirai plus.

Dites à mes parents et à mon fils que je les aime.

Et permettez-moi d'achever cette histoire, comme dans les livres qui ont rempli ma vie d'un peu de rêve, en traçant au bas de ces feuilles le mot *fin*.

59

J'ai la tête lourde, mes oreilles bourdonnent et me lacèrent le crâne d'un sifflement strident. Je ne réussis pas à ouvrir les yeux, le noir m'assaille et je frissonne. Je sens l'air qui sort avec difficulté de mes narines, par saccades courtes et nerveuses. Où suis-je ?

Je sens à peine mes membres, j'ai conscience de vivre, mais je ne sais pas si je suis assise, allongée ou debout. Ensuite, le néant.

On me parle, je crois. J'entends des voix, plusieurs, loin, très loin.

Ma main, oui, je ressens ma main, la droite peut-être. J'ai peur et j'ai froid. Le sifflement encore, un essaim d'abeilles dans les oreilles, puis le crissement d'une craie sur le tableau noir.

— Ava ! Ava !

Qui m'appelle ? Je voudrais me lever, mais je n'y arrive pas. Ma main encore, je sens une chaleur sur mes doigts.

— Calmez-vous, Ava, vous êtes à l'hôpital, ne vous inquiétez pas !

Je bouge un peu l'index. Je me sens fébrile et sans forces. Seuls ma tête et ce doigt existent, je ne sens rien d'autre, puis je sombre de nouveau.

Une douce lumière filtre jusqu'à mes yeux clos. Je voudrais les ouvrir, mais je n'y parviens pas. Ma tête bouge un peu, ou est-ce mon corps tout entier ? Je ne sais pas. J'ai mal sur le côté droit. Je suis allongée. Ah oui ! l'hôpital, je me souviens.

La réalité se fait plus palpable de minute en minute. On me parle, on me demande de serrer la main, on m'encourage. Cette fois, je ne sombre pas. On s'active autour de moi. L'impression de me retrouver des années en arrière. Les images de la noyade me reviennent, les cheveux de Rose, le visage de Margot, le sourire de Thomas.

Ça fait mal, un peu. Envie de vomir.

Le bruit s'estompe. J'entends quelqu'un qui s'approche et me parle :

— Essayez de remuer les orteils de votre pied droit s'il vous plaît !

Je force, j'essaie, j'ai l'impression que je fais bouger mes orteils, mais je n'en suis pas certaine. Je sens que ma tête est bandée et c'est la raison pour laquelle je ne peux ouvrir les yeux.

— Essayez encore !

J'ai l'impression de beaucoup agiter mes orteils, mais l'homme, à côté, ne doit rien voir.

— Ce n'est pas grave, nous renouvellerons l'exercice demain.

Je voudrais poser une question, dix, mais ma gorge ne diffuse que des râles incompréhensibles et des gargouillis immondes.

— Restez calme, vous allez bien, votre voix reviendra vite. Essayez de vous reposer.

Me reposer, la belle affaire. La mémoire me revient. Je

me souviens de mes dernières heures, quand j'ai arpenté les rues de Paris. J'ai beaucoup hésité, traîné. Je n'étais pas certaine de pouvoir passer à l'acte ni de savoir comment. Et si ma lâcheté me jouait encore un mauvais tour ? J'ai douté. Et je me suis retrouvée près du campement où j'avais poignardé celui qui voulait voler ma peluche. J'ai marché sur le pont, je me suis arrêtée, il n'y avait plus de sans-abri, plus de tentes ni même de terrain. Un enrochement avait été disposé et empêchait toute nouvelle installation, peut-être à la suite de mon altercation.

Je me rappelle avoir regardé les voitures et les camions, dix mètres plus bas, et m'être dit qu'une chute de cette hauteur, plus un choc avec un poids lourd, ça suffirait. Il faut croire que je m'étais trompée. La vie ne m'aura rien offert. Elle me refuse même la mort.

Je ne suis pas arrivée à m'endormir. J'ai entendu que j'avais passé plusieurs jours dans le coma. D'après l'une des infirmières, je suis une miraculée : fracture du crâne, trois côtes cassées, rate perforée, fracture ouverte du fémur droit, double fracture de la clavicule droite et dix heures d'opération.

Comme j'entendais ce qu'on me disait, on m'a raconté le lendemain la version du chauffeur du poids lourd devant lequel je m'étais balancée. J'avais sans doute mal calculé ma vitesse ou hésité et, au lieu de m'écraser sur le bitume, je suis tombée sur le toit de la cabine conducteur. J'ai ensuite été éjectée sur la voie réservée à l'arrêt d'urgence.

La vie peut chambouler toutes les règles, chaque seconde, trop tôt, trop tard, ou juste au bon moment.

On a changé le bandage autour de mon crâne, on a libéré mes yeux. Je peux enfin regarder le monde où je vais devoir continuer d'évoluer. C'est un peu flou pour l'œil droit, mais j'ai toujours affronté la réalité de manière tronquée, avec le regard d'une perdante.

J'ai tenté à plusieurs reprises de bouger les doigts de mon pied, sans succès. L'opération du fémur s'est révélée délicate, des nerfs touchés, m'a dit aussi l'infirmière. Cela ne me fait ni chaud ni froid.

Nous sommes samedi. Ce matin, l'infirmière me réveille pour le petit déjeuner, je peux et je dois me nourrir, elle m'apprend à le faire de la main gauche. J'avale mon café à petites gorgées, et cela me suffit.

— Vous voulez que je beurre votre pain ?

— Non, c'est gentil, je n'ai pas faim.

— Il va falloir faire un effort.

— Promis !

— Très bien. Au déjeuner, vous aurez droit à une soupe de légumes et à un steak haché avec des haricots verts. Je pense qu'on vous transférera demain ou après-demain dans un autre service.

Vers onze heures, on frappe à la porte.

— Entrez !

La poignée s'incline, le large panneau de bois s'ouvre avec hésitation et je le reconnais aussitôt. Son visage, ses yeux, ses cheveux. Douze ans que je n'ai pas vu mon fils et en un éclair je sais que c'est lui. Mon cœur s'enflamme, la peur m'enveloppe. Une mère ne se trompe jamais. Il avance, intimidé. Il tient sous le bras mon manuscrit à la couverture de carton.

— Maman ? C'est moi, Thomas.

Je vois trouble. Mes yeux n'obéissent plus, embués par les larmes. Ma main gauche se plaque sur ma bouche.

Il est grand, magnifique, avec un regard qui pétille. J'ai peur qu'il se sauve. Je reste muette, la gorge enserrée. Que pourrais-je lui dire ?

Thomas s'approche, encore plus beau que les anges que décrivait Margot. Sa peau scintille, claire comme la neige fraîche, ses lèvres sont d'un rose tendresse. Je voudrais me lever, l'embrasser, mais je reste aphone, paralysée par la surprise et les remords.

Il pose le manuscrit sur la table basse et glisse sa main sur la mienne. Je manque m'étouffer de bonheur.

— Comment te sens-tu, maman ?

Cette voix chaude, timide m'étourdit. *Maman*, le mot se répercute en moi. Les syllabes se répètent en boucle dans mon cœur, le gonflent de joie, d'un amour un million de fois retenu. Ma raison vacille, est-ce que tout cela est vrai ? Mes yeux le détaillent à travers un rideau d'étoiles, il est mille fois plus beau que je ne l'aurais jamais rêvé. Comme je ne réponds pas, il murmure :

— Ne dis rien, maman. J'ai tout lu. À deux reprises. Je suis venu il y a trois jours, je n'ai pas eu le droit de te voir, mais on m'a remis ton livre et quelques affaires à toi. Une infirmière avait appelé chez mamie, qui m'a prévenu. Le hasard fait que je travaille dans le quartier depuis un an déjà. Nous aurions presque pu nous croiser.

Ma main presse ma bouche, je retiens des sanglots. J'inspire par le nez avec force et grimace, mes côtes me torturent, mais la douleur me rassure : je ne rêve pas.

— Maman… je dois te dire que je ne t'en veux pas. Je n'étais qu'un enfant et, comme toi, j'avais mal. Je regrette de t'avoir rendue coupable alors que tu as été une mère si courageuse. Il m'a fallu des années pour le comprendre. Je te demande de me pardonner.

Nos mains se serrent longtemps et j'arrive enfin à articuler une phrase :

— Tu n'as pas à t'en vouloir, c'est à moi de te demander pardon. Pardon d'avoir été lâche et de ne pas avoir su prendre les bonnes décisions.

Il pose son front sur le couvre-lit, près de moi. Mes doigts glissent dans ses cheveux comme autrefois, ils sont doux et me parlent d'un passé où tout était si simple. Je caresse sa tête, mes larmes brûlent. Aucun de nous n'ose briser cet instant. Puis il se redresse et essuie ses joues.

— Je n'ai pas à te pardonner, maman, tu as fait ce que tu as pu, avec tes armes. Ce qui est arrivé à notre famille n'est que le résultat d'un destin peu commun. Mamie t'embrasse, elle aurait aimé venir, mais sa santé est fragile depuis quelques mois.

— Et Grand-père ?

Il hésite, baisse la tête.

— Grand-père est mort depuis presque deux ans. Une rupture d'anévrisme. Il a toujours dit qu'il te reverrait un jour, que l'Amérique du Sud, ce n'était pas pour toi.

Les images défilent dans ma tête, se superposent, s'entrechoquent. Je me sens si mal, responsable d'un gâchis monstrueux.

— Et mamie, comment va-t-elle ?

— Bien, mais fatiguée. Elle n'est plus la même depuis le décès de grand-père. Je pense qu'elle a beaucoup de peine à vivre sans lui. Ils ont été des grands-parents géniaux, pleins de tendresse, je ne les remercierai jamais assez.

En mon for intérieur, je culpabilise, mais je me refuse à me plaindre de nouveau. Thomas ne mérite pas d'entendre mes jérémiades.

— Que fais-tu dans la vie, mon chéri ?

— Je suis pâtissier, dans une grande maison ici à Paris.

— Pâtissier ! C'est un beau métier. Ce n'est pas trop dur ?

— Non, on se lève tôt, mais cela me laisse mes après-midi et me permet comme aujourd'hui de partir en milieu de matinée.

— Il faut faire ce qu'on aime dans la vie, tu as bien raison. Tu vis où ?

— Mon patron me loue un studio à deux pas de mon travail, le prix est correct, mais ça commence à devenir petit…

Il pose les yeux sur moi, sourit et annonce d'une voix douce :

— Tu es grand-mère depuis deux mois, d'une petite fille, Lili-Rose.

Je ne peux retenir les tremblements de mon menton. Tout ce que la vie m'a enlevé, elle me le rend. Tout ce que j'ai manqué, perdu, détruit.

— Calme-toi, maman… ça va ? Tu veux que j'appelle quelqu'un ?

Je me pince le nez, je voudrais me frapper pour me reprendre, cesser de pleurer. Mais tout est si fort, si intense. Je bégaye :

— Lili-Rose, c'est tellement beau !

— On la surnomme surtout Lili, mais avec sa maman, on a pensé que ce serait un bel hommage.

— Tu es marié ?

— Non, avec Nailah, on préfère attendre, ce n'est pas important à nos yeux.

— Nailah, c'est joli comme prénom.

— Elle est d'origine égyptienne. Elle est en bas avec Lili, mais elle n'a pas eu le droit de monter.

— Je suis si fière et si heureuse pour toi ! Tu les embrasseras pour moi.

— Tu auras l'occasion de le faire toi-même bientôt. L'infirmière m'a dit que tu serais vite sur pied. Tu pourrais ensuite venir habiter avec nous, on trouvera plus grand, mon patron m'a déjà fait une proposition.

J'hésite une seconde, je le dévisage, il a le regard d'un être bon.

— C'est gentil, mais je ne veux pas être un poids pour vous trois, j'ai pris l'habitude de vivre seule. Et il n'est pas certain que je retrouve l'usage de ma jambe droite. Tu te vois vivre avec une infirme ?

— C'est tout décidé, Nailah est d'accord et tu n'auras pas le choix.

J'ai le cœur en miettes, la tête qui tourne. Pour gagner du temps, j'accepte du bout des lèvres :

— Très bien, mais laisse-moi d'abord me refaire une santé.

— Parfait !

Nous discutons encore quelques minutes de sa vie, de ses passions. Puis je pense à Lili et à sa mère.

— Je commence à fatiguer, et tu as ta fille et ta compagne qui doivent s'impatienter.

— Tu me chasses ?

— Tu reviendras plus tard, je ne vais pas me sauver !

Il se lève, m'embrasse la joue puis le front.

— Je suis heureux de t'avoir retrouvée, maman… tu verras, on aura notre part de bonheur aussi. Repose-toi bien !

60

Thomas me fait signe de la main et referme la porte de la chambre sans bruit. Je ne peux retenir mes larmes. Je sais que je ne le verrai plus, ma décision est prise, je ne veux pas être un poids pour la famille qu'il construit. Que pourrais-je lui apporter si ce n'est une charge, une responsabilité supplémentaire ? C'est un homme aujourd'hui, un père, il n'a plus besoin de moi. Je ne sens pas ma jambe droite et ne parviens pas à la bouger, y arriverai-je un jour ? Sans doute non. La joie de revoir Thomas était inespérée, et ma décision prise bien avant. Je dois partir, cette fois pour de bon.

Je regarde autour de moi, je remarque les tubes plastifiés des deux bouteilles qu'on m'administre par perfusion. Ils sont minces, mais ça devrait faire l'affaire.

Je saisis de ma main valide les deux tuyaux et les entoure une première fois autour mon cou, il reste assez de longueur pour renouveler l'opération. Je manœuvre avec difficulté, je surveille la porte de la chambre, aucun bruit.

Arrive la phase la plus délicate, parvenir à me glisser sur le bord du lit pour me laisser tomber. Par chance, les ridelles ne sont pas relevées. Je m'aide de la main, je tire comme je peux. Centimètre après centimètre, mon corps progresse, je suis bientôt sur le bord du matelas. Les tuyaux autour de ma gorge se resserrent déjà un peu.

Encore un effort… les images de Rose, de mon père, de Margot s'impriment dans mes pensées.

Je pivote enfin sur moi-même, mon corps se retrouve sur le côté droit, plus qu'un petit mouvement… ça y est, je bascule. Le choc contre le carrelage manque me faire perdre connaissance, je suis presque assise, mes fesses effleurent le sol. Les tubes de la perfusion s'enfoncent dans la chair de mon cou, ma bouche grande ouverte recrache une langue devenue encombrante. J'ai les joues qui brûlent. L'air me manque. Rose…

Soudain, la porte s'ouvre, Thomas est là. Il tient Pinpin dans sa main. Mon regard se révulse, je ne parviens plus à respirer. J'entends mon fils à mes côtés, il hurle au secours, arrache les tubes. Puis le silence.

Une éternité plus tard, je reprends mes esprits. Je suis allongée sur mon lit, sanglée, un masque respiratoire sur la bouche. Thomas est là et, derrière lui, une femme aux cheveux noirs. Je vois mal. On dirait qu'elle tient un bébé dans les bras.

— Maman, pourquoi tu as fait ça ?

J'ai trop mal à la gorge, je ne peux pas parler. Il se penche sur moi et m'embrasse le front.

— Nous ne te laisserons pas faire, tu m'entends ? Toutes ces années gâchées ne comptent plus. Regarde Lili-Rose ! Tu ne trouves pas qu'elle ressemble à ma sœur ? Maman, j'ai besoin de toi, et elle aussi. Nailah travaille. Tu pourrais élever Lili. Il faut qu'on s'aime comme avant, et pour ça il faut qu'on soit vivants.

Il se penche un peu, ramasse quelque chose sur le siège et le place devant moi.

— Regarde, c'est Pinpin ! Nailah l'a réparé.

Je distingue la tête de mon lapin, il a de nouveau un corps et des jambes. Pas les mêmes, mais il est de nouveau entier.

— Tu vois, lui s'est reconstruit, pourquoi tu n'y arriverais pas ?

REMERCIEMENTS

Si vous en êtes à ce moment du livre, c'est, je suppose, que vous avez terminé de parcourir cette histoire, et je vous en remercie infiniment. J'espère être parvenu à partager quelques émotions avec vous.

Je tente, lorsque j'écris mes romans, de parler de problèmes qui m'émeuvent, ou me touchent. Dans celui-ci, je voulais pointer du doigt l'incroyable fragilité de nos vies. Et, même si cette histoire relève du malheur, j'ai voulu qu'elle soit d'abord un message d'espoir et d'encouragement.

Certes, la vie n'est pas facile et s'apparente souvent à un combat, à une quête, qui nous aveuglent et nous rendent sourd. Mais combien de moments simples avons-nous ignorés ? Le bonheur, c'est aussi la faculté d'apprécier, de savourer, d'écouter et de savoir regarder ce qui nous émerveillait autrefois, et dont l'habitude nous a blasés.

Et si vous voulez m'écrire, foncez, je me nourris de vos retours de lecture, bons ou mauvais. Je vous invite à me contacter à cette adresse email : wendall.utroi@gmail.com

Je me ferai un plaisir de répondre à chacun de vous.

Vous pouvez également visiter mon site : Wendallutroi.fr ou me rejoindre sur ma page Facebook (Wendall Utroi Auteur) ou sur mon compte Instagram Wendall_utroi.

PAPIER À BASE DE FIBRES CERTIFIÉES

Le Livre de Poche s'engage pour l'environnement en réduisant l'empreinte carbone de ses livres. Celle de cet exemplaire est de :
250 g éq. CO_2
Rendez-vous sur www.livredepoche-durable.fr

Composition réalisée par Soft Office

Achevé d'imprimer en France par
CPI BRODARD & TAUPIN (72200 La Flèche)
en septembre 2020
N° d'impression : 3040027
Dépôt légal 1re publication : octobre 2020
LIBRAIRIE GÉNÉRALE FRANÇAISE
21, rue du Montparnasse – 75298 Paris Cedex 06

21/0077/2